ULLSTEIN

Das Buch

Washington, D. C.: Eine grausame Entführung erschüttert kurz vor Weihnachten die Stadt. Am Tatort bleibt nichts als ein Kinderschuh zurück. Der schwarze FBI-Psychologe Alex Cross nimmt die Verfolgung auf. Als Entführer entpuppt sich bald der beliebte, aber soziopathische Lehrer Gary Murphy, der nur von einer Idee besessen ist: Er will berühmter werden als die Kidnapper des Lindbergh-Babys.

Der Autor

James Patterson ist Chef einer großen New Yorker Werbeagentur und zählt zu den erfolgreichsten Thriller-Autoren unserer Zeit. Bereits die Verfilmung seines Romans ... *denn zum Küssen sind sie da* mit Morgan Freeman wurde ein großer Erfolg.

Von James Patterson sind in unserem Hause bereits erschienen:

Black Market
Die Toten aber wissen gar nichts
... denn zum Küssen sind sie da
Wer sich umdreht oder lacht
Der Mitternachtsclub
Warte, warte nur ein Weilchen

James Patterson

Im Netz der Spinne

Thriller

Aus dem Amerikanischen von
Dietlind Kaiser

Ullstein

Der Ullstein Taschenbuchverlag ist ein Unternehmen der
Econ Ullstein List Verlag GmbH & Co. KG, München
1. Auflage 2001

Titel der amerikanischen Originalausgabe: *Along Came a Spider*
(Little, Brown and Company; Boston MA)
Das Buch ist ebenfalls unter dem Titel *Morgen, Kinder, wird's was geben* erhältlich
Übersetzung: Dietlind Kaiser
Umschlagkonzept: Lohmüller Werbeagentur GmbH & Co. KG, Berlin
Umschlaggestaltung: Bezaubernde GINI – Art of Creating, München
Titelabbildung: United International Pictures GmbH
Gesetzt aus der Bembo
Druck und Bindearbeiten: Ebner Ulm
Printed in Germany
ISBN 3-548-25252-4

Danksagung

Ich möchte Peter Kim danken, der mir dabei geholfen hat, etwas über die Geheimnisse und Tabus zu lernen, die immer noch in ganz Amerika existieren. Anne Pough-Campbell, Michael Ouweleen, Holly Tippett und Irene Markocki vermittelten mir ein Gefühl für Alex und sein Leben im Südosten von D. C. Liz Delle und Barbara Groszewski sorgten dafür, daß ich ehrlich blieb. Maria Pugatch (mein Lowenstein) und Mark und Mary Ellen Patterson frischten meine in sechs Jahren Arbeit am McLean Hospital erworbenen Kenntnisse in Psychologie auf. Carole und Brigid Dwyer und Midgie Ford waren mir eine große Hilfe bei Maggie Rose. Richard und Artie Pine wirkten Wunder für dieses Buch. Und schließlich war Fredrica Friedman von Anfang bis Ende meine Partnerin bei allen Verbrechen.

Prolog

Rollenspiel

1932

New Jersey, in der Nähe von Princeton. März 1932

Aus dem Farmhaus Charles Lindberghs drang helles, orangegelbes Licht. Das Haus sah in dieser düsteren Tannenwaldgegend von Jersey wie ein brennendes Schloß aus. Feuchte Nebelfetzen streiften den Jungen, als er immer näher an den ersten Augenblick wahren Ruhms herankam, seinen ersten Mord.

Es war pechschwarz, der Boden naß und schlammig, mit Pfützen übersät. Damit hatte er gerechnet. Er hatte alles eingeplant, auch das Wetter.

Er trug Arbeitsstiefel Größe vierundvierzig. Die Fersen und Hacken waren mit Stoffetzen und Zeitungspapier des *Philadelphia Inquirer* ausgestopft.

Er wollte Fußabdrücke hinterlassen, jede Menge Fußabdrücke. Die Fußabdrücke eines Mannes. Nicht die Abdrükke eines Zwölfjährigen. Sie sollten vom County Highway, genannt Stoutsberg Worstville Road, zum Farmhaus führen und dann zurück.

Er zitterte, als er eine Kieferngruppe erreichte, keine dreißig Meter vom weitläufigen Haus entfernt. Die Villa war genauso protzig, wie er sie sich vorgestellt hatte: allein im ersten Stock sieben Zimmer und ein Bad. Lucky Lindys und Anne Morrows Landsitz.

Einfach toll, dachte er.

Der Junge schob sich immer näher an das Eßzimmerfenster heran. Ihn faszinierte, was man *Ruhm* nannte. Er dachte viel darüber nach. Fast immer. Was war *Ruhm* eigentlich? Wie roch er? Wie schmeckt er? Wie sah er aus der Nähe aus?

»Der beliebteste und berühmteste Mann der Welt« saß direkt vor ihm am Tisch. Charles Lindbergh war tatsächlich

groß, elegant und hatte herrliches blondes Haar und einen hellen Teint. »Lucky Lindy« schien tatsächlich über alle anderen erhaben zu sein.
Das galt auch für seine Frau Anne Morrow Lindbergh. Anne hatte kurzes Haar. Es war lockig und schwarz und ließ ihre Haut kalkweiß wirken. Das Licht der Kerzen auf dem Tisch schien sie zu umtänzeln.
Beide saßen aufrecht auf den Stühlen. Ja, sie sahen wirklich überlegen aus, als wären sie ein Gottesgeschenk an die Welt. Sie hielten die Köpfe hoch, aßen anmutig. Er strengte die Augen an, um zu sehen, was auf dem Tisch stand. Es sah nach Lammkoteletts auf perfektem Porzellan aus.
»Ich werde berühmter als ihr zwei jämmerlichen Holzköpfe zusammen«, flüsterte der Junge schließlich. Das versprach er sich. Er hatte jede Einzelheit tausendmal durchdacht, mindestens sooft. Er ging ganz methodisch ans Werk.
Der Junge holte eine Holzleiter, die Arbeiter an der Garage stehenlassen hatten. Er drückte die Leiter eng an sich und ging zu einer Stelle direkt unter dem Bibliotheksfenster. Er stieg leise zum Kinderzimmer hinauf. Sein Puls raste, sein Herz klopfte so laut, daß er es hören konnte.
Licht aus einer Flurlampe beleuchtete das Kinderzimmer. Er konnte das Bettchen sehen und darin den schlafenden kleinen Prinzen. Charles junior, »das berühmteste Kind der Welt«.
Neben dem Bett stand gegen Zugluft ein bunter Wandschirm, illustriert mit Bauernhoftieren.
Der Junge kam sich schlau und listig vor. »Hier ist Mr. Fox«, flüsterte er, als er leise das Fenster aufschob.
Dann stieg er noch eine Sprosse der Leiter hinauf und war endlich im Kinderzimmer.
Er beugte sich über das Bettchen und schaute sich den kleinen Prinzen an. Goldene Locken wie sein Vater, aber fett. Charles junior war schon mit zwanzig Monaten zu fett geworden.

Der Junge konnte sich nicht mehr beherrschen. Heiße Tränen strömten ihm aus den Augen. Sein ganzer Körper bebte vor Ärger und Wut – vermischt mit der unglaublichsten Freude seines Lebens.

»So, Daddys Sohnemann. Unsere Zeit ist gekommen«, murmelte er vor sich hin.

Er nahm einen winzigen Gummiball mit einem Gummiband daran aus der Tasche. Er streifte die seltsam aussehende Schlinge schnell über den Kopf von Charles junior, im selben Augenblick, in dem die kleinen blauen Augen aufgingen.

Als das Baby zu weinen anfing, stopfte der Junge den Gummiball in den kleinen, versabberten Mund. Er langte in das Bettchen, nahm Baby Lindbergh in die Arme und stieg schnell die Leiter hinunter. Alles nach Plan.

Der Junge lief mit dem kostbaren, zappelnden Bündel in den Armen über die schlammigen Wiesen und verschwand in der Dunkelheit.

Nicht einmal drei Kilometer vom Farmhaus entfernt begrub er das verwöhnte Lindbergh-Balg, begrub es lebendig.

Das war erst der Anfang. Schließlich war er selbst noch ein Junge.

Er, nicht Bruno Richard Hauptmann, war der Kidnapper des Lindbergh-Babys. Er hatte es ganz allein gemacht.

Einfach toll.

Erster Teil

Maggie Rose und Shrimpie Goldberg

1992

1. Kapitel

Am frühen Morgen des 21. Dezember 1992 gab ich auf der Sonnenveranda unseres Hauses in der 5th Street in Washington, D. C., ein Bild der Zufriedenheit ab. Der kleine, enge Raum war übersät mit schimmelnden Wintermänteln, Arbeitsstiefeln und angeschlagenem Kinderspielzeug. Mir war das völlig egal. Hier war ich zu Hause.
Ich spielte auf unserem leicht verstimmten, früher mal erstklassigen Flügel etwas von Gershwin. Es war kurz nach fünf und auf der Veranda so kalt wie in einem Fleischkühlfach. Ich war bereit, für »Ein Amerikaner in Paris« ein kleines Opfer zu bringen.
In der Küche klingelte das Telefon. Vielleicht hatte ich in der Lotterie von D. C., Virginia oder Maryland gewonnen, und sie hatten gestern abend vergessen, mich anzurufen. An allen drei Pechspielen beteilige ich mich regelmäßig.
»Nana? Gehst du ran?« rief ich von der Veranda.
»Das ist für dich. Da kannst du selber rangehen«, rief meine reizbare Großmutter zurück. »Hat keinen Sinn, daß ich auch aufstehe. In meinem Wörterbuch heißt kein Sinn Unsinn.«
Das ist nicht genau, was sie sagte, aber es muß etwas Ähnliches gewesen sein. So redet sie immer.
Ich humpelte in die Küche und wich auf morgensteifen Beinen weiterem Spielzeug aus. Damals war ich achtunddreißig. Wie es so schön heißt, wenn ich gewußt hätte, daß ich so lange leben würde, hätte ich besser auf mich aufgepaßt.
Der Anruf kam von meinem Verbrechenspartner John Sampson. Sampson wußte, daß ich auf war. Sampson kennt mich besser als meine Kinder.

»Morgen, schwarzes Herzchen. Du bist doch auf, oder?« sagte er. Mehr war nicht nötig. Sampson und ich sind die besten Freunde seit wir neun Jahre alt waren und in Parks Gemischtwarenladen in der Nähe unserer Siedlung mit dem Ladendiebstahl anfingen. Damals hatten wir keine Ahnung, daß der alte Park uns wegen eines geklauten Chesterfield-Päckchens erschossen hätte. Nana Mama hätte uns noch was Schlimmeres angetan, wenn sie von unserer Klauerei etwas gewußt hätte.
»Wenn ich noch nicht aufgewesen wäre, jetzt bin ich's jedenfalls«, sagte ich in den Hörer. »Erzähl mir was Gutes.«
»Noch ein Mord. Sieht wieder nach unserem Freund aus«, sagte Sampson. »Sie warten auf uns. Die halbe freie Welt ist schon da.«
»Zu früh am Morgen für den Leichenwagen«, murmelte ich. Ich spürte meinen Magen meutern. So wollte ich den Tag nicht beginnen. »Scheiße. Du kannst mich mal.«
Nana Mama schaute von dem dampfenden Tee und dem flüssigen Eidotter auf. Sie warf mir einen scheinheiligen Hausherrinnenblick zu. Sie war schon für die Schule gekleidet, in der sie mit neunundsiebzig immer noch aushalf. Sampson lieferte mir weitere blutrünstige Einzelheiten über den ersten Mord des Tages.
»Paß auf, was du sagst, Alex«, sagte Nana. »Bitte, paß auf, was du sagst, solange du vorhast, in diesem Haus zu wohnen.«
»Ich bin in etwa zehn Minuten da«, sagte ich zu Sampson.
»Das Haus gehört mir«, sagte ich zu Nana.
Sie stöhnte, als höre sie diese Schreckensnachricht zum erstenmal.
»Wieder ein übler Mord in Langley Terrace. Sieht nach einem Lustmörder aus. Ich fürchte, es ist einer«, erklärte ich ihr.
»Schlimm«, sagte Nana Mama. Ihre sanften braunen Augen suchten meine und hielten sie fest. Ihr weißes Haar sah wie

die Spitzendeckchen aus, die sie auf unsere Wohnzimmersessel legt. »Das ist ein besonders schlimmer Teil einer Stadt, die unsere Politiker haben verkommen lassen. Manchmal denke ich, wir sollten aus Washington wegziehen, Alex.«

»Manchmal denke ich das auch«, sagte ich, »aber vermutlich halten wir durch.«

»Ja, Schwarze tun das immer. Wir sind hartnäckig. Wir leiden immer schweigend.«

»Nicht immer schweigend«, sagte ich.

Ich hatte schon beschlossen, meine alte Harris-Tweed-Jacke anzuziehen. Es war ein Mordtag, und das hieß, ich würde es mit Weißen zu tun bekommen. Über das Sportjackett zog ich meine Trainingsjacke. Sie paßt besser zur Gegend.

Auf der Kommode neben dem Bett stand ein Bild von Maria Cross. Meine Frau war vor drei Jahren bei einer Schießerei aus einem fahrenden Auto ermordet worden. Dieser Mord war, wie die meisten Mordfälle im Südosten der Stadt, nie aufgeklärt worden.

Auf dem Weg zur Küchentür gab ich meiner Großmutter einen Kuß. Das tun wir seit meinem achten Lebensjahr. Wir sagen uns außerdem Lebewohl, für den Fall, daß wir uns nicht wiedersehen. So ist das seit fast achtunddreißig Jahren, seit Nana Mama mich aufnahm und meinte, sie könne etwas aus mir machen.

Sie hat einen Polizisten bei der Mordkommission aus mir gemacht, mit einem Doktor in Psychologie, der in den Gettos von Washington, D. C., wohnt und arbeitet.

2. Kapitel

Offiziell bin ich der stellvertretende Leiter der Kriminalpolizei, was mit den Worten von Shakespeare und Faulkner jede Menge Klang und Wut ist und *nada* bedeutet. Der Titel sollte mich zum Sechsten oder Siebten in der Hierarchie der Washingtoner Polizei machen. Tut er aber nicht. Immerhin warten die Leute in D. C. auf mein Erscheinen am Tatort.

Ein Trio blau-weißer Streifenwagen parkte chaotisch vor der Benning Road 4115. Ein Lieferwagen der Spurensicherung mit geschwärzten Fenstern war eingetroffen. Außerdem ein Leichenwagen. Die Tür trug die fröhliche Aufschrift *Leichenhalle*.

Zwei Feuerwehrautos standen vor dem Mordhaus. Die Sensationslüsternen der Gegend, überwiegend Männer mit geilem Blick, hingen herum. Ältere Frauen mit Wintermänteln über Schlafanzügen und Nachthemden fröstelten auf ihren Veranden in der Kälte.

Das Reihenhaus war ein heruntergekommener Holzbau, in einem heiteren Karibikblau gestrichen. Ein alter Chevette mit einem kaputten, zusammengeklebten Seitenfenster sah aus, als hätte jemand die Einfahrt mit dem Schrottplatz verwechselt.

»Scheißfall. Gehen wir wieder ins Bett«, sagte Sampson. »Mir ist eben wieder eingefallen, was uns erwartet. In letzter Zeit hasse ich diesen Job.«

»Ich liebe meine Arbeit, liebe die Mordkommission«, sagte ich spöttisch. »Schau mal. Da ist schon der Gerichtsmediziner in seinem Plastikanzug. Und da sind die Jungs von der Spurensicherung. Und wer kommt denn da?«

Ein weißer Sergeant in einem dicken, blauen Parka mit Pelzkragen watschelte auf Sampson und mich zu, als wir uns dem Haus näherten. Er hatte beide Hände zum Wärmen in die Taschen gestopft.

»Sampson? Äh, Detective Cross?« Der Sergeant verrenkte seinen Unterkiefer, wie das manche Leute machen, wenn sie im Flugzeug freie Ohren kriegen wollen. Er wußte genau, wer wir waren. Er wußte, daß wir von der Mordkommission waren. Er wollte uns provozieren.

»Was 'n los, Mann?« Sampson kann es nicht besonders gut leiden, wenn man ihn provozieren will.

»*Senior* Detective Sampson«, antwortete ich dem Sergeant. »Ich bin Deputy Chief Cross.«

Der Sergeant war ein runder, schwammiger, irischer Typ, vermutlich ein Überbleibsel aus dem Bürgerkrieg. Sein Gesicht sah aus wie eine Hochzeitstorte, die im Regen stehengeblieben ist. Mein Tweedjackettemblem schien keinen Eindruck auf ihn zu machen.

»Alle frieren sich den Arsch ab«, schniefte er. »Das is' los.«

»Ihr Arsch könnte ruhig ein bißchen abspecken«, riet ihm Sampson.

»Leck mich«, sagte der Sergeant. Es war nett, einen weißen Eddie Murphy kennenzulernen.

»Ein Meister der Parade.« Sampson grinste mich an. »Hast du gehört, was er gesagt hat? Leck mich?«

Sampson und ich sind kräftig. Wir trainieren in der Gemeindeturnhalle von St. Anthony. Zusammen wiegen wir an die fünf Zentner. Wir können einschüchternd wirken, wenn wir wollen. Auf unserem Arbeitsgebiet ist das manchmal nötig.

Ich bin nur einsneunzig. John ist zwei Meter fünf groß und wächst noch. Er trägt immer eine Wayfarer-Sonnenbrille. Manchmal trägt er eine lumpige Kangolmütze oder ein gelbes Kopftuch. Manche Leute nennen ihn »JohnJohn«, weil er so groß ist, daß man zwei Johns aus ihm machen könnte.

Wir gingen an dem Sergeant vorbei auf das Mordhaus zu. Unser Eliteeinsatzteam soll über solche Konfrontationen erhaben sein. Manchmal sind wir's.
Zwei Uniformierte waren schon im Haus gewesen. Eine nervöse Nachbarin hatte gegen halb fünf auf dem Revier angerufen. Sie glaubte, sie habe einen Herumtreiber gesehen. Die Frau war wach gewesen, weil sie einen nächtlichen Angstanfall gehabt hatte. Das gehört hier zur Gegend.
Die beiden uniformierten Streifenpolizisten fanden im Haus drei Leichen. Als sie das meldeten, wurde ihnen aufgetragen, auf die Mordkommission zu warten. Sie besteht aus acht schwarzen Polizisten, die angeblich für eine bessere Aufgabe bei der Polizei ausersehen sind.
Die Außentür zur Küche war angelehnt. Ich stieß sie auf. Die Türen in jedem Haus haben beim Öffnen und Schließen ein ganz eigenes Geräusch. Die hier winselte wie ein alter Mann.
Im Haus war es pechschwarz. Unheimlich. Die offene Tür saugte den Wind ein, und ich hörte drinnen etwas klappern.
»Wir haben kein Licht gemacht«, sagte einer der Uniformierten hinter mir. »Sie sind Doktor Cross, stimmt's?«
Ich nickte. »War die Küchentür offen, als Sie gekommen sind?« Ich wandte mich dem Streifenpolizisten zu. Er war weiß, mit einem Babygesicht, und ließ sich einen dünnen Schnurrbart wachsen, um das zu vertuschen. Er war vermutlich drei- bis vierundzwanzig und hatte an jenem Morgen richtige Angst. Ich konnte ihm das nicht verübeln.
»Äh. Nein. Kein Hinweis auf gewaltsames Eindringen. Es war nicht abgeschlossen, Sir.«
Der Streifenpolizist war äußerst nervös. »Da drin sieht es wirklich ganz übel aus, Sir. Eine Familie.«
Einer der Streifenpolizisten schaltete eine starke Taschenlampe ein, und wir alle schauten in die Küche.
Dort stand ein billiger Resopaltisch mit passenden limonen-

grünen Vinylstühlen. Eine schwarze Uhr mit Bart Simpsons Porträt darauf hing an der Wand. Es war die Art von Uhr, die man in den Schaufenstern aller einfachen Drugstores zu sehen bekommt. Der Geruch nach Lysol und verbranntem Fett vermischte sich in der Nase zu etwas Seltsamem, aber nicht ganz Unangenehmem. Bei Mordfällen gibt es schlimmeren Gestank.

Sampson und ich zögerten, nahmen alles in uns auf, wie es vor ein paar Stunden der Mörder getan haben mußte.

»Er war genau hier«, sagte ich. »Er ist durch die Küchentür hereingekommen. Er war hier, wo wir jetzt stehen.«

»Red nicht so, Alex«, sagte Sampson. »Du klingst ja wie Jeanne Dixon. Da krieg' ich eine Gänsehaut.«

Ganz gleich, wie oft man so was macht, leichter wird es nie. Man möchte nicht hineingehen. Man will sein Leben lang keine grauenhaften Alpträume mehr sehen.

»Sie sind oben«, sagte der Cop mit dem Schnurrbart. Er informierte uns darüber, wer die Opfer waren. Eine Familie namens Sanders. Zwei Frauen und ein kleiner Junge.

Sein Partner, ein kleiner, kräftig gebauter Schwarzer, hatte bis jetzt noch kein Wort gesagt. Er hieß Butchie Dykes. Ein sensibler junger Typ, den ich auf dem Revier schon gesehen hatte.

Wir vier betraten das Todeshaus gemeinsam. Jeder von uns holte tief Luft. Sampson tätschelte mir die Schulter. Kindermord erschütterte mich – das wußte er.

Die drei Leichen lagen oben im Schlafzimmer, gleich hinter der Treppe.

Da war die Mutter, Jean »Poo« Sanders, zweiunddreißig. Noch im Tod war ihr Gesicht unvergeßlich. Sie hatte große braune Augen, hohe Wangenknochen, volle Lippen, die schon lila geworden waren. Ihr Mund war aufgerissen zu einem Schrei.

Poos Tochter, Suzette Sanders, vierzehn Jahre auf dieser Erde. Sie war erst ein junges Mädchen, aber noch hübscher gewesen als ihre Mutter. Sie trug eine fliederfarbene Schleife im geflochtenen Haar und einen winzigen Ring in der Nase, um zu beweisen, daß sie älter war als ihre Jahre. Suzette war mit einer dunkelblauen Strumpfhose geknebelt worden.

Ein kleiner Sohn, Mustaf Sanders, drei Jahre alt, lag mit dem Gesicht nach oben da, und die kleinen Wangen schienen tränenbefleckt zu sein. Er hatte einen Schlafanzug mit Füßchen an, wie ihn auch meine Kinder tragen.

Genau wie Nana Mama gesagt hatte, es war ein schlimmes Viertel in einer Stadt, die jemand zu einer üblen Stadt hatte verkommen lassen. In unserem großen, üblen Land. Die Mutter und die Tochter waren an einen Bettpfosten aus imitiertem Messing gefesselt. Unterwäsche aus Satin, schwarze und rote Netzstrümpfe und geblümte Bettlaken waren zum Festbinden benutzt worden.

Ich nahm den kleinen Kassettenrecorder heraus, den ich bei mir trage, und zeichnete meine ersten Beobachtungen auf. »Mordfälle H 234 914 bis 916. Mutter, Teenagertochter, kleiner Junge. Die Frauen sind mit einem scharfen Gegenstand aufgeschlitzt worden. Möglicherweise mit einem Rasiermesser.

Die Brüste sind abgeschnitten worden. Brüste nirgends zu sehen. Das Schamhaar der Frauen ist abrasiert worden. Zahlreiche Stichwunden, das, was die Pathologen ein Muster der Wut nennen. Viel Blut, außerdem Fäkalien. Ich glaube, daß beide Frauen, Mutter wie Tochter, Prostituierte waren. Ich habe sie in der Gegend gesehen.«

Meine Stimme war leise und schleppend. Ich fragte mich, ob ich die Worte später noch verstehen würde.

»Die Leiche des kleinen Jungen scheint einfach beiseite geworfen worden zu sein. Mustaf Sanders trägt einen Overallschlafanzug mit Bären darauf. Er ist ein winziges, zufälliges Bündel im Zimmer.« Ich konnte mich nicht gegen die Trauer wehren, als ich auf den kleinen Jungen hinunterschaute, dessen traurige, leblose Augen zu mir aufsahen. In meinem Kopf ging es sehr laut zu. Das Herz tat mir weh. Armer kleiner Mustaf, wer du auch gewesen sein magst.

»Ich glaube nicht, daß er den Jungen töten wollte«, sagte ich zu Sampson. »Er oder sie.«

»Oder es.« Sampson schüttelte den Kopf. »Ich bin für es. Das ist ein Ding, Alex. Dasselbe Ding, das Anfang der Woche in Condon Terrace zugeschlagen hat.«

3. Kapitel

Seit sie drei gewesen war, wurde Maggie Rose Dunne ständig von Menschen beobachtet. Mit neun war sie an besondere Aufmerksamkeit gewöhnt, als wäre sie das tapfere Schneiderlein oder Frankensteins Tochter.

An jenem Morgen wurde sie beobachtet, aber sie wußte es nicht. Dieses eine Mal hätte Maggie Rose darauf geachtet. Dieses eine Mal war es ungeheuer wichtig.

Maggie Rose war in der Georgetown-Tagesschule in Washington, wo sie versuchte, sich den anderen hundertdreißig Schülern anzupassen. Im Augenblick sangen sie alle begeistert im Chor.

Es war für Maggie Rose nicht leicht, sich anzupassen, obwohl sie sich das verzweifelt wünschte. Schließlich war sie die neunjährige Tochter von Katherine Rose. Maggie konnte an keinem Videoladen vorbeigehen, ohne ein Bild ihrer Mutter zu sehen. Die Filme ihrer Mutter schienen jeden zweiten Abend im Fernsehen zu laufen. Ihre Mom war häufiger für den Oscar nominiert worden, als andere Schauspielerinnen in der Zeitschrift *People* erwähnt wurden.

Wegen dieser ganzen Dinge versuchte Maggie Rose, so gut wie möglich in der Menge unterzutauchen. An jenem Morgen hatte sie ein ramponiertes Fido-Dido-Sweatshirt mit strategisch plazierten Löchern vorn und hinten an. Sie hatte zerschlissene, zerknitterte Guess-Jeans ausgewählt. Sie trug alte rosa Reebok-Turnschuhe – ihre »alten Treter« – und Fido-Söckchen ganz unten aus dem Schrank. Sie hatte sich das lange blonde Haar mit Absicht vor der Schule nicht gewaschen.

Ihrer Mom sind schier die Augen aus dem Kopf gefallen, als sie die Aufmachung sah. Sie sagte: »Igitt«, aber sie ließ Maggie trotzdem so in die Schule. Ihre Mom war toll. Sie begriff wirklich, was für ein schweres Leben Maggie hatte.

Die Kinder in der überfüllten Aula, Klassen eins bis sechs, sangen »Fast Car« von Tracy Chapman. Ehe sie auf dem schimmernden schwarzen Steinway in der Aula das Folk-Rock-Lied spielte, hatte Ms. Kaminsky versucht, allen die Botschaft zu erklären.

»Dieses bewegende Lied von einer jungen Schwarzen aus Massachusetts handelt davon, im reichsten Land der Welt bitterarm zu sein. Es handelt davon, in den neunziger Jahren unseres Jahrhunderts schwarz zu sein.«

Die winzige, klapperdürre Lehrerin für Musik und Kunst war immer so intensiv. Sie hatte das Gefühl, es sei die Pflicht eines guten Lehrers nicht nur zu informieren, sondern zu überzeugen, die wichtigen jungen Köpfe in der prestigeträchtigen Tagesschule zu formen.

Die Kinder mochten Ms. Kaminsky; deshalb versuchten sie, sich die Nöte der Armen und Benachteiligten vorzustellen. Weil die Schulgebühr an der Georgetown-Tagesschule zwölftausend Dollar betrug, brauchten sie dazu etwas Phantasie.

»Du hast ein schnelles Auto«, sangen sie mit Ms. K. und dem Flügel.

»Und ich habe einen Plan, uns hier rauszubringen.«

Während Maggie »Fast Car» sang, versuchte sie ernsthaft sich vorzustellen, wie es war, wenn man so arm war. Sie hatte genug arme Leute gesehen, die in der Kälte auf den Straßen von Washington schliefen. Wenn sie sich konzentrierte, konnte sie sich schreckliche Szenen zwischen Georgetown und Dupont Circle vor Augen führen. Vor allem die Männer mit dreckigen Lumpen, die einem an jeder Ampel die Windschutzscheibe abwuschen. Ihre Mutter gab ihnen immer einen Dollar, manchmal mehr. Manche Bettler erkannten ihre Mutter und drehten völlig durch. Sie grinsten, als wäre das der Höhepunkt ihres Tages, und Katherine Rose hatte ihnen immer etwas Nettes zu sagen.

»*Du hast ein schnelles Auto*«, sang Maggie Rose laut. Sie wollte ihre Stimme richtig anschwellen lassen.

»*Aber ist es so schnell, daß es wegfliegen kann?*
Wir müssen uns entscheiden.
Heute nacht weg, und wir leben, sonst Tod uns beiden.«

Das Lied ging mit lautem Beifall und Jubel von allen Schülern in der Aula zu Ende. Ms. Kaminsky verbeugte sich etwas linkisch vor dem Flügel.

»Schwere Pflichtübung«, murmelte Michael Goldberg. Michael stand rechts neben Maggie. Er war ihr bester Freund in Washington, in das sie vor noch nicht einmal einem Jahr mit ihren Eltern von Los Angeles aus gezogen war.

Michael meinte das natürlich ironisch. Wie immer. Das war seine Ostküstenart mit Leuten umzugehen, die nicht so schlau waren wie er – was so gut wie alle in der freien Welt umfaßte.

Michael Goldberg war ein echtes Genie, das wußte Maggie. Er las alles und jedes, sammelte Verrücktes, stellte Verrücktes an, war immer witzig, wenn er einen mochte. Er war jedoch ein »blaues Baby« gewesen und war immer noch nicht besonders groß oder kräftig. Das hatte ihm den Spitznamen »Shrimpie« eingetragen, der Michael von seinem Podest des Genies etwas herunterholte.

Maggie und Michael fuhren an den meisten Morgen gemeinsam zur Schule. An jenem Morgen waren sie mit einem Auto vom Secret Service gekommen. Michaels Vater war Finanzminister. *Der* Finanzminister. In der Georgetown-Tagesschule war niemand schlicht und einfach »normal«. Alle versuchten, sich anzupassen, auf die eine oder andere Weise.

Als die Schüler die Aula verließen, wurden alle gefragt, wer sie nach der Schule abhole. In der Georgetown-Tagesschule war Sicherheit ungeheuer wichtig.
»Mr. Devine –«, erklärte Maggie dem aufsichthabenden Lehrer an der Tür der Aula. Er hieß Mr. Guestier und unterrichtete Sprachen, wozu an der Schule Französisch, Russisch und Chinesisch gehörten. Er hatte den Spitznamen »Le Pric«.
»Und Jolly Chollie Chakeley«, sprach Michael Goldberg für sie weiter. »Secret-Service-Dienstnummer neunzehn. Großer Lincoln. Kennzeichen SC-fünfzehn. Nordausgang, Pelham Hall. Sie sind auf *moi* angesetzt, weil das kolumbianische Kartell Todesdrohungen gegen meinen Vater geäußert hat. *Au revoir, mon professeur.*«
Es wurde in den Terminkalender der Schule unter dem 22. Dezember eingetragen. *M. Goldberg und M.R. Dunne – werden vom Secret Service abgeholt. Nordausgang, Pelham, um drei.*
»Komm schon, Frechdachs.« Michael Goldberg stieß Maggie Rose in die Rippen. »Ich hab' ein schnelles Auto. Tam, ta, ta. Und ich habe einen Plan, uns hier rauszubringen.«
Kein Wunder, daß sie ihn mochte, dachte Maggie. Wer sonst hätte sie einen Frechdachs genannt ? Wer außer Shrimpie Goldberg?
Als sie die Aula verließen, wurden die beiden Freunde beobachtet. Beiden fiel nichts auf, nichts Ungewöhnliches. Ihnen sollte auch nichts auffallen. Das war meisterhaft so geplant.

4. Kapitel

Um neun an jenem Morgen beschloß Ms. Vivian Kim, in ihrem Klassenzimmer der Georgetown-Tagesschule Watergate nachzustellen. Sie sollte das nie vergessen.

Vivian Kim war klug, hübsch und eine anregende Geschichtslehrerin. Ihr Unterricht war bei den Schülern besonders beliebt. Zweimal pro Woche führte Ms. Kim einen Geschichtssketch vor. Manchmal durften die Schüler einen einstudieren. In ihre dritte Klasse gingen Maggie Rose Dunne und Michael Goldberg. Das Klassenzimmer wurde beobachtet.

Vivian Kim spielte abwechselnd General Haig, H. R. Haldeman, Henry Kissinger, G. Gordon Liddy, Präsident Nixon, John und Martha Mitchell und John und Maureen Dean. Sie war eine gute Imitatorin und äffte Liddy, Nixon, General Haig und vor allem die Mitchells und Mo Dean hervorragend nach.

»Während seines jährlichen Berichts zur Lage der Nation sprach Präsident Nixon im Fernsehen zum ganzen Land«, erzählte Ms. Kim den Schülern. »Viele Menschen hatten das Gefühl, angelogen zu werden. Wenn ein führender Staatsmann lügt, begeht er ein abscheuliches Verbrechen. Wir haben diesem Menschen unser Vertrauen geschenkt, aufgrund seiner ernsten Worte, seiner Integrität.«

»Pfui.« »Buh.« Zwei Kinder beteiligten sich aktiv am Unterricht. Wenn es im Rahmen blieb, ermutigte Vivian Kim zu dieser Art von Beteiligung.

»Buh ist völlig richtig«, sagte sie. »Pfui auch. Jedenfalls stand in diesem Augenblick unserer Geschichte Mr. Nixon vor der Nation, vor Menschen wie mir und euch.« Vivian

Kim stellte sich in Positur, als stände sie am Rednerpult. Sie machte vor der Klasse Richard Nixon nach.
Ms. Kim zog ein finsteres, düsteres Gesicht. Sie wiegte den Kopf. »Sie alle sollen wissen . . ., daß ich nicht die Absicht habe, aus dem Amt wegzulaufen, in das ich vom amerikanischen Volk gewählt worden bin.« Vivian machte eine Pause im authentischen Text der infamen Rede Nixons. Es war wie ein angehaltener Ton in einer schlechten, aber mitreißenden Oper.
Die vierundzwanzig Schüler im Klassenzimmer waren still. Vivian Kim hatte ihre Aufmerksamkeit völlig gebannt. Es war das Nirwana einer Lehrerin, wie kurzlebig auch immer. Gutgemacht, dachte Vivian Kim.
Es klopfte dreimal klirrend gegen die Glasscheibe der Klassenzimmertür. Die magische Stimmung war unterbrochen.
»Buh! Pfui«, murmelte Vivian Kim. »Ja? Wer ist da? Hallo? Wer ist da?«, rief sie.
Die Tür aus Glas und Mahagoni ging langsam auf. Jemand summte die Filmmusik aus *Nightmare – Mörderische Träume*. Zögernd, fast schüchtern, kam Mr. Soneji herein. Sofort strahlten fast alle Gesichter im Klassenzimmer.
»Jemand zu Hause?«, piepste Mr. Soneji mit dünner Quietschstimme. Die Kinder brachen in Gelächter aus. »Oh! Na, so was. Alle sind zu Hause«, sagte er.
Gary Soneji unterrichtete Mathematik und außerdem Computertechnik – was noch beliebter war als Vivian Kims Unterricht. Er wurde kahl, hatte einen nach unten hängenden Schnurrbart und trug eine englische Schuljungenbrille. Er sah nicht wie ein Matineeidol aus, aber in der Schule war er eins. Mr. Soneji war nicht nur ein begnadeter Lehrer, sondern auch der Großmeister der Nintendo-Videospiele.
Seine Beliebtheit und sein Genie, das die Computer betraf, hatten ihm den Spitznamen »Mr. Chips« eingetragen.

Mr. Soneji begrüßte ein paar Schüler namentlich, als er schnell auf Ms. Kims Pult zuging.
Die beiden Lehrer unterhielten sich vertraulich am Pult. Ms. Kim drehte der Klasse den Rücken zu. Sie nickte dauernd, sagte nicht viel. Neben Mr. Soneji, der über einsachtzig war, wirkte sie winzig.
Schließlich drehte sich Ms. Kim der Klasse zu. »Maggie Rose und Michael Goldberg? Kommt ihr bitte nach vorn? Seid so gut und bringt eure Sachen mit.«
Maggie Rose und Michael wechselten verwirrte Blicke. Was war denn los? Sie sammelten ihre Sachen ein und gingen dann nach vorn, um es herauszufinden. Die Mitschüler flüsterten, ja sprachen sogar laut.
»Okay. Schluß damit. Das ist keine Pause«, brachte Ms. Kim sie zum Schweigen. »Es ist immer noch Unterricht. Zeigt bitte etwas Respekt vor den Regeln, nach denen wir hier alle leben.«
Als Maggie und Michael nach vorn kamen, ging Mr. Soneji in die Hocke und redete vertraulich mit ihnen. Shrimpie Goldberg war mindestens zehn Zentimeter kleiner als Maggie Rose.
»Es gibt ein kleines Problem, aber das ist kein Grund zur Sorge.« Mr. Soneji sprach ruhig und ganz sanft mit den Kindern. »Im Grunde ist alles bestens. Bloß eine kleine Computerpanne, das ist alles. Sonst ist alles in Ordnung.«
»Das glaube ich nicht«, sagte Michael Goldberg und schüttelte den Kopf. »Worum geht es denn bei dieser sogenannten Computerpanne?«
Maggie Rose sagte gar nichts. Aus einem unerfindlichen Grund hatte sie Angst. Etwas war passiert. Etwas stimmte nicht. Sie spürte es in der Magengrube. Ihre Mom sagte immer, sie habe eine zu lebhafte Phantasie, deshalb gab sie sich Mühe, gefaßt auszusehen, sich gefaßt zu verhalten, gefaßt zu sein.

»Wir sind eben vom Secret Service angerufen worden«, sagte Ms. Kim. »Sie haben eine Drohung bekommen. Es geht um dich und Maggie. Vermutlich bloß ein Spinner. Aber vorsichtshalber müssen wir euch beide sofort nach Hause bringen. Bloß eine Vorsichtsmaßnahme. Ihr zwei kennt doch die Vorschriften.«

»Ich bin mir sicher, daß ihr vor dem Mittagessen beide wieder da seid«, fügte Mr. Soneji hinzu, klang jedoch nicht besonders überzeugend.

»Was für eine Drohung?«, fragte Maggie Rose den Lehrer. »Gegen Michaels Vater? Oder hat es was mit meiner Mom zu tun?«

Mr. Soneji tätschelte Maggie den Arm. Die Lehrer an der Privatschule staunten immer wieder darüber, wie erwachsen die meisten dieser Kinder waren.

»Ach, das übliche, wie es hin und wieder vorkommt. Große Sprüche, nichts dahinter. Bloß irgendein Blödmann, der sich wichtig machen will. Irgendein Irrer.« Mr. Soneji verzog übertrieben das Gesicht. Er zeigte genau die richtige Dosis Sorge und vermittelte den Kindern ein Gefühl der Sicherheit.

»Warum müssen wir dann den ganzen weiten Weg nach Potomac fahren? Das darf doch nicht wahr sein!« Michael Goldberg grimassierte und gestikulierte wie ein winziger Verteidiger vor Gericht. Er war in vielerlei Hinsicht eine Comicversion seines berühmten Vaters, des Ministers.

»Bloß sicherheitshalber. Okay? Genug geredet. Ich lasse mich nicht auf eine Diskussion mit dir ein, Michael. Können wir abfahren?« Mr. Soneji war nett, aber energisch.

»Nein.« Michael runzelte immer noch die Stirn und schüttelte den Kopf. »Ausgeschlossen. Im Ernst, Mr. Soneji. Das ist nicht fair. Das ist nicht recht. Warum kann der Secret Service nicht herkommen und hierbleiben, bis die Schule aus ist?«

»Das wollen sie nicht«, sagte Mr. Soneji. »Ich habe die Vorschriften nicht gemacht.«

»Ich glaub', wir sind soweit«, sagte Maggie. »Komm schon, Michael. Hör mit der Streiterei auf. Der Fall ist erledigt.«
»Ein erledigter Fall.« Ms. Kim ließ ein hilfsbereites Lächeln sehen. »Ich lasse euch die Hausaufgaben bringen.«
Maggie Rose und Michael lachten beide. »Danke, Ms. Kim!«, sagten sie unisono. Es war Verlaß darauf, daß Ms. Kim die Situation mit einem Scherz entschärfte.
Die Flure vor dem Klassenzimmer waren fast leer und ganz ruhig. Ein Hausmeister, ein Schwarzer namens Emmett Everett, war der einzige Mensch, der das Trio sah, als es das Schulgebäude verließ.
Mr. Everett schaute, auf seinen Besen gestützt, Mr. Soneji und den beiden Kindern nach, wie sie den langen Flur entlanggingen. Er war der letzte Mensch, der die drei zusammen sah.
Draußen liefen sie über den kopfsteingepflasterten Schulparkplatz, den hübsche Birken und Büsche säumten. Michaels Schuhe klickten gegen die Steine.
»Doofe Schuhe.« Maggie Rose beugte sich zu ihm und zog ihn auf. »Sehen doof aus, benehmen sich doof, klingen doof.«
Michael fiel nichts dazu ein. Was hätte er sagen können? Seine Eltern kauften seine Kleidung immer noch im blöden Laden Brooks Brothers. »Was soll ich denn deiner Meinung nach tragen, Miss Gloria Vanderbilt? Rosa Halbschuhe?« wehrte er sich lahm.
»Klar, rosa Halbschuhe.« Maggie strahlte. »Oder limonengrüne Turnschuhe. Aber doch keine Schuhe für eine Beerdigung, du Zwerg.«
Mr. Soneji führte die Kinder zu einem neuen blauen Lieferwagen, geparkt unter Ulmen und Eichen, die sich an dem Verwaltungsgebäude und der Turnhalle entlangzogen. Aus der Turnhalle hallten asynchron Basketballwürfe wider.
»Ihr zwei steigt hinten ein. Hopsassa, nichts wie rein«, sagte er. Der Lehrer hob sie in den Fond des Lieferwagens. Die

Brille rutschte ihm ständig von der Nase. Schließlich nahm er sie einfach ab.
»Sie fahren uns nach Hause?« fragte Michael.
»Ich weiß, es ist nicht gerade bequem wie im Mercedes, aber du wirst dich damit begnügen müssen, Sir Michael. Ich befolge nur die Anweisungen, die wir am Telefon bekommen haben. Ich habe mit einem Mr. Chakely gesprochen.«
»Jolly Chollie«, zitierte Michael seinen Spitznamen für den Agenten vom Secret Service.
Mr. Soneji stieg ebenfalls in den blauen Lieferwagen. Er zog die Schiebetür mit einem Knall zu.
»Momentchen. Muß ein bißchen Platz für euch schaffen.«
Er stöberte in gestapelten Pappschachteln herum. Im Lieferwagen sah es chaotisch aus. Es war der krasse Gegensatz zur ordentlichen, fast pedantischen Art des Mathematiklehrers in der Schule. »Setzt euch irgendwohin, Kinder.« Er sprach weiter, während er nach etwas suchte.
Als er sich umdrehte, trug Gary Soneji eine furchterregende, nach Gummi aussehende schwarze Maske. Vor der Brust hielt er ein Gerät aus Metall. Es sah wie ein winziger Feuerlöscher aus, bloß wirkte es technisch ausgebuffter.
»Mr. Soneji?« fragte Maggie Rose mit ansteigender Stimme. »Mr. Soneji!« Sie warf sich die Hände vors Gesicht. »Sie machen uns angst. Hören Sie doch auf mit dem Blödsinn!«
Soneji richtete die kleine Metalldüse direkt auf Maggie Rose und Michael. Er trat schnell einen Schritt auf sie zu. Er setzte die gummibesohlten Arbeitsschuhe fest auf den Boden.
»Was ist das für ein Ding?« fragte Michael, ohne sicher zu wissen, warum er das sagte.
»Hey, ich geb's auf. Schnupper mal dran, kleines Genie. Dann sag mir, was das ist.«

Soneji verpaßte ihnen eine Dusche mit Chloroformspray. Er hielt den Finger volle zehn Sekunden auf dem Auslöser. Beide Kinder überzog Nebel, als sie auf dem Rücksitz des Lieferwagens zusammenbrachen.

»Aus, aus, ihr hellen Köpfchen«, sagte Mr. Soneji mit ganz ruhiger, ganz sanfter Stimme. »Niemand wird es je erfahren.« Das war das Schöne daran. Niemand würde je die Wahrheit erfahren.

Soneji stieg auf den Vordersitz und ließ den blauen Lieferwagen an. Als er vom Parkplatz abfuhr, sang er »Magic Bus« von The Who. Heute war er in Hochstimmung. Er plante, Amerikas erster Serienkidnapper zu werden – unter anderem.

5. Kapitel

Gegen Viertel vor elf bekam ich im Haus der Sanders' einen »Notruf«. Ich wollte mit niemandem über weitere Notfälle reden.

Ich hatte eben zehn Minuten mit der Presse verbracht. Als es zu den ersten Morden in den Sozialsiedlungen kam, waren manche Reporter meine Kumpel gewesen. Ich war ein Liebling der Presse. Über mich war sogar in der Sonntagsbeilage der *Washington Post* berichtet worden. Wieder einmal sprach ich über die Mordquote an Schwarzen in D. C. Im letzten Jahr waren in unserer Hauptstadt fast fünfhundert Menschen ermordet worden. Nur achtzehn Opfer waren weiß. Zwei Reporter machten sich darüber sogar eine Notiz. Toller Fortschritt.

Ich nahm den Hörer von einem jungen, klugen Detective entgegen, Rakeem Powel. Geistesabwesend spielte ich mit einem kleinen Basketball, der Mustaf gehört haben mußte, dabei bekam ich ein seltsames Gefühl. Warum war ein schöner kleiner Junge auf diese Weise ermordet worden? Mir fiel keine Antwort ein. Jedenfalls noch nicht.

»Es ist der Jefe, der Chef.« Rakeem runzelte die Stirn. »Er macht sich Sorgen.«

»Hier ist Cross«, sagte ich in das Telefon der Sanders'. Mir drehte sich immer noch der Kopf. Ich wollte das Gespräch schnell hinter mich bringen.

Die Sprechmuschel roch nach billigem Moschusparfum. Poos oder Suzettes Duftwasser, vielleicht das beider. Auf einem Tisch neben dem Telefon standen in einem herzförmigen Rahmen Fotos von Mustaf. Erinnerte mich an meine Kinder.

»Hier ist Chief Pittman. Wie ist die Lage bei euch?«
»Ich glaube, es ist ein Serienmörder. Mutter, Tochter, kleiner Junge. Die zweite Familie in weniger als einer Woche. Der Strom im Haus war abgestellt. Er arbeitet gern im Dunkeln.« Ich ratterte ein paar blutige Einzelheiten herunter. Normalerweise reichte das Pittman. Der Chief würde mich bei diesem Fall in Ruhe lassen. Morde im Südosten bedeuten in einem größeren Zusammenhang nicht viel.
Ein paar Takte befangenen Schweigens folgten. Ich konnte den Christbaum der Sanders' im Fernsehzimmer sehen. Er war mit unverkennbarer Sorgfalt geschmückt worden: Lametta, glänzender Schmuck aus dem Billigladen, Girlanden aus Preiselbeeren und Popcorn. Auf der Spitze thronte ein selbstgebastelter Rauschgoldengel.
»Ich hab' gehört, ein Dealer ist umgelegt worden. Ein Dealer und zwei Prostituierte«, sagte der Jefe.
»Nein, das stimmt nicht«, sagte ich zu Pittman. »Sie haben einen hübschen Christbaum.«
»Klar doch. Verscheißern Sie mich nicht, Alex. Nicht heute. Nicht jetzt.«
Falls er versuchte, mich auf die Palme zu bringen, gelang ihm das. »Ein Opfer ist ein dreijähriger Junge im Schlafanzug. Vielleicht hat er gedealt. Ich werd's mal nachprüfen.«
Das hätte ich nicht sagen sollen. Ich hätte eine Menge nicht sagen sollen. In letzter Zeit hatte ich das Gefühl, gleich zu explodieren. In letzter Zeit heißt, seit etwa drei Jahren.
»Sie und John Sampson fahren schleunigst zur Georgetown-Tagesschule«, sagte Pittman. »Dort ist die Hölle losgebrochen. Im Ernst.«
»Ich meine es auch ernst«, sagte ich zum Chef der Kriminalpolizei. Ich versuchte, die Stimme gedämpft zu halten. »Ich bin mir sicher, daß das ein Serienmörder ist. Hier sieht es schlimm aus. Die Leute weinen auf der Straße. Es ist kurz vor Weihnachten.«

Chief Pittman befahl uns trotzdem, zu der Schule in Georgetown zu fahren. Die Hölle sei losgebrochen, wiederholte er.
Ehe ich zur Georgetown-Tagesschule fuhr, rief ich die Abteilung für Serienmorde in unserer Dienststelle an, dann die »Supereinheit« des FBI in Quantico. Das FBI hat Computerdaten über alle bekannten Fälle von Serienmord, dazu psychiatrische Erkenntnisse über unzählige unveröffentlichte Einzelheiten bei Serienmorden. Ich suchte nach dem passenden Alter und Geschlecht und nach ins Bild passenden Verstümmelungen.
Einer von der Spurensicherung gab mir einen Bericht zum Unterschreiben, als ich das Haus der Sanders' verließ. Ich unterschrieb wie immer – mit einem +.
Cross.
Ein harter Typ aus einem harten Stadtteil, stimmt.

6. Kapitel

Die Privatschule wirkte auf Sampson und mich etwas einschüchternd. Das war ein gewaltiger Unterschied zu den Schulen und Menschen im Südosten.

In der Eingangshalle der Georgetown-Tagesschule waren wir zwei von ganz wenigen Schwarzen. Ich hatte gehört, daß angeblich auch Afrikaner, Kinder von Diplomaten, die Privatschule besuchten, sah aber keine. Nur Grüppchen aus schockierten Lehrern, Kindern, Eltern, Polizisten. Auf dem Rasen vor der Schule und in der Eingangshalle weinten die Menschen unverhohlen.

Zwei Kinder, zwei kleine Engel, waren aus einer der prestigeträchtigsten Privatschulen Washingtons entführt worden. Ich begriff, daß es für alle Beteiligten ein trauriger, tragischer Tag war. Laß es dabei bewenden, sagte ich mir. Tu einfach deine Arbeit.

Wir machten uns an die Polizeiarbeit. Wir versuchten, die Wut, die wir empfanden, zu unterdrücken, aber es war nicht leicht. Ich sah ständig die traurigen Augen von Mustaf Sanders. Ein Uniformierter sagte uns, wir würden im Rektorat erwartet. Von Chief Pittman.

»Reiß dich zusammen«, riet Sampson. »Überleb's, damit du einen weiteren Tag lang kämpfen kannst.«

George Pittman trägt bei der Arbeit meistens einen grauen oder blauen Geschäftsanzug. Er bevorzugt Nadelstreifenhemden mit silber- und blaugestreiften Krawatten. Er trägt Schuhe und Gürtel von Johnson & Murphy. Sein graues Haar ist immer so zurückgestrichen, daß es auf seinem Kugelkopf sitzt wie ein Helm. Er wird der Jefe genannt, der Boß der Bosse, Il Duce, Georgie Porgie . . .

Ich glaube, ich weiß, wann meine Schwierigkeiten mit dem Chef der Kriminalpolizei anfingen. Es war nach dem Artikel über mich, den die *Washington Post* in der Sonntagsbeilage brachte. Der Artikel stellte heraus, ich sei Psychologe, bearbeite aber Mordfälle in D. C. Ich hatte dem Reporter erzählt, warum ich im Südosten wohnen blieb. »Es ist ein gutes Gefühl, dort zu wohnen. Niemand wird mich aus meinem Haus vertreiben.«

Was Chief Pittman (und etliche andere in der Abteilung) den Rest gab, war meiner Meinung nach der Titel des Berichts. Der junge Journalist hatte bei seinen Recherchen meine Großmutter interviewt. Nana war Englischlehrerin gewesen, und der leicht zu beeindruckende Journalist fraß ihr das aus der Hand. Nana hatte ihm außerdem ihre Meinung in den Kopf gesetzt, Schwarze seien von Grund auf Traditionalisten und deshalb logischerweise die letzten Menschen im Süden, die von Religion, Moral und guten Manieren lassen würden. Sie sagte, ich sei ein echter Südstaatler, weil ich in North Carolina geboren war. Sie fand es außerdem bedenklich, wenn geistesgestörte Kriminalpolizisten in Filmen, Fernsehen, in Büchern und Zeitungsartikeln vergöttert werden.

Der Titel des Artikels über meinem grüblerischen Foto lautete: »Der letzte Südstaatengentleman«. Die Geschichte führte in unserer verklemmten Abteilung zu großen Problemen. Chief Pittman nahm besonderen Anstoß daran. Ich konnte es nicht beweisen, aber ich glaubte, jemand im Büro des Bürgermeisters habe den Artikel lanciert.

Ich klopfte eins, zwei, drei an die Tür des Rektorats, dann gingen Sampson und ich hinein. Ehe ich ein Wort sagen konnte, hob Pittman die rechte Hand. »Cross, hören Sie sich an, was ich zu sagen habe«, sagte er, als er zu uns herüberkam. »An dieser Schule hat es eine Entführung gegeben. Ein schwerer Fall von Kidnapping.«

»Schlimme Sache«, unterbrach ich ihn sofort. »Unglücklicherweise hat außerdem ein Killer in Condon Terrace und Langley zugeschlagen. Schon zum zweiten Mal. Bis jetzt sind sechs Menschen tot. Sampson und ich sind bei diesem Fall die leitenden Ermittler. Im Grunde die einzigen.«

»Ich bin über die Lage in den Sozialsiedlungen Condon und Langley unterrichtet. Ich habe schon Ermittler abgestellt. Wir kümmern uns um den Fall«, sagte Pittman.

»Zwei schwarzen Frauen sind heute morgen die Brüste abgeschnitten worden. Ihnen wurde das Schamhaar abrasiert, während sie am Bett festgebunden waren. Sind Sie davon unterrichtet worden?« fragte ich ihn. »Ein dreijähriger Junge ist ermordet worden, im Schlafanzug.« Ich brüllte wieder. Ich warf Sampson einen Blick zu und sah, wie er den Kopf schüttelte.

Eine Gruppe von Lehrern im Rektorat schaute in unsere Richtung. »Zwei jungen schwarzen Frauen sind die Brüste abgeschnitten worden«, wiederholte ich zu ihrer Erbauung. »Jemand läuft heute morgen in D. C. mit Brüsten in der Tasche herum.«

Chief Pittman deutete auf das Büro des Rektors. Er wollte, daß wir mit ihm hineingingen. Ich schüttelte den Kopf. In seiner Nähe wollte ich Zeugen haben.

»Ich weiß, was Sie denken, Cross.« Er senkte die Stimme und sprach nahe an meinem Gesicht. Der Geruch schaler Zigaretten wehte mir entgegen. »Sie glauben, ich hab' was gegen Sie, aber das stimmt nicht. Ich weiß, daß Sie ein guter Cop sind. Ich weiß, daß Sie das Herz meistens am richtigen Fleck haben.«

»Nein, Sie wissen nicht, was ich denke. Ich denke folgendes: sechs Schwarze sind schon tot. Ein verrückter Mörder treibt sich draußen herum. Er ist geil. Er wetzt die Zähne. Jetzt sind zwei weiße Kinder entführt worden, und das ist grauenhaft. Grauenhaft! Aber ich habe schon einen Scheißfall!«

Pittman stach plötzlich mit dem Zeigefinger nach mir. Sein

Gesicht war knallrot. »Ich entscheide, welchen Fall Sie haben! Ich entscheide! Sie haben Erfahrungen mit Geiselverhandlungen. Sie sind Psychologe. Wir haben andere Leute, die wir auf Langley und Condon ansetzen können. Außerdem hat Bürgermeister Monroe ausdrücklich Sie angefordert.«

Das war es also. Jetzt verstand ich alles. Unser Bürgermeister hatte interveniert. Meinetwegen.

»Was ist mit Sampson? Lassen Sie wenigstens ihn weiter an den Siedlungsmorden arbeiten«, sagte ich zum Chef der Kriminalpolizei.

»Falls Sie irgendwelche Beschwerden haben, wenden Sie sich an den Bürgermeister. Sie arbeiten beide an dieser Kidnappinggeschichte. Das ist alles, was ich Ihnen im Augenblick zu sagen habe.«

Pittman drehte uns den Rücken zu und ging weg. Wir waren auf den Dunne-Goldberg-Kidnappingfall angesetzt, ob es uns gefiel oder nicht. Es gefiel uns nicht.

»Vielleicht sollten wir einfach zum Haus der Sanders' zurückfahren«, sagte ich zu Sampson.

»Hier wird uns niemand vermissen«, stimmte er zu.

7. Kapitel

Ein schimmerndes, schwarzes BMW-K-1-Motorrad quetschte sich durch das niedrige Feldsteintor der Georgetown-Tagesschule. Der Fahrer wies sich aus, dann raste das Motorrad eine lange, schmale Straße entlang auf die grauen Schulgebäude zu. Es war elf.

Die BMW-K-1 beschleunigte in den wenigen Sekunden bis zum Verwaltungsgebäude auf hundert. Dann bremste das Motorrad leicht und glatt, wirbelte kaum Kies auf. Der Fahrer lenkte es hinter einen perlgrauen Mercedes mit einem Diplomatennummernschild.

Noch auf dem Motorrad sitzend, nahm Jezzie Flanagan den schwarzen Helm ab, unter dem langes blondes Haar zum Vorschein kam. Sie sah aus, als wäre sie Ende Zwanzig. Tatsächlich war sie in jenem Sommer zweiunddreißig geworden. Das Leben drohte, an ihr vorbeizugehen. Sie war jetzt ein Überbleibsel, uralt, wie sie glaubte. Sie war direkt von ihrem Cottage am See zur Schule gekommen, obwohl es ihr erster Urlaub seit neunundzwanzig Monaten war.

Letzteres erklärte ihren Kleidungsstil an jenem Morgen: die lederne Motorradjacke, die verschossenen schwarzen Jeans mit Beinwärmern und dickem Ledergürtel, das schwarz-rot-karierte Holzfällerhemd und die abgetragenen Stiefel.

Zwei D. C.-Polizisten stürzten sich von beiden Seiten auf sie. »Es ist okay, Officers«, sagte sie, »hier ist mein Ausweis.« Nachdem sie ihn gemustert hatten, traten sie schnell zurück und wurden dienstbeflissen. »Sie können gleich hinein«, sagte einer, »direkt hinter der hohen Hecke ist eine Seitentür, Ms. Flanagan.«

Jezzie Flanagan gelang ein freundliches Lächeln für die beiden mitgenommen aussehenden Polizisten. »Ich weiß, ich sehe heute nicht besonders überzeugend aus. Ich war im Urlaub. Da fahre ich Motorrad. Ich bin damit hergerast.«
Jezzie Flanagan nahm die Abkürzung über einen makellosen Rasen, der leicht mit Reif überzogen war. Sie verschwand im Verwaltungsgebäude der Schule.
Beide Polizisten ließen die Augen nicht von ihr, bis sie fort war. Ihr blondes Haar wehte im steifen Winterwind wie ein Banner. Sie war eindeutig ein aufregender Anblick, sogar in schmutzigen Jeans und Arbeitsstiefeln. Und ihr Beruf gab ihr Macht. Das wußten sie beide aus ihrem Ausweis. Sie war eine Drahtzieherin.
Als sie durch die Eingangshalle ging, packte jemand sie am Arm. Jemand nahm sich ein Stück von Jezzie Flanagan, was typisch für ihr Leben in D. C. war.
Victor Schmidt hatte sich an ihren Arm gehängt. Vor langer Zeit, und das fiel Jezzie jetzt schwer, sich vorzustellen, war Victor ihr Partner gewesen. Genau gesagt, ihr erster. Jetzt war er für ein Kind in der Tagesschule abgestellt.
Victor war klein und wurde kahl. Elegant gekleidet. Aus unerfindlichen Gründen selbstbewußt. Sie hatte ihn im Secret Service immer für deplaziert gehalten, vielleicht besser geeignet für die unteren Ränge im diplomatischen Dienst.
»Jezzie, wie geht's denn so?« Halb flüsterte er, halb sprach er. Wie ihr wieder einfiel, war er nie ganz bei der Sache. Das hatte sie immer geärgert.
Jezzie Flanagan explodierte. Später wurde ihr bewußt, daß sie tatsächlich gereizt gewesen war, als Schmidt sie anhielt. Eine Entschuldigung für diesen Ausbruch brauchte sie nicht. Nicht an jenem Morgen. Nicht unter diesen Umständen.
»Vic, weißt du, daß zwei Kinder aus dieser Schule verschwunden sind, vielleicht entführt?« fuhr sie ihn an. »Eins

ist der Sohn des Finanzministers. Das zweite die Tochter von Katherine Rose. Von der Schauspielerin Katherine Rose Dunne. Was meinst du denn, wie's mir so geht? Mir ist ein bißchen schlecht im Magen. Ich bin wütend. Und außerdem bin ich wie gelähmt.«

»Ich wollte doch bloß guten Tag sagen. Tag, Jezzie. Zum Teufel, ich weiß doch, was hier passiert ist.«

Aber Jezzie Flanagan war schon fort, jedenfalls so weit fort, um nichts mehr zu Victor zu sagen. Sie war nervös. Und ihr war übel. Und vor allem war sie teuflisch angespannt. Sie sah sich in der überfüllten Eingangshalle nicht nach bekannten Gesichtern um, nur nach den richtigen Gesichtern. Und da waren zwei davon!

Charlie Chakely und Mike Devine, ihre Agenten. Die beiden Männer, die sie auf den kleinen Michael Goldberg und außerdem auf Maggie Rose Dunne angesetzt hatte, weil die beiden gemeinsam zur Schule und nach Hause fuhren.

»Wie konnte das passieren?« Ihre Stimme war laut. Es war ihr gleich, wenn die Gespräche in der Nähe abbrachen und die Leute sie anstarrten. In den Lärm und das Chaos in der Schuleingangshalle war ein schwarzes Loch geschlagen worden. Dann senkte sie die Stimme zu einem Flüstern, als sie ihre Agenten verhörte, was bis jetzt geschehen sei. Sie hörte ruhig zu, während sie sich alles erklären ließ. Offenbar gefiel ihr gar nicht, was sie zu sagen hatten.

»Schert euch zum Teufel«, explodierte sie zum zweiten Mal. »Raus hier! Aus meinen Augen!«

»Wir hätten gar nichts tun können«, versuchte Charlie Chakely zu protestieren. »Was hätten wir schon tun können? Herr und Heiland!« Dann schlichen er und Devine weg.

Wer Jezzie Flanagan kannte, hätte ihre emotionale Reaktion verstehen können. Zwei Kinder wurden vermißt. Es war in ihrem Zuständigkeitsbereich passiert. Sie war die Einsatzleiterin für die Agenten vom Secret Service, die alle bis auf den Präsidenten bewachten: wichtige Kabinettsminister und ihre Familien, etwa ein halbes Dutzend Senatoren, darunter Ted Kennedy. Sie war direkt dem Finanzminister unterstellt.

Sie hatte unglaublich hart gearbeitet, um soviel Vertrauen und Verantwortung zu bekommen, und sie war verantwortungsbewußt. Eine Hundertstundenwoche, Jahr für Jahr kein Urlaub, kein Privatleben.

Sie hörte das Geschwätz schon, ehe es dazu kam. Zwei ihrer Agenten hatten Mist gebaut. Es würde zu einer Untersuchung kommen – und zu einer altmodischen Hexenjagd. Jezzie Flanagan saß auf dem heißen Stuhl. Weil sie die erste Frau war, die diesen Job je bekommen hatte, würde der Sturz, falls es dazu kam, steil und schmerzlich sein und in aller Öffentlichkeit stattfinden.

Schließlich sah sie den einen Menschen, nach dem sie in der Menge gesucht hatte – in der Hoffnung, sie werde ihn nicht finden. Finanzminister Jerrold Goldberg war schon in der Schule seines Sohnes angekommen.

Bei dem Minister standen Bürgermeister Carl Monroe, ein Sonderagent vom FBI namens Roger Graham, den sie kannte, und zwei Schwarze, die sie nicht gleich erkannte. Beide Schwarze waren groß, einer extrem groß, ein Hüne.

Jezzie Flanagan holte tief Luft und ging schnell zu Minister Goldberg und den anderen hinüber.

»Es tut mir ungeheuer leid, Jerrold«, flüsterte sie, als sie ankam. »Ich bin mir sicher, daß die Kinder gefunden werden.«

»Ein Lehrer«, war alles, was Jerrold Goldberg herausbrachte. Er schüttelte den Kopf mit den kurzgestutzten weißen Locken. Seine Augen waren feucht und glänzten. »Ein Lehrer von Kindern, kleinen Kindern. Wie konnte das passieren?«

Er war eindeutig verzweifelt. Der Minister sah zehn Jahre älter aus, als er tatsächlich war: neunundvierzig. Sein

Gesicht war so weiß wie die vergipsten Wände der Schule.

Ehe er nach Washington kam, war Jerrold Goldberg bei Salomon Brothers in der Wall Street gewesen. Er hatte in den verrückten, konjunkturstarken achtziger Jahren zwanzig bis dreißig Millionen verdient. Er war intelligent, weltgewandt und hatte das schon oft unter Beweis gestellt. Er war so pragmatisch, wie man sich das nur denken kann.

An jenem Tag war er jedoch nur der Vater eines entführten kleinen Jungen, und er sah äußerst hinfällig aus.

8. Kapitel

Ich sprach mit Roger Graham vom FBI, als die Einsatzleiterin vom Secret Service, Jezzie Flanagan, zu uns trat. Sie sagte, was sie konnte, um Minister Goldberg zu trösten. Dann wandte sich das Gespräch wieder ruhig der mutmaßlichen Entführung zu und den nächsten Maßnahmen, die ergriffen werden sollten.

»Sind wir hundertprozentig sicher, daß es der Mathelehrer war, der die Kinder mitgenommen hat?« fragte Graham die Gruppe. Er und ich hatten schon früher eng zusammengearbeitet. Graham war hochintelligent und schon seit Jahren ein Star beim FBI. Er war Mitverfasser eines Buches über die Eindämmung des organisierten Verbrechens in New Jersey. Es war erfolgreich verfilmt worden. Wir respektierten und mochten uns, was zwischen dem FBI und der Ortspolizei selten ist. Als meine Frau in Washington umgebracht worden war, hatte Roger dafür gesorgt, das FBI in die Ermittlungen einzuschalten. Er hatte mir mehr geholfen als die eigenen Kollegen.

Ich überlegte mir, ob ich Roger Grahams Frage beantworten solle. Inzwischen hatte ich mich so weit beruhigt, daß ich reden konnte, und ich sagte ihnen, was Sampson und ich bis jetzt herausbekommen hatten.

»Auf jeden Fall haben sie gemeinsam das Schulgrundstück verlassen«, sagte ich. »Ein Hausmeister hat sie gesehen. Der Mathelehrer, ein Mr. Soneji, kam in Ms. Kims Schulstunde. Er hat sie angelogen. Hat behauptet, es habe eine telefonische Drohung gegeben, und er solle die Kinder ins Rektorat bringen, damit sie nach Hause gefahren werden. Hat behauptet, der Secret Service habe nicht genau gesagt, ob die Drohung dem Jungen oder dem Mädchen gelte. Er hat bloß auf ihr Mitkommen bestanden. Die Kinder haben ihm vertraut und getan, was er gesagt hat.«

»Wie war es möglich, daß ein potentieller Kidnapper ins Lehrerkollegium dieser Schule vorstoßen konnte?« fragte der Sonderagent. Eine Sonnenbrille schaute aus der Brusttasche seines Anzuges heraus. Eine Sonnenbrille für den Winter. Harrison Ford hatte ihn in dem Film nach seinem Buch gespielt. Wirklich keine schlechte Besetzung. Sampson nannte Graham den »Leinwandstar«.

»Das wissen wir noch nicht«, sagte ich zu Graham. »Bald haben wir es raus.«

Sampson und ich wurden schließlich von Bürgermeister Monroe dem Finanzminister vorgestellt. Monroe hielt eine kleine Rede über unsere ausgezeichneten Fähigkeiten als Kriminalteam in D. C. und so weiter, und so fort. Dann führte der Bürgermeister den Minister ins Rektorat. Sonderagent Graham schloß sich ihnen an. Er verdrehte die Augen, als er Sampson und mich ansah. Er wollte uns wissen lassen, das sei nicht seine Show.

Jezzie Flanagan blieb zurück. »Jetzt, wo ich darüber nachdenke, hab' ich schon mal was von Ihnen gehört, Detective Cross. Sie sind der Psychologe. Da war ein Artikel in der *Washington Post.*« Sie lächelte nett, ein halbes Lächeln.

Ich lächelte nicht zurück. »Sie wissen doch, wie Zeitungsartikel sind«, sagte ich zu ihr. »Meistens ein Paket Halbwahrheiten. In diesem Fall eindeutig ein paar aufgebauschte Geschichten.«

»Da bin ich mir nicht so sicher«, sagte sie. »Jedenfalls war es nett, Sie kennenzulernen.« Dann ging sie hinter Minister Goldberg, dem Bürgermeister und dem Staragenten vom FBI ins Büro. Niemand lud mich ein – den aus der Zeitung berühmten Psychologen der Kriminalpolizei. Niemand lud Sampson ein.

Monroe steckte den Kopf aus der Tür. »Bleiben Sie in der

Nähe. Sie beide. Macht kein Theater. Und werdet nicht stinkig. Wir brauchen Sie hier. Ich muß mit Ihnen reden, Alex. Bleiben Sie, wo Sie sind. Werden Sie ja nicht stinkig.«

Sampson und ich versuchten, gute Polizisten zu sein. Wir standen weitere zehn Minuten vor dem Rektorat. Schließlich verließen wir unseren Posten. Wir waren sauer.

Ich sah immer noch das Gesicht des kleinen Mustaf Sanders. Wer würde seinen Mörder finden? Niemand. Mustaf war schon vergessen. Ich wußte, daß das den beiden Privatschulkindern nie passieren würde.

Etwas später lagen Sampson und ich mit etlichen Kindern auf dem Naturkieferboden des »Spielzimmers« in der Tagesschule.

Wir waren zusammen mit Luisa, Jonathan, Stuart, Mary-Berry und ihrer »großen« Schwester Brigid. Bis jetzt hatte diese Kinder niemand abholen können, und sie hatten Angst. Etliche von ihnen hatten sich in die Hosen gemacht, und es gab einen Fall schweren Erbrechens. Möglicherweise ein Krisentrauma, ein Zustand, mit dessen Behandlung ich Erfahrung hatte.

Auf dem gebohnerten Holzboden lag außerdem die Lehrerin Vivian Kim. Wir hatten ihr Fragen nach Sonejis Besuch in ihrer Stunde und nach Soneji im allgemeinen gestellt.

»Wir sind Neuankömmlinge in eurer Schule«, witzelte Sampson mit den Kindern. Er hatte sogar die Sonnenbrille abgenommen, obwohl ich mir nicht sicher war, ob das nötig gewesen wäre. Meistens fühlen sich Kinder zu Sampson hingezogen. Er paßt in ihr Bild vom »lieben Monster«.

»Stimmt ja gar nicht!« sagte Mary-Berry. Sampson hatte sie schon zum Lächeln gebracht. Ein gutes Zeichen.

»Sie hat recht, wir sind echte Polizisten«, sagte ich zu den

Kindern. »Wir sind hier, um dafür zu sorgen, daß ihr alle okay seid. Ich meine, puh, was – für ein Morgen!«

Ms. Kim lächelte mir über den Fußboden hinweg zu. Sie wußte, ich wollte die Kinder beruhigen. Die Polizei war da, sie waren wieder in Sicherheit. Niemand konnte ihnen jetzt etwas tun; die Ordnung war wiederhergestellt.

»Sind Sie ein guter Polizist?« frage Jonathan mich. Für einen so kleinen Jungen wirkte er ungeheuer ernst.

»Ja, bin ich. Und mein Partner, Detective Sampson, auch.«

»Sie sind groß«, sagte Luisa. »Groß, groß, so groß wie unser Haus!«

»Damit wir alle besser beschützen können«, sagte Sampson zu dem Mädchen. Sampson hatte schnell begriffen.

»Haben Sie Kinder?« fragte Brigid mich. Sie hatte uns beide gründlich beobachtet, ehe sie etwas sagte. Sie hatte herrliche strahlende Augen, und ich mochte sie jetzt schon.

»Ich habe zwei Kinder«, sagte ich. »Einen Jungen und ein Mädchen.«

»Und wie heißen die?« fragte Brigid. Sie hatte unsere Rollen elegant vertauscht.

»Janelle und Damon«, sagte ich. »Janelle ist vier und Damon sechs.«

»Wie heißt Ihre Frau?« fragte Stuart.

»Ich habe keine Frau«, sagte ich.

»Mann o Mann, Mr. Rogers«, sagte Sampson leise.

»Sind Sie geschieden?« fragte Mary-Berry mich. »Ist es deshalb?«

Ms. Kim lachte laut auf. »Aber, Mary, was stellst du unserem netten Freund für eine Frage!«

»Werden die Maggie Rose und Michael Goldberg was tun?« wollte der ernste Jonathan wissen. Es war eine gute, gerechtfertigte Frage. Sie hatte eine Antwort verdient.

»Ich hoffe nein, Jonathan. Eins kann ich euch sagen. Niemand wird euch was tun. Detective Sampson und ich sind hier, um das zu verhindern.«

»Falls ihr das noch nicht gemerkt habt, wir sind ganz schön zäh.« Sampson grinste. »Grrr! Diesen Kindern wird nie jemand was tun. Grrr!«

Kurz darauf fing Luisa zu weinen an. Sie war ein reizendes Kind. Ich hätte sie am liebsten in den Arm genommen, aber das ging nicht.

»Was ist denn, Luisa?« fragte Ms. Kim. »Deine Mom und dein Dad kommen bald.«

»Nein, die kommen nicht.« Das kleine Mädchen schüttelte den Kopf. »Die kommen nicht. Sie holen mich nie von der Schule ab.«

»Jemand kommt bestimmt«, sagte ich mit ruhiger Stimme. »Und morgen ist alles wieder gut.«

Die Tür zum Spielzimmer ging langsam auf. Ich schaute von den Kindern weg. Es war Bürgermeister Carl Monroe, auf Besuch in den hiesigen Schulen für Privilegierte.

»Haben Sie auch keinen Ärger, Alex?« Der Herr Bürgermeister nickte und lächelte, als er die ungewöhnliche Spielzimmerszene in sich aufnahm. Monroe war Mitte Vierzig und sah auf markige Weise gut aus. Er hatte einen vollen Haarschopf und einen dichten schwarzen Schnurrbart. Er sah in seinem marineblauen Anzug, dem weißen Hemd und der knallgelben Krawatte ganz dienstlich aus.

»O nein. Ich versuche bloß, hier was Nützliches mit meiner Freizeit anzufangen. Gilt für Sampson und für mich.«

Das brachte mir ein bürgermeisterliches Glucksen ein. »Sieht so aus, als wäre Ihnen das gelungen. Fahren wir ein Stück. Kommen Sie mit, Alex. Wir müssen über ein paar Dinge sprechen.«

Ich verabschiedete mich von den Kindern und von Ms. Kim und verließ mit Monroe die Schule. Vielleicht würde ich jetzt herausfinden, was tatsächlich los war und warum ich auf die Entführung statt auf meine Mordfälle angesetzt

worden war. Und ob ich in der Sache überhaupt die Wahl hatte.
»Sind Sie mit Ihrem Auto gekommen, Alex?« fragte Monroe, als wir die Schultreppe hinunterliefen.
»Gehört mir und der Bank«, sagte ich.
»Wir nehmen Ihr Auto. Wie wirkt sich die S. I. T.-Gruppe für Sie aus? Das Konzept ist stark«, sagte er, als wir auf den Parkplatz zugingen. Offenbar hatte er seinen Fahrer mit dem Dienstwagen weggeschickt. Ein Mann des Volkes, unser Bürgermeister.
»Was genau ist denn das Konzept für S. I. T.?« fragte ich ihn. Ich hatte über meine gegenwärtige berufliche Situation nachgedacht, vor allem darüber, daß ich George Pittman unterstellt war.
Carl Monroe lächelte breit. Er ist raffiniert im Umgang mit Menschen und tatsächlich ziemlich schlau. Er wirkt immer interessiert und wohlwollend, und vielleicht ist er es auch. Er kann zuhören, wenn es sein muß.
»Der Grundgedanke ist, daß die besten schwarzen Männer und Frauen bei der städtischen Polizei nach oben kommen, wie es sein sollte. Nicht bloß die Arschkriecher, Alex. Das war früher nicht immer so.«
»Ich glaube, wir kämen ohne allzu viele Jasager ganz gut zurecht. Haben Sie von den Morden in Condon und Langley Terrace gehört?« fragte ich Monroe.
Er nickte, sagte aber nichts über die Serienmorde. Heute hatten sie für den Bürgermeister keine Priorität.
»Mutter, Tochter, dreijähriger Junge«, hakte ich nach und wurde wieder wütend. »Sie sind allen scheißegal.«
»Und was ist daran neu, Alex? Niemand hat sich um ihr Leben gekümmert. Warum sollte sich jemand für ihren Tod interessieren?«
Wir waren zu meinem Auto gekommen, einem 74er Porsche, der viel bessere Tage gesehen hatte. Die Türen quietschten, und es roch schwach nach Mahlzeiten aus dem

Schnellimbiß. Ich hatte das Auto in den drei Jahren gefahren, in denen ich als Psychologe praktizierte. Wir stiegen beide ein.

»Sie wissen doch, Alex, Colin Powell ist jetzt Stabschef. Louis Sullivan war unser Gesundheitsminister. Jesse Jackson hat mir dabei geholfen, diesen Posten zu bekommen«, sagte Monroe, als wir in die Canal Road einbogen und Richtung Innenstadt fuhren. Er schaute beim Sprechen sein Spiegelbild im Seitenfenster an.

»Und jetzt helfen Sie mir?« sagte ich. »Ohne daß ich auch nur darum gebeten habe. Wirklich nett, so aufmerksam.«

»Stimmt«, pflichtete er mir bei. »Sie sind so verflucht schnell von Begriff, Alex.«

»Dann helfen Sie mir aus dieser Geschichte heraus. Ich will die Morde in den Sozialsiedlungen aufklären. Das mit diesen beiden weißen Kindern tut mir höllisch leid, aber bei ihrer Entführung wird es nicht an Aufmerksamkeit und Hilfe fehlen. Das wird sogar ein Problem werden. Zuviel der gottverfluchten Hilfe.«

»Natürlich. Das wissen wir beide.« Monroe nickte. »Die blöden Schweinehunde werden übereinander stolpern. Hören Sie zu, Alex. Könnten Sie bitte einfach zuhören?«

Wenn Carl Monroe etwas von einem will, redet er einen in Grund und Boden, falls das nötig ist. Ich hatte das schon früher erlebt, und jetzt fing er wieder damit an.

»Die Legende von Alex Cross will wissen, daß Sie pleite sind.«

»Mir geht's bestens«, sagte ich. »Ein Dach über dem Kopf, Essen auf dem Tisch.«

»Sie sind im Südosten geblieben, obwohl Sie leicht weggekonnt hätten«, fuhr er mit der gesprungenen Schallplatte fort, die ich schon öfter gehört hatte. »Sie sind immer noch Mitarbeiter bei St. Anthony?«

»Ja. Suppenbrigade. Ein paar kostenlose Therapiestunden. Der schwarze Samariter.«

»Wissen Sie, ich hab' Sie mal in einer Theateraufführung von St. Anthony gesehen. Sie sind auch ein guter Schauspieler. Sie haben Präsenz.«

»*The Blood Knot* von Athol Fugard.« Ich erinnerte mich daran. Maria hatte mich in ihre Theatergruppe gelockt. »Das ist ein starkes Stück. Darin sieht jeder gut aus.«

»Können Sie mir folgen? Hören Sie mir überhaupt zu?«

»Sie wollen mich heiraten.« Ich lachte laut über Monroe. »Sie wollen vorher aber erst mal mit mir ausgehen.«

»Irgendwas in der Richtung.« Monroe lachte auch.

»Sie machen es genau richtig, Carl. Ich höre gern ein paar schöne Reden, ehe ich aufs Kreuz gelegt werde.«

Monroe lachte weiter, etwas heftiger, als nötig gewesen wäre. Er konnte ein guter Kumpel sein und einen bei der nächsten Begegnung einfach übersehen. Manche Kriminalpolizisten nannten ihn »Kokosnuß«. Ich war einer von ihnen: »Außen braun, innen weiß.« Ich hatte das Gefühl, in Wahrheit sei er einsam. Ich fragte mich immer noch, was genau er von mir wollte.

Monroe schwieg einen Augenblick. Er machte den Mund wieder auf, als wir auf den Withehorst Freeway einbogen. Der Verkehr war stark, und der Schneematsch auf den Straßen machte es nicht besser.

»Wir stehen vor einer äußerst tragischen Situation. Diese Entführung ist auch für uns wichtig. Wer sie aufklärt, ist wichtig. Ich will, daß Sie bei der Aufklärung helfen, eine Rolle dabei spielen. Ich will, daß Sie sich mit diesem Fall ein Renommee erwerben.«

»Ich will kein Renommee«, sagte ich geradeheraus zu Monroe. »Und ich will keine Scheißrolle dabei.«

»Das weiß ich. Und das ist einer der Gründe, warum Sie eine spielen sollten. Ich sag' Ihnen jetzt mal was, und das ist die Wahrheit: Sie sind schlauer als wir, und Sie werden es in dieser Stadt weit bringen. Hören Sie auf damit, so ein sturer Hund zu sein. Wehren Sie sich nicht mehr dagegen.«

»Ich bin nicht einverstanden. Freiwillig jedenfalls nicht. Nicht wenn ich was mitzureden habe. Ihre Vorstellung von Erfolg ist nicht meine.«

»Ich weiß, was hier das Richtige ist. Für uns beide«, sagte er. Dieses Mal lächelte Carl Monroe nicht die Spur. »Sie halten mich über die Fortschritte in diesem Fall auf dem laufenden. An dieser Sache sind wir beide beteiligt, Alex. Das ist ein Fall, bei dem man Karriere macht.«

Ich nickte Monroe zu. Aber klar doch, dachte ich. »Wer macht Karriere, Carl?«

Ich hatte vor dem Districtgebäude mit den vielen Schnörkeln gehalten. Monroe rutschte vom Sitz. Er blieb neben dem Auto stehen und schaute auf mich hinunter. »Dieser Fall ist ungeheuer wichtig, Alex. Er gehört Ihnen.«

»Nein, danke«, sagte ich.

Aber Monroe war schon fort.

9. Kapitel

Fünfundzwanzig Minuten nach zehn, gut in dem Zeitplan, den Gary Soneji bei seinen Probefahrten von Washington aus aufgestellt hatte, lenkte er den Lieferwagen auf eine unbeschilderte Zufahrt. Der Feldweg hatte schlimme Schlaglöcher und war dicht mit Unkraut überwuchert. Zu beiden Seiten wuchs Brombeergestrüpp.

Keine fünfzig Meter von der Hauptstraße entfernt konnte er nichts mehr sehen als den Feldweg und das Dickicht darüber. Niemand konnte von der Hauptstraße aus seinen Lieferwagen sehen.

Der Lieferwagen holperte an einem baufälligen, verblichenen weißen Farmhaus vorbei. Das Haus wirkte, als schrumpfe es, sacke in das Fundament zusammen. Nur vierzig Meter hinter dem Haus standen die Reste einer gleichermaßen heruntergekommenen Scheune.

Soneji fuhr den Lieferwagen hinein. Er hatte es getan; er hatte es durchgezogen.

In der Scheune parkte ein schwarzer Saab Baujahr 1985. Im Gegensatz zum Rest der verlassenen Farm wirkte die Scheune bewohnt.

Sie hatte einen Lehmboden. Drei kaputte Fenster im Heuboden waren mit dünnem Baumwollstoff beklebt. Weder rostige Traktoren noch andere Landmaschinen standen herum. Die Scheune roch nach feuchter Erde und Benzin.

Gary Soneji zog zwei Cokes aus einer Kühltasche auf dem Beifahrersitz. Er stürzte beide hinunter und rülpste befriedigt, als er die zweite kalte Limonade intus hatte.

»Will einer von euch eine Coke?« rief er den betäubten,

bewußtlosen Kindern zu. »Nein? Okay, aber bald werdet ihr ganz schönen Durst kriegen.«

Es gab keine Gewißheiten im Leben, dachte er, aber er konnte sich nicht vorstellen, wie ihn die Polizei jetzt schnappen sollte. War es blöd und gefährlich, daß er so zuversichtlich war? fragte er sich. Eigentlich nicht, denn er war außerdem realistisch. Sie konnten ihn jetzt nicht mehr aufspüren. Sie hatten keinen einzigen Anhaltspunkt, dem sie folgen konnten.

Er hatte geplant, eine Berühmtheit zu entführen, seit – oh, seit ewigen Zeiten. Wer das sein sollte, hatte sich geändert, immer wieder geändert, aber nie das klare Ziel, das er vor Augen hatte. Er hatte monatelang an der Georgetown-Tagesschule gearbeitet. Dieser Moment, hier und jetzt, war jeden miesen Augenblick wert gewesen.

»Mr. Chips.« Er dachte an seinen Spitznamen in der Schule. Mr. Chips! Wie wunderbar, wunderbar er seine Rolle gespielt hatte. Wirklich reif für einen Oscar. Besser als alles, was er seit Robert de Niro in *The King of Comedy* gesehen hatte. Und diese darstellerische Leistung hatte Maßstäbe gesetzt. De Niro mußte im wahren Leben auch ein Psychopath sein.

Gary Soneji zog schließlich die Schiebetür des Lieferwagens auf. Wieder an die Arbeit, an die Arbeit, die reine Schinderei war.

Nacheinander zog er die Kinder aus dem Lieferwagen. Erst kam Maggie Rose. Dann der kleine Goldberg. Er legte sie nebeneinander auf den Lehmboden. Er zog beide bis auf die Unterwäsche aus. Er bereitete sorgfältig Dosen von Secobarbitalnatrium vor. Der nette Apotheker an der Ecke bei der Schwerarbeit. Die Dosis lag irgendwo zwischen einer Schlaftablette und einer Krankenhausnarkose. Sie würde etwa zwölf Stunden reichen.

Er holte Einwegspritzen namens Tubex heraus und zwei Aderpressen. Er mußte äußerst vorsichtig sein. Bei Kindern

war die genaue Dosierung problematisch. Als nächstes schob er den schwarzen Saab etwa zwei Meter nach vorn. Dadurch kam im Scheunenboden eine Grube zum Vorschein, anderthalb Meter lang, einszwanzig breit.
Er hatte das Loch bei mehreren früheren Besuchen auf der verlassenen Farm gegraben. In dem Hohlraum stand ein selbstgebauter Holzkasten mit Deckel. Er wurde über einen Tank mit Sauerstoff versorgt. Aller Komfort bis auf einen Farbfernseher zum Anschauen von Wiederholungen.
Zuerst legte er den kleinen Goldberg in den Kasten. Michael Goldberg wog in seinen Armen so gut wie nichts, und genau das empfand er auch für ihn. Nichts. Dann kam die kleine Prinzessin, der Stolz und die Freude ihrer Eltern, Maggie Rose Dunne. Direkt importiert aus der Traumfabrik.
Er stach die Tubexnadeln in die Arme der Kinder. Er achtete sorgfältig darauf, jede Dosis langsam zu verabreichen, drei Minuten lang.
Die Dosen wurden nach dem Gewicht berechnet: 0,25 Milligramm pro Kilo Körpergewicht. Er überprüfte die Atmung beider Kinder. Schlaft gut, meine Multimillionendollarbabys.
Gary Soneji warf die Falltür mit einem Knall zu. Dann begrub er den Holzkasten unter einer frischen Erdschicht. In der verlassenen Scheune. Mitten im gottverlassenen Farmland von Maryland. Genau wie der kleine Charlie Lindbergh junior vor sechzig Jahren begraben worden war.
Niemand würde die beiden hier draußen finden. Nur dann, wenn er wollte, daß sie gefunden wurden. Falls er das wollte. *Falls*.
Gary Soneji trottete den Feldweg entlang zu den Resten des alten Farmhauses zurück. Er wollte sich waschen. Er wollte das hier außerdem ein bißchen genießen. Er hatte sogar einen Watchman mitgebracht, um sich im Fernsehen sehen zu können.

10. Kapitel

Alle Viertelstunden gingen Kurznachrichten über den Bildschirm. Gary Soneji sah sich in der allmächtigen Glotze. In jeder Nachrichtensendung wurden Fotos von »Mr. Chips« gezeigt. Der Reporter hatte jedoch keinen Anhaltspunkt für das, was sich tatsächlich abgespielt hatte.

Das also war Ruhm! So fühlte sich Ruhm an. Gary gefiel es ungeheuer gut. Auf das hier hatte er sich viele Jahre lang vorbereitet. »*Hi, Mom! Schau mal, wer da im Fernsehen ist. Der böse Junge!*«

Nur eines verdarb ihm an jenem Nachmittag die Stimmung, und das war die Pressekonferenz des FBI. Ein Agent namens Roger Graham hatte gesprochen, und Agent Graham hielt sich offensichtlich für einen tollen Hecht. Er wollte eine Scheibe vom Ruhm abhaben. »Du glaubst wohl, das ist dein Film, Graham? Irrtum, Baby!« brüllte Gary Soneji den Fernseher an. »Hier bin ich der einzige Star!«

Soneji war mehrere Stunden lang im Farmhaus herumgeschlichen und hatte beobachtet, wie es draußen langsam dunkel wurde. Er spürte die verschiedenen Schichten der Dunkelheit, während sie sich über die Farm legten. Jetzt war es sieben, an der Zeit, den Plan fortzusetzen.

»Machen wir's.« Er tänzelte im Farmhaus herum wie ein Boxer vor einem Kampf. »Ziehen wir's durch.«

Eine Weile dachte er an Charles und Anne Morrow Lindbergh, sein Lieblingspaar in der Geschichte. Das beruhigte ihn etwas. Er dachte an den kleinen Charles und an den armen Trottel Bruno Hauptmann, dem das intelligent ausgedachte und begangene Verbrechen offenbar angehängt worden war. Er war überzeugt davon, daß der Fall Lindbergh das intelligenteste Verbrechen des Jahrhunderts war, nicht nur, weil es unaufgeklärt geblieben war – viele, viele Verbrechen wurden nicht aufgeklärt –, sondern weil es bedeutend und unaufgeklärt war.

Was sein Meisterwerk anlangte, war Soneji zuversichtlich, realistisch und vor allem pragmatisch. Ein Patzer war jederzeit möglich. Die Polizei konnte auf einen glücklichen Zufall stoßen. Die Geldübergabe war problematisch. Das bedeutete Kontakt, und Kontakt war im Leben immer äußerst gefährlich.

Seines Wissens nach, und sein Wissen war umfassend, hatte kein Entführer der Neuzeit das Geldübergabeproblem befriedigend gelöst. Ihre Mühe hatte sich nie richtig ausgezahlt, und er brauchte einen Riesenzahltag für seine Multimillionen-Dollar-Kinder.

Wart's nur ab, bis die erfahren, um wieviel Geld es geht.

Der Gedanke brachte ihn zum Lächeln. Natürlich konnten die unschlagbaren Dunnes und die allmächtigen Goldbergs zahlen, und sie würden es auch. Es war kein Zufall, daß er diese beiden Familien ausgesucht hatte – mit ihren verzogenen kleinen Rotznasen und ihrem unbeschränkten Zugang zu Geld und Macht.

Soneji zündete eine der weißen Kerzen an, die er in der Seitentasche der Jacke bei sich trug. Er atmete den angenehmen Duft des Bienenwachses ein. Dann ging er in das kleine Bad neben der Küche.

Er erinnerte sich an einen alten Song der Chambers Brothers, »Time«. Es war Zeit ... Zeit ... Zeit, allen den Teppich unter den Füßen wegzuziehen. Zeit ... Zeit ... Zeit für seine erste kleine Überraschung, die erste von vielen. Zeit ... Zeit ... Zeit, seine Legende aufzubauen. Das hier war sein Film.

Das Bad, das ganze Haus war Ende Dezember eiskalt. Gary Soneji sah die Schwaden seines Atems vor sich, während er im Bad seine Sachen aufbaute.

Zum Glück gab es in dem leerstehenden Haus noch fließendes Wasser, das im Bad noch lief. Allerdings ausgesprochen kaltes Wasser. Gary Soneji zündete etliche Kerzen an und machte sich an die Arbeit. Er brauchte eine volle halbe Stunde, ehe er fertig war.

Als erstes entfernte er die dunkelbraune Perücke mit der Halbglatze. Er hatte sie vor drei Jahren in einem Kostümladen in New York City gekauft. Am selben Abend hatte er sich *Das Phantom der Oper* angeschaut. Das Broadway-Musical hatte ihn begeistert. Er hatte sich so mit dem Phantom identifiziert, daß es ihn erschreckte. Daraufhin hatte er den Roman gelesen, erst auf französisch, dann auf englisch.

»So, so, was haben wir denn da?« sagte er zu dem Gesicht im Spiegel.

Als der Klebstoff und weiterer Dreck weg waren, kam ein voller Haarschopf zum Vorschein. Lange, wellige blonde Locken.

»Mr. Soneji? Mr. Chips? Bist du das, Junge?«

Sah tatsächlich gar nicht übel aus. Gute Aussichten? Vielleicht auf Geld? Eindeutig auf viel Geld, ja.

Und keinerlei Ähnlichkeit mit Chips. Keinerlei Ähnlichkeit mit Mr. Soneji!

Fort war der dichte Schnurrbart, den Gary Soneji seit dem Tag getragen hatte, an dem er zum Einstellungsgespräch in die Georgetown-Tagesschule gekommen war. Dann wurden die Kontaktlinsen entfernt. Aus den grünen Augen wurden wieder dunkelbraune.

Gary Soneji hielt die herunterbrennende Kerze vor den schmuddeligen, gesprungenen Badezimmerspiegel. Er rieb mit dem Jackenärmel ein Stück Glas sauber.

»Da. Schau dich an. Schau dich jetzt an. Genie liegt im Detail, stimmt's?«

Der geistlose Schwachkopf aus der Privatschule war so gut wie ganz ausgelöscht. Der Waschlappen und der Wohltäter.

Mr. Chips war tot und auf ewig verschwunden.
Was für eine herrliche Farce war das doch gewesen. Was für ein kühner Plan, und wie gut ausgeführt. Ein Jammer, daß nie jemand erfahren würde, was geschehen war. Aber mit wem hätte er sprechen können?
Gary Soneji verließ das Farmhaus gegen halb zwölf, genau nach seinem Zeitplan. Er ging zu einer angebauten Garage im Norden des Hauses.
An einem geheimen Ort in der Garage, äußerst geheim, versteckte er fünftausend Dollar aus seinen Ersparnissen. Sein Geheimversteck. Es war Geld, das er im Laufe der Jahre gestohlen hatte. Auch das gehörte zum Plan. Denken auf lange Sicht.
Dann ging er zur Scheune und zu seinem Auto. In der Scheune sah er noch einmal nach den Kindern. So weit, so großartig.
Keine Klagen von den Kleinen.
Der Saab sprang sofort an. Er fuhr zur Hauptstraße nur mit dem Standlicht.
Als er schließlich auf die Straße kam, schaltete er die Scheinwerfer ein. Er hatte heute nacht noch Arbeit vor sich. Seine meisterliche Vorstellung ging weiter.
Einfach toll.

11. Kapitel

FBI-Sonderagent Roger Graham wohnte in Manassas Park, auf halbem Weg zwischen Washington und der FBI-Akademie in Quantico. Graham war groß und körperlich eindrucksvoll, mit kurzem, sandbraunem Haar. Er hatte an mehreren schweren Kidnappingfällen gearbeitet, aber keiner war so verstörend gewesen wie der gegenwärtige Alptraum.

Kurz nach eins in jener Nacht kam Graham endlich nach Hause. Zu Hause war ein weitläufiges Gebäude im Kolonialstil in einer für Manassas Park typischen Straße. Acht Zimmer, drei Bäder, ein großer Garten, der fast einen Hektar einnahm.

Unglücklicherweise war es kein normaler Tag gewesen. Graham war ausgepumpt, angeschlagen und hundemüde. Er fragte sich oft, warum er sich nicht einfach an den Schreibtisch setzte und ein neues Buch schrieb. Sich vorzeitig pensionieren ließ. Seine drei Kinder kennenlernte, ehe sie das Haus verließen.

Die Straße in Manassas Park war verlassen. Verandalichter schienen am Straßenrand, und sie waren ein tröstlicher, freundlicher Anblick. Im Rückspiegel von Grahams Ford Bronco tauchten Scheinwerfer auf.

Ein zweites Auto hatte vor seinem Haus gehalten. Die Scheinwerfer schimmerten. Ein Mann stieg aus und wedelte mit einem Notizblock.

»Agent Graham? Martin Bayer von der *New York Times*«, rief der Mann, als er die Einfahrt entlangkam. Er zückte einen Presseausweis.

Allmächtiger! Die gottverfluchte *New York Times*, dachte

Graham. Der Reporter trug einen dunklen Anzug, ein Nadelstreifenhemd und eine Ripskrawatte. Er war der typische New Yorker Yuppi im Einsatz. Für Graham sahen die ganzen Arschlöcher von der *Times* und der *Post* gleich aus. Unter ihnen gab es keine richtigen Reporter mehr.

»Sie sind um diese Zeit ganz schön weit gefahren, Mr. Bayer, bloß um zu hören: kein Kommentar. Tut mir leid«, sagte Roger Graham. »Ich kann Ihnen nichts über die Entführung sagen. Ehrlich gesagt, es gibt nichts zu sagen.«

Es tat ihm nicht leid, aber wer wollte sich schon Feinde bei der *New York Times* machen? Diese Schweinehunde waren Giftspritzen, die einen fertigmachen konnten.

»Eine Frage, nur eine. Ich weiß, Sie brauchen nicht zu antworten, aber für mich ist das sehr wichtig. So wichtig, daß ich um ein Uhr morgens hier bin.«

»Okay. Bringen wir's hinter uns. Wie lautet Ihre Frage?« Graham machte die Tür seines Bronco zu. Er schloß ab, warf die Autoschlüssel in die Luft und fing sie auf.

»Seid ihr alle derart unglaubliche Schwachköpfe?« fragte ihn Gary Soneji. »Das ist meine Frage, Grahamkeks.»

Ein langes, scharfes Messer blitzte kurz auf. Dann wieder. Die Klinge fuhr über Roger Grahams Kehle.

Die erste Bewegung nagelte ihn an seinem Ford Bronco fest. Die zweite schlitzte seine Halsschlagader auf. Graham fiel auf seiner Einfahrt tot um. Er hatte keine Zeit gehabt, sich zu ducken, wegzulaufen, nicht einmal die Zeit, ein Gebet zu sprechen.

»Angeblich bist du ein Scheißstar, Roger. Du wolltest der Star sein, stimmt's? Dafür sehe ich keine Beweise. Null, nichts«, sagte Soneji. »Angeblich bist du um Klassen besser. Ich brauche die Herausforderung durch die Besten und Klügsten.«

Soneji bückte sich und steckte eine Karteikarte in die Brusttasche des weißen Hemdes von Agent Graham. Er tätschelte die Brust des Toten. »Hör mal, du arroganter Scheißer, würde denn ein Reporter der *New York Times* um ein Uhr morgens hierherkommen? Bloß um mit einer trüben Tasse wie dir zu reden?«

Dann fuhr Soneji weg vom Tatort. Der Tod von Agent Graham war für ihn keine große Sache. Im Grunde nicht. Er hatte vor ihm schon über zweihundert Menschen umgebracht. Übung macht den Meister. Und außerdem war es nicht das letzte Mal gewesen.

Aber dieser Mord würde alle aufwecken. Er konnte nur hoffen, daß in den Kulissen ein besserer Gegner wartete.

Wo blieb sonst der Spaß? Die Herausforderung? Wie könnte der Fall sonst eine größere Sache werden als die Lindbergh-Entführung?

12. Kapitel

Die entführten Kinder setzten mir schon jetzt emotional zu. In jener ersten Nacht schlief ich schlecht und unruhig. In meinen Träumen stellte ich mehrere scheußliche Szenen in der Schule nach. Immer wieder sah ich Mustaf Sanders vor mir. Seine traurigen Augen starrten mich an, baten um Hilfe, die er von mir nicht bekam.

Als ich aufwachte, lagen meine beiden Kinder in meinem Bett. Irgendwann am frühen Morgen mußten sie an Bord geschlichen sein. Das ist einer ihrer Lieblingsstreiche, ein kleiner Scherz mit »Big Daddy«.

Damon und Janelle schliefen fest auf einer Steppdecke. Ich war in der Nacht zu kaputt gewesen, sie vom Bett zu ziehen. Wir müssen ausgesehen haben wie zwei schlafende Engel und ein umgefallener Ackergaul.

Damon ist ein schöner kleiner Junge von sechs Jahren, der mich immer daran erinnert, daß seine Mutter etwas ganz Besonderes war. Er hat Marias Augen. Jannie ist mein zweiter Augapfel. Sie ist vier, wird bald fünf. Sie nennt mich gern »Big Daddy«, was klingt, als wäre es ihr gelungen, einen schwarzen Slangausdruck zu erfinden. Vielleicht hat sie in einem anderen Leben den Footballstar »Big Daddy« Lipscomb gekannt.

Auf dem Bett lag außerdem William Styrons Buch *Darkness Visible* über seine Depression, in dem ich gelesen hatte. Ich hoffte, es könne mir Aufschlüsse geben, wie ich über meine Depression hinwegkam, die mich seit dem Mord an Maria quälte. Es waren jetzt drei Jahre, die mir wie zwanzig vorkamen.

Was mich an jenem Morgen tatsächlich weckte, waren

Scheinwerfer, die über die Jalousien wanderten. Ich hörte, wie eine Autotür zufiel und das schnelle Knirschen von Füßen auf dem Schotter in der Einfahrt. Vorsichtig, um die Kinder nicht zu wecken, schlüpfte ich ans Schlafzimmerfenster.

Ich schaute auf zwei Streifenwagen hinunter, die hinter dem alten Porsche in unserer Einfahrt parkten. Draußen sah es jämmerlich kalt aus. Wir näherten uns dem Temperaturtiefstand im Winter von D. C.

»Laßt mich in Ruhe«, murmelte ich in die eisigen Jalousien. »Haut ab.«

Sampson ging auf die Hintertür zu unserer Küche zu. Auf der Uhr neben dem Bett war es zwanzig vor fünf. Zeit, zur Arbeit zu gehen.

Kurz vor fünf an jenem Morgen hielten Sampson und ich vor einem baufälligen Vorkriegshaus aus braunem Backstein, eine Kreuzung westlich von der M Street. Wir hatten beschlossen, uns Sonejis Wohnung selbst anzuschauen. Die einzige Methode, so was richtig zu erledigen, besteht darin, es selbst zu machen.

»Alle Lichter sind an. Sieht aus, als ob da jemand wohnt«, sagte Sampson, als wir ausstiegen. »Und wer könnte das sein?«

»Dreimal darfst du raten. Das erste und zweite Mal zählen nicht«, murmelte ich. Ich litt unter frühmorgendlicher Übelkeit. Ein Besuch in der Höhle des Ungeheuers war keine Hilfe dagegen.

»Das FBI. Vielleicht ist Efrem Zimbalist junior dort oben«, riet Sampson. »Vielleicht drehen sie *Wahre Geschichten aus den Akten des FBI.*«

»Schauen wir mal nach.«

Wir betraten das Gebäude und stiegen die schmale Wendeltreppe hinauf. Im ersten Stock zogen sich gelbe Tatortbänder im Zickzack über den Boden vor Sonejis Wohnung. Es sah nicht nach einem Ort aus, an dem ein »Mr. Chips« wohnte. Eher nach der Wohnung eines Richard Ramirez oder des Killers vom Green River.

Die verkratzte Holztür war offen. Drin sah ich zwei Spurensicherer vom FBI bei der Arbeit. Ein hiesiger Diskjockey, Schmalzheini genannt, kreischte aus einem Radio auf dem Boden.

»Hey, Pete, wie geht's denn so?« rief ich hinein. Ich kannte einen der Spurensicherer, Pete Schweitzer. Beim Klang meiner Stimme schaute er auf.

»Sieh mal an, wer da ist. Willkommen im inneren Heiligtum.«

»Wir sind hergekommen, um euch zu stören. Wollen mal sehen, wie man das macht«, sagte Sampson. Wir hatten beide schon mit Pete Schweitzer zusammengearbeitet, mochten ihn und vertrauten ihm soweit, wie das bei FBI-Leuten irgend möglich ist.

»Kommt rein und macht es euch in der Casa Soneji gemütlich. Das ist mein Kollege beim Fliegenschißfinden und Eintüten: Todd Toohey. Todd hört sich morgens gern den Schmalzheini an. Noch zwei Leichenfledderer wie wir, Todd.«

»Die besten«, sagte ich zu Todd Toohey. Ich hatte schon angefangen, in der Wohnung herumzuschnüffeln. Alles fühlte sich wieder unwirklich an. In meinem Kopf spürte ich den kalten, feuchten Fleck. Geisterstunde.

Die kleine Einzimmerwohnung war ein Chaos. Nicht viel Möbel – eine nackte Matratze auf dem Boden, ein Tisch mit Lampe, ein Sofa, das aussah, als wäre es von der Straße aufgelesen worden – aber der Boden war mit Dingen übersät.

Einen großen Teil des allgemeinen Durcheinanders bildeten zusammengeknüllte Laken, Handtücher und Unterwäsche. Drei Waschmaschinenladungen lagen auf dem Boden herum. Am meisten zu dem Gerümpel trugen jedoch Bücher und Zeitschriften bei. Mehrere hundert Bücher und mindestens so viele Zeitschriften stapelten sich in dem kleinen Zimmer.

»Bis jetzt was Interessantes?« fragte ich Schweitzer. »Habt ihr diese Bibliothek durchgesehen?«

Schweitzer sprach mit mir, ohne von einem Bücherstapel aufzusehen, den er mit Fingerabdruckpulver bestäubte. »Alles ist interessant. Schau dir mal die Bücher an der Wand an. Und nimm die Tatsache zur Kenntnis, daß unser Vögelchen alles in dieser Scheißwohnung abgewischt hat, ehe es ausgeflogen ist.«

»Er hat gute Arbeit geleistet? Nach deinen Maßstäben?«

»Ausgezeichnete Arbeit. Ich hätte es nicht viel besser machen können. Nicht mal bei diesen gottverdammten Büchern.«

»Vielleicht liest er mit Gummihandschuhen«, meinte ich.

»Könnte schon sein. Ich verscheißere dich nicht. Diese Bude hat ein Profi abgestaubt, Alex.«

Ich hockte jetzt neben mehreren Bücherstapeln. Ich las die Titel auf etlichen Rücken. Die meisten waren Sachbücher aus den letzten fünf Jahren.

»Ein Fan von Sachbüchern über Verbrechen«, sagte ich.

»Jede Menge Entführungsgeschichten«, sagte Schweitzer. Er schaute auf und zeigte mit dem Finger. »Rechts neben dem Bett, bei der Leselampe. Das ist die Kidnapping-Abteilung.«

Ich ging hinüber und schaute mir die Bände an. Die meisten Bücher waren aus einer Bibliothek in Georgetown gestohlen. Ich nahm an, er müsse einen Ausweis gehabt haben, um an die dortigen Regale heranzukommen. Hatte er mal studiert? War er Professor?

Mehrere Computerausdrucke klebten an der nackten Wand über seiner Privatbibliothek »Kidnapping«. Ich fing mit der Lektüre der Auflistung an.

Aldo Moro. In Rom gekidnappt. Während der Entführung fünf Leibwächter ermordet. Moros Leiche in geparktem Auto gefunden.
Jack Teich, nach Zahlung von 750 000 Dollar freigelassen.
J. Reginald Murphy, Herausgeber der Atlanta Constitution, *freigelassen nach Zahlung von 700 000 Dollar.*
J. Paul Getty III., in Süditalien nach Zahlung von 2,8 Millionen Dollar Lösegeld freigelassen.
Mrs. Virginia Piper aus Minneapolis, freigelassen, nachdem ihr Mann 1 000 000 Dollar gezahlt hatte.
Victor E. Samuelson, nach Zahlung von 14,2 Millionen Dollar Lösegeld freigelassen.

Ich pfiff, als ich die Summen auf seiner Liste sah. Was würde er für Maggie Rose Dunne und Michael Goldberg verlangen?
Es war wirklich eine kleine Wohnung, und Soneji hatte nicht viel Platz zum Abwischen der Fingerabdrücke gehabt. Trotzdem sagte Schweitzer, er habe nichts hinterlassen. Ich fragte mich, ob Soneji Polizist gewesen sein könnte. Auch das war eine Methode, ein Verbrechen zu planen, und verbesserte vielleicht die Chancen, ungestraft davonzukommen.
»Komm mal hier rein.« Sampson war im Bad an der Seite der winzigen Einzimmerwohnung.
Die Wände waren mit Fotos aus Zeitschriften, Zeitungen, Plattenhüllen und Buchumschlägen tapeziert.
Er hatte uns eine letzte Überraschung hinterlassen. Keine Fingerabdrücke, aber eine Nachricht.
Über dem Spiegel klebte eine gedruckte Schlagzeile:
ICH WILL JEMAND SEIN!
An den Wänden hing eine Ausstellung. Ich sah River Phoenix. Und Matt Dillon. Da hingen Fotos aus Büchern von Helmut Newton. Ich erkannte Lennons Mörder, Mark David Chapman. Und Axl Rose. Auch Pete Rose hing an

der Wand. Und Neon Deon Sanders. Wayne Williams war dabei. Und Zeitungsartikel. Über den Brand im Happyland Social Club in New York City. Ein *New York Times*-Artikel über die Lindbergh-Entführung. Ein Artikel über die Entführung von Samuel Broufman, des Erben von Seagram, und ein Artikel über das vermißte Kind von Etan Patz.
Ich dachte über den Kidnapper Soneji nach, ganz allein in seiner trostlosen Wohnung. Er hatte sorgfältig alle Fingerabdrücke abgewischt. Das Zimmer selbst war so klein, so mönchisch. Er war ein Leser, umgab sich jedenfalls gern mit Büchern. Und dann die Fotogalerie. Was sagte sie uns? Spuren? Irreführungen?
Ich stand vor dem Spiegel über dem Waschbecken und schaute hinein, wie er es viele, viele Male getan haben mußte. Was sollte ich sehen? Was hatte Gary Soneji gesehen?
»Das war sein Bild an der Wand – das Gesicht im Spiegel«, trug ich Sampson eine Theorie vor. »Das ist hier das Schlüsselbild, das zentrale. Er will der Star des Ganzen sein.«
Sampson lehnte an der Wand voller Fotos und Zeitungsausschnitten. »Warum keine Fingerabdrücke, Doktor Freud?«
»Er muß wissen, daß wir irgendwo in unserer Kartei seine Fingerabdrücke haben. Bringt mich auf den Gedanken, daß er sich in der Schule verkleidet haben könnte. Vielleicht hat er sich hier geschminkt, ehe er in die Schule fuhr. Er könnte ein Bühnenschauspieler sein. Ich glaube nicht, daß wir sein Gesicht schon gesehen haben.«
»Ich glaube, der Junge hat große Pläne. Er will eindeutig ein Star sein«, sagte Sampson.
Ich will jemand sein!

13. Kapitel

Maggie Rose Dunne war aus dem seltsamsten Schlaf ihres Lebens erwacht. Grauenhafte, unbeschreibliche Alpträume.

Sie hatte das Gefühl, als bewege sich alles um sie herum in Zeitlupe. Sie war durstig. Sie mußte dringend pinkeln.

Ich bin heute morgen zu müde, Mom. Bitte! Ich will nicht aufstehen. Will heute nicht in die Schule. Bitte, Mom. Ich fühl mich gar nicht gut. Ehrlich, Mummy, wirklich nicht.

Maggie Rose machte die Augen auf. Jedenfalls glaubte sie, sie habe die Augen aufgemacht, aber sie konnte nichts sehen. Überhaupt nichts.

»Mommy! Mommy! Mommy!« schrie Maggie schließlich und konnte nicht zu schreien aufhören.

Danach trieb sie mindestens eine Stunde lang ins Bewußtsein und wieder hinaus. Sie fühlte sich am ganzen Körper schwach. Sie trieb wie ein Blatt in einem riesigen Strom. Die Strömungen trugen sie, wohin sie wollten.

Sie dachte an ihre Mom. Wußte sie, daß Maggie verschwunden war? Suchte sie jetzt nach ihr? Sie mußte nach ihr suchen.

Vielleicht hatte ihr jemand die Arme und Beine abgehackt. Sie konnte sie nicht spüren. Es mußte schon lange her sein.

Es war pechschwarz. Sie wußte, daß sie unter der Erde liegen mußte. Sie mußte verfaulen und ein Skelett werden. Konnte sie deshalb ihre Arme und Beine nicht spüren?

Muß ich immer so bleiben? Sie konnte das nicht ertragen und weinte wieder. Sie war so verwirrt. Sie konnte überhaupt nicht denken.

Maggie Rose konnte jedoch die Augen öffnen und schlie-

ßen. Jedenfalls glaubte sie, sie könne es. Aber es machte keinen Unterschied, ob ihre Augen auf oder zu waren. Alles war dunkel. Überall.
Wenn sie es immer wieder machte, wenn sie die Augen ganz schnell öffnete und schloß, sah sie Farben.
Jetzt sah sie in der Schwärze farbige Streifen und Fetzen. Vor allem rot und leuchtendgelb.
Maggie fragte sich, ob sie angeschnallt oder gefesselt war. Machten sie das mit einem in einem Sarg? Schnallten sie einen an? Warum sollten sie das tun? Damit man nicht unter dem Boden hervorkam? Damit der Geist immer und ewig unter der Erde blieb?
Plötzlich erinnerte sie sich an etwas. Mr. Soneji. Einen Augenblick lang lichtete sich etwas von dem Nebel, der sie umgab.
Mr. Soneji hatte sie aus der Schule weggebracht. Wann war das gewesen? Warum? Wo war Mr. Soneji jetzt?
Und Michael! Was war mit Michael passiert? Sie hatten die Schule gemeinsam verlassen. Daran erinnerte sie sich.
Da bewegte sie sich, und etwas ganz Erstaunliches geschah. Sie entdeckte, daß sie sich umdrehen konnte.
Und das tat Maggie Rose. Sie drehte sich um und stieß plötzlich gegen etwas.
Sie konnte ihren Körper wieder spüren. Sie hatte noch einen Körper, den sie spüren konnte. Sie war sich völlig sicher, daß sie einen Körper hatte und kein Skelett war.
Und Maggie schrie!
Sie hatte sich gegen jemanden oder gegen etwas gewälzt.
Noch etwas war bei ihr in der Dunkelheit.
Michael?
Es mußte Michael sein.
»Michael?« Maggies Stimme war so leise, daß es kaum zu einem Flüstern reichte. »Michael? Bist du das?«
Sie wartete auf eine Antwort.
»Michael?« flüsterte sie lauter.

»Michael, komm schon. Bitte, sprich mit mir.«

Wer es auch war, er antwortete nicht. Es war beängstigender, als allein zu sein.

»Michael ... Ich bin's ... Hab keine Angst ... Ich bin's, Maggie ... Michael, bitte wach auf.«

»Oh, Michael, bitte ... Bitte, Shrimpie. Das mit deinen doofen Schulschuhen war doch bloß Spaß. Komm schon, Michael. Sprich mit mir, Shrimpie. Ich bin's, der Frechdachs.«

14. Kapitel

Das Haus der Dunnes war das, was hiesige Immobilienexperten vermutlich eine von Lutyens inspirierte Villa im neoelisabethanischen Stil genannt hätten. Weder Sampson noch ich hatten im Südosten von D. C. allzu viele Häuser dieser Art gesehen.

Innen war das Haus so gelassen und vielfältig, wie das bei den Reichen wohl üblich ist. Jede Menge teure Sachen. Art-deco-Vertäfelungen, asiatische Wandschirme, eine französische Sonnenuhr, ein Teppich aus Turkestan, etwas, was nach einem chinesischen oder japanischen Altartisch aussah. Mir fiel ein, was Picasso einmal gesagt hatte: »Gebt mir ein Museum, und ich fülle es.«

Hinter einem der Salons war ein Gästeklo. Ich war kaum angekommen, als Chief Pittman mich packte und in das Klo zog. Es war gegen acht. Zu früh für so etwas.

»Was bilden Sie sich eigentlich ein?« fragte er. »Was haben Sie vor, Cross?«

Der Raum war wirklich überfüllt, nicht groß genug für zwei kräftige, ausgewachsene Männer. Es war auch kein Durchschnittsklo. Auf dem Boden lag ein William-Morris-Läufer. In einer Ecke stand ein Designerstuhl.

»Ich habe gedacht, ich trinke eine Tasse Kaffee. Danach hatte ich vor, an der Einsatzbesprechung teilzunehmen«, sagte ich zu Pittman. Ich wollte unbedingt aus diesem Klo heraus.

»Verscheißern Sie mich nicht.« Er hob die Stimme. »Von Ihnen laß ich mich nicht verscheißern.«

Oh, lassen Sie das, hätte ich am liebsten zu ihm gesagt. Machen Sie hier drin keine häßliche Szene. Ich spielte mit

dem Gedanken, seinen Kopf in das Wasser in der Kloschüssel zu stecken, nur damit er still war.
»Sprechen Sie leiser, oder ich gehe«, sagte ich. Ich versuche meistens, mich vernünftig und rücksichtsvoll zu verhalten. Das ist einer meiner Charakterfehler.
»Sagen Sie mir nicht, ich soll leiser sprechen. Wer zum Teufel hat Ihnen gestern abend gesagt, Sie sollen nach Hause gehen? Ihnen und Sampson. Wer hat Ihnen gesagt, Sie sollen heute früh in Sonejis Wohnung gehen?«
»Ist das alles? Sind wir deshalb hier drin?« fragte ich.
»Da können Sie drauf wetten. Ich leite diese Ermittlung. Das heißt, wenn Sie sich den Schuh zubinden wollen, fragen Sie mich vorher.«
Ich grinste. Ich konnte nicht anders. »Wo haben Sie denn diesen Satz her? Hat das Lou Gossett in *Ein Offizier und ein Gentleman* gesagt?«
»Sie halten das alles wohl für ungeheuer komisch, Cross?«
»Nein. Ich finde es überhaupt nicht komisch. Und jetzt halten Sie ihr Gesicht mal bedeckt, sonst haben Sie nämlich keines mehr«, warnte ich ihn.
Ich verließ das Klo. Pittman, Chef der Kriminalpolizei, folgte mir nicht. Ja, ich lasse mich provozieren. Nein, dieser kleine Scheißhaufen sollte mir nicht in die Suppe spukken.

Kurz nach acht hatte sich endlich das Geiselrettungsteam in einem großen, erlesen eingerichteten Salon versammelt. Ich spürte sofort, irgendwas stimmte nicht. Ganz bestimmt war etwas schiefgelaufen.
Jezzie Flanagan vom Secret Service hatte das Wort. Ich erinnerte mich an sie vom Morgen davor in der Tagesschule. Sie stand vor einem brennenden Kamin.
Der Sims war überladen mit Stechpalmenzweigen, winzi-

gen weißen Kerzen und Weihnachtskarten. Mehrere nicht ganz der Tradition entsprechende Karten stammten offensichtlich von Freunden der Dunnes in Kalifornien – Fotos von geschmückten Palmen, vom Nikolausschlitten im Himmel über Malibu. Die Dunnes waren erst vor kurzem nach Washington gezogen, nachdem Thomas Dunne zum Direktor des Roten Kreuzes ernannt worden war.

Jezzie Flanagan sah fröhlicher aus als in der Schule. Sie trug ein weites graues Hemd, dazu einen schwarzen Rollkragenpullover und kleine Goldohrringe. Sie sah wie eine Washingtoner Anwältin aus, attraktiv und erfolgreich.

»Soneji hat sich gestern nacht um Mitternacht bei uns gemeldet. Dann wieder gegen eins. Wir hatten nicht damit gerechnet, daß er so früh mit uns Kontakt aufnimmt. Keiner von uns hatte damit gerechnet«, eröffnete sie das Gespräch.

»Der erste Anruf kam aus der Gegend von Arlington. Soneji machte deutlich, er habe nichts über die Kinder zu sagen, ausgenommen, daß es Maggie Rose Dunne und Michael Goldberg gutginge. Was hätte er sonst auch sagen sollen? Er erlaubte uns nicht, mit den Kinder zu sprechen, also wissen wir nicht genau, ob das stimmt. Er klang klar und völlig beherrscht.«

»Ist das Tonband mit seiner Stimme schon analysiert worden?« fragte Pittman von seinem Platz in der ersten Reihe aus. Falls Sampson und ich uns das Ganze von draußen aus ansehen sollten, war es gut zu wissen, daß es Pittman auch nicht besser erging. Offenbar redete auch mit ihm kein Schwein.

»Das ist erledigt«, beantwortete Flanagan höflich die Frage. Sie bedachte sie mit genau der Aufmerksamkeit, die sie verdiente, dachte ich, aber sie vermied jede Überheblichkeit. Sie verstand sich gut darauf, die Lage im Griff zu halten.

»Wie lange war er in der Leitung?« fragte als nächstes der Anwalt vom Justizministerium, Richard Galletta.

»Unglücklicherweise nicht lange, genau gesagt, vierunddreißig Sekunden«, antwortete Flanagan mit derselben effektiven Höflichkeit. Kühl, aber einigermaßen freundlich. Schlau.

Ich musterte sie. Sie fühlte sich offenbar wohl, wenn sie vor Menschen stand. Ich hatte gehört, sie habe in den letzten Jahren für ein paar kühne Aktionen im Secret Service Anerkennung gefunden – was hieß, sie hatte eine Menge Anerkennung eingesteckt.

»Er war schon lange fort, als wir zu der Telefonzelle in Arlington kamen. So früh konnten wir gar nicht soviel Glück haben«, sagte sie. Sie ließ die Andeutung eines Lächelns sehen, und mir fiel auf, daß mehrere Männer im Zimmer zurücklächelten.

»Warum hat er Ihrer Meinung nach angerufen?« fragte hinten im Zimmer der Chef der Bundespolizei. Er war kahl und feist und rauchte Pfeife.

Flanagan seufzte. »Bitte, lassen Sie mich fortfahren. Unglücklicherweise geht es um mehr als um einen Anruf. Soneji hat gestern nacht den FBI-Agenten Roger Graham ermordet. Das hat sich direkt vor Grahams Haus in Virginia abgespielt, in der Einfahrt.«

Es ist schwer, eine Gruppe von Fachleuten wie die, die bei den Dunnes versammelt war, zu erschüttern. Die Nachricht vom Mord an Roger Graham schaffte es. Ich weiß, mir wurden dabei die Knie weich, Roger und ich hatten in den letzten Jahren ein paarmal gemeinsam in der Klemme gesteckt. Wenn ich mit ihm gearbeitet hatte, konnte ich immer sicher sein, Rückendeckung zu haben. Nicht daß ich noch einen Grund gebraucht hätte, Jagd auf Gary Soneji zu machen, aber er hatte mir wirklich einen guten Grund geliefert.

Ich fragte mich, ob Soneji das gewußt hatte. Und was hieß es, wenn er es gewußt hatte? Als Psychologe erfüllte mich der Mord mit einem Gefühl der Bedrohung. Ich schloß daraus: Soneji konnte organisieren, war so selbstbewußt, mit uns zu spielen, und bereit zu töten. Keine guten Aussichten für Maggie Rose Dunne und Michael Goldberg.

»Er hat eine überaus deutliche Nachricht für uns hinterlassen«, fuhr Flanagan fort. »Die Nachricht war auf eine Karteikarte getippt, die nach einer Bibliothekskarte aussah. Die Nachricht ist an uns alle gerichtet. Sie lautet: ›Roger Grahamkeks hielt sich für ein As. Offensichtlich war er keins. Wenn Sie den Fall bearbeiten, sind Sie in ernster Gefahr!‹ . . . Die Nachricht war unterschrieben. Er nennt sich Lindberghs Sohn.«

15. Kapitel

Die Presseberichterstattung über den Entführungsfall wurde sofort äußerst häßlich. Die Titelschlagzeile in einer Morgenzeitung lautete: LEIBWÄCHTER VOM SECRET SERVICE MACHTEN KAFFEEPAUSE. Über den FBI-Agenten Roger Graham hatte die Presse noch nichts erfahren. Wir versuchten, den Mord unter der Decke zu halten.

An jenem Morgen trat die Presse breit, die Secret-Service-Agenten Charles Chakeley und Michael Devine hätten ihre Posten in der Privatschule verlassen. Sie waren tatsächlich während des Unterrichts zum Frühstücken gefahren. Bei dieser Art von Einsatz war das durchaus üblich. Die Kaffeepause würde sie jedoch teuer zu stehen kommen. Vermutlich würde sie Chakeley und Devine ihre Jobs kosten, möglicherweise die Karriere.

An einer anderen Front machte Pittman bis jetzt wenig Gebrauch von Sampson und mir. Das ging zwei Tage lang so weiter. Uns selbst überlassen, konzentrierten sich Sampson und ich auf die schwache Spur, die Gary Soneji hinterlassen hatte. Ich klapperte Läden ab, wo jemand Schminke und Requisiten hätte kaufen können. Sampson ging in die Georgetown-Bibliothek, aber niemand dort hatte Soneji gesehen. Sie hatten nicht einmal gemerkt, daß ihnen Bücher aus den Regalen gestohlen worden waren.

Soneji war es gelungen zu verschwinden. Noch beunruhigender war, daß er gar nicht existiert zu haben schien, bevor er die Stelle an der Georgetown-Tagesschule antrat.

Es war keine Überraschung – seine Arbeitsunterlagen und mehrere Empfehlungen hatte er gefälscht. Die Arbeit war so fachmännisch, wie wir das aus besonders raffinier-

ten Betrugsfällen kannten. Er hatte keine Spur hinterlassen.
Soneji war bei der Bewerbung um die Stelle an der Schule dreist und selbstbewußt vorgegangen. Ein angeblicher ehemaliger Arbeitgeber (fiktiv) hatte die Georgetown-Tagesschule angeschrieben und Soneji, der nach Washington ziehe, wärmstens empfohlen. Weitere Empfehlungen kamen via Fax von der University of Pennsylvania, sowohl von der Collegeabteilung als auch von der Fachstudienfakultät. Nach zwei eindrucksvollen Einstellungsgesprächen wollte die Schulleitung (der vorgeflunkert worden war, sie konkurriere mit anderen Privatschulen in D. C.) den angenehmen und eifrigen Lehrer unbedingt haben und stellte ihn einfach ein.
»Und wir haben es nie bereut – bis jetzt, natürlich«, gab der Konrektor mir gegenüber zu. »Er war noch besser als angepriesen. Wenn er nicht tatsächlich Mathelehrer war, ehe er hierherkam, würde mich das völlig verblüffen. Dann wäre er tatsächlich ein hervorragender Schauspieler.«

Am Spätnachmittag des dritten Tages bekam ich von Don Manning, einem Lieutenant Pittmans, einen Auftrag. Ich sollte Katherine Rose Dunne und ihren Mann begutachten. Ich hatte auf eigene Faust versucht, zu den Dunnes vorzudringen, war aber nicht vorgelassen worden.
Ich traf mich im Garten hinter ihrem Haus mit Katherine und Thomas Dunne. Eine drei Meter hohe graue Steinmauer schloß die Außenwelt aus. Auch eine Reihe riesiger Linden sorgte dafür. Der Garten hinter dem Haus bestand eigentlich aus mehreren Gärten, getrennt durch Steinmauern und einen Bach. Die Gärten wurden von einem jungen Ehepaar aus Potomac betreut, das offenbar an der Gartenpflege in der Stadt ganz schön verdiente. Die Gärtner hatten jedenfalls mehr Geld als ich.

Katherine Rose hatte eine alte Kamelhaardecke über Jeans und einen Pullover mit V-Ausschnitt geworfen. Vermutlich konnte sie tragen, was sie wollte, dachte ich, als wir alle hinausgingen.

Ich hatte vor kurzem irgendwo gelesen, Katherine Rose gelte immer noch als eine der schönsten Frauen der Welt. Sie hatte nur noch eine Handvoll Filme gedreht, seit sie Maggie Rose bekommen hatte, aber soweit ich sehen konnte, hatte sie nichts von ihrer Schönheit eingebüßt. Nicht einmal in dieser Zeit entsetzlicher Angst.

Ihr Mann, Thomas Dunne, war ein prominenter Anwalt in Los Angeles gewesen, als sie sich kennenlernten. Er hatte dort für Greenpeace und Save the Earth gearbeitet. Die Familie war nach Washington gezogen, als er Direktor des amerikanischen Roten Kreuzes wurde.

»Hatten Sie schon mal mit Kidnappingfällen zu tun, Detective?« wollte Thomas Dunne wissen. Er wollte herausbekommen, wie ich ins Bild paßte. War ich wichtig? Konnte ich ihrem kleinen Mädchen in irgendeiner Weise helfen? Er war ein bißchen unhöflich, aber unter den gegebenen Umständen konnte ich ihm das nicht verübeln.

»Etwa ein dutzendmal«, sagte ich. »Können Sie mir etwas über Maggie erzählen? Das könnte eine Hilfe sein. Je mehr wir wissen, desto besser stehen unsere Chancen, Maggie zu finden.«

Katherine Rose nickte. »Selbstverständlich, Detective Cross. Wir haben versucht, Maggie so normal wie möglich zu erziehen«, sagte sie. »Das ist einer der Gründe, warum wir schließlich beschlossen haben, nach Osten zu ziehen.«

»Ich weiß nicht, ob ich Washington einen normalen Ort zum Aufwachsen nennen würde. Nicht gerade eine typische amerikanische Kleinstadt.« Ich lächelte die beiden an. Aus irgendeinem Grund schien diese Bemerkung das Eis zwischen uns zu brechen.

»Verglichen mit Beverly Hills ist es ziemlich normal«, sagte Tom Dunne. »Das können Sie mir glauben.«
»Ich bin mir nicht einmal mehr sicher, was ›normal‹ bedeutet«, sagte Katherine. Ihre Augen wirkten graublau. Sie durchbohrten einen, wenn man ihr nahe kam. »Ich nehme an, ›normal‹ entspricht einer altmodischen Vorstellung in unseren Hinterköpfen, in Toms und meinem. Maggie ist nicht verwöhnt. Sie ist kein Kind, das dauernd sagt: ›Suze hat das‹ oder ›Caseys Eltern haben ihr das gekauft‹. Sie ist nicht eingebildet. Das meine ich mit ›normal‹. Sie ist bloß ein kleines Mädchen, Detective.«
Während Katherine Rose liebevoll über ihre Tochter sprach, ertappte ich mich dabei, daß ich an meine Kinder dachte, vor allem an Janelle. Jannie war auch »normal«. Damit meine ich, sie war ausgeglichen, auf keinen Fall verwöhnt, liebenswert in jeder Hinsicht. Da ich Parallelen zwischen unseren Töchtern entdeckte, hörte ich mir noch aufmerksamer an, was sie über Maggie Rose sagten.
»Sie hat viel von Katherine.« Thomas Dunne trug etwas bei, was seiner Meinung nach wichtig für mich war. »Katherine ist der selbstloseste Mensch, den ich je gekannt habe. Glauben Sie mir, es ist sehr schwer, die ganze Verherrlichung, die ein Star in Hollywood erleben kann, und die ganze üble Nachrede wegzustecken und der Mensch zu bleiben, der man ist.«
»Warum heißt sie Maggie Rose?« fragte ich Katherine Rose.
»Dafür bin ich verantwortlich.« Thomas Dunne verdrehte die Augen. Ich merkte, daß er gern für seine Frau sprach. »Das war ein Spitzname, der einfach hängenblieb. Es fing an, als ich die beiden zum ersten Mal im Krankenhaus sah.«
»Tom nennt uns die ›Rose Girls‹, die ›Rose Sisters‹. Das hier draußen ist der ›Rosengarten‹. Wenn Maggie und ich streiten, ist das der ›Rosenkrieg‹. So geht das dauernd.«

Sie liebten ihre Kleine sehr. Ich spürte es in jedem Wort, das sie über Maggie sagten.
Soneji, wie auch immer sein richtiger Name lauten mochte, hatte in ihrem Fall eine kluge Wahl getroffen. Noch ein perfekter Schachzug seinerseits. Berühmter Filmstar und angesehener Anwalt. Liebevolle Eltern. Geld. Prestige. Vielleicht mochte er ihre Filme. Ich versuchte, mich daran zu erinnern, ob Katherine Rose je eine Rolle gespielt hatte, die für ihn ein Auslöser hätte sein können. Ich konnte mich nicht daran erinnern, ob ich ihr Bild in seiner Wohnung gesehen hatte.
»Sie haben gesagt, Sie wollen wissen, wie Maggie unter diesen entsetzlichen Umständen reagieren könnte«, fuhr Katherine fort. »Warum, Detective Cross?«
»Wir wissen aus Gesprächen mit ihren Lehrern, daß sie artig ist. Vielleicht war das ein Grund, weshalb Soneji sie ausgesucht hat.« Ich war offen zu ihnen. »Was fällt Ihnen sonst noch ein? Assoziieren Sie frei.«
»Maggie scheint zu wechseln zwischen Ernsthaftigkeit – ganz brav und korrekt – und jeder Menge Phantasien«, sagte Katherine. »Haben Sie Kinder?« fragte sie mich.
Ich zuckte zusammen. Ich hatte wieder an Jannie und Damon gedacht. Parallelen. »Zwei. Außerdem betreue ich Kinder in den Sozialsiedlungen«, sagte ich. »Hat Maggie in der Schule viele Freunde?«
»Massenhaft«, sagte ihr Vater. »Sie mag Kinder, die viele Einfälle haben, aber nicht zu ichbezogen sind. Mit der Ausnahme von Michael, der extrem mit sich beschäftigt ist.«
»Erzählen Sie mir von den beiden, von Maggie und Michael.«
Katherine Rose lächelte zum ersten Mal, seit wir uns unterhielten. Es war so seltsam, dieses Lächeln, das ich oft in Filmen gesehen hatte. Jetzt sah ich es in der Wirklichkeit. Ich war hypnotisiert. Ich kam mir ein bißchen schüchtern vor und war verlegen, weil ich so reagierte.

»Sie sind die besten Freunde, seit wir hierhergezogen sind. Sie sind ein ganz seltsames Paar, aber unzertrennlich«, sagte sie. »Wir nennen sie manchmal Felix und Oscar.«
»Was meinen Sie, wie würde Michael unter diesen Umständen reagieren?« fragte ich.
»Schwer zu beurteilen.« Thomas Dunne schüttelte den Kopf. Er schien ein ausgesprochen ungeduldiger Mensch zu sein. Vermutlich gewöhnt, zu bekommen, was er will, sobald er es will. »Michael muß immer einen ›Plan‹ haben. Sein Leben ist ganz geordnet, mit einer festen Struktur.«
»Was ist mit seinen körperlichen Problemen?« Ich wußte, Michael war ein »blaues Baby« gewesen. Er hatte immer noch Herzgeräusche.
Katherine Rose zuckte die Achseln. Offenbar war es nicht weiter schlimm. »Manchmal wird er müde. Er ist ein bißchen klein für sein Alter. Maggie ist größer als Michael.«
»Alle nennen ihn Shrimpie, und ich glaube, das gefällt ihm. Dadurch gehört er ein bißchen mehr dazu«, sagte Tom Dunne. »Im Grunde ist er der Typ ›Wunderkind‹. Maggie nennt ihn ein Superhirn. Das trifft recht gut auf Michael zu.«
»Michael ist eindeutig ein Superhirn.«
»Wie ist er, wenn er müde wird?« Ich kam auf etwas zurück, was Katherine gesagt hatte, etwas möglicherweise Wichtiges. »Wird er je jähzornig?«
Katherine dachte über meine Frage nach, ehe sie antwortete. »Dann ist er nur schlapp. Manchmal macht er ein Nickerchen. Einmal – ich erinnere mich daran, daß die beiden neben dem Pool eingeschlafen sind. Dieses seltsame kleine Paar, ausgestreckt auf dem Gras. Zwei kleine Kinder.«
Sie schaute mich aus ihren grauen Augen an und begann zu weinen. Sie hatte sich große Mühe gegeben, sich zu beherrschen, mußte aber schließlich nachgeben.
Wie widerstrebend ich am Anfang auch gewesen sein moch-

te, jetzt ging mir der entsetzliche Fall in Fleisch und Blut über. Ich hatte Mitgefühl mit den Dunnes und den Goldbergs. Ich stellte Verbindungen zwischen Maggie Rose und meinen Kindern her. Ich war in einer Weise beteiligt, die nicht immer nützlich ist. Die Wut auf den Killer in den Sozialsiedlungen war auf den Kidnapper dieser beiden unschuldigen Kinder übergegangen ... Mr. Soneji ... Mr. Chips.

Ich hätte sie gern getröstet, ihnen gesagt, alles werde gut, mir eingeredet, alles werde gut. Aber ich war mir nicht sicher.

16. Kapitel

Maggie Rose glaubte immer noch, sie liege im Grab. Es war mehr als unheimlich und grauenhaft. Es war millionenmal schlimmer als jeder Alptraum, den sie sich je vorgestellt hatte. Und Maggie wußte, sie hatte eine starke Phantasie. Sie konnte dick auftragen, um ihre Freunde zu verblüffen, durchaus mit Absicht.

War jetzt Nacht? Oder Tag?

»Michael?« stöhnte sie schwach. Ihr ganzer Mund, vor allem ihre Zunge, fühlte sich wie Baumwollwatte an. Ihr Mund war unglaublich ausgetrocknet. Sie hatte solchen Durst. Manchmal würgte sie an ihrer Zunge. Sie stellte sich vor, sie schlucke ihre Zunge. Niemand war je so durstig gewesen. Nicht einmal in der Wüste im Irak und in Kuwait.

Maggie Rose trieb ständig zwischen Schlaf und Wachen. Immer wider kamen Träume. Eben hatte wieder einer angefangen.

Jemand hämmerte in der Nähe gegen eine schwere Holztür.

Wer das auch sein mochte, er rief ihren Namen: »Maggie Rose . . . Maggie Rose, sprich mit mir!«

Dann war sich Maggie nicht mehr sicher, ob es ein Traum war.

Es war wirklich jemand da.

Brach jemand ihr Grab auf? Waren es ihre Mom und ihr Dad? Oder endlich die Polizei?

Plötzlich blendete sie Licht von oben! Maggie Rose war sich sicher: es war wirklich Licht.

Es war, als schaute sie direkt in hundert Blitzlichter, die alle gleichzeitig losgingen.

Ihr Herz schlug so schnell und so heftig, daß Maggie Rose wußte, sie mußte am Leben sein. An einem schrecklichen, schrecklichen Ort. Jemand hatte sie hier eingesperrt.
Maggie Rose flüsterte ins Licht hinauf: »Wer ist es? Wer ist da? Wer ist da oben? Ich sehe ein Gesicht!«
Das Licht war so hell, daß Maggie Rose in Wahrheit gar nichts sehen konnte.
Zum zweiten – oder dritten – Mal war aus Pechschwarz blendendes Weiß geworden.
Dann verdeckte eine Silhouette fast das ganze Licht. Maggie konnte immer noch nicht sehen, wer da war. Hinter der Gestalt strahlte Licht.
Maggie kniff fest die Augen zusammen. Machte sie dann wieder auf. Sie wiederholte das ständig.
Sie konnte wirklich nichts sehen. Konnte sich nicht darauf konzentrieren, wer oder was das war. Sie mußte weiter blinzeln. Der da oben war, mußte sehen, wie sie blinzelte, mußte wissen, das sie lebte.
»Mr. Soneji? Bitte, helfen Sie mir«, versuchte sie zu rufen. Ihre Kehle war so trocken. Ihre Stimme kam krächzend und nicht erkennbar heraus.
»Halt's Maul! Halt's Maul!« rief eine Stimme von oben.
Jemand war da oben! Jemand war wirklich da oben und konnte sie herausholen.
Es klang wie . . . wie die Stimme einer uralten Frau.
»Bitte, helfen Sie mir. Bitte«, flehte Maggie.
Eine Hand fuhr herunter und schlug ihr heftig ins Gesicht.
Maggie schrie auf. Es war mehr die Angst als der Schmerz, aber der Schlag tat auch weh. Sie war noch nie geschlagen worden. Ihr dröhnte der Kopf.
»Schluß mit dem Geheul!« Die gespenstische Stimme kam näher.
Dann stieg die Gestalt in das Grab und war direkt über ihr. Maggie konnte starken Körpergeruch und einen stinkenden

Atem riechen. Sie wurde jetzt nach unten gedrückt und war zu schwach, sich zu wehren.

»Leg dich ja nicht mit mir an, du kleines Mistvieh! Leg dich ja nicht mit mir an! Für was hältst du dich denn, du kleines Mistvieh!«

»Erhebe ja nie die Hand gegen mich! Hörst du? Wag das bloß nicht!«

Bitte, lieber Gott, was war denn das?

»Bist die berühmte Maggie Rose, stimmt's? Die reiche, verzogene Göre! Ich sag dir ein Geheimnis. Unser Geheimnis: Du kratzt ab, kleines reiches Mädchen. Du kratzt ab!«

17. Kapitel

Am nächsten Tag war Heiliger Abend. Fröhliche Feiertagsgefühle wollten nicht aufkommen. Und vor dem ersten Feiertag wurde alles noch viel schlimmer.
Keiner von uns war in der Lage gewesen, die üblichen Feiertagsvorbereitungen mit unseren Familien zu treffen. Das trug zu der Anspannung bei, unter der das Geiselrettungsteam stand. Es machte das Elend des deprimierenden Auftrags noch größer. Falls Soneji sich aus diesem Grund für die Weihnachtszeit entschieden hatte, war es eine gute Wahl gewesen. Er hatte allen ein beschissenes Weihnachten beschert.
Gegen zehn Uhr morgens ging ich die Sorrell Avenue entlang zum Haus der Goldbergs. Sampson hatte sich weggeschlichen, um eine Zeitlang an den Morden im Südosten zu arbeiten. Wir wollten uns gegen Mittag wieder treffen und die Horrorgeschichten austauschen.
Ich sprach über eine Stunde mit den Goldbergs. Sie hielten sich nicht gut. In vielerlei Hinsicht waren sie noch entgegenkommender als Katherine und Thomas Dunne. Sie waren strengere Eltern als die Dunnes, aber Jerrold und Laurie Goldberg liebten ihren Sohn zärtlich. Vor elf Jahren hatten die Ärzte Laurie Goldberg gesagt, sie könne keine Kinder bekommen. Ihr Uterus war vernarbt gewesen. Als sie merkte, daß sie mit Michael schwanger war, hatte es wie ein Wunder gewirkt. Hatte Soneji das gewußt? fragte ich mich. Wie sorgfältig hatte er seine Opfer ausgewählt? Warum Maggie Rose und Michael Goldberg?
Die Goldbergs erlaubten mir, Michaels Zimmer zu sehen und eine Weile allein darin zu verbringen. Ich machte die

Tür zu und saß ruhig da. Ich hatte das in Maggies Zimmer bei den Dunnes auch getan.
Das Zimmer des Jungen war verblüffend. Es war eine Schatztruhe voller hochmoderner Computer-Hardware und -Software: Macintosh, Nintendo, Prodigy, Windows. Michael Goldberg war besser ausgerüstet als die Computerabteilung der Polizei. An den Wänden klebten Plakate von Katherine Roses Filmen *Tabu* und *Flitterwochen*. Ein Plakat des Leadsängers von Skid Row, Sebastian Bach, hing über dem Bett. In Michaels Bad starrte mich ein Bild von Albert Einstein mit einem lila Punkhaarschnitt an. Außerdem eine Titelseite der Zeitschrift *Rolling Stone* mit der Frage: »Wer hat Pee-wee Herman umgebracht?«
Auf dem Schreibtisch des Jungen stand ein gerahmtes Foto von Michael und Maggie Rose. Die beiden Kinder posierten Arm in Arm und sahen wie die allerbesten Freunde aus. Was hatte Soneji inspiriert? War es etwas an ihrer besonderen Freundschaft gewesen?
Beide Goldbergs hatten Mr. Soneji nie kennengelernt, aber Michael hatte viel von ihm gesprochen. Soneji war der einzige Mensch unter Kindern und Erwachsenen, der Michael je bei Nintendo-Spielen wie »Ultima« und »Super Mario Brothers« geschlagen hatte. Das legte die Vermutung nahe, Soneji könne auch ein Superhirn sein, ebenfalls ein Wunderkind, aber nicht bereit, sich um der guten Sache willen von einem Neunjährigen bei Videospielen besiegen zu lassen. Nicht bereit, irgendein Spiel zu verlieren.
Ich war wieder bei den Goldbergs in der Bibliothek und schaute aus dem Fenster, als der Kidnappingfall endgültig in den Wahnsinn eskalierte.
Ich sah Sampson vom Haus der Dunnes aus die Straße entlangrennen. Mit jedem Schritt ließ er ein Haus hinter sich. Ich stürzte aus der Vordertür der Goldbergs, als Sampson auf dem Rasen ankam. Er stoppte ab wie ein Footballspieler vor dem Torraum.

»Hat er angerufen?«
Sampson schüttelte den Kopf. »Nein! Aber es tut sich was. Etwas ist passiert, Alex. Das FBI hält den Deckel drauf«, sagte Sampson. »Die haben was. Komm.«

Am Ende der nahen Plately Bridge Lane war ein Stück hinter der Sorrell Avenue eine Straßensperre aufgebaut worden. Die Straßensperre aus einem halben Dutzend Holzblöcken hinderte die Presse daran, den Autos zu folgen, die kurz nach zwei an jenem Nachmittag vom Haus der Dunnes abfuhren. Sampson und ich saßen im dritten Auto.
Siebzig Minuten später rasten die drei Limousinen durch die flache Hügellandschaft um Salisbury, Maryland, herum. Die Autos schlängelten sich eine kurvenreiche Straße hinunter zu einem Industriegelände inmitten eines dichten Kiefernwalds.
Der moderne Gebäudekomplex war am Heiligen Abend verlassen. Es war gespenstisch ruhig. Schneebedeckte Rasenflächen führten zu den drei Bürogebäuden aus weißem Stein. Ein halbes Dutzend Streifenwagen und Notarztwagen aus Salisbury waren schon am mysteriösen Schauplatz eingetroffen.
Ein kleiner Nebenfluß, der in die Chesapeake Bay münden mußte, lief hinter den Gebäuden vorbei. Das Wasser war bräunlich rot und sah giftig aus. Auf königsblauen Schildern an den Gebäuden stand: *J. Cad Manufacturing, The Raser/Becton Group, Techno-Sphere.*
Bis jetzt noch kein Anhaltspunkt; kein Wort war darüber gefallen, was auf dem Industriegelände geschehen war.
Sampson und ich schlossen uns der Gruppe an, die zum Fluß hinunterging. Vier FBI-Agenten waren schon dort und machten besorgte Gesichter.
Zwischen dem Industriegelände und dem Wasser verlief ein Streifen aus winterdünnem, hellgelbem Schilf. Dahinter lag

ein kahles, dreißig bis vierzig Meter langes Stück Land am Fluß. Der Himmel war pappgrau, drohte mit mehr Schnee.
Am schlammigen Ufer gossen Deputies des Sheriffs Gips, im Versuch, Fußabdrücke zu bekommen. War Gary Soneji hier gewesen?
»Haben die Ihnen etwas gesagt?« fragte ich Jezzie Flanagan, während wir seitlich die steile, schlammige Böschung hinunterstiegen. Sie ruinierte ihre Arbeitsschuhe. Sie schien es gar nicht zu merken.
»Nein. Noch nicht. Überhaupt nichts!« Sie war so frustriert wie Sampson und ich. Das war die erste Gelegenheit für das »Team«, sich nicht wie ein Team zu verhalten. Das FBI hatte die Möglichkeit gehabt, mit uns zu kooperieren. Sie hatten sie nicht genutzt. Kein gutes Zeichen. Kein verheißungsvoller Anfang.
»Bitte, laß es nicht diese Kinder sein«, murmelte Jezzie Flanagan, als wir auf flacheren Boden kamen.
Zwei FBI-Agenten, O'Reilly und Gerry Scorse, standen am Ufer. Ein Schneegestöber ging nieder. Ein eiskalter Wind wehte über das schiefergraue Wasser, das wie brennendes Linoleum roch.
Mir steckte die ganze Zeit das Herz in der Kehle. Ich sah am Ufer entlang überhaupt nichts.
Agent Scorse hielt eine Rede, mit der er uns andere meiner Meinung nach besänftigen wollte. »Hört mal, daß wir das so geheim behandelt haben, hat nichts mit euch zu tun. Wegen der breiten Presseberichterstattung, zu der es in diesem Fall gekommen ist, sind wir gebeten – genauer gesagt, angewiesen – worden, nichts zu sagen, bis wir alle hier sind. Bis wir es selbst sehen können.«
»Was sehen können?« fragte Sampson den Sonderagenten vom FBI. »Wollen Sie uns sagen, was zum Teufel hier los ist? Lassen wir doch den verbalen Dünnschiß weg.«
Scorse winkte einem der FBI-Agenten und sprach kurz mit

ihm. Er hieß McGoey und arbeitete im Büro des Direktors in D. C. Er war dauernd im Haus der Dunnes. Wir hatten alle geglaubt, er sei der Ersatz für Roger Graham, aber das wurde nie bestätigt.

McGoey nickte zu dem, was auch immer Scorse ihm gesagt hatte, und trat dann vor.

Er war ein ernst aussehender Dicker mit großen Zähnen und einem kurzen weißen Bürstenhaarschnitt. Er sah wie ein alter Offizier aus, der kurz vor der Pensionierung stand.

»Die Ortspolizei hat heute gegen zehn ein Kind gefunden, das im Fluß trieb«, erklärte McGoey. »Sie wissen nicht, ob es sich nicht um eins der entführten Kinder handelt.«

Agent McGoey ging dann mit uns allen etwa siebzig Meter am schlammigen Flußufer entlang. Wir blieben hinter einem mit Moos und Rohrkolben überzogenen Erdhügel stehen. Von niemandem kam ein Laut, nur der bitterkalte Wind pfiff über das Wasser.

Schließlich wußten wir, warum wir hierhergebracht worden waren. Eine kleine Leiche war mit grauen Wolldecken aus einem Notarztwagen zugedeckt worden. Es war das winzigste, einsamste Bündel im ganzen Universum.

Einer der Ortspolizisten wurde gebeten, uns die nötigen Einzelheiten zu nennen. Als er zu sprechen anfing, war seine Stimme schwer und stockend.

»Ich bin Lieutenant Edward Mahoney. Ich gehöre zur Polizei von Salisbury. Vor etwa einer Stunde und zwanzig Minuten hat ein Sicherheitswächter von Raser/Becton hier unten eine Kinderleiche entdeckt.«

Wir gingen an die Decken heran. Die Leiche lag auf einem Grashügel, der zum Wasser hin abfiel. Hinter dem Gras und auf der linken Seite war ein schwarzer Lärchensumpf.

Lieutenant Mahoney kniete neben der winzigen Leiche nieder. Sein grau uniformiertes Knie sank in den nassen Schlamm. Schneeflocken trieben um sein Gesicht, blieben an seinem Haar und seinen Wangen kleben.

Fast ehrfürchtig zog er die Wolldecken zurück. Er wirkte wie ein Vater, der ein Kind sanft vor einem frühmorgendlichen Angelausflug weckt.
Erst vor ein paar Stunden hatte ich mir ein Foto der beiden entführten Kinder angeschaut. Ich war der erste, der vor der Leiche des ermordeten Kindes etwas sagte.
»Das ist Michael Goldberg«, sagte ich mit leiser, aber deutlicher Stimme. »Voller Bedauern muß ich sagen, daß es Michael ist. Es ist der arme kleine Shrimpie.«

18. Kapitel

Jezzie Flanagan kam erst am frühen Morgen des Weihnachtstages nach Hause. Ihr drehte sich der Kopf, der von zu vielen Ideen über die Entführung explodierte.
Sie mußte die zwanghaften Bilder eine Weile abstellen. Sie mußte die Motoren abschalten, sonst wäre die Fabrik in die Luft geflogen. Sie mußte aufhören, ein Cop zu sein. Sie wußte, der Unterschied zwischen ihr und anderen Cops bestand darin, daß sie aufhören konnte.
Jezzie wohnte mit ihrer Mutter in Arlington. Sie teilten sich in der Nähe der Crystal-City-U-Bahn eine kleine, vollgestopfte Eigentumswohnung. Jezzie nannte sie in Gedanken die »Selbstmordwohnung«. Das Zusammenleben hier war angeblich kurzfristig, bloß war sie jetzt schon ein Jahr hier, seit ihrer Scheidung von Dennis Kelleher.
Dennis der Miesling war inzwischen im Norden von Jersey und versuchte immer noch, es zur *New York Times* zu bringen. Jezzie wußte im Innersten, dieses Kunststück würde ihm nie gelingen. Dennis hatte von jeher nur eins bestens gekonnt: Jezzie dazu zu bringen, daß sie an sich zweifelte. Auf diesem Gebiet war Dennis ein wahrer Meister gewesen. Aber am Schluß ließ sie sich von ihm nicht mehr deprimieren.
Sie hatte zu hart für den Secret Service gearbeitet, um die Zeit zu finden, aus der Eigentumswohnung ihrer Mutter auszuziehen. Das redete sie sich jedenfalls ein. Sie hatte keine Zeit gehabt, ein Leben zu führen. Sie sparte – für etwas Großes, für eine einschneidende Änderung in ihrem Leben. Mindestens zweimal pro Woche hatte sie in letzter Zeit ausgerechnet, wieviel Geld sie hatte. Es waren insgesamt vier-

undzwanzigtausend Dollar. Das war alles. Sie war jetzt zweiunddreißig. Sie wußte, sie sah gut aus, war fast schön – genau wie Dennis Kelleher fast ein guter Schriftsteller war.

Jezzie hätte eine Anwärterin auf einen Spitzenposten sein können, dachte sie oft bei sich. Sie hatte es fast geschafft. Sie brauchte nur einen Durchbruch, und sie hatte schließlich begriffen: diesen Durchbruch mußte sie selbst schaffen. Sie war fest dazu entschlossen.

Sie trank ein Smithwich, wirklich gutes Bier. Smitty's war das Lieblingsgift ihres Vaters auf der ganzen Welt gewesen. Sie knabberte an einer Scheibe frischem Chester. Dann trank sie unter der Dusche am Ende des trübseligen Ganges in der Wohnung ihrer Mutter ein zweites Bier. Wieder blitzte Michael Goldbergs kleines Gesicht vor ihr auf.

Sie würde das Aufblitzen weiterer Bilder des kleinen Goldberg nicht zulassen. Sie würde keine Schuldgefühle empfinden, und wenn sie aus den Nähten platzte . . .

Die beiden Kinder waren entführt worden, als sie für sie zuständig gewesen war. So hatte alles angefangen . . . Schluß mit den Bildern! Für einen Augenblick Schluß mit allem.

Irene Flanagan hustete im Schlaf. Jezzies Mutter hatte neununddreißig Jahre für eine Telefongesellschaft gearbeitet. Ihr gehörte die Wohnung in Crystal City. Sie war eine phantastische Bridgespielerin. Das war alles Wissenswerte über Irene.

Jezzies Vater war siebenundzwanzig Jahre lang Cop in D. C. gewesen. Das Endspiel kam für Terry Flanagan bei seiner geliebten Arbeit – ein Herzinfarkt auf einem überfüllten Bahnhof –, während Hunderte von Wildfremden ihm beim Sterben zuschauten, ohne echten Anteil zu nehmen. Jedenfalls erzählte Jezzie die Geschichte immer so.

Jezzie beschloß wieder, zum tausendsten Mal, daß sie aus der Wohnung ihrer Mutter ausziehen mußte. Ganz gleich, was passierte. Keine lahmen Ausreden mehr. Setz dich in Bewegung, Mädchen, sonst hast du alles verloren. Beweg dich, beweg dich, komm mit deinem Leben voran.

Sie hatte jedes Gefühl dafür verloren, wie lange sie schon unter der Dusche stand, die leere Bierflasche an der Flanke, und das kühle Glas gegen ihren Schenkel rieb. »Süchtig nach Verzweiflung«, murmelte sie vor sich hin. »Das ist wirklich kläglich.« Jedenfalls war sie so lange unter der Dusche gewesen, daß sie das Smithwich ausgetrunken und Durst auf noch eins bekommen hatte. Durst auf irgendwas.

Eine Weile gelang es ihr, nicht an den kleinen Goldberg zu denken. Aber nicht ganz. Wie hätte sie das gekonnt? Der kleine Michael Goldberg.

Jezzie Flanagan hatte jedoch in den letzten Jahren Übung im Vergessen bekommen – wich dem Schmerz um jeden Preis aus. Es war blöd, Schmerzen zu haben, wenn man es vermeiden konnte.

Natürlich hieß das auch, engen Beziehungen auszuweichen, selbst der entferntesten Ähnlichkeit mit Liebe aus dem Weg zu gehen, die meisten Emotionen innerhalb der menschlichen Bandbreite zu kappen. Schön. Vielleicht war das ein akzeptabler Tauschhandel. Sie hatte herausgefunden, daß sie ohne Liebe in ihrem Leben überleben konnte. Es klang schrecklich, war aber die Wahrheit.

Ja, im Augenblick, vor allem im gegenwärtigen Augenblick, lohnte sich der Tauschhandel, dachte Jezzie. Er half ihr dabei, während der Krise jeden Tag, jede Nacht zu überstehen. Jedenfalls schaffte sie alles. Die anderen Agenten beim Secret Service sagten, sie habe *cojones*. Das war als Kompliment gemeint, und deshalb faßte Jezzie es auch so auf. Außerdem stimmte es nicht ganz – sie hatte *cojones* aus Stahl. Und wenn das nicht der Fall war, konnte sie das vortäuschen.

Um ein Uhr morgens mußte Jezzie Flanagan unbedingt eine

Motorradfahrt machen; sie mußte aus der erstickenden, winzigen Wohnung in Arlington herauskommen.
Mußte, mußte, mußte.
Ihre Mutter hatte wohl gehört, wie die Tür zum Flur aufging. Sie rief aus dem Schlafzimmer nach Jezzie, vermutlich im Halbschlaf.
»Jezzie, wo willst du so spät noch hin? Jezzie? Jezzie, bist du das?«
»Bloß noch mal raus, Mutter.« Will in der Ladenpassage Weihnachtseinkäufe machen, hallte zynisch in ihrem Kopf. Wie immer ließ sie den Satz nicht heraus. Sie wünschte sich, Weihnachten wäre vorbei. Ihr graute vor dem nächsten Tag.
Dann war sie auf ihrer BMW-K-1 in der Nacht verschwunden – floh entweder vor ihren Alpträumen, ihren Teufeln, oder jagte ihnen nach.
Es war Weihnachten. War Michael Goldberg für unsere Sünden gestorben? Ging es darum? Sie dachte nach.
Sie wehrte sich dagegen, das ganze Schuldgefühl zu spüren. Es war Weihnachten, und Christus war schon für die Sünden aller gestorben. Auch für Jezzie Flanagans Sünden. Sie fühlte sich leicht verrückt. Nein, sie fühlte sich völlig verrückt, aber sie hatte alles im Griff. Immer alles im Griff behalten. Das würde sie von nun an tun.
Sie sang »Winter Wonderland« – bei hundertachtzig Stundenkilometern auf der offenen Schnellstraße aus Washington heraus. Ihr machte nicht viel angst, aber dieses Mal hatte sie Angst.

19. Kapitel

In manchen Teilen Washingtons und in den Vororten von Maryland und Virginia wurden am Weihnachtsmorgen Nachforschungen von Tür zu Tür angestellt. Durch die Innenstadt fuhren blauweiße Streifenwagen. Sie sendeten über die Lautsprecher: »Wir suchen nach Maggie Rose Dunne. Maggie ist neun Jahre alt. Maggie hat langes blondes Haar. Maggie ist einsdreißig groß und wiegt zweiunddreißig Kilo. Für jeden sachdienlichen Hinweis, der zu Maggies sicherer Rückkehr führt, ist eine stattliche Belohnung ausgesetzt.«

Im Haus arbeitete ein halbes Dutzend FBI-Agenten enger denn je mit den Dunnes zusammen. Katherine Rose und Tom Dunnes waren beide tief erschüttert über Michaels Tod. Katherine sah plötzlich zehn Jahre älter aus. Wir alle warteten auf einen Anruf von Soneji.

Mir war durch den Kopf gegangen, daß Gary Soneji die Dunnes am Weihnachtstag anrufen würde. Ich hatte inzwischen das Gefühl, ihn etwas zu kennen. Ich wollte, daß er anrief, wollte, daß er etwas unternahm, den ersten Fehler machte. Ich wollte ihn schnappen.

Gegen elf am Weihnachtsmorgen wurde das Geiselrettungsteam in aller Eile im Salon der Dunnes versammelt. Inzwischen waren wir fast zwanzig, allesamt für lebenswichtige Informationen auf das FBI angewiesen. Im Haus herrschte Hochbetrieb. Was hatte Lindberghs Sohn getan?

Wir hatten noch nicht viele Informationen bekommen. Wir wußten, im Haus der Dunnes war ein Telegramm abgegeben worden. Es wurde nicht so behandelt wie die früheren Spinneranrufe. Es mußte von Soneji sein.

Seit einer Viertelstunde hatten die FBI-Agenten alle Telefone im Haus mit Beschlag belegt. Sonderagent Scorse kam kurz vor halb zwölf ins Haus zurück, vermutlich von der Bescherung bei ihm zu Hause. Chief Pittman marschierte fünf Minuten später herein. Der Polizeipräsident war unterrichtet worden.

»Das entwickelt sich zu einer ganz üblen Geschichte. Dauernd tappen wir im dunkeln.« Sampson lehnte am Kaminsims. Wenn Sampson sich anlehnt, mißt er nur noch zwei Meter.

»Die FBI-Typen trauen uns nicht. Wir trauen ihnen noch weniger als bei dem Leichenfund.«

»Wir haben dem FBI von Anfang an nicht getraut«, rief ich ihm ins Gedächtnis.

»Da hast du recht.« Sampson grinste. Ich sah mein Spiegelbild in seiner Sonnenbrille. Ich sah klein aus. Ich fragte mich, ob von Sampsons Beobachtungsposten aus die ganze Welt winzig aussah. »Hat unser Typ das Telegramm geschickt?« frage er mich.

»Das FBI glaubt es. Vermutlich ist das einfach seine Methode, fröhliche Weihnachten zu wünschen. Vielleicht würde er gern zur Familie gehören.«

Sampson schaute mich über den Rand der Sonnenbrille an. »Danke, Doktor Freud.«

Agent Scorse drängte sich durch die Menge nach vorn. Auf dem Weg begegnete er Chief Pittman. Sie gaben sich die Hand. Gute Beziehungen innerhalb der Gemeinde.

»Wir haben eine weitere Nachricht erhalten, die von Gary Soneji zu stammen scheint«, erklärte Scorse, als er vor uns stand. Er hatte eine seltsame Art, den Hals zu recken und den Kopf hin und her zu wiegen, wenn er nervös war. Er machte das mehrmals, als er zu sprechen anfing.

»Ich lese es Ihnen vor. Es ist an die Dunnes adressiert... ›Liebe Katherine, lieber Tom ... Wie wär's mit zehn Millionen Dollar? Zwei bar. Den Rest in verkäuflichen Wertpapieren und Diamanten. IN MIAMI BEACH!... M. R. bis jetzt wohlbehalten. Vertrauen Sie mir. MORGEN ist der große Tag! Fröhliche Weihnachten ... Lindberghs Sohn.‹«

Innerhalb einer Viertelstunde nach der Ankunft war das Telegramm zu einer Annahmestelle der Western Union in der Collins Avenue in Miami Beach zurückverfolgt worden. FBI-Agenten schwärmten sofort zur Annahmestelle aus und sprachen mit dem Geschäftsführer und den Angestellten. Sie erfuhren überhaupt nichts – genau wie es bis jetzt bei der ganzen Ermittlung gewesen war.

Wir hatten keine andere Wahl – wir mußten sofort nach Miami fliegen.

20. Kapitel

Das Geiselrettungsteam kam am Weihnachtsnachmittag um halb fünf auf dem Flughafen Tamiami in Florida an. Minister Jerrold Goldberg hatte dafür gesorgt, daß wir einen Sonderjet der Air Force bekamen.

Eine Eskorte der Polizei von Miami brachte uns eilig zur FBI-Dienststelle in der Collins Avenue, in der Nähe des Fountainebleau und anderer Goldküstenhotels. Die Dienststelle war nur sechs Kreuzungen entfernt von der Annahmestelle der Western Union, in der Soneji das Telegramm aufgegeben hatte.

Hatte er das gewußt? Vermutlich. So schien sein Kopf zu arbeiten. Soneji war versessen darauf, alles zu überwachen. Ich schrieb ständig Bemerkungen über ihn auf. Zwanzig Seiten auf dem Notizblock in meiner Jackentasche waren schon voll. Ich konnte noch kein Charakterbild verfassen, weil ich noch nichts über Sonejis Vergangenheit wußte. In meinen Notizen kamen jedoch die ganzen Schlüsselwörter vor: *organisiert, sadistisch, methodisch, herrschsüchtig, vielleicht hypomanisch.*

Beobachtete er uns jetzt, wie wir durch Miami rasten? Das war durchaus möglich. Vielleicht in einer anderen Verkleidung. Bereute er den Tod von Michael Goldberg? Oder überkam ihn ein Schub von Wut?

In der FBI-Dienststelle waren schon Notleitungen geschaltet worden. Wir wußten nicht, wie Soneji von nun an Kontakt aufnehmen würde. Mehrere Polizisten aus Miami stießen jetzt zum Team. Außerdem weitere zweihundert Agenten aus der starken FBI-Truppe in Südflorida. Plötzlich war Eile das Gebot der Stunde. Eile und Warten.

Ich fragte mich, ob Gary Soneji wußte, was für ein Chaos er anrichtete, während sein Ultimatum näherrückte. Gehörte auch das zu seinem Plan? Ging es Maggie Rose Dunne tatsächlich gut? Lebte sie noch?

Wir brauchten einen Beweis dafür, ehe der Austausch genehmigt wurde. Wenigstens würden wir von Soneji einen Beweis verlangen. *M. R. bis jetzt wohlbehalten. Vertrauen Sie mir*, hatte er geschrieben. Aber klar doch, Gary.

Schlechte Nachrichten folgten uns nach Miami Beach.

Der vorläufige Autopsiebericht über Michael Goldberg war an die Dienststelle in Miami gefaxt worden. Unmittelbar nach unserer Ankunft wurde im Krisenraum des FBI eine Einsatzbesprechung angesetzt. Wir saßen an im Halbkreis angeordneten Schreibtischen mit einem Videomonitor und einem Wortprozessor auf jedem Tisch. Im Zimmer war es ungewöhnlich still. Keiner von uns wollte Einzelheiten über den Tod des kleinen Jungen hören.

Ein FBI-Agent namens Harold Friedman hatte den Auftrag, der Gruppe den medizinischen Befund vorzutragen. Friedman war milde gesagt untypisch für das FBI. Er war ein orthodoxer Jude, aber mit dem Körperbau und dem Aussehen eines Strandjungen von Miami. Er trug bei der Besprechung über die Autopsie eine bunte Jarmulke.

»Wir sind uns einigermaßen sicher, daß der Tod des kleinen Goldberg ein Unfall war«, fing er mit einer tiefen, klaren Stimme an. »Offenbar wurde er zunächst mit einem Chloroformspray bewußtlos gemacht. In der Nase und in der Kehle sind Chloroformspuren gefunden worden. Dann wurde ihm Secobarbitalnatrium gespritzt, vermutlich etwa zwei Stunden später. Secobarbital ist ein starkes Anästhetikum. Es hat außerdem Eigenschaften, die atmungshemmend wirken.

In diesem Fall scheint das eingetreten zu sein. Vermutlich wurde die Atmung des Jungen unregelmäßig, dann setzten Herz und Atmung völlig aus. Falls er noch schlief, war das nicht schmerzhaft. Ich vermute, so war es – er ist im Schlaf gestorben.

Außerdem waren mehrere Knochen gebrochen«, fuhr Harold Friedman fort. Trotz der Strandjungenerscheinung war er düster und wirkte bei seiner Berichterstattung intelligent. »Wir glauben, daß der kleine Junge getreten und geschlagen wurde, vermutlich dutzendmal. Das hatte jedoch nichts mit seinem Tod zu tun. Die Knochenbrüche und Hautabschürfungen wurden ihm zugefügt, als er schon tot war. Sie sollten wissen, daß er außerdem nach seinem Tod sexuell mißbraucht wurde. Er wurde anal mißbraucht und dabei schwer verletzt. Dieser Soneji ist ein krankhafter Typ.« Das war Friedmans erster Kommentar.

Es war außerdem einer der ersten echten Hinweise auf Gary Sonejis pathologische Verfassung. Offenbar hatte er einen Wutanfall bekommen, als er Michael Goldbergs Tod feststellte. Oder als er merkte, daß sein perfekter Plan am Ende doch nicht ganz perfekt war.

Agenten und Polizisten rutschten auf den Stühlen herum. Ich fragte mich, ob die Wut auf Michael Goldberg auf Soneji beruhigend oder anstachelnd gewirkt hatte. Mehr denn je machte ich mir Sorgen um Maggie Roses Überlebenschancen.

Das Hotel, in dem wir wohnten, lag der FBI-Dienststelle direkt gegenüber. Nach den Maßstäben der Goldküste war es nichts Besonderes, aber es verfügte auf der Meerseite über einen großen Pool und Terrasse.

Gegen elf hatten sich die meisten von uns zum Schlafen zurückgezogen. Der Himmel war voller heller Sterne, und gelegentlich tauchte ein von Norden kommender Jet auf.

Sampson und ich schlenderten die Collins Avenue entlang. Die Leute dachten bestimmt, die Lakers seien in der Stadt, um am Turnier von Miami teilzunehmen.

»Willst du erst was essen? Oder sollen wir uns gleich die Hucke vollsaufen?« fragte er mich auf halber Höhe der Avenue.
»Ich bin so schon ziemlich kaputt«, sagte ich zu Sampson. »Ich habe gedacht, ich geh' schwimmen. Wenn wir schon mal in Miami Beach sind.«
»Heute nacht holst du dir keine Miami-Bräune mehr.« Er drehte eine nichtangezündete Zigarette zwischen den Lippen.
»Noch ein Grund, nachts schwimmen zu gehen.«
»Ich operiere in der Bar«, sagte Sampson, als wir uns in der Hotelhalle trennten. »Ich bin der, der die hübschen Frauen anlockt.«
»Viel Glück«, rief ich ihm zu. »Es ist Weihnachten. Ich hoffe, du bekommst ein Geschenk.«
Ich zog eine Badehose an und ging zum Hotelpool hinaus. Ich bin zu der Überzeugung gekommen, der Schlüssel zur Gesundheit ist Sport, deshalb treibe ich jeden Tag Sport, ganz gleich, wo ich bin. Ich mache außerdem jede Menge Streckübungen, was man jederzeit machen kann, überall.
Der große Swimmingpool war geschlossen, aber das störte mich nicht. Polizisten sind dafür berüchtigt, bei Rot über den Zebrastreifen zu gehen, in der zweiten Reihe zu parken und in jeder Hinsicht gegen die Vorschriften zu verstoßen. Das ist unser einziger Bonus.
Jemand hatte dieselbe Idee gehabt. Jemand schwamm so glatt und ruhig Bahnen, daß ich nichts merkte, bis ich zwischen den Liegestühlen war und die kühle Nässe unter den Füßen spürte.
Es war eine Frau in einem schwarzen oder dunkelblauen Badeanzug. Sie war schlank und athletisch, mit langen Armen und noch längeren Beinen. An einem weniger hübschen Tag war sie ein hübscher Anblick. Ihr Schlag wirkte mühelos und war kräftig und rhythmisch. Der Ort schien ihr zu gehören, und ich wollte kein Eindringling sein.

Als sie wendete, sah ich Jezzie Flanagan. Das überraschte mich. Es wirkte gar nicht typisch für die Einsatzleiterin vom Secret Service.
Schließlich stieg ich ganz leise in das entgegengesetzte Ende des Pools und schwamm meine Bahnen. Sie waren weder schön noch rhythmisch, aber meine Schläge bringen mich über die Runden, und meistens kann ich lange schwimmen.
Ich schaffte mühelos fünfunddreißig Bahnen. Ich hatte das Gefühl, zum ersten Mal seit mehreren Tagen locker zu werden. Die Spinnweben lösten sich auf. Vielleicht sollte ich noch mal zwanzig Bahnen schwimmen und dann für heute Schluß machen. Oder vielleicht mit Sampson ein Weihnachtsbier trinken.
Als ich innehielt, um zu einem schnellen Schlag auszuholen, saß Jezzie Flanagan direkt vor mir auf dem Rand eines Liegestuhls.
Ein flauschiges weißes Hotelhandtuch hing lässig um ihre nackten Schultern. Sie war hübsch im Mondschein über Miami. Gertenschlank, blond, mit hellblauen Augen, die mich anschauten.
»Fünfzig Bahnen, Detective Cross?«
Sie lächelte, auf eine Weise, die eine andere Frau zeigte als die, die ich in den letzten Tagen bei der Arbeit gesehen hatte. Sie wirkte viel entspannter.
»Fünfunddreißig. Ich bin nicht in Ihrer Klasse«, sagte ich zu ihr. »Nicht mal annähernd. Ich habe meinen Schwimmstil in der Grundschule gelernt.«
»Sie haben Ausdauer.« Sie behielt das nette Lächeln bei. »Sie sind gut in Form.«
»Wie man meinen Schwimmstil auch nennen mag, heute nacht ist es jedenfalls ein gutes Gefühl. Nach vielen Stunden, in denen wir in diesen Raum gepfercht waren. Mit den winzigen Fenstern, die nicht aufgehen.«
»Wenn sie große Fenster hätten, würden alle bloß daran den-

ken, so schnell wie möglich zum Strand zu kommen. Im ganzen Staat Florida würden sie mit der Arbeit nie weiterkommen.«

»Kommen wir denn mit der Arbeit weiter?« fragte ich Jezzie.

Sie lachte. »Ich hatte einen Freund, der an die Theorie glaubte, bei der Polizeiarbeit müsse man einfach sein Bestes tun. Ich tue mein Bestes. Unter unmöglichen Umständen. Und Sie?«

»Ich tue auch mein Bestes«, sagte ich.

»Gepriesen sei der Herr.« Jezzie Flanagan hob fröhlich beide Arme. Ihr Überschwang überraschte mich. Es war komisch, und es war ein gutes Gefühl, zur Abwechslung mal zu lachen. Richtig gut. Ich hatte es nötig.

»Mein Bestes unter den gegebenen Umständen«, fügte ich hinzu.

»Unter den gegebenen Umständen, gepriesen sei der Herr!« Jezzie hob wieder die Stimme. Sie war fröhlich, oder es lag an der späten Stunde, vielleicht an beidem.

»Wollen Sie einen Happen essen?« fragte ich. Ich wollte hören, was sie über den Fall dachte. Ich hatte bis jetzt noch nicht richtig mit ihr gesprochen.

»Ich möchte gern was essen«, antwortete sie. »Ich habe heute schon zwei Mahlzeiten ausgelassen.«

Wir verabredeten uns im Hotelrestaurant, einem dieser langsam rotierenden Dinger im obersten Stock.

Sie zog sich in etwa fünf Minuten um, was Eindruck auf mich machte. Weite hellbraune Hosen, ein T-Shirt mit V-Ausschnitt, schwarze chinesische Pantoffeln. Das blonde Haar war noch naß. Sie hatte es zurückgekämmt, und es sah gut so aus. Sie trug kein Make-up und hatte es auch nicht nötig. Sie wirkte ganz anders, als sie sich im Dienst verhielt – viel lockerer und unbefangener.

»Ehrlich und aufrichtig, eins muß ich Ihnen sagen.« Sie lachte.

»Und zwar was?«
»Sie sind ein kräftiger, aber wirklich nicht gerade eleganter Schwimmer. Andererseits sehen Sie in der Badehose gut aus.«
Wir lachten beide. Etwas von der Anspannung des langen Tages legte sich.
Wir horchten uns bei Bier und einem Imbiß geschickt gegenseitig aus. Zum großen Teil lag das an den besonderen Umständen, dem Streß und Druck der letzten Tage. Außerdem gehört es zu meinem Beruf, Leute auszuhorchen, und ich mag die Herausforderung.
Ich brachte Jezzie Flanagan zu dem Geständnis, sie sei mit achtzehn mal Miß Washington, D. C., gewesen. Sie hatte einer Studentinnenvereinigung an der University of Virginia angehört, war aber wegen »unschicklichen Verhaltens« – eine Formulierung, die ich genoß – ausgeschlossen worden.
Während wir uns unterhielten, überraschte es mich, ihr viel mehr zu erzählen, als ich vorhatte. Sie war eine gute Zuhörerin.
Jezzie fragte mich nach meinen Anfängen als Psychologe in Washington. »Im großen und ganzen war das ein schlimmer Fehler«, sagte ich, ohne zu erwähnen, wie wütend mich das gemacht hatte, immer noch machte. »Viele Leute wollten keinen schwarzen Psychologen. Zu viele Schwarze konnten sich keinen leisten. Auf der Couch des Psychologen gibt es keine Liberalen.« Sie brachte mich dazu, über Maria zu sprechen, aber nur ganz kurz. Sie erzählte mir, wie es war, im zu 90 Prozent machoähnlichen Secret Service eine Frau zu sein. »Sie stellen mich gern auf die Probe, oh, mindestens einmal pro Tag. Sie nennen mich den Mann.« Sie wußte auch unterhaltsame Geschichten aus dem Weißen Haus. Sie kannte die Bushs und die Reagans. Alles in allem war es eine angenehme Stunde, die zu schnell verging.
Genau gesagt, es war mehr als eine Stunde verstrichen. Es

waren eher zwei Stunden. Jezzie fiel schließlich auf, daß unsere Kellnerin ganz allein an der Bar wartete. »Schluß. Wir sind die letzten Gäste.«
Wir zahlten und stiegen in den Aufzug des sich drehenden Dachrestaurants. Jezzies Zimmer lag ein paar Etagen höher als meines. Vermutlich hatte sie auch Meerblick. Von ihrer Suite aus.
»Das war richtig nett«, sagte ich auf ihrer Etage. Ich glaube, daß ist ein ironischer Satz aus einem Stück von Noël Coward. »Danke für die Gesellschaft. Fröhliche Weihnachten.«
»Fröhliche Weihnachten, Alex.« Jezzie lächelte. Sie schob sich das blonde Haar hinter das Ohr, ein Tick, der mir schon vorher aufgefallen war. »Es war wirklich nett. Leider wird's morgen wohl weniger nett werden.«
Jezzie gab mir ein Küßchen auf die Wange und ging zu ihrem Zimmer. »Ich werde von Ihnen in einer Badehose träumen«, sagte sie, als die Aufzugstür zuging.
Ich fuhr vier Stockwerke tiefer, wo ich meine kalte Weihnachtsdusche nahm, allein in meinem Weihnachtshotelzimmer. Ich dachte an Jezzie Flanagan. Blöde Phantasien in einem einsamen Hotelzimmer in Miami Beach. Zwischen uns würde sich bestimmt nichts tun, aber ich mochte sie. Ich hatte das Gefühl, mit ihr über alles reden zu können. Ich las noch etwas über Styrons Depressionsschub, bis ich schlafen konnte. Ich hatte ein paar eigene Träume.

21. Kapitel

Vorsicht, Gary, mein Junge, sei jetzt bloß vorsichtig.

Gary Soneji beobachtete die fette Frau aus dem äußersten Winkel des linken Auges. Er beobachtete den Fettkloß, wie eine Eidechse ein Insekt beobachtet – kurz vor dem Verspeisen. Die Frau hatte keine Ahnung, daß er sie musterte.

Sie war sozusagen eine Polizistin und außerdem Gebühreneinnehmerin an der Mautschranke der Autobahnzufahrt. Sie zählte langsam sein Wechselgeld ab. Sie war riesig, schwarz wie die Nacht und völlig weggetreten. Im Halbschlaf an der Schranke sah sie Sonejis Meinung nach so aus, wie Aretha Franklin ausgesehen hätte, wenn Aretha keinen Ton hätte singen können und in der realen Alltagswelt hätte zurechtkommen müssen. Sie hatte überhaupt keine Ahnung, wer im monotonen Strom des Feiertagsverkehrs an ihr vorbeifuhr. Obwohl sie und ihresgleichen angeblich alle verzweifelt nach ihm suchten. Soviel zur »großangelegten Suchaktion« und der »bundesweiten Verfolgungsjagd«. Scheiße, wie blamabel und wie enttäuschend. Wie konnten sie bloß mit solchen Leuchten in ihrem Aufgebot damit rechnen, ihn zu schnappen. Sie hätten wenigstens versuchen können, es für ihn spannend zu machen.

Manchmal, vor allem in Augenblicken wie diesem hier, hätte Gary Soneji am liebsten die unausweichlichen Wahrheiten des Universums verkündigt.

Erstens. Hör zu, du schwarze Bullenschlampe! Weißt du nicht, wer ich bin? Du fällst auf so ein bißchen fadenscheinige Tarnung herein? Ich bin der, den du seit drei Tagen in jeder Nachrichtensendung gesehen hast. Du und die halbe Welt, Aretha, Baby.

Zweitens. Ich habe das Verbrechen des Jahrhunderts perfekt geplant und begangen. Ich bin jetzt schon größer als John Wayne Gacy, Jeffrey Dahmer, Juan Corona. Alles ging nach Plan, bis der reiche kleine Junge blau angelaufen ist.
Drittens. Schau doch richtig her. Schau mich gründlich an. Sei einmal in deinem Leben eine gottverfluchte Heldin. Sei mal was anderes als eine dicke schwarze Null an der Autobahnschranke. Schau mich an, wird's schon! *Schau mich an!*
Sie gab ihm das Wechselgeld. »Fröhliche Weihnachten, Sir.«
Gary Soneji zuckte die Achseln. »Ebenfalls«, sagte er.
Als er von den blinkenden Lichtern an der Mautschranke wegfuhr, stellte er sich die Polizistin mit einem lächelnden Ballongesicht vor. Er sah vor dem geistigen Auge ein ganzes Land voller lächelnder Ballongesichter. Und die Vision bekam etwas Reales.
Es wurde schlimmer als in *Die Körperfresser kommen.* Konnte ihn zum Wahnsinn treiben, wenn er darüber nachdachte, was er unterdrückte. Ein Land voller lächelnder Ballonköpfe. Er liebte Stephen King, identifizierte sich mit dem Fürsten des Bösen und wünschte sich, daß der King über die ganzen lächelnden Idioten in Amerika schrieb. Er konnte den Schutzumschlag von Kings Meisterwerk vor sich sehen – *Ballonköpfe.*
Vierzig Minuten später bog Soneji in dem zuverlässigen Saab in Crisfield, Maryland, von der Route 413 ab. Er raste den zerfurchten Feldweg zum alten Farmhaus entlang. Er mußte lächeln, mußte lachen. Er hatte sie total verladen und ausgetrickst. Total reingelegt.
Bis jetzt wußten sie nicht, wo oben oder unten war. Er hatte den Fall Lindbergh jetzt schon überboten, nicht wahr? Jetzt war es Zeit, den Ballonköpfen wieder den Boden unter den Füßen wegzuziehen.

22. Kapitel

Es war eindeutig: die Vorstellung ging los! Ein Schnellkurier des FBI war kurz vor halb elf am Morgen des sechsundzwanzigsten Dezember in der Dienststelle eingetroffen. Er hatte die neue Nachricht von Lindberghs Sohn gebracht.

Wir wurden wieder in den Krisenraum im ersten Stock gerufen. Der ganze FBI-Stab schien da zu sein. Das war der entscheidende Augenblick, und alle wußten es.

Gleich darauf stürzte Sonderagent Bill Thompson aus Miami herein. Er schwenkte einen der Kurierumschläge, deren Anblick mir vertraut war. Thompson machte vor der Versammlung vorsichtig den orange-blauen Umschlag auf.

»Er wird uns die Nachricht zeigen. Bloß vorlesen wird er sie uns nicht«, witzelte Jeb Klepner vom Secret Service leise. Sampson und ich standen neben Klepner und Jezzie Flanagan.

»Oh, diesen ganzen Druck will er nicht allein auf sich nehmen«, sagte Jezzie voraus. »Diesmal weiht er uns ein.«

Thompson vor uns war soweit.

»Ich habe eine Nachricht von Gary Soneji. Sie lautet folgendermaßen.

Hier steht die Zahl *eins*«, verlas Thompson. »Dann, in Buchstaben, *zehn Millionen*. In der nächsten Zeile steht die Zahl *zwei*. Dahinter die Worte *Disney World, Orlando – Das verzauberte Königreich*. Nächste Zeile. Die Zahl *drei*. Dann: *Parken Sie bei Pluto 24. Überqueren Sie die Lagune der Sieben Meere mit der Fähre, nicht mit der Einschienenbahn. Heute um 12.50 Uhr. Um 1.15 Uhr ist die Aktion abgeschlossen*. Letzte Zeile. *Das Lösegeld überbringt Detective Alex Cross. Allein.* Unterschrieben mit *Lindberghs Sohn*.«

Bill Thompson schaute sofort auf. Sein Blick ging suchend durch den Krisenraum. Es war nicht schwer, mich unter den Zuhörern zu finden. Ich kann garantieren, daß sein Schock und seine Überraschung im Vergleich zu mir gar nichts gewesen waren. Ein Adrenalinschub strömte schon durch meinen Kreislauf. Was zum Teufel hatte Soneji mit mir vor? Woher wußte er über mich Bescheid? Wußte er, wie versessen ich darauf war, ihn zur Strecke zu bringen?
»Keinerlei Verhandlungsvorschlag!« Sonderagent Scorse ging hoch. »Soneji geht einfach davon aus, daß wir ihm die zehn Millionen übergeben.«
»Tut er«, ergriff ich das Wort. »Und er hat recht. Es liegt einzig und allein in der Entscheidung der Familie, wie und wann Lösegeld gezahlt wird.« Die Dunnes hatten uns angewiesen, Soneji das Geld zu geben – ohne Bedingungen. Davon war Soneji vermutlich ausgegangen. Das war zweifellos der Grund, aus dem er Maggie Rose ausgesucht hatte. Aber warum hatte er mich ausgesucht?
Neben mir schüttelte Sampson den Kopf und murmelte: »Die Wege des Herrn sind wahrlich wunderbar.«
Ein halbes Dutzend Autos wartete auf dem knallheißen Parkplatz hinter dem FBI-Gebäude auf uns. Bill Thompson, Jezzie Flanagan, Klepner, ich und Sampson fuhren in einer FBI-Limousine. Wir hatten die Sicherheiten und das Geld dabei. *Das Lösegeld überbringt Detective Alex Cross.*
Das Geld war gestern abend zusammengetragen worden. Es war ungeheuer kompliziert gewesen, es so schnell zu beschaffen, aber Citibank und Morgan Stanley hatten zusammengearbeitet. Die Dunnes und Jerrold Goldberg hatten die Macht, zu bekommen, was sie wollten, und hatten offenbar starken Druck ausgeübt. Wie Soneji verlangt hatte, waren zwei Millionen der Summe Bargeld. Der Rest war in kleinen Diamanten und Wertpapieren. Das Lösegeld war übertragbar und leicht zu transportieren. Es paßte in einen handlichen Koffer.

Die Fahrt von Miami Beachs Innenstadt zum Flughafen Opa Locka West dauerte etwa fünfundzwanzig Minuten. Der Flug würde weitere vierzig dauern. Das hieß, wir kämen gegen 11.45 Uhr in Orlando an. Es würde knapp werden.

»Wir können versuchen, Cross mit einer Wanze auszustatten.« Wir hörten zu, während Agent Scorse über Funk mit Thompson sprach. »Tragbarer Sender. Wir haben einen an Bord des Flugzeugs.«

»Das gefällt mir nicht besonders«, sagte Thompson.

»Mir gefällt es auch nicht«, sagte ich vom Rücksitz aus. Eine Untertreibung. »Keine Wanzen. Kommt nicht in Frage.« Ich versuchte immer noch zu verstehen, warum Soneji auf mich verfallen war. Es ergab keinen Sinn. Ich glaubte, er habe vielleicht in der Washingtoner Presse etwas über mich gelesen. Er mußte einen triftigen Grund haben, das wußte ich. Daran bestand so gut wie kein Zweifel.

»Im Park werden unglaubliche Menschenmengen sein«, sagte Thompson, als wir an Bord einer Cessna 310 nach Orlando waren. »Das ist eindeutig der Grund, warum er den Disney-Park ausgesucht hat. Im verzauberten Königreich gibt es außerdem jede Menge Eltern mit Kindern. Er könnte sich mit Maggie Dunne unter das Volk mischen. Vielleicht hat er ihr Aussehen auch verändert.«

»Der Disney-Park paßt in sein Muster bedeutender Ikonen«, sagte ich. Eine der Theorien in meinem Notizbuch lautete, Soneji könne ein mißhandeltes Kind gewesen sein. Falls ja, empfand er nur Zorn und Verachtung für einen Ort wie Disney World – wo »brave« kleine Kinder mit ihren »lieben« Eltern hingehen durften.

»Wir überwachen den Park schon jetzt am Boden und von der Luft aus«, trug Scorse bei. »Bilder werden in den Krisenraum Washington gesendet. Wir filmen außerdem Epcot und die Vergnügungsinsel. Bloß für den Fall, daß er den Übergabeort im letzten Augenblick verlegt.«

Ich konnte mir die Szene im FBI-Krisenraum an der 10th Street genau vorstellen. Mindestens zwei Dutzend VIPs drängten sich darin. Alle hatten einen Schreibtisch für sich und einen Videomonitor. Die Luftaufnahmen von Walt Disney World gingen gleichzeitig über alle Bildschirme. Die große Wandtafel füllte sich mit Fakten: wie viele Agenten und andere Polizisten näherten sich im Augenblick dem Park; die Zahl der Ausgänge; jede Ein- und Ausfahrt; Wetterbedingungen. Tagesbesucherzahl. Die Anzahl der Wachmänner im Disney-Park. Aber vermutlich nichts über Gary Soneji oder Maggie Rose, sonst hätten wir es erfahren.

»Ich darf nach Disney World!« witzelte einer der Agenten an Bord. Der typische Copspruch trug ihm nervöses Gelächter ein. Es war gut, die Spannung zu lockern, und unter den schwierigen Umständen schwer.

Die Vorstellung, sich mit einem Wahnsinnigen und einem entführten kleinen Mädchen zu treffen, war unerfreulich. Das galt auch für die nackte Realität der Masse an Feriengästen, die uns in Disney World erwarteten. Wir erfuhren, daß schon siebzigtausend Menschen im Vergnügungspark und auf den Parkplätzen waren. Es war trotzdem unsere beste Chance, Soneji zu schnappen. Vielleicht die einzige.

Wir fuhren im Konvoi zum verzauberten Königreich, in einer Polizeieskorte mit Blaulicht und Sirenen. Wir nahmen auf der I-4 die Pannenspur und überholten den gesamten normalen Verkehr vom Flughafen.

In Kombis und Kleinbusse gestopfte Leute schimpften oder jubelten über unser schnelles Vorankommen. Niemand hatte eine Ahnung, wer wir waren oder warum wir Richtung Disney World rasten. Schlicht und einfach VIPs, die Micki und Minni besuchen wollten.

Wir bogen an der Ausfahrt 26-A ab, fuhren dann am World Drive entlang zu den Parkplätzen. Wir kamen kurz nach Viertel nach zwölf dort an. Das war extrem knapp, aber Soneji hatte uns keine Zeit zum Organisieren gelassen.

Warum Disney World? Ich versuchte immer noch, das zu verstehen. Weil Gary Soneji als Kind immer dorthin gewollt und es nie gedurft hatte? Weil er die fast neurotische Effektivität des gut geführten Vergnügungsparks schätzte?
Es war relativ leicht für Gary Soneji, in den Disney Park hineinzukommen. Aber wie wollte er herauskommen? Das war die spannendste Frage überhaupt.

23. Kapitel

Leitende Disney-Angestellte wiesen unsere Autos in der Pluto-Abteilung ein, Reihe 24. Eine Fiberglasbahn wartete dort, um uns zur Fähre zu bringen.

»Warum hat Soneji Ihrer Meinung nach Sie verlangt?« fragte Bill Thompson, als wir aus dem Auto stiegen. »Irgendeine Ahnung?«

»Vielleicht hat er in den Zeitungsartikeln in Washington etwas über mich gelesen«, sagte ich. »Vielleicht weiß er, daß ich Psychologe bin, und das hat ihn auf mich aufmerksam gemacht. Ich werde ihn jedenfalls danach fragen. Falls ich ihn zu sehen kriege.«

»Gehen Sie es bloß locker mit ihm an«, riet mir Thompson. »Wir wollen nur das Mädchen zurück.«

»Mehr will ich auch nicht«, sagte ich. Wir untertrieben beide. Wir wollten, daß Maggie Rose in Sicherheit war, aber wir wollten außerdem Soneji schnappen. Wir wollten ihn auf den elektrischen Stuhl bringen.

Thompson legte mir auf dem Parkplatz den Arm um die Schulter. Das war zur Abwechslung mal eine nette kameradschaftliche Geste. Sampson und auch Jezzie Flanagan wünschten mir Glück. Die FBI-Agenten waren kooperativ, jedenfalls für den Augenblick.

»Wie fühlst du dich?« Sampson zog mich einen Moment lang beiseite. »Kommst du mit dieser Scheiße zurecht? Er hat nach dir verlangt, aber du mußt es nicht machen.«

»Mir geht's bestens. Er wird mir nichts tun. Ich bin an Irre gewöhnt, weißt du noch?«

»Du bist ein Irrer, mein Freund.«

Ich nahm den Koffer mit dem Lösegeld. Ich stieg allein in

die leuchtendorange Bahn. Ich hielt mich an einem Metallgriff über mir fest und fuhr auf das verzauberte Königreich zu, wo ich das Lösegeld gegen Maggie Rose Dunne austauschen sollte.
Es war 12.44 Uhr. Ich war sechs Minuten zu früh dran.

Niemand schenkte mir besondere Aufmerksamkeit, als ich mich mit dem stockenden Menschenstrom auf die Kartenschalter und Drehkreuze im Kassenbereich des verzauberten Königreichs zuschob. Warum hätte ich auch auffallen sollen?
Das mußte Sonejis Idee gewesen sein, als er sich für den überfüllten Ort entschied. Ich packte den Koffer fester. Ich hatte das Gefühl, solange ich das Lösegeld hatte, hätte ich auch ein Rettungsseil zu Maggie Rose.
Hatte er es gewagt, das kleine Mädchen mitzubringen? War er selbst hier? Oder war das alles nur eine Bewährungsprobe für uns? Jetzt war alles möglich.
Die Stimmung der Menschenmenge in Disney World war unbeschwert und entspannt. Es waren überwiegend Familienurlauber, die sich unter dem strahlenden, kornblumenblauen Himmel amüsierten. Eine angenehme Ansagerstimme intonierte: »Nehmen Sie kleine Kinder an der Hand, vergessen Sie Ihre Sachen nicht, und genießen Sie Ihren Aufenthalt im verzauberten Königreich.«
Wie ausgepumpt man sein mochte, das Märchenland schlug einen in seinen Bann. Alles war unglaublich ordentlich und sicher. Man kam sich wider Willen rundum beschützt vor, was mir so gottverflucht unheimlich war.
Mickey Mouse, Goofy und Schneewittchen begrüßten alle am Eingangstor. Der Park war makellos sauber. Aus Lautsprechern, die geschickt irgendwo in den gestutzten Büschen versteckt waren, spielte es »Yankee Doodle Dandy«.

Ich verspürte, wie mein Herz unter einem engen Sporthemd pochte. Im Augenblick hatte ich keinerlei Kontakt zu meinen Hilfstruppen. So würde es bleiben, bis ich das verzauberte Königreich betreten hatte.
Meine Handflächen waren feucht, und ich wischte sie an der Hose ab. Mickey Mouse schüttelte direkt vor mir Hände. Das war Wahnsinn. Ich war eben in einen Bereich getreten, auf den die Bauten der Parkplätze und Kassen tiefe Schatten warfen. Die Fähre war zu sehen, eine Miniaturausgabe eines Mississippi-Dampfers, ohne das Schaufelrad.
Ein Mann in Sportjacke und mit einem Hut mit Krempe schlüpfte neben mich. Ich wußte nicht, ob es Soneji war. Sofort wurde das Gefühl von Sicherheit und Schutz in Disney World durchbrochen.
»Der Plan hat sich geändert, Alex. Ich bringe Sie jetzt zu Maggie Rose. Schauen Sie bitte weiter geradeaus. Bis jetzt machen Sie das phantastisch. Bleiben Sie dabei, dann kann uns nichts passieren.«
Eine einsachtzig große Cinderella kam an uns vorbei, auf dem Weg in die entgegengesetzte Richtung. Kinder und Erwachsene bedachten sie mit Oh- und Ahrufen.
»Machen Sie jetzt einfach kehrt, Alex. Wir gehen so zurück, wie Sie gekommen sind. Es kann ein Spaziergang werden. Das haben Sie in der Hand, mein Freund.«
Er war völlig ruhig und beherrscht, so wie Soneji während der Entführung gewesen war. Bis jetzt hatte alles etwas Unbesiegbares an sich gehabt. Er hatte mich Alex genannt. Wir gingen gegen den Strom der Menge zurück.
Cinderellas blonder Lockenkopf wippte vor uns her. Kinder kreischten vor Entzücken, als sie die Film- und Comicheldin zum Leben erwacht vor sich sahen.
»Als erstes muß ich Maggie Rose sehen«, war das einzige, was ich zu dem Mann mit der Hutkrempe sagte. Konnte das Soneji sein, getarnt? Ich wußte es nicht. Ich mußte einen besseren Blick auf ihn erhaschen.

»Bestens. Aber wenn uns jemand anhält, das sage ich Ihnen gleich, ist das Mädchen tot.« Der Mann mit der Hutkrempe sagte das ganz beiläufig, als nenne er einem Fremden die Uhrzeit.

»Niemand hält uns auf«, versicherte ich ihm. »Unsere einzige Sorge gilt der Sicherheit des Mädchens.«

Ich hoffte, das stimmte für alle beteiligten Parteien. Ich hatte Katherine und Tom Dunne am Morgen kurz gesehen. Ich wußte, ihnen lag nur daran, ihr kleines Mädchen heute abend zurückzubekommen. Der Schweiß lief mir über den ganzen Körper. Ich konnte nichts dagegen tun. Es waren nur um die dreißig Grad, aber die Luftfeuchtigkeit war hoch.

Ich machte mir inzwischen Sorgen über eine unfreiwillige Panne. Hier konnte alles schiefgehen. Wir hatten dieses Manöver inmitten von Disney World und den unberechenbaren Menschenmengen nicht geplant.

»Hören Sie. Falls das FBI sieht, wie ich herauskomme, könnte jemand auf uns zukommen«, sagte ich schließlich zu dem Mann.

»Das will ich nicht hoffen«, sagte er und schnalzte mit der Zunge. Er wiegte den Kopf. »Das wäre ein übler Verstoß gegen die Etikette.«

Wer er auch sein mochte, er blieb unter Beschuß unnatürlich ruhig. Hatte er so was schon mal gemacht? fragte ich mich.

Mir kam es so vor, als ob wir in Richtung der orangefarbenen Bahnen zurückgingen. Die Bahn würde uns auf den Parkbereich zurückbefördern. War das der Plan?

Der Mann war zu schwer, als daß er Soneji hätte sein können, dachte ich. Falls er nicht besonders raffiniert verkleidet und ausgestopft war. Mir fiel wieder ein, daß Soneji vielleicht ein Schauspieler war. Ich hoffte bei Gott, es sei kein Trittbrettfahrer. Jemand, der herausbekommen hatte, was in Florida los war, und dann wegen des Lösegelds mit uns Kontakt aufgenommen hatte. In einem Entführungsfall wäre das nicht zum ersten Mal passiert.

»FBI! Hände hoch!« hörte ich plötzlich. Alles ging blitzschnell. Mir stieg das Herz in die Kehle. Was zum Teufel machten die denn? Was dachten sie?
»FBI!«
Ein halbes Dutzend Agenten umringte uns auf dem Parkplatz. Mit gezogenen Revolvern. Mindestens eine Waffe zielte auf den Kontaktmann, und dadurch auf mich.
Agent Bill Thompson war bei den anderen. Eben noch hatte er zu mir gesagt, wir wollten nur das Mädchen zurück.
»Weg! Zurücktreten!« Mir ging der Gaul durch, und ich brüllte sie an. »Zum Teufel, weg! Weg von hier!«
Ich schaute dem Mann mit der Hutkrempe jetzt direkt ins Gesicht. Das konnte nicht Gary Soneji sein. Dessen war ich mir inzwischen so gut wie sicher. Wer er auch sein mochte, ihm war völlig egal, ob er in Orlando erkannt oder fotografiert wurde.
Wie kam das? Warum war der Kerl so kaltblütig?
»Wenn ihr mich schnappt, ist das Mädchen tot«, sagte er zu den FBI-Agenten, die uns umzingelten. Er war eiskalt. Seine Augen sahen tot aus. »Nichts könnte das verhindern. Ich kann überhaupt nichts machen. Ihr auch nicht. Sie ist Tiefkühlfleisch.«
»Lebt sie jetzt noch?« Thompson trat einen Schritt auf den Mann zu. Er sah aus, als werde er ihn gleich schlagen, was wir alle liebend gern getan hätten.
»Sie lebt. Vor etwa zwei Stunden habe ich sie gesehen. Sie war völlig in Ordnung, bis ihr das hier verpfuscht habt. Was ihr ja in großem Stil macht. Und jetzt zieht ab, genau wie der Detective gesagt hat. Scheiße, Mann, verpißt euch.«
»Woher sollen wir wissen, daß Sie ein Partner von Soneji sind?« fragte Thompson.
»*Eins. Zehn Millionen. Zwei. Disney World, Orlando – das verzauberte Königreich. Drei. An Pluto 24 parken.*« Er wiederholte den genauen Wortlaut der Erpressernachricht.
Thompson wich nicht vom Fleck. »Wir verhandeln über die

Freilassung des Mädchens. Wir verhandeln. Wir machen es auf unsere Art.«

»Was? Und bringen das Mädchen um?« Jezzie Flanagan stand direkt hinter Thompson und dem Rest des Aufgebots vom FBI.

»Waffen runter«, sagte sie energisch. »Lassen Sie Detective Cross den Austausch übernehmen. Wenn Sie das auf Ihre Weise machen und das Mädchen stirbt, erzähle ich das jedem Reporter im Land. Das schwöre ich. Thompson, ich schwöre es bei Gott.«

»Ich auch«, sagte ich zu dem Sonderagenten vom FBI. »Darauf haben Sie mein Wort.«

»Das ist er nicht. Das ist nicht Soneji«, sagte Thompson schließlich. Er schaute Agent Scorse an und schüttelte angewidert den Kopf. »Laßt sie gehen«, befahl er. »Cross und das Lösegeld fahren zu Soneji. So lautet die Entscheidung.«

Der eisige Kontaktmann und ich setzten uns wieder in Bewegung – ich bebte. Die Leute starrten uns an, als wir uns den orangefarbenen Bahnen näherten. Mir war völlig unwirklich zumute. Ein paar Augenblicke später waren wir in einer Bahn. Wir setzten uns.

»Arschlöcher«, murmelte der Kontaktmann. Es war sein erstes Anzeichen einer Gefühlsbewegung. »Fast hätten die alles verpfuscht.«

Wir hielten in der Donald-Abteilung, Reihe 6, vor einem neuen Nissan Z. Das Auto war dunkelblau, mit getönten grauen Scheiben. Niemand saß in dem Sportwagen.

Der Mann mit der Hutkrempe ließ das Auto an, und wir fuhren wieder Richtung I-4. Gegen Mittag gab es so gut wie keinen Verkehr vom Vergnügungspark aus. Ein Spaziergang, hatte er gesagt.

Wir fuhren wieder zum Flughafen von Orlando. Nach Osten. Ich versuchte, den Kontaktmann zum Reden zu bringen, aber er hatte mir nichts zu sagen.

Vielleicht war er gar nicht so kalt und beherrscht. Vielleicht hatte er auch eine Wahnsinnsangst gehabt. Das FBI hätte fast alles vermasselt; es wäre nicht das erste Mal gewesen. Im Grunde war die Aktion im Vergnügungspark vermutlich nicht mehr als ein Bluff gewesen. Als ich darüber nachdachte, wurde mir klar, daß das ihre letzte Chance war, über die Freilassung von Maggie Rose Dunne zu verhandeln.

Etwas mehr als eine halbe Stunde war verstrichen, als wir in einen ein paar Kilometer vom Hauptterminal von Orlando entfernten Privatflugplatz einfuhren. Jetzt war es nach halb zwei. Der Austausch würde nicht in Disney World stattfinden.

»In der Nachricht stand, um Viertel nach eins wäre alles vorbei«, sagte ich, als wir aus dem Nissan stiegen. Über den Flugplatz wehte eine warme tropische Brise. Die Gerüche nach Diesel und kochendem Asphalt hingen schwer in der Luft.

»Die Nachricht war gelogen«, sagte er. Er war wieder eiskalt. »Das ist unser Flugzeug. Jetzt geht es nur noch um Sie und mich. Versuchen Sie, schlauer als das FBI zu sein, Alex. So schwer dürfte das nicht sein.«

24. Kapitel

»Lehnen Sie sich zurück, entspannen Sie sich, genießen Sie den Flug«, sagte er, als wir an Bord waren. »Sieht doch alles danach aus, als ob ich Ihr freundlicher Pilot wäre. Na ja, vielleicht nicht ganz so freundlich.«

Er schloß mich mit Handschellen an die Armlehne eines Passagiersitzes von insgesamt vier an. Noch eine Geisel genommen, dachte ich. Vielleicht konnte ich die Armlehne herausreißen. Sie war aus Metall und Kunststoff. Nicht gerade stabil.

Der Kontaktmann war eindeutig der Pilot des Flugzeugs. Er bekam Starterlaubnis, und dann holperte die Cessna die Startbahn entlang und gewann langsam an Geschwindigkeit. Schließlich hob sie ab und war in der Luft, drehte nach Südosten ab, schwebte über dem östlichen Teil von Orlando und St. Petersburg. Ich war mir sicher, daß wir bis jetzt noch überwacht wurden. Von hier an hing alles von dem Kontaktmann ab. Und von Sonejis meisterhaftem Plan.

In den ersten Flugminuten schwiegen wir beide. Ich lehnte mich zurück und sah ihm bei der Arbeit zu, versuchte, mir jede Einzelheit des bisherigen Flugs zu merken. Er hantierte geschickt und entspannt am Kontrollpult. Immer noch kein Anzeichen von Streß. Durch und durch ein Profi.

Eine seltsame mögliche Verbindung ging mir durch den Kopf. Wir waren jetzt in Florida, flogen weiter nach Süden. Ein kolumbianisches Drogenkartell hatte ursprünglich der Familie von Minister Goldberg gedroht. War das Zufall? Ich glaubte nicht mehr an Zufälle.

Eine Regel der Polizeiarbeit, vor allem der Polizeiarbeit in meinem Erfahrungsbereich, ging mir ständig durch den

Kopf. Eine wichtige Regel. Fünfundneunzig Prozent der Verbrechen wurden aufgeklärt, weil jemand einen Fehler machte. Soneji hatte bis jetzt keinen Fehler gemacht. Er hatte uns keine Anhaltspunkte gegeben. Jetzt kam die Zeit, Fehler zu machen. Der Austausch war für ihn ein gefährlicher Zeitpunkt.

»Das ist alles mit viel Präzision geplant worden«, sagte ich zu dem Mann mit der Hutkrempe. Das Flugzeug glitt jetzt immer weiter über den Atlantik hinaus. Mit welchem Ziel? Zur Lösegeldübergabe im Austausch gegen Maggie Rose?

»Wie recht Sie haben. Alles ist so gut geordnet, wie es nur sein kann. Sie würden nicht fassen, wie gut wir die Sache im Griff haben.«

»Ist das kleine Mädchen auch wirklich unverletzt?» fragte ich ihn wieder.

»Ich hab's Ihnen doch gesagt, ich hab' sie heute morgen gesehen«, sagte er. »Ihr fehlt nichts. Ihr ist kein kostbares Härchen gekrümmt worden.«

»Es fällt mir schwer, das zu glauben«, sagte ich. Ich dachte daran, wie wir Michael Goldberg gefunden hatten.

Der Pilot zuckte die breiten Schultern. »Glauben Sie doch, was zum Teufel Sie wollen.« Es war ihm egal, was ich dachte.

»Michael Goldberg ist sexuell mißbraucht worden. Warum sollten wir glauben, daß das Mädchen unverletzt ist?« sagte ich.

Er schaute mich an. Ich spürte in den Eingeweiden, daß er nicht wußte, wie der kleine Goldberg zugerichtet worden war. Ich hatte das Gefühl, er sei kein Partner von Soneji, Gary Soneji habe gar keinen richtigen Partner. Der Pilot war als Helfer angeheuert worden, was hieß, wir hatten eine Chance, Maggie Rose zu retten.

»Michael Goldberg wurde nach seinem Tod geschlagen«, sagte ich zu ihm. »Er ist anal mißbraucht worden. Bloß

damit Sie wissen, worauf Sie sich eingelassen haben. Wer Ihr Partner ist.«
Aus einem unerfindlichen Grund brachte das den Kontaktmann zum Grinsen. »Okay. Keine hilfsbereiten Hinweise und ärgerlichen Fragen mehr. Obwohl ich Ihre Sorge durchaus zu schätzen weiß. Genießen Sie den Flug. Das Mädchen ist weder geschlagen noch sexuell mißbraucht worden. Sie haben mein Wort als Gentleman.«
»Ach, sind Sie das? Wie dem auch sei, Sie können es nicht wissen«, sagte ich. »Sie haben sie seit heute morgen nicht gesehen. Sie wissen nicht, was Soneji auf sich allein gestellt angerichtet hat. Wie auch immer sein richtiger Name lautet.«
»Na ja, wir müssen alle unseren Partnern vertrauen. Lehnen Sie sich jetzt einfach zurück, und halten Sie die Klappe. Vertrauen Sie mir. Aus Personalmangel werden auf diesem Flug keine Getränke und Imbisse serviert.«

Warum war er so gottverdammt ruhig? Er war zu selbstsicher.
Hatte es vor dieser Entführung andere gegeben? Wenigstens war das etwas, was ich überprüfen konnte. Falls ich noch irgend etwas überprüfen konnte, wenn das hier vorbei war.
Ich lehnte mich einen Augenblick zurück und ließ den Blick nach unten wandern. Wir waren weit draußen über dem Ozean. Ich schaute auf die Uhr – bis jetzt etwas über eine halbe Stunde von Orlando aus. Die See sah kabbelig aus, trotz des strahlenden, sonnigen Wetters. Hin und wieder warf eine Wolke einen Schatten auf die steinern aussehende Wasseroberfläche. Der schwankende Umriß des Flugzeugs tauchte auf und verschwand. Das FBI verfolgte uns bestimmt mit Radar, aber das wußte der Pilot wohl auch. Er wirkte nicht beunruhigt. Es war ein furchterregendes

Katz-und-Maus-Spiel. Wie würde der Kontaktmann reagieren? Wo waren Soneji und Maggie Rose? Wo sollte der Austausch stattfinden?
»Wo haben Sie fliegen gelernt?« fragte ich. »In Vietnam?« Ich hatte mir darüber Gedanken gemacht. Er wirkte im richtigen Alter, Mitte bis Ende Vierzig, obwohl er sich nicht gut gehalten hatte. Ich hatte Vietnamveteranen behandelt, die so zynisch geworden waren, daß sie sich an einer Entführung beteiligt hätten.
Die Frage verärgerte ihn nicht, aber er antwortete nicht.
Es war seltsam. Er wirkte immer noch nicht nervös oder beunruhigt. Eins der gekidnappten Kinder war schon tot. Warum war er so selbstgefällig und entspannt? Was wußte er, das ich nicht wußte? Wer war Gary Soneji? Wer war der Pilot? In welcher Verbindung standen sie?
Etwa eine halbe Stunde später flog die Cessna eine kleine, von weißen Sandstränden umgebene Insel an. Ich hatte keine Ahnung, wo wir waren. Vielleicht irgendwo auf den Bahamas? Folgte uns das FBI noch? Überwachte uns vom Himmel aus? Oder hatte er sie irgendwie abgehängt?
»Wie heißt die Insel da unten? Wo sind wir? Ich kenne mich überhaupt nicht mehr aus.«
»Das ist Little Abaco«, antwortete er schließlich. »Werden wir verfolgt? Vom FBI? Elektronisch überwacht? Tragen Sie eine Wanze?«
»Nein«, sagte ich. »Keine Wanzen. Ich habe nichts im Ärmel versteckt.«
»Haben die vielleicht das Geld präpariert?« Er schien alle Möglichkeiten zu kennen. »Leuchtfarbe?«
»Nicht daß ich wüßte«, sagte ich. Das stimmte. Ich konnte mir aber nicht sicher sein. Das FBI hatte mir vielleicht nicht alles erzählt.
»Das will ich auch hoffen. Schwer, euch Leuten nach dem Theater in Disney World zu trauen. Es hat ja von Cops und FBI-Agenten nur so gewimmelt. Nachdem wir euch gesagt

haben, ihr sollt das lassen. Heutzutage kann man niemandem mehr trauen.«

Er versuchte es mit Humor. Es war ihm gleich, ob ich darauf reagierte. Er wirkte wie ein Mann, der total heruntergekommen ist, aber eine letzte Chance auf etwas Geld bekommen hatte. Auf das schmutzigste Geld der Welt.

Am Strand war eine schmale Landebahn. Der plattgewalzte Sandstreifen war ein paar hundert Meter lang. Das Flugzeug setzte mühelos und fachmännisch auf. Der Pilot wendete schnell und rollte dann auf eine Palmengruppe zu. Es wirkte wie geplant. Jede Einzelheit gelungen. Bis jetzt perfekt.

Keine malerische Inselhütte. Keinerlei Gebäude. Die Hügel jenseits des Strandes waren mit üppiger tropischer Vegetation überwuchert.

Keinerlei Anzeichen von irgend jemandem. Keine Maggie Rose. Kein Soneji.

»Ist das Mädchen hier?« fragte ich.

»Gute Frage«, antwortete er. »Warten wir's ab. Ich halte Ausschau nach ihr.«

Er schaltete den Motor ab, und wir warteten schweigend und in erstickender Hitze. Keine Antworten mehr auf meine Fragen. Ich hätte am liebsten die Armlehne herausgerissen und ihn damit geschlagen. Ich biß die Zähne so fest zusammen, daß ich Kopfschmerzen bekam.

Er richtete den Blick auf den wolkenlosen Himmel über der Landebahn. Er schaute eine Weile durch die Windschutzscheibe. Mir fiel in der Hitze das Atmen schwer.

Ist das kleine Mädchen hier? Ist Maggie Rose am Leben? Hol dich der Teufel!

Ständig landeten Insekten auf dem getönten Glas. Ein paarmal schwebte ein Pelikan vorbei. Der Ort wirkte einsam. Sonst tat sich nichts.

Es wurde heißer, unerträglich heiß. So heiß, wie es in einem Auto wird, wenn es in der Sonne steht. Der Pilot schien es nicht zu spüren. Er war offenbar an diese Art von Wetter gewöhnt.

Die Minuten verstrichen zu einer Stunde. Dann zu zwei Stunden. Ich war schweißnaß und kam um vor Durst. Ich versuchte, nicht an die Hitze zu denken, aber das war unmöglich. Ich dachte ständig daran, daß das FBI uns aus der Luft beobachten mußte. Eine Pattsituation. Wer würde sie brechen?

»Ist Maggie Rose Dunne hier?« fragte ich noch ein paarmal. Je länger es dauerte, desto mehr Angst hatte ich um sie.

Keine Antwort. Keine Andeutung, ob er mich überhaupt gehört hatte. Er schaute nie auf die Uhr. Er drehte sich nicht um, rührte sich nicht. War er in einer Art Trance? Was war mit dem Kerl los?

Ich starrte die Armlehne an, an die er mich angekettet hatte. Ich glaubte, das sei der erste Fehler, den sie gemacht hatten. Sie war alt und wackelte, als ich an ihr rüttelte. Vielleicht konnte ich sie aus der Halterung reißen. Ich wußte, wenn ich das schaffte, wurde es brenzlig für mich. Aber ich mußte es versuchen. Es war die einzige Lösung.

Dann, so unvermittelt und unerwartet, wie wir gelandet waren, rollte die Cessna auf den Sandstreifen zurück. Wir hoben wieder ab. Wir flogen tief, unter dreihundert Meter. Kühle Luft kam ins Flugzeug. Das Dröhnen des Propellers wirkte hypnotisch auf mich.

Es wurde dunkel. Ich schaute der Sonne beim abendlichen Verschwinden zu, bis sie völlig vom vor uns liegenden Horizont geglitten war. Die Aussicht war schön und unter den Umständen gespenstisch. Ich wußte jetzt, worauf wir gewartet hatten. Auf den Einbruch der Nacht. Er wollte nachts arbeiten. Soneji mochte die Nacht.

Etwa eine halbe Stunde nach dem Dunkelwerden setzte das Flugzeug zur Landung an. Unter uns waren blinkende Lichter – aus der Luft sah es nach einer Kleinstadt aus. Das war es. Jetzt kam der Showdown. Der Austausch stand bevor.

»Keine Fragen. Denn ich sage Ihnen nichts«, sagte er, ohne sich vom Kontrollpult abzuwenden.
»Komisch, warum überrascht mich das nicht?« sagte ich. Ich versuchte, so zu tun, als wollte ich das Gewicht im Sitz verlagern, und riß an der Armlehne. Ich spürte, wie etwas nachgab. Ich hatte Angst davor, mehr Schaden anzurichten.
Der Flugplatz war klein, aber wenigstens gab es einen. Ich sah zwei weitere kleine Flugzeuge neben einem ungestrichenen Schuppen. Der Pilot versuchte nicht, mit dem Boden Funkkontakt aufzunehmen. Mein Herz raste.
Auf dem Dach des Gebäudes balancierte ein wackeliges altmodisches Flughafenschild. Als wir holpernd zum Halten kamen, war niemand zu sehen. Kein Gary Soneji. Keine Maggie Rose. Jedenfalls noch nicht.
Jemand hat hier Licht gemacht, dachte ich. Wo zum Teufel stecken sie?
»Soll hier der Austausch stattfinden?« Ich riß wieder an der Armlehne. Mit meiner ganzen Kraft dahinter.
Der Kontaktmann stand auf. Er quetschte sich an mir vorbei. Er stieg aus dem Flugzeug. Er trug den Koffer mit den zehn Millionen.
»Wiedersehen, Detective Cross«, sagte er, als er sich umdrehte. »Tut mir leid, aber ich hab's eilig. Machen Sie sich nicht die Mühe, die Gegend abzusuchen. Das Mädchen ist nicht hier. Nicht mal irgendwo in der Nähe. Wir sind übrigens wieder in den Staaten. Sie sind jetzt in South Carolina.«
»Wo ist das Mädchen?« schrie ich ihm nach und zerrte an den an die Armlehne angeketteten Handschellen. Wo war das FBI? Wie weit hinter uns waren sie?
Ich mußte etwas tun. Ich mußte jetzt handeln. Ich stand auf, um Hebelwirkung zu bekommen, dann riß ich mit meinem ganzen Gewicht und meiner ganzen Kraft an der Armlehne des kleinen Flugzeugs. Wieder und wieder zerrte ich daran.

Das Stück Kunststoff und Metall löste sich halb aus dem Sitz. Ich machte weiter. Die andere Hälfte der Armlehne brach mit einem Reißgeräusch ab, einem Geräusch wie beim schmerzhaften Ziehen eines tiefsitzenden Zahnes.
Zwei schnelle Schritte, und ich war an der offenen Flugzeugtür. Der Kontaktmann war schon mit dem Koffer unterwegs. Ich sprang ihn an. Ich mußte ihn aufhalten, bis das FBI hier war. Außerdem wollte ich den Scheißkerl flachlegen, ihm zeigen, wer jetzt das Sagen hatte.
Ich stieß auf den Kontaktmann herunter wie ein Falke auf eine Ratte. Wir beide prallten auf den Asphalt und rangen nach Luft. Die Armlehne baumelte noch an den Handschellen. Metall kratzte ihm übers Gesicht und schürfte Blut. Ich versetzte ihm mit dem freien Arm einen Schlag.
»Wo ist Maggie Rose? Wo ist sie?« schrie ich so laut, wie meine Lunge hergab.
Zu meiner Linken, über der schimmernden Dunkelheit des Meeres, sah ich Lichter, die auf uns zukamen, sich schnell näherten. Das mußte das FBI sein. Ihre Überwachungsflugzeuge kamen mir zu Hilfe. Es war ihnen gelungen, uns zu folgen.
Im selben Augenblick traf mich etwas im Nacken. Es fühlte sich wie ein Bleirohr an. Ich wurde nicht sofort bewußtlos. *Soneji*? schrie eine Stimme in mir. Ein zweiter schwerer Schlag traf mich am Hinterkopf, an der empfindlichen Stelle. Dieses Mal ging ich zum Auszählen zu Boden. Ich sah weder, wer den Schlag geführt, noch was er benutzt hatte.
Als ich zu mir kam, war der kleine Flugplatz in South Carolina in blendendes Licht getaucht und voller Geschäftigkeit. Das FBI war in voller Stärke vertreten. Das galt auch für die Ortspolizei. Überall standen Notarztwagen und Feuerwehrautos.
Der Kontaktmann jedoch war verschwunden. Mit den zehn Millionen Dollar Lösegeld. Er war unbehelligt weggekom-

men. Perfekte Planung von Soneji. Wieder ein perfekter Schachzug.

»Das kleine Mädchen? Maggie Rose?« fragte ich einen kahl werdenden Notarzt, der meine Kopfverletzungen versorgte.

»Nein, Sir«, sagte er langsam und in schleppendem Tonfall. »Das kleine Mädchen wird immer noch vermißt. Maggie Rose Dunne ist hier in der Gegend nie gesehen worden.«

25. Kapitel

Crisfield, Maryland, lag unter einem düsteren, elefantengrauen Himmel. Den ganzen Tag hatte es immer wieder geregnet. Ein einsamer Streifenwagen raste mit kreischender Sirene schlüpfrige Landstraßen entlang.

Im Auto saßen Artie Marshall und Chester Dils. Dils war sechsundzwanzig, was ihn genau zwanzig Jahre jünger als Marshall machte. Wie viele junge Polizisten auf dem Land träumte er davon, aus der Gegend wegzukommen – dieselben Hoffnungen und Träume, die er während seiner Zeit auf der Wild Lake High School in Columbia gehabt hatte.

Aber hier war er, immer noch Crisfield. Er nannte die Stadt mit weniger als dreitausend Einwohnern gern *Twin Peaks II.*

Er sehnte sich geradezu schmerzhaft danach, Trooper bei der Polizei von Maryland zu werden. Wegen der anspruchsvollen Trooperprüfungen, vor allem in Mathematik, war das nicht so einfach. Aber als Trooper wäre er aus Somerset County herausgekommen. Vielleicht bis nach Salisbury oder Chestertown.

Weder Dils noch der besonders sanftmütige Artie waren gefaßt auf die Publicity und den Ruhm, den sie ernten sollten. Einfach so an jenem Nachmittag des dreißigsten Dezember. Sie waren auf ihrem Revier an der Old Hurley Road angerufen worden. Zwei Jägern war auf dem Weg zu einem Campingplatz auf der Tangier-Insel etwas Verdächtiges aufgefallen. Die Jäger hatten ein stehengelassenes Fahrzeug entdeckt. Einen blauen Chevy-Lieferwagen.

In den letzten Tagen wurde alles auch nur vage Verdächtige sofort mit der Entführung in Washington in Verbindung

gebracht. Das Muster hatte sich schnell verfestigt. Jedenfalls wurden Dils und Marshall angewiesen, es zu überprüfen. Ein blauer Lieferwagen war benutzt worden, um die Kinder von der Schule wegzubringen.
Der Nachmittag ging zu Ende, als sie die Farm an der Route 413 erreichten. Es war sogar ein bißchen unheimlich, als sie den tief zerfurchten Feldweg entlang zu der Farm fuhren.
»Ist da eine alte Farm oder so was?« fragte Dils seinen Partner. Dils saß am Steuer. Fuhr auf der schlammigen, zerfurchten Straße etwa fünfundzwanzig. Artie Marshall war lieber Beifahrer.
»Ja. Aber da wohnt jetzt niemand mehr. Ich hab' so meine Zweifel, ob dabei was rauskommt, Chesty.«
»Das ist doch das Schöne an unserem Job«, sagte Chester Dils. »Man kann nie wissen. Irgendwo wartet immer was Großes auf uns.« Er hatte die Angewohnheit, alles immer ein bißchen rühmlicher zu machen, als es war. Er hatte Träume und Flausen im Kopf, aber Artie Marshall hielt das nur für die Unreife eines jungen Mannes.
Sie kamen zu der baufälligen Scheune, von der die Jäger bei ihrem Anruf auf dem Revier gesprochen hatten. »Schauen wir mal nach«, sagte Marshall und versuchte, so begeistert zu sein wie der junge Polizist.
Chester Dils sprang aus dem Streifenwagen. Artie Marshall folgte, allerdings nicht so flott. Sie näherten sich einer völlig verblaßten roten Scheune, einem niedrigen Gebäude, das aussah, als wäre es seit seiner Glanzzeit einen Meter in den Boden gesackt. Die Jäger hatten in der Scheune Station gemacht, um sich am Nachmittag vor einem Gewitter zu schützen. Dann hatten sie die Polizei angerufen.
In der Scheune war es ziemlich dunkel und düster. Die Fenster waren mit dünnem Baumwollstoff verklebt worden. Artie Marshall schaltete die Taschenlampe ein.
»Leuchten wir den Verdächtigen mal ein bißchen an«, murmelte er. Dann rief er: »Himmel, Arsch und Zwirn!«

Da war es, tatsächlich. Ein großes Loch in der Mitte des Lehmbodens. Neben dem Loch stand ein dunkelblauer Lieferwagen.

»Ach, du grüne Scheiße, Artie!«

Chester Dils zog seinen Dienstrevolver. Plötzlich hatte er Mühe, Luft zu bekommen. Es fiel ihm schwer, auch nur dazustehen. Ehrlich gesagt, er wollte nicht zu dem großen Loch im Boden gehen. Er wollte überhaupt nicht mehr in der Scheune sein. Vielleicht war er doch nicht für die Troopers geeignet.

»Wer ist da?« rief Artie Marshall mit lauter, klarer Stimme. »Kommen Sie sofort heraus! Wir sind von der Polizei! Hier ist die Polizei von Crisfield.«

Herrgott, Artie hielt sich besser als er, dachte Dils. Der Mann war dem Anlaß gewachsen. Das brachte Chester Dils in die Gänge. Er ging weiter in die Scheune hinein, um herauszufinden, ob es das war, was er, wie er zum Allmächtigen betete, nicht finden wollte.

»Halt die Lampe hierher«, sagte er zu seinem Partner bei der Verbrechensaufklärung. Sie standen neben dem Loch im Boden. Er konnte jetzt atmen. Seine Brust fühlte sich an, als presse ein Druckverband sie zusammen. Seine Knie stießen gegeneinander.

»Bist du okay, Artie?« fragte er seinen Partner.

Marshall leuchtete mit der Taschenlampe in das dunkle, tiefe Loch. Sie sahen, was die Jäger schon gesehen hatten.

In der Grube stand ein Kasten ... fast ein *Sarg*. Der Kasten oder Sarg stand offen. Und er war leer.

»Was zum Teufel ist denn das?« hörte Dils sich fragen.

Artie Marshall beugte sich tiefer nach unten. Er richtete den Lampenstrahl direkt in das Loch. Instinktiv schaute er sich um. Er hielt sich den Rücken. Dann wandte er die Aufmerksamkeit wieder dem schwarzen Loch zu.

Etwas lag auf dem Boden des Lochs. Etwas, das rosa oder rot aussah.

Die Gedanken rasten durch Marshalls Kopf. *Ein Schuh ... Herrgott, der muß von dem kleinen Mädchen sein. Hier müssen sie Maggie Rose Dunne versteckt haben.*

»Hier haben sie die beiden Kinder versteckt«, sagte er schließlich zu seinem Partner. »Wir haben das Versteck gefunden, Chesty.«

Und so war es.

Und außerdem hatten sie einen von Maggie Roses rosa Turnschuhen gefunden. Die alten Reebok-Treter, die ihr dabei helfen sollten, sich den anderen Kindern in der Georgetown-Tagesschule anzupassen. Das wirklich Unheimliche daran war, daß es so aussah, als wäre der Turnschuh hinterlassen worden, damit er gefunden wurde.

Zweiter Teil

Lindberghs Sohn

26. Kapitel

Wenn Gary stark erregt war, zog er sich in seine geliebten Geschichten und lebhaften Phantasien aus der Kindheit zurück. Er war jetzt stark erregt. Sein meisterhafter Plan schien ihm aus den Händen zu gleiten. Er wollte nicht einmal daran denken.

Flüsternd wiederholte er die magischen Worte aus der Erinnerung: *Aus dem Farmhaus Lindberghs drang helles, orangegelbes Licht. Es sah aus wie ein brennendes Schloß . . . Aber jetzt ist die Entführung von Maggie Rose das Verbrechen des Jahrhunderts. Schlicht und einfach!*

Als Junge hatte er phantasiert, er habe die Lindbergh-Entführung begangen. Gary hatte die Phantasie seinem Gedächtnis eingeprägt.

So hatte alles angefangen: mit einer Geschichte, die er sich ausgedacht hatte, als er zwölf Jahre alt war. Eine Geschichte, die er sich immer wieder erzählte, damit er nicht den Verstand verlor. Ein Tagtraum über ein Verbrechen, das fünfundzwanzig Jahre vor seiner Geburt begangen worden war.

Im Keller seines Hauses war es jetzt pechschwarz. Er hatte sich an die Dunkelheit gewöhnt. In ihr ließ sich leben. Sie konnte sogar herrlich sein.

Es war 18.15 Uhr, Mittwoch, der 6. Januar in Wilmington, Delaware.

Gary ließ seine Gedanken jetzt schweifen, seinen Verstand fliegen. Er konnte sich jede winzige Einzelheit im Farmhaus von Lucky Lindy und Anne Morrow Lindbergh in Hopewell Junction vorstellen. Er war schon lange von dem weltberühmten Kidnappingfall besessen. Seit seine Stiefmutter mit ihren zwei verzogenen Bankerten eingezogen war. Seit sie ihn zum ersten Mal in den Keller geschickt hatte. »*Wo böse Jungen hinkommen, um darüber nachzudenken, was sie getan haben.*«

Er wußte mehr als jeder Lebende über das Kidnapping in den dreißiger Jahren. Baby Lindbergh war schließlich aus einem flachen Grab gezogen worden, nur acht Kilometer vom Farmhaus in New Jersey entfernt. *Ah, aber war es wirklich Baby Lindbergh*? Die Leiche, die sie gefunden hatten, war zu groß gewesen – vierundachtzig Zentimeter, während Charles junior nur dreiundsiebzig gemessen hatte.

Niemand begriff den sensationellen, unaufgeklärten Kidnappingfall. Bis heute. Und so würde es auch bei Maggie Rose Dunne und Michael Goldberg sein.

Niemand würde es je rauskriegen. Das war ein festes Versprechen.

Niemand hatte je was über die anderen Morde rausgekriegt, die er begangen hatte, oder? John Wayne Gacy junior hatten sie nach über dreißig Morden in Chitown geschnappt. Jeffrey Dahmer faßten sie nach siebzehn Morden in Milwaukee. Gary hatte mehr Menschen ermordet als die beiden zusammen. Aber niemand wußte, wer er war, wo er war und was er als nächstes plante.

Es war dunkel in seinem Keller, aber Gary war daran gewöhnt. »Mit der Zeit gefällt es einem im Keller«, hatte er einmal zu seiner Stiefmutter gesagt, um sie zu ärgern. Der Keller war, wie der Verstand eines Menschen nach dem Tod sein würde. Das konnte herrlich sein, wenn man einen phänomenalen Verstand hatte. Über den er eindeutig verfügte.

Gary dachte über seinen Plan nach, und der Gedanke war einfach: sie hatten in Wahrheit noch gar nichts zu sehen bekommen.

Sie würden Augen machen.

Oben im Haus tat Missy Murphy ihr Bestes, nicht allzu wütend auf Gary zu sein. Sie buk Plätzchen für ihre Tochter Roni und die Kinder aus der Nachbarschaft. Missy gab sich wirklich Mühe, verständlich und hilfsbereit zu sein. Wieder einmal.

Sie hatte versucht, nicht an Gary zu denken. Beim Backen klappte das meistens. Dieses Mal nicht. Gary war unverbesserlich. Er war außerdem liebenswert, liebevoll und hell wie eine Tausend-Watt-Lampe. Das hatte sie als erstes zu ihm hingezogen.

Sie hatte ihn bei einer Studentenparty an der University of Delaware kennengelernt. Delaware war als Universität unter Garys Würde gewesen. Er war von Princeton hergekommen. Sie hatte noch nie im Leben mit einem so klugen Menschen gesprochen; nicht einmal ihre Lehrer waren so klug wie Gary gewesen.

Sie hatte ihn 1982 geheiratet, weil er so eine liebe Seite hatte. Gegen den Rat aller. Ihre beste Freundin Michelle Lowe glaubte an Tarotkarten, die Wiedergeburt und das ganze Zeug. Sie hatte für Gary und Missy Horoskope erstellt. »Sag die Hochzeit ab, Missy«, hatte sie gesagt. »Hast du ihm denn noch nie in die Augen geschaut?« Aber Missy hatte sich die Hochzeit nicht ausreden lassen, gegen den Rat aller. Vielleicht hielt sie deshalb durch dick und dünn zu ihm. Durch so dünn, daß niemand das Recht hatte, ihr das zuzumuten. Manchmal war es, als müsse sie zwei Garys ertragen. Gary und seine unglaublichen Phantasiespiele.

Jetzt stand etwas wirklich Schlimmes bevor, dachte sie, als sie eine Tüte Streusel zum Teig gab. Jetzt würde er ihr bald sagen, ihm sei gekündigt worden. Das scheußliche alte Muster zeichnete sich wieder ab.

Gary hatte ihr schon erzählt, er sei »schlauer als alle anderen« bei der Arbeit. (Das war zweifellos wahr.) Er hatte ihr erzählt, er sei »allen haushoch überlegen«. Er erzählte ihr, seine Chefs seien begeistert von ihm. (Am Anfang hatte das vermutlich gestimmt.) Er hatte ihr erzählt, sie würden ihn bald zum Verkaufsleiter machen. (Das war eindeutig eine von Garys »Geschichten«.) Dann ging der Ärger los. Gary sagte, sein Chef werde eifersüchtig auf ihn. Die Arbeitszeit sei unmöglich. (Das stimmte durchaus. Er war die ganze Woche unterwegs und manchmal auch an den Wochenenden.) Die Gefahr zeichnete sich deutlich ab. Das Traurige daran war, wenn er es mit dieser Arbeit nicht schaffte, mit diesem Chef, wie sollte er es dann woanders schaffen?

Missy Murphy war überzeugt, Gary könne jetzt jeden Tag nach Hause kommen und ihr erzählen, ihm sei wieder nahegelegt worden zu kündigen. Seine Tage als Reisevertreter für die Atlantic Heating Company waren eindeutig gezählt. Wo sollte er danach Arbeit finden? Wer hätte mehr Verständnis für ihn haben können als sein gegenwärtiger Chef – ihr Bruder Marty?

Warum mußte es immer so schwer sein? Warum war sie so ein leichtes Opfer für die Gary Murphys dieser Welt?

Missy Murphy fragte sich, ob es heute abend soweit wäre. War Gary schon wieder entlassen worden? Würde er ihr das sagen, wenn er heute abend von der Arbeit nach Hause kam? Wie konnte so ein intelligenter Mann bloß so ein unglaublicher Versager sein? fragte sie sich. Die erste Träne fiel in den Plätzchenteig, dann ließ Missy den Niagarafällen freien Lauf. Ihr ganzer Körper zitterte und bebte.

27. Kapitel

Es war mir nie besonders schwergefallen, über meine Enttäuschungen als Polizist oder Psychologe zu lachen. Dieses Mal war es nicht so einfach. Soneji hatte uns im Süden geschlagen, in Florida und South Carolina. Wir hatten Maggie Rose nicht zurückbekommen. Wir wußten nicht, ob sie noch lebte. Nachdem ich fünf Stunden lang vom FBI vernommen worden war, wurde ich nach Washington geflogen, wo ich meiner Abteilung dieselben Fragen noch einmal beantworten mußte. Einer der letzten Inquisitoren war Chief Pittman. Der Jefe erschien um Mitternacht. Er hatte sich für unsere Sondersitzung geduscht und rasiert.

»Sie sehen absolut beschissen aus«, sagte er zu mir. Das waren die ersten Worte aus seinem Mund.

»Ich bin seit gestern morgen auf«, erklärte ich. »Ich weiß, wie ich aussehe. Sagen Sie mir was, was ich nicht schon weiß.«

Ich wußte, daß das ein Fehler war, ehe die Worte herauskamen. Normalerweise gehe ich nicht so aus der Deckung, aber ich war kaputt und müde und hatte ganz allgemein die Nase voll.

Der Jefe beugte sich auf einem der Metallstühle in seinem Konferenzzimmer vor. Ich konnte seine Goldfüllungen sehen, als er mit mir sprach. »Aber gern, Cross. Ich muß Sie von dem Kidnappingfall abziehen. Zu Recht oder zu Unrecht, die Presse hängt eine Menge von dem, was schiefgegangen ist, Ihnen an. Das FBI bekommt nichts davon ab. Außerdem schlägt Thomas Dunne Krach. Kommt mir verständlich vor. Das Lösegeld ist weg – wir haben seine Tochter nicht.«

»Das meiste davon ist reiner Quatsch«, sagte ich zu Chief Pittman. »Soneji wollte mich als Kontaktmann haben. Bis jetzt weiß noch niemand, warum. Vielleicht hätte ich es nicht machen sollen, aber ich habe es getan. Das FBI hat die Überwachung verpatzt, nicht ich.«

»Jetzt erzählen Sie mir mal was, was ich nicht schon weiß«, erwiderte Pittman. »Jedenfalls können Sie und Sampson sich jetzt wieder mit den Sanders- und Turner-Morden befassen. Genau das, was Sie von Anfang an wollten. Es stört mich nicht, wenn Sie im Hintergrund an dem Kidnappingfall dranbleiben. Das ist alles, was es zu sagen gibt.«

Der Jefe hielt seinen Sermon, dann ging er. Aus und vorbei. Keine Diskussion.

Sampson und ich waren wieder, wo wir hingehörten: Washington-Südosten. Jetzt waren die Prioritäten geklärt. Der Mord an sechs Schwarzen zählte wieder.

28. Kapitel

Zwei Tage, nachdem ich aus South Carolina zurückgekommen war, wachte ich vom Lärm einer Menge auf, die sich vor unserem Haus im Südosten versammelt hatte.
Von einem scheinbar sicheren Ort aus hörte ich Stimmengewirr. In meinem Kopf erklang ein Satz: »O nein, es ist schon wieder Morgen.«
Schließlich machte ich die Augen auf. Ich sah in andere Augen. Damon und Janelle schauten auf mich herunter. Es schien sie zu amüsieren, daß ich in einem solchen Augenblick schlafen konnte.
»Ist das der Fernseher, Kinder? Der gräßliche Lärm, den ich höre?«
»Nein, Daddy«, sagte Damon. »Der Fernseher ist nicht an.«
»Nein, Daddy«, wiederholte Janelle. »Das ist besser als Fernsehen.«
Ich stützte den Kopf auf einen Ellbogen. »Gebt ihr beiden da draußen 'ne laute Party für eure Freunde? Ist es das? Ist es das, was ich vor meinem Schlafzimmerfenster höre?«
Beide schüttelten ernst den Kopf. Damon lächelte schließlich, aber mein kleines Mädchen blieb ernst und ein bißchen ängstlich.
»Nein, Daddy. Wir geben keine Party«, sagte Damon.
»Hm. Erzählt mir bloß nicht, die Journalisten und Fernsehreporter seien schon wieder da. Die waren doch erst vor ein paar Stunden hier. Erst gestern abend.«
Damon stand mit den Händen auf dem Kopf da. Er macht das, wenn er aufgeregt oder nervös ist.
»Ja, Daddy, es sind wieder die Reporter.«

»Die können mich mal«, murmelte ich vor mich hin.
»Mich können die auch mal«, sagte Damon mit einem finsteren Blick. Er verstand zum Teil, was los war.
Öffentliche Lynchjustiz! An mir.
Wieder die verdammten Reporter, die Nachrichtenjäger. Ich drehte mich auf den Rücken und schaute an die Decke. Ich sah, daß ich wieder streichen mußte. Wenn man ein Haus hat, nimmt das nie ein Ende.
Es war jetzt eine »Tatsache« für die Medien, daß ich den Austausch verpfuscht hatte. Jemand, vielleicht das FBI, vielleicht George Pittman, hatte mich zum Abschuß freigegeben. Jemand hatte außerdem die falsche Insiderinformation durchsickern lassen, meine psychologische Einschätzung Sonejis sei der Aktion in Miami zugrunde gelegt worden.
Eine überregionale Zeitschrift brachte die Schlagzeile: *Cop aus D.C. verlor Maggie Rose!* Thomas Dunne hatte in einem Fernsehinterview gesagt, er mache mich persönlich für den Fehlschlag bei der Freilassung seiner Tochter in Florida verantwortlich.
Seitdem war ich das Thema mehrerer Artikel und Leitartikel gewesen. Keiner war besonders positiv – oder kam den Tatsachen auch nur nahe.
Wenn ich die Lösegeldübergabe in irgendeiner Weise verpfuscht hätte, dann hätte ich die Kritik eingesteckt. Ich kann Druck verkraften. Aber ich hatte nicht gepfuscht. Ich hatte in Florida mein Leben aufs Spiel gesetzt.
Mehr denn je mußte ich wissen, warum Gary Soneji mich für den Austausch in Florida ausgesucht hatte. Warum war ich ein Teil seines Plans gewesen? Warum war ich ausgewählt worden? Bis ich das herausfand, war es ausgeschlossen, mich aus dem Kidnappingfall herauszuhalten. Es war egal, was der Jefe sagte, dachte oder mit mir machte.
»Damon, du marschierst hinaus auf die Vorderveranda«, sagte ich zu meinem kleinen Jungen. »Sag den Reportern,

sie sollen abhauen. Sag ihnen, sie sollen woanders spielen. Sag ihnen, sonst machst du ihnen Beine. Okay?«

»Ja. Ich mach euch Beine, ihr Schweine!« sagte Damon.

Ich grinste Damon an, der verstand, daß ich das Beste aus der Situation machen wollte. Er lächelte zurück. Janelle grinste schließlich und nahm Damons Hand. Ich stand auf. Sie spürten: ACTION war angesagt. Und so war es auch.

Ich schlich auf die Vorderveranda hinaus. Ich würde mit den Reportern sprechen.

Ich hatte mir nicht die Mühe gemacht, Schuhe anzuziehen. Oder ein Hemd. Ich dachte an die unsterblichen Worte Tarzans – *Uuuuuuuaaaaaah*!

»Wie geht's euch Leuten denn an diesem schönen Wintermorgen?« fragte ich, als ich in ausgebeulten Khakihosen vor ihnen stand. »Möchte jemand noch Kaffee und belegte Brötchen?«

»Detective Cross, Katherine Rose und Thomas Dunne geben Ihnen die Schuld an den Fehlern, die in Florida gemacht wurden. Mr. Dunne hat gestern abend eine weitere Erklärung abgegeben.« Jemand las mir die Nachrichten vor – noch dazu gebührenfrei. Ja, ich war immer noch der Sündenbock der Woche.

»Ich kann die Enttäuschung der Dunnes über das Ergebnis in Florida verstehen«, sagte ich in ruhigem Ton. »Lassen Sie die Kaffeebecher nur weiterhin irgendwo auf dem Rasen fallen. Ich räume sie später weg.«

»Dann geben Sie also zu, einen Fehler gemacht zu haben«, sagte jemand. »Weil Sie das Lösegeld übergeben haben, ehe Sie Maggie Rose zu sehen bekamen?«

»Nein. Ich gebe überhaupt nichts zu. Ich hatte in Florida und South Carolina keine andere Wahl. Ich hatte nur die Wahl, nicht mit dem Kontaktmann mitzugehen. Sehen Sie, wenn Sie mit Handschellen gefesselt sind und der andere hat die Waffe, sind Sie ganz schön im Nachteil. Und wenn Ihre Hilfstruppen zu spät kommen, ist das noch ein Problem.«

Es war, als hörten sie kein Wort, das ich sagte. »Detective, nach unseren Quellen war es Ihre Entscheidung, das Lösegeld zu zahlen«, meinte jemand.

»Warum kommen Sie hierher und kampieren auf meinem Rasen?« erwiderte ich auf diesen Blödsinn. »Warum kommen Sie her und machen meinen Kindern angst? Verstören die Nachbarschaft? Mir ist egal, was Sie über mich drucken, aber eins sage ich Ihnen: Sie haben überhaupt keine Ahnung, was zum Teufel los ist. Sie könnten die kleine Dunne in Gefahr bringen.«

»Ist Maggie Rose am Leben?« rief jemand.

Ich drehte mich um und ging ins Haus. Das würde ihnen eine Lehre sein, klar. Jetzt hatten sie begriffen, daß sie die Privatsphäre respektieren mußten.

»Hey, Erdnußbuttermann. Wie geht's?«

Etwas später an jenem Morgen erkannte mich eine anders geartete Menschenmenge. Männer und Frauen standen dreireihig in der 12th Street vor der Kirche St. Anthony Schlange. Sie waren hungrig und froren, und niemand hatte Nikons oder Leicas umgehängt.

»Hey, Erdnußbuttermann, hab' Sie im Fernsehen gesehen. Sind Sie jetzt ein Filmstar?« rief jemand.

»Ja, zum Teufel. Noch nichts davon gemerkt?«

Seit ein paar Jahren arbeiten Sampson und ich in der Suppenküche von St. Anthony. Wir tun das an zwei bis drei Tagen in der Woche. Ich habe dort wegen Maria angefangen, die für die Gemeinde einen Teil ihrer Sozialarbeit leistete. Nach ihrem Tod habe ich aus dem selbstsüchtigsten aller Gründe weitergemacht: Die Arbeit gab mir ein gutes Gefühl. Sampson begrüßt die Leute am Eingang. Er nimmt die Nummer entgegen, die ausgegeben wird, wenn sie sich in die Schlange stellen. Er wirkt außerdem abschreckend auf Leute, die Ärger machen wollen.

Ich bin das körperliche Abschreckungsmittel im Speisesaal. Ich werde Erdnußbuttermann genannt. Jimmy Moore, der die Küche leitet, glaubt an den Nährwert von Erdnußbutter. Zu einer vollen Mahlzeit, die meistens aus Brötchen, zwei Gemüsesorten, einem Fleisch- oder Fischeintopf und Nachtisch besteht, bekommt jeder, der will, einen Becher Erdnußbutter. Jeden Tag.

»Hey, Erdnußbuttermann. Haben Sie heute gute Erdnußbutter für uns? Haben Sie Skippy oder den Scheißdreck von Peter Pan?«

Ich grinste vertraute Armesündermienen an. Mir stieg Körpergeruch, schlechter Atem, schaler Schnaps in die Nase.

»Weiß nicht genau, was heute auf der Speisekarte steht.«

Die Stammgäste kennen Sampson und mich. Die meisten wissen außerdem, daß wir bei der Polizei sind. Manche wissen, daß ich Psychiater bin, weil ich in einem Wohnwagen neben der Küche Beratungen durchführe. Auf dem Wohnwagen steht: »Der Herr hilft denen, die sich selbst helfen. Kommt zum Teufel rein!«

Jimmy Moore leitet eine effektive, schöne Einrichtung. Er behauptet, es sei die größte Suppenküche im Osten, und wir geben im Durchschnitt elfhundert Mahlzeiten am Tag aus. Serviert wird ab Viertel nach zehn, und das Mittagessen ist um halb eins vorbei. Das heißt, wenn man auch nur eine Minute nach halb eins kommt, bleibt man an jenem Tag hungrig. Disziplin ist bei aller Bescheidenheit ein großer Teil des Hilfsprogramms von St. Anthony.

Niemand wird betrunken oder eindeutig high eingelassen. Es wird erwartet, daß man sich während der Mahlzeit gut benimmt. Man hat etwa zehn Minuten Zeit zum Essen – andere Leute in der langen Schlange draußen haben auch Hunger und frieren. Jeder wird mit Würde und Respekt behandelt. Den Gästen werden keinerlei Fragen gestellt. Wer in der Schlange wartet, bekommt etwas zu essen. Man wird mit Sir oder Ms. angeredet, und das überwiegend freiwillige Personal ist perfekt geschult. Neue Freiwillige in der Servierschlange oder im Speisesaal werden darauf überprüft, ob sie lächeln.

Gegen Mittag entstand draußen Unruhe. Ich hörte, wie Sampson brüllte. Irgend etwas war los.

Leute in der Schlange schrien und fluchten laut. Dann hörte ich Sampson um Hilfe rufen. »Alex! Komm raus!«

Ich lief hinaus und sah sofort, was los war. Ich ballte die Fäuste. Die Presse hatte uns gefunden. Sie hatten mich gefunden.

Zwei wieselflinke Kameramänner filmten Leute in der Schlange vor der Suppenküche, und das ist äußerst unpopulär – verständlicherweise. Diese Menschen versuchten, den Rest ihrer Selbstachtung zu wahren, und sie wollten nicht im Fernsehen gesehen werden, wie sie in der Schlange standen und auf ein Almosen warteten.

Jimmy Moore ist ein zäher, ungehobelter Ire, der früher unser Kollege bei der Polizei war. Er war schon draußen, und es war Jimmy, der den meisten Krach machte.

»Ihr miesen, verschissenen Arschlöcher!« brüllte ich plötzlich. »Euch hat niemand eingeladen. Ihr Scheißer seid hier nicht willkommen! Laßt die Leute in Ruhe. Laßt uns in Frieden das Mittagessen servieren.«

Die Fotografen knipsten nicht weiter. Sie starrten mich an. Genau wie Sampson. Und Jimmy Moore. Und fast alle in der Essensschlange. Die Presse ging nicht, zog sich aber zurück. Die meisten überquerten die 12th Street, und ich wußte, sie würden auf mein Herauskommen warten.

Wir gaben Menschen etwas zu essen, dachte ich bei mir, als ich die Reporter und Fotografen beobachtete, die in einer Anlage auf der anderen Straßenseite auf mich warteten. Wem zum Teufel diente heutzutage die Presse außer den reichen Konzernen und den Familien, für die sie alle arbeiteten?

Um uns herum wurde zorniges Murren laut. »Menschen

haben Hunger und frieren. Laßt uns essen. Menschen haben das Recht zu essen«, rief jemand aus der Schlange.

Ich ging auf meinen Posten zurück. Wir teilten das Mittagessen aus. Ich war der Erdnußbuttermann.

29. Kapitel

In der Stadt Wilmington, Delaware, schippte Gary Murphy zehn Zentimeter Schnee weg. Es war Mittwoch nachmittag, der sechste Januar. Er dachte über die Entführung nach. Er versuchte, sich zu beherrschen. Er dachte an das kleine reiche Miststück Maggie Rose Dunne, als ein glänzender blauer Cadillac vor Garys kleinem Haus im Kolonialstil an der Central Avenue hielt. Gary fluchte leise in den Atemdampf aus seinem Mund.

Die sechsjährige Roni, Garys Tochter, formte Schneebälle und legte sie auf die eisige Schneekruste. Sie kreischte, als sie sah, daß ihr Onkel Marty aus dem Auto stieg.

»Wer ist denn dieses wunderschöne kleine Mädchen?« rief Onkel Marty ihr über den Garten weg zu. »Ist das ein Filmstar? Bestimmt! Muß einer sein. Ist das Ron-iii? Muß sie wohl sein!«

»Onkel Marty! Onkel Marty!« schrie Roni und lief auf das Auto zu.

Jedesmal, wenn Gary Marty Kasajian sah, dachte er an den wirklich ekelhaften Film *Uncle Buck*. In *Uncle Buck* spielte John Candy einen unsympathischen, unwillkommenen, unglaubwürdigen Verwandten, der ständig zu Besuch kam und eine verarmte Familie im Mittelwesten quälte. Es war ein widerlicher Streifen. Onkel Marty Kasajian war reich und erfolgreich, lauter als John Candy, und er war hier. Aus allen diesen Gründen verabscheute Gary Missys großen Bruder, vor allem aber, weil Marty sein Chef war.

Missy mußte Martys Gebrüll gehört haben. Wie hätte das jemandem in der Central Avenue oder in der nahen North

Street entgehen können? Sie kam mit einem Geschirrtuch in der Hand aus der Hintertür.

»Schau mal, wer da ist!« kreischte Missy. Sie und Roni klangen in Garys Ohren wie Ferkel.

Was für eine Scheißüberraschung, hätte Gary am liebsten gebrüllt. Er ließ nichts davon heraus – wie er zu Hause nie etwas von seinen wahren Gefühlen herausließ. Er stellte sich vor, wie er Marty mit der Schneeschaufel totschlug, Kasajian vor Missy und Roni ermordete. Ihnen zeigte, wer tatsächlich der Herr im Haus war.

»Die göttliche Miss M!« Marty Kasajian sprudelte immer noch über. Schließlich nahm er Gary zur Kenntnis. »Wie geht's denn so, Gary, alter Kumpel. Was hältst du von den Eagles? Randall steht schwer unter Strom. Hast du die Karten für die Super Bowl schon bestellt?«

»Klar doch, Marty. Zwei Karten an der Fünfzig-Yard-Linie.« Gary Murphy warf die Aluminiumschaufel in eine flache Schneewehe. Er trottete hinüber zu der Stelle, wo Missy und Roni bei Onkel Marty standen.

Dann gingen sie alle ins Haus. Missy tischte teuren Eierpunsch auf und einen frisch gebackenen Apfelkuchen mit Rosinen und jeder Menge Chester. Martys Stück war größer als das der anderen. Er war der Herr im Haus, stimmt's?

Marty reichte Missy einen Umschlag. Das war Missys »Taschengeld« von ihrem großen Bruder, und er wollte, daß Gary es sah. So rieb man Salz in die Wunden.

»Mommy, Onkel Marty und Daddy haben was zu besprechen, Schätzchen«, sagte Marty Kasajian zu Roni, als er das Stück Kuchen aufgegessen hatte. »Könnte sein, daß ich was für dich im Auto vergessen habe. Weiß nicht genau. Könnte auf dem Rücksitz liegen. Schau lieber mal nach.«

»Zieh aber erst die Jacke an, Schatz«, sagte Missy zu ihrer Tochter. »Damit du dich nicht erkältest.«

Roni quietschte vor Lachen, als sie ihren Onkel umarmte. Dann rannte sie weg.

»Was hast du denn für sie?« flüsterte Missy ihrem Bruder verschwörerisch zu. »Das wäre doch nicht nötig gewesen.«
Marty zuckte die Achseln, als könne er sich nicht erinnern. Allen anderen gegenüber war Missy in Ordnung. Sie erinnerte Gary an seine Mutter. Sie sah sogar wie seine Mutter aus. Gary war aufgefallen, daß sie sich nur ihrem Bruder gegenüber zum Schlechteren veränderte. Sie übernahm sogar Martys widerliche Gewohnheiten und seinen Sprechstil.
»Hört mal, Kinder.« Marty lehnte sich näher an die beiden heran. »Wir haben ein kleines Problem. Lösbar, weil wir uns früh darum kümmern, aber wir müssen es klären. Tun wir mal so, als ob wir alle erwachsen wären, okay?«
Missy war sofort auf der Hut. »Worum geht es, Marty? Was ist das für ein Problem?«
Jetzt sah Marty Kasajian ehrlich besorgt und unbehaglich aus. Gary hatte schon tausendmal gesehen, wie er diese Armesündermiene seinen Kunden gegenüber einsetzte. Vor allem, wenn er jemanden wegen seiner überfälligen Rechnung zur Rede stellen oder im Büro jemanden hinauswerfen mußte.
»Gary?« Er schaute Gary an, damit er ihm zur Hilfe kam. »Willst du was dazu sagen?«
Gary zuckte die Achseln. Als ob er das Stichwort Nummer eins nicht begriffen hätte, klar. *Leck mich, du Arschloch*, dachte er bei sich. *Dieses Mal mußt du allein zurechtkommen.*
Gary spürte, daß sich ein Lächeln ausbreitete, das aus seinem Magen aufstieg. Er wollte es nicht zeigen, aber schließlich zog es seine Lippen auseinander. Das war ein köstlicher Augenblick. Es hatte auf subtile Weise etwas für sich, wenn man erwischt wurde. Das hier hätte eine Lektion sein können; etwas, weshalb man zur Schule ging.
»Tut mir leid. Ich halte das nicht für komisch.« Marty Kasa-

jian schüttelte den Kopf und sagte: »Ich finde das wirklich nicht komisch, Gary.«
»Ich auch nicht«, sagte Gary. Seine Stimme war hoch und jungenhaft. Gar nicht seine richtige Stimme.
Missy bedachte ihn mit einem sonderbaren Blick. »Was ist los?« wollte sie wissen. »Würdet ihr beiden mich bitte einweihen?«
Gary schaute seine Frau an. Er war richtig wütend auf sie. Sie gehörte zu der Falle, und sie wußte es.
»Meine Verkaufsbilanz bei Atlantic ist in diesem Vierteljahr wirklich katastrophal«, sagte Gary schließlich und zuckte die Achseln. »Geht es darum, Marty?«
Marty runzelte die Stirn und schaute hinunter auf seine neuen Timberlandstiefel. »Oh, es geht nicht nur darum. Deine Verkaufsbilanz ist so gut wie nicht vorhanden, Gary. Schlimmer, viel schlimmer ist, daß du mit über dreitausenddreihundert Dollar Vorschuß im Rückstand bist. Du bist in den roten Zahlen, Gary. Im Minus. Ich will nicht mehr viel sagen, denn ich weiß, es tut mir hinterher leid. Ich weiß ehrlich nicht, wie ich mit dieser Lage klarkommen soll. Das ist äußerst schwierig für mich. Peinlich. Tut mir leid, Missy. Das ist scheußlich für mich.«
Missy legte beide Hände vor das Gesicht und fing zu weinen an. Erst weinte sie leise, weil sie nicht weinen wollte. Dann wurden die Schluchzer lauter. Ihrem Bruder stiegen Tränen in die Augen.
»Genau das wollte ich vermeiden. Tut mir leid, Schwesterchen.« Marty streckte die Arme aus, um sie zu trösten.
»Mir fehlt nichts.« Missy löste sich von ihrem Bruder. Sie schaute über den Frühstückstisch hinweg Gary an. Ihre Augen wirkten klein und dunkler.
»Wo bist du in den ganzen Monaten herumgefahren, Gary? Was hast du gemacht? O Gary, Gary, manchmal habe ich das Gefühl, ich kenne dich gar nicht. Sag was, damit das hier ein bißchen besser wird. Bitte, sag was, Gary.«

Gary dachte gründlich nach, bevor er etwas äußerte. Dann sagte er: »Ich liebe dich so sehr, Missy. Ich liebe dich und Roni mehr als mich.«

Gary log, und er wußte, daß das eine ganz hervorragende Lüge war. Gut vorgetragen, gut gespielt.

Am liebsten hätte er ihnen in die gottverfluchten Gesichter gelacht. Am allerliebsten hätte er sie alle umgebracht. Zeit zum Losschlagen. *Bumm, bumm, bumm.* Mehrfachmord in Wilmington. Damit sein meisterhafter Plan wieder in die Gänge kam.

Eben da kam Roni ins Haus zurückgerannt. Sie umklammerte eine neue Filmkassette und lächelte wie ein Ballonkopf.

»Schau mal, was Onkel Marty mir mitgebracht hat.«

Gary hielt den Kopf in beiden Händen. Er konnte das Geschrei in seinem Gehirn nicht abstellen. *Ich will jemand sein*!

30. Kapitel

Im Südosten gingen Leben und Tod weiter. Sampson und ich waren wieder auf die Sanders- und Turner-Mordfälle angesetzt. Es war keine Überraschung, daß bei der Aufklärung der sechs Morde wenig Fortschritte gemacht worden waren. Es war keine Überraschung, daß niemandem etwas daran lag.

Am Sonntag, dem 10. Januar, war es Zeit für einen Ruhetag, mein erster freier Tag seit der Entführung.

Ich fing den Morgen damit an, mir eine Spur leid zu tun, blieb bis zehn im Bett und kurierte einen Kater aus, das Ergebnis einer Sauftour mit Sampson in der Nacht davor. Alles, was mir durch den Kopf ging, war unproduktiv.

Zum Beispiel fehlte mir Maria entsetzlich, weil ich daran dachte, wie schön es gewesen war, wenn wir an einem Sonntagmorgen lange schliefen. Ich war immer noch wütend darüber, wie ich im Süden zum Sündenbock gemacht worden war. Wesentlicher war, daß ich mich beschissen fühlte, weil niemand von uns Maggie Rose Dunne hatte helfen können. Am Anfang des Falls hatte ich eine Parallele zwischen der kleinen Dunne und meinen Kindern gezogen. Jedesmal, wenn ich an sie dachte, krampfte sich mir der Magen unfreiwillig zusammen – was gar nicht gut ist, vor allem am Morgen nach einem Zug durch die Gemeinde.

Mir ging durch den Kopf, bis sechs in der Falle zu bleiben. Einen ganzen Tag zu verlieren. Ich hatte es verdient. Ich wollte Nana nicht sehen und mir ihre Fragen, wo ich gestern nacht gewesen war, nicht anhören. An diesem Morgen wollte ich nicht einmal meine Kinder sehen.

Ich dachte immer wieder an Maria. Es war einmal, in einem anderen Leben, daß sie und ich und meistens auch die Kinder die ganzen Sonntage gemeinsam verbrachten. Manchmal blieben wir bis zum Mittag im Bett, machten uns dann fein und fuhren zu einem üppigen Brunch. Es gab nicht viel, was Maria und ich nicht gemeinsam taten. Jeden Abend kam ich so früh wie möglich von der Arbeit nach Hause. Maria machte es auch so. Nichts war uns beiden lieber. Sie hatte meine Wunden geheilt, als ich in der Privatpraxis als Psychologe keinen Erfolg gehabt hatte. Sie hatte mich wieder ins Gleichgewicht gebracht, nachdem ich zwei Jahre lang mit Sampson und ein paar anderen alleinstehenden Freunden, darunter die ungestüme Clique, die bei den Washington Bullets Basketball spielte, zuviel Blödsinn gemacht hatte und zuviel herumgestrichen war.
Maria zog mich zurück in eine gewisse geistige Gesundheit, und dafür schätzte ich sie hoch und höher. Vielleicht wäre es ewig so weitergegangen. Vielleicht hätten wir uns inzwischen auch schon getrennt. Wer will das genau wissen? Wir bekamen nicht die Chance, es herauszufinden.
Eines Abends verspätete sie sich beim Heimkommen von der Sozialarbeit. Schließlich wurde ich angerufen und raste zum Misericordia Hospital. Auf Maria war geschossen worden. Sie sei in einem sehr schlechten Zustand, mehr wollten sie mir am Telefon nicht sagen.
Ich kam kurz nach acht dort an. Ein Freund, ein Streifenpolizist, setzte sich zu mir und sagte mir, Maria sei tot gewesen, als die Polizei sie ins Krankenhaus brachte. Es war eine Schießerei vom fahrenden Auto aus gewesen, außerhalb der Sozialsiedlung. Niemand wußte, warum, oder wer die Schießerei veranstaltet hatte. Wir konnten uns nicht einmal voneinander verabschieden. Keine Vorbereitung, keinerlei Vorwarnung, keine Erklärung.
Der Schmerz in mir war wie ein Stahlpfeiler, der sich von meiner Brust bis in meine Stirn erstreckte. Ich dachte stän-

dig an Maria, Tag und Nacht. Nach drei Jahren fing ich allmählich an zu vergessen. Ich lernte,. wie das ging.
Ich lag im Bett, friedlich und resigniert, als Damon ins Zimmer kam, als stünde sein Haarschopf in Flammen.
»Hey, Daddy. Hey, Daddy, bist du wach?«
»Was ist denn los?« fragte ich, in letzter Zeit absolut allergisch gegen den Klang dieser Worte. »Du siehst ja aus, als hättest du auf unserer Vorderveranda eben eine tolle Rockgruppe gesehen.«
»Jemand will dich besuchen, Daddy«, verkündete Damon mit atemloser Aufregung. »Jemand ist da!«
»Das Krümelmonster aus der *Sesamstraße*?« fragte ich. »Wer ist denn da? Drück dich eine Spur genauer aus. Doch nicht etwa schon wieder ein Reporter? Falls es ein Reporter ist –«
»Sie sagt, sie heißt Jezme. Eine Da-me, Daddy.«
Ich glaube, ich setzte mich im Bett auf, aber die Aussicht von dort aus gefiel mir nicht besonders, und ich legte mich schnell wieder hin. »Sag ihr, ich komme gleich nach unten. Sag ihr nicht, daß ich noch im Bett liege. Sag ihr, ich komme sofort.« Damon verließ das Schlafzimmer, und ich fragte mich, wie ich das Versprechen halten sollte, das ich eben gegeben hatte.
Janelle, Damon und Jezzie Flanagan standen noch im Hausflur, als ich es nach unten schaffte. Janelle sah etwas unbehaglich aus, aber sie war der Aufgabe, an die Haustür zu gehen, besser gewachsen. Janelle war allen Fremden gegenüber fürchterlich schüchtern. Um ihr da rauszuhelfen, haben Nana und ich sie und Damon sanft dazu ermutigt, tagsüber an die Vordertür zu gehen.
Es mußte etwas Wichtiges sein, das Jezzie Flanagan in mein Haus geführt hatte. Das halbe FBI suchte nach dem Piloten, der das Lösegeld an sich genommen hatte. Bis jetzt hatte sich an dieser Front nichts getan. Was an dem Fall aufgeklärt war, hatte ich aufgeklärt.

Jezzie Flanagan trug weite schwarze Hosen mit einer schlichten weißen Bluse und abgestoßenen Tennisschuhen. Ich erinnerte mich aus Miami an ihre zwanglose Aufmachung. Fast hätte ich darüber vergessen, was für ein großes Tier sie beim Secret Service war.

»Es ist etwas passiert«, sagte ich und zuckte zusammen. Der Schmerz schoß mir durch den Schädel, dann über das Gesicht. Schon der Klang meiner Stimme war unerträglich.

»Nein, Alex. Wir haben nichts mehr über Maggie Rose gehört«, sagte sie. »Noch ein paar Hinweise, das ist alles.«

»Hinweise« nannte das FBI Augenzeugenberichte von Leuten, die behaupteten, sie hätten Maggie Rose oder Gary Soneji gesehen. Bis jetzt reichten die Hinweise von einer ein paar Straßen von der Georgetown-Tagesschule entfernten Baulücke über Kalifornien und die Kinderstation des Bellevue Hospitals in New York City bis nach Südafrika, ganz zu schweigen von einer Raumsonde, die in der Nähe von Sedona, Arizona, gelandet war. Kein Tag verging, ohne daß irgendwo neue Hinweise auftauchten. Ein großes Land, jede Menge Spinner auf freiem Fuß.

»Ich wollte euch nicht überfallen«, sagte sie schließlich und lächelte. »Es ist bloß so, daß ich bei dem, was passiert ist, ein ganz schlechtes Gefühl gehabt habe, Alex. Die Geschichten über Sie sind Scheißdreck. Sie sind außerdem verlogen. Ich wollte Ihnen sagen, wie mir dabei zumute ist. Deshalb bin ich hier.«

»Danke, daß Sie das gesagt haben«, sagte ich zu Jezzie. Es gehörte zu den wenigen Nettigkeiten, die mir in der letzten Woche widerfahren waren. Es rührte mich auf seltsame Weise.

»Sie haben in Florida alles getan, was Sie konnten. Ich sage das nicht bloß, damit Sie sich besser fühlen.«

Ich versuchte, einen klaren Blick zu bekommen. Alles war

immer noch ein bißchen verschwommen. »Ich würde es nicht als eine besonders positive Arbeitserfahrung bezeichnen. Andererseits habe ich auch nicht das Gefühl, meine Leistung hätte es verdient, in die Schlagzeile zu kommen.«

»So war es auch nicht. Jemand hat Sie geleimt. Jemand hat Sie der Presse zum Fraß vorgeworfen. Jede Menge Quatsch.«

»Quatsch mit Soße«, platzte Damon heraus. »Stimmt doch, Big Daddy?«

»Das ist Jezzie«, sagte ich zu den Kindern. »Wir arbeiten manchmal zusammen.« Die Kinder gewöhnten sich an Jezzie, aber sie waren immer noch etwas schüchtern. Jannie versuchte, sich hinter ihrem Bruder zu verstecken. Damon stopfte beide Hände in die Hintertaschen der Hose, genau wie sein Dad.

Jezzie ging in die Hocke; sie wollte von gleich zu gleich mit ihnen reden. Sie gab Damon die Hand, dann Janelle. Es war ein guter, instinktiver Zug ihrerseits.

»Dein Daddy ist der beste Polizist, den ich je gesehen habe«, sagte sie zu Damon.

»Das weiß ich.« Er nahm das Kompliment gnädig entgegen.

»Ich bin Janelle.« Janelle überraschte mich, indem sie Jezzie ihren Namen nannte.

Ich merkte, daß sie in die Arme genommen werden wollte. Janelle liebt Umarmungen mehr als jeder andere Mensch, der je auf dieser Erde gelebt hat. Das hatte ihr einen ihrer vielen Spitznamen eingetragen, »Klettverschluß«. Jezzie spürte es auch. Sie streckte die Arme aus und umarmte Jannie. Es war hübsch anzusehen. Damon beschloß sofort, sich daran zu beteiligen. Es war, als wäre ein lange vermißter guter Freund plötzlich aus dem Krieg nach Hause gekommen.

Dann stand Jezzie auf. In diesem Augenblick ging mir durch den Kopf, sie sei ein wirklich netter Mensch, und davon hatte ich während der Ermittlung nicht allzu viele kennengelernt. Ihr Besuch bei mir zu Hause war aufmerksam, aber außerdem auch mutig. Der Südosten ist nicht gerade die allerbeste Gegend für weiße Frauen unterwegs, selbst für eine Frau, die vermutlich eine Waffe trug.

»Ich bin einfach auf ein paar Umarmungen vorbeigekommen.« Sie zwinkerte mir zu. »Übrigens habe ich nicht weit von hier einen Fall. Jetzt stürze ich mich wieder in die Arbeit.«

»Wie wär's mit einer Tasse Kaffee?« fragte ich. Ich glaubte, das mit dem Kaffee könne ich schaffen. Nana hatte vermutlich welchen in der Küche stehen, der nur fünf bis sechs Stunden alt war.

Sie warf mir einen Blick von der Seite zu und lächelte wieder.

»Zwei nette Kinder, ein friedlicher Sonntagmorgen mit ihnen zu Hause. Sie sind also doch gar kein so knallharter Typ.«

»Doch, ein knallharter Typ bin ich auch«, sagte ich. »Ich bin bloß ein knallharter Typ, der an einem Sonntagmorgen seinen Weg nach Hause findet.«

»Okay, Alex.« Sie ließ das Lächeln eingeschaltet. »Lassen Sie sich bloß von diesem Zeitungsquatsch nicht unterkriegen. Was auf der Witzseite steht, glaubt sowieso niemand. Ich muß gehen. Verschieben wir die Tasse Kaffee auf später.«

Jezzie Flanagan machte die Haustür auf und wandte sich zum Gehen. Sie winkte den Kindern zu, als die Tür sich hinter ihr schloß.

»Auf bald, Big Daddy«, sagte sie zu mir und grinste.

31. Kapitel

Als Jezzie Flanagan ihre Arbeit im Südosten erledigt hatte, fuhr sie zu der Farm hinaus, auf der Gary Soneji die Kinder vergraben hatte. Sie war schon zweimal dort gewesen, aber an der Farm in Maryland machte ihr noch vieles Sorgen. Sie war jedenfalls völlig besessen von dem Fall. Sie nahm an, niemand sei so erpicht darauf wie sie, Soneji zu fassen.

Jezzie ignorierte das Zeichen *Tatort* und raste den zerfurchten Feldweg zu einer Gruppe baufälliger Gebäude entlang. Sie erinnerte sich deutlich an alles hier. Da war das Farmhaus, ein Maschinenschuppen und die Scheune, in der die Kinder gefangengehalten worden waren.

Warum diese Farm? fragte sie sich. Warum hier, Soneji? Was hätte ihr das darüber sagen müssen, wer er wirklich war?

Jezzie Flanagan war seit dem Tag, an dem sie in den Secret Service eingetreten war, ein Wunderkind als Ermittlerin gewesen. Sie war mit einem Summa cum laude in Jura von der University of Virginia hergekommen, und das Finanzministerium hatte versucht, sie beim FBI unterzubringen, wo fast die Hälfte der Agenten einen Jura-Abschluß hatten. Aber Jezzie hatte die Situation abgeschätzt und sich für den Service entschieden, wo ein Jura-Abschluß mehr auffiel. Von Anfang an hatte sie achtzig bis hundert Stunden in der Woche gearbeitet, und das tat sie noch heute: sie war klüger und zäher als alle Männer, mit denen sie zusammenarbeitete, und als alle, für die sie arbeitete. Sie hatte mehr Antrieb. Aber Jezzie hatte von Anfang an gewußt, daß es mit ihrem Startruhm aus wäre, wenn sie je einen Fehler machte. Sie hatte es gewußt. Es gab nur eine Lösung. Sie mußte Gary Soneji irgendwie finden. Sie mußte es sein, die ihn fand.

Sie ging bis zum Einbruch der Dunkelheit über die Farm. Dann schritt sie das Grundstück noch einmal mit einer Taschenlampe ab. Jezzie machte sich Notizen, suchte nach einem fehlenden Bindeglied. Vielleicht hatte es etwas mit dem alten Lindbergh-Fall zu tun, dem sogenannten Verbrechen des Jahrhunderts aus den dreißiger Jahren.

Lindberghs Sohn?

Die Lindberghs hatten in Hopewell, New Jersey, auch in einem Farmhaus gewohnt.

Baby Lindbergh war nicht weit vom Schauplatz der Entführung entfernt begraben worden.

Bruno Hauptmann, der Lindbergh-Kidnapper, war aus New York City gewesen. Konnte der Kidnapper in Washington ein entfernter Verwandter sein? Konnte er aus der Gegend von Hopewell sein? Wie war es möglich, daß bis jetzt noch nichts über Soneji herausgefunden worden war?

Ehe sie die Farm verließ, saß Jezzie eine Weile in ihrem Auto. Sie schaltete den Motor und die Heizung ein und saß einfach da. Besessen. Gedankenverloren.

Wo war Gary Soneji? Wie war er verschwunden? Niemand kann heutzutage einfach verschwinden. So geschickt ist niemand.

Dann dachte sie an Maggie Rose Dunne und »Shrimpie« Goldberg, und Tränen liefen ihr über die Wangen. Sie konnte nicht aufhören zu schluchzen. Das war der wahre Grund, warum sie zu dem Farmhaus gekommen war, das wußte sie. Jezzie Flanagan mußte sich weinen lassen.

32. Kapitel

Um Maggie Rose war es völlig dunkel.

Sie wußte nicht, wie lange sie schon hier war. Jedenfalls sehr, sehr lange. Sie konnte sich nicht daran erinnern, wann sie zum letzten Mal etwas gegessen hatte. Oder wann sie jemanden gesehen, mit jemandem gesprochen hatte bis auf die Stimmen in ihrem Kopf.

Sie wünschte sich, daß sofort jemand kam. Sie hielt diesen Gedanken im Kopf fest – stundenlang.

Sie wünschte sich sogar, die alte Frau solle wiederkommen und sie anschreien. Sie fragte sich jetzt, warum sie bestraft wurde; was sie Schlimmes getan hatte. War sie böse gewesen und hatte verdient, was ihr angetan wurde? Sie dachte, sie müsse ein schlechter Mensch gewesen sein, weil ihr so schreckliche Dinge widerfuhren.

Sie konnte nicht wieder weinen. Nicht einmal, wenn sie es gewollt hätte. Sie konnte nicht mehr weinen.

Oft glaubte sie, sie müsse tot sein. Maggie Rose konnte jetzt fast nichts mehr spüren. Dann zwickte sie sich grob. Biß sich sogar. Einmal biß sie sich in den Finger, bis er blutete. Sie schmeckte ihr warmes Blut, und es war auf seltsame Weise wunderbar. Ihre Zeit in der Dunkelheit schien ewig zu währen. Die Finsternis war ein winziger Raum, wie ein Schrank. Sie . .

Plötzlich hörte Maggie Rose draußen Stimmen. Sie hörte sie nicht so deutlich, daß sie verstanden hätte, was gesagt wurde, aber es waren eindeutig Stimmen. Die alte Frau? Sie mußte es sein. Maggie Rose wollte rufen, aber sie hatte Angst vor der alten Frau. Vor ihrem scheußlichen Geschrei, ihren Drohungen, ihrer kratzigen Stimme, die schlimmer war als die Horrorfilme, von denen ihre Mutter nicht wollte, daß Maggie sie sah. Viel, viel schlimmer als Freddy Krueger.

Die Stimmen verstummten. Sie konnte überhaupt nichts hören, auch dann nicht, als sie das Ohr an die Schranktür preßte. Sie waren fort. Sie ließen sie auf ewig hier drin.

Sie versuchte zu weinen, aber die Tränen kamen nicht.

Dann schrie Maggie Rose. Die Tür ging plötzlich auf, und herrliches Licht blendete Maggie Rose.

33. Kapitel

In der Nacht des elften Januar hatte es sich Gary Murphy in seinem Keller gemütlich gemacht. Niemand wußte, daß er dort unten war, aber falls die neugierige Missy die Kellertür aufgemacht hätte, konnte er einfach die Lampe auf seiner Werkbank einschalten. Er überdachte alles. Noch einmal, damit nichts schiefgehen konnte.

Er war besessen von dem Gedanken, Missy und Roni zu ermorden, aber er meinte, er könne es noch nicht tun. Es war trotzdem eine verlockende Phantasie. Der Mord an der eigenen Familie hatte etwas Hausbackenes an sich. Es war nicht besonders phantasievoll, aber die Wirkung hatte etwas für sich: ein eisiger Frosthauch, der durch die friedliche, beknackte Vorortgemeinde wehte. Die Familien, die sich völlig absurd verhielten – die Türen abgeschlossen, sich miteinander einschlossen.

Gegen Mitternacht wurde ihm bewußt, daß seine kleine Familie ohne ihn zu Bett gegangen war. Sie hatten sich nicht einmal die Mühe gemacht, nach ihm zu rufen. Es war ihnen gleichgültig. Ein hohles Dröhnen setzte in seinem Kopf ein. Er brauchte ein halbes Dutzend Nuprins, um das weiße Rauschen eine Weile abzustellen.

Vielleicht würde er das kleine Haus an der Central Avenue in Brand stecken. Häuser in Brand zu stecken war gut für die Seele. Er hatte es schon gemacht; er würde es wieder tun. Gott, sein ganzer Schädel schmerzte, als hätte ihn jemand mit einem Vorschlaghammer geschlagen. War er körperlich nicht in Ordnung? War es möglich, daß er dieses Mal den Verstand verlor?

Er versuchte, an den einsamen Adler zu denken – Charles

Lindbergh. Auch das funktionierte nicht. Im Geist stattete er dem Farmhaus in Hopewell Junction wieder einen Besuch ab. Es nützte nichts. Auch dieses Gedankenspiel war verbraucht.
Verflucht noch mal, er war selbst weltberühmt. *Er war jetzt berühmt.* Die ganze Welt wußte über ihn Bescheid. Er war ein Medienstar auf dem ganzen Planeten.
Schließlich verließ er den Keller, dann das Haus in Wilmington. Es war kurz nach halb sechs Uhr morgens. Als er hinaus zum Auto ging, fühlte er sich wie ein plötzlich freigelassenes Tier.
Er fuhr nach D.C. zurück. Dort gab es noch Arbeit für ihn. Er wollte sein Publikum doch nicht enttäuschen!
Er dachte, jetzt habe er einen Leckerbissen für alle. *Glaubt ja nicht, daß ihr Ruhe vor mir habt!*

Gegen elf an jenem Morgen, einem Dienstag, drückte Gary Murphy leicht auf die Klingel eines gepflegten Backsteinhauses am Rand von Capitol Hill. Ding-dong ertönte drinnen ein gedämpftes Glockenspiel.
Die reine Gefahr der Situation, die Tatsache, daß er wieder in Washington war, verschaffte ihm einen wohligen Schauer. Das war viel besser als sich zu verstecken. Er fühlte sich wieder lebendig, konnte atmen, hatte Freiraum.
Vivian Kim ließ die Sperrkette zu, öffnete die Tür aber einen Spalt weit. Sie hatte durch das Guckloch die vertraute Uniform der Stadtwerke Washingtons gesehen.
Hübsche Frau. Daran erinnerte sich Gary aus der Georgetown-Tagesschule. Lange schwarze Zöpfe. Niedliche kleine Stupsnase. Als Blonden erkannte sie ihn eindeutig nicht. Kein Schnurrbart. Wenig Fleisch an den Wangen und am Kinn.
»Ja? Was ist? Kann ich Ihnen helfen?« fragte sie den Mann, der auf ihrer Veranda stand. Im Haus spielte Jazz. Thelonious.

»Ich hoffe, es ist umgekehrt.« Er lächelte freundlich. »Jemand hat angerufen, weil zuviel Strom berechnet worden ist.«
Vivian Kim runzelte die Stirn und schüttelte den Kopf. Sie hatte an einem Lederriemen eine winzige Karte von Korea um den Hals hängen. »Ich habe niemanden angerufen. Ich weiß, daß ich die Stadtwerke nicht angerufen habe.«
»Jemand hat uns aber angerufen, Miss.«
»Kommen Sie ein andermal wieder«, sagte Vivian Kim. »Vielleicht hat mein Freund angerufen. Sie müssen wiederkommen. Tut mir leid.«
Gary zuckte die Achseln. Das war so köstlich. Er wollte nicht, daß es ein Ende nahm. »Muß ich wohl. Sie können wieder bei uns anrufen, wenn Sie wollen«, sagte er. »Damit alles wieder seine Ordnung hat. Es ist jedoch zuviel berechnet worden. Sie haben zuviel gezahlt.«
»Okay. Ich verstehe.«
Vivian Kim nahm langsam die Kette ab und machte die Tür auf. Gary betrat die Wohnung. Er zog ein langes Jagdmesser unter der Arbeitsjacke hervor. Er richtete es auf das Gesicht der Lehrerin. »Schreien Sie nicht. *Schreien Sie nicht*, Vivian.«
»Woher wissen Sie meinen Namen?« fragte sie. »Wer sind Sie?«
»Werden Sie nicht laut, Vivian. Sie haben keinen Grund, Angst zu haben ... Ich habe das schon öfter gemacht. Ich bin bloß ein ganz gewöhnlicher Einbrecher.«
»Was wollen Sie?« Die Lehrerin zitterte.
Gary dachte kurz nach, ehe er die verängstigte Frage beantwortete. »Ich glaub', ich will bloß noch eine Nachricht übers Fernsehen übermitteln. Ich will den Ruhm, den ich mir so reichlich verdient habe«, sagte er schließlich. »Ich will der Mann werden, vor dem ganz Amerika Angst hat. Deshalb arbeite ich in der Hauptstadt. Ich bin *Gary. Erinnern Sie sich nicht an mich, Viv?*«

34. Kapitel

Sampson und ich rannten die C Street im Zentrum von Capitol Hill entlang. Ich hörte beim Laufen den Atem in meiner Nase. Meine Arme und Beine fühlten sich wie losgelöst vom Körper an.

Polizeiautos und Notarztwagen hatten die Straße völlig blockiert. Wir hatten in der F Street parken und das letzte Stück sprinten müssen. WJLA-TV war schon da. Außerdem CNN. Überall kreischten Sirenen.

Vor uns war ein Klüngel Reporter. Sie sahen Sampson und mich kommen. Wir sind etwa so schwer zu übersehen wie die Harlem Globetrotters in Tokyo.

»Detective Cross? Dr. Cross?« riefen die Reporter und versuchten, uns zu stoppen.

»Kein Kommentar.« Ich winkte sie ab. »Von keinem von uns beiden. Verpißt euch.«

In Vivian Kims Wohnung kamen Sampson und ich an den ganzen vertrauten Gesichtern vorbei – Techniker, Spurensicherer, die Gerichtsmedizin in ihrem grausigen Element.

»Ich will das nicht mehr machen«, sagte Sampson. »Die ganze Welt geht durch die Klospülung. Es ist zuviel, sogar für mich.«

»Wir sind ausgebrannt«, murmelte ich ihm zu. »Wir sind beide ausgebrannt.«

Sampson packte meine Hand und hielt sie fest. Das sagte mir, daß er so fertig war, wie er nur sein konnte. Wir gingen in das Schlafzimmer auf der rechten Seite des Flurs. Ich versuchte, innerlich ruhig zu sein. Ich schaffte es nicht.

Vivian Kims Schlafzimmer war wunderschön eingerichtet. An den Wänden hingen erlesene Familienfotos in Schwarz-

weiß und Kunstplakate. An einer Wand hing eine alte Violine. Ich wollte den Grund für mein Hiersein nicht ansehen. Schließlich blieb mir nichts anderes übrig.
Vivian Kim war mit einem langen Jagdmesser ans Bett festgenagelt. Es war durch ihren Magen getrieben worden. Beide Brüste waren abgeschnitten. Das Schamhaar war abrasiert. Sie hatte die Augen verdreht, als hätte sie in ihren letzten Augenblicken etwas Unfaßbares gesehen.
Ich ließ den Blick durch das Schlafzimmer streifen. Ich konnte Vivian Kims verstümmelte Leiche nicht ansehen. Auf dem Fußboden fiel mir ein Farbtupfer auf. Ich hielt den Atem an. Niemand hatte etwas darüber gesagt. Niemandem war der wichtigste Anhaltspunkt aufgefallen. Zum Glück hatte niemand das Beweisstück entfernt.
»Schau dir das hier an.« Ich zeigte es Sampson.
Maggie Rose Dunnes zweiter Turnschuh lag auf Vivian Kims Schlafzimmerboden. Der Mörder hatte hinterlassen, was die Pathologen eine »künstlerische Note« nennen. Dieses Mal hatte er eine deutliche Nachricht hinterlassen – ein unübersehbares Erkennungszeichen. Ich bebte, als ich mich über den Turnschuh des kleinen Mädchens beugte. Hier war der Humor eines Erzsadisten am Werk. Der rosa Turnschuh, ein schockierender Kontrast zum blutigen Tatort.
Gary Soneji war im Schlafzimmer gewesen. Soneji war auch der Siedlungsmörder. Er war das Ding. Und er war wieder in der Stadt.

35. Kapitel

Gary Soneji war tatsächlich noch in Washington. Er verschickte Botschaften an seine Fans. Doch jetzt gab es einen Unterschied. Er hatte uns einen Köder hingeworfen. Sampson und ich bekamen eine Dispens vom Jefe: wir durften an der Entführung arbeiten, solange es eine Verbindung zu den anderen Mordermittlungen gab. Die Verbindung war eindeutig vorhanden.

»Das ist unser freier Tag, also müssen wir uns amüsieren«, sagte Sampson zu mir, als wir durch die Straßen im Südosten gingen. Es war der dreizehnte Januar. Bitterkalt. An fast jeder Straßenecke brannte Feuer in Mülltonnen. Einer der Brüder hatte sich mit dem Rasiermesser LECKT MICH in den Hinterkopf geritzt. Entsprach genau meiner Stimmung.

»Bürgermeister Monroe ruft nicht mehr an. Schreibt nicht«, sagte ich zu Sampson. Ich beobachtete, wie mein Atem in der eisigen Luft Wolken bildete.

»Aber es gibt einen Silberstreifen«, sagte er in den Wind. »Er wird sich's anders überlegen, wenn wir das Ding schnappen. Dann ist er da und nimmt für uns die Verbeugungen entgegen.«

Wir gingen weiter, grinsten über die Situation und über uns. Sampson rezitierte Texte von Pop-Songs, wie er das oft macht. Heute morgen war es »Now That We've Found Love«. Heavy D & The Boyz. »Mach mich an, mach mich an, denn du bist mein steiler Zahn«, wiederholte Sampson ständig, als ob der Text alles sinnvoll machte.

Wir befragten die Leute in Vivian Kims Gegend, die an den Südosten grenzte. Von Tür zu Tür herumzufragen ist selbst für die Jungen und Uneingeweihten stumpfsinnige Arbeit. »Haben Sie gestern etwas Ungewöhnliches gesehen?« fragten wir alle, die so blöd waren, uns die Tür aufzumachen. »Sind Ihnen Fremde aufgefallen, fremde Autos, irgend etwas, was sich Ihnen eingeprägt hat? Überlassen Sie uns die Entscheidung, ob es wichtig ist.«

Wie üblich hatte niemand etwas gesehen. *Nada de nada*. Niemand freute sich über unseren Anblick, vor allem, als wir bei unserer Befragung in den Südosten vordrangen.

Obendrein betrug die Temperatur in dem eisigen Wind etwa sechzehn Grad minus. Schneeregen fiel. Auf den Straßen und Gehwegen lag gefrorener Matsch. Ein paarmal schlossen wir uns den Obdachlosen an, die sich an dem Feuer aus den Mülltonnen wärmten.

»Ihr Scheißbullen seid doch immer eiskalte Hunde, auch im Sommer«, sagte einer der jungen Herumtreiber zu uns. Sampson und ich lachten.

Gegen sechs schleppten wir uns schließlich zum Auto zurück. Wir waren beide kaputt. Wir hatten einen langen Tag hinter uns. Nichts Gutes war dabei herausgekommen. Gary Soneji schien sich wieder in Luft aufgelöst zu haben. Ich kam mir vor wie in einem Horrorfilm.

»Wollen wir noch ein paar zusätzliche Straßen abklappern?« fragte ich Sampson. Ich war so verzweifelt, daß ich an den einarmigen Banditen in Atlantic City mein Glück versucht hätte. Soneji spielte mit uns. Vielleicht beobachtete er uns. Vielleicht war der Scheißkerl unsichtbar.

Sampson schüttelte den Kopf. »Mir reicht's, Schätzchen. Ich will mindestens einen Kasten Bier trinken. Danach fange ich vielleicht ernsthaft mit dem Trinken an.«

Er wischte sich Schneematsch von der Sonnenbrille und setzte sie dann wieder auf. Es ist unheimlich, wie gut ich jede seiner Bewegungen kenne. So wischt er sich die Brille ab, seit er zwölf war. Im Regen, im Hagel oder im Schnee.

»Komm schon, nur noch ein paar Straßen«, sagte ich. »Für Ms. Vivian. Das mindeste, was wir tun können.«
»Ich hab' gewußt, daß du das sagst.«

An jenem Abend betraten wir gegen zwanzig nach sechs die Wohnung einer Mrs. Quillie McBride. Quillie und ihre Freundin Mrs. Scott saßen am Küchentisch. Mrs. Scott hatte uns etwas zu sagen. Wir waren da, um uns alles anzuhören, was sie zu sagen hatte.
Wer an einem Sonntagmorgen durch den Südosten von D.C. geht, durch den nördlichen Teil von Philadelphia oder durch Harlem in New York, kann immer noch Damen wie Mrs. McBride und ihre Freundin Willie Mae Randall Scott sehen. Solche Damen tragen weite Blusen und verschossene Gabardineröcke. Normalerweise sind sie herausgeputzt mit Federhüten und Schnürschuhen mit dicken Absätzen, in denen ihre Füße wie abgebundene Würste aussehen. Sie besuchen verschiedene Kirchen. Im Fall von Willie Mae, die eine Zeugin Jehovahs ist, verteilen sie die Zeitung *Der Wachturm*.
»Ich glaube, ich kann Ihnen helfen«, sagte Mrs. Scott mit leiser, aufrichtiger Stimme. Sie war vermutlich achtzig, sprach aber konzentriert und deutlich.
»Das wissen wir zu schätzen«, sagte ich. Wir vier saßen um den Küchentisch herum. Ein Teller Hafermehlplätzchen war für den seltenen Anlaß, daß jemand zu Besuch kam, bereitgestellt worden. Ein Triptychon mit den Fotos der beiden ermordeten Kennedys und von Martin Luther King beherrschte eine Küchenwand.
»Ich habe von dem Mord an der Lehrerin gehört«, sagte Mrs. Scott zu Sampson und mir. »Und etwa einen Monat vor den Morden an den Turners habe ich einen Mann gesehen, der durch die Gegend fuhr. Er war ein Weißer. Zum Glück habe ich immer noch ein gutes Gedächtnis. Ich ver-

suche, daß es so bleibt, indem ich mich auf alles konzentriere, was meine Augen zu sehen bekommen. Heute in zehn Jahren werde ich mich an jeden Augenblick dieses Gesprächs mit Ihnen erinnern können.«

Ihre Freundin McBride hatte ihren Stuhl neben den von Mrs. Scott gezogen. Sie sagte anfangs nichts, nahm jedoch Mrs. Scotts üppigen Arm in die Hand.

»Das stimmt. Sie wird sich daran erinnern«, sagte Quillie McBride.

»Eine Woche vor den Morden an den Turners kam derselbe Weiße wieder in unsere Gegend«, fuhr Mrs. Scott fort. »Beim zweiten Mal ging er von Tür zu Tür. Er war ein Vertreter.«

Sampson und ich schauten uns an. »Was für ein Vertreter?« fragte Sampson.

Mrs. Scott ließ den Blick über Sampsons Gesicht schweifen, ehe sie die Frage beantwortete. Ich nahm an, sie konzentriere sich, vergewisserte sich, daß sie sich an alles über den Vertreter erinnerte. »Er hat Heizungen für den Winter verkauft. Ich bin zu seinem Auto gegangen und habe hineingeschaut. Auf dem Vordersitz lag eine Art Auftragsblock. Seine Firma heißt Atlantic Heating, in Wilmington, Delaware.«

Mrs. Scott schaute von Gesicht zu Gesicht, entweder, um sich zu vergewissern, daß sie sich deutlich ausgedrückt hatte, oder ob wir auch alles mitbekommen hatten, was sie eben gesagt hatte.

»Gestern habe ich dasselbe Auto wieder in der Gegend gesehen. Ich habe das Auto an dem Morgen gesehen, an dem die Frau in der C Street umgebracht worden ist. Ich habe zu meiner Freundin hier gesagt: ›Das kann doch alles kein Zufall sein, oder?‹ Jetzt weiß ich nicht, ob das der Kerl ist, den Sie suchen, aber ich glaube, Sie sollten mit ihm sprechen.«

Sampson schaute mich an. Dann taten wir beide etwas, was

in letzter Zeit seltener geworden war. Wir lächelten. Auch die Damen schlossen sich uns an. Wir hatten etwas. Wir hatten zum ersten Mal einen Durchbruch in diesem Fall.
»Wir werden mit dem Vertreter sprechen«, sagte ich zu Mrs. Scott und Quillie McBride. »Wir fahren nach Wilmington, Delaware.«

36. Kapitel

Gary Murphy kam am nächsten Nachmittag, am vierzehnten Januar, kurz nach fünf nach Hause. Er war im Büro gewesen, kurz vor Wilmington. Nur wenige Leute waren dagewesen, und er hatte vorgehabt, einen Teil des sinnlosen Papierkrams zu erledigen. Er mußte dafür sorgen, die Fassade noch eine Weile zu halten.

Schließlich hatte er über wichtigere Dinge nachgedacht. Den meisterhaften Plan. Gary brachte es einfach nicht fertig, den Schneesturm aus Rechnungen ernst zu nehmen, der seinen Schreibtisch übersäte. Ständig griff er nach zerknitterten Kundenrechnungen, warf einen Blick auf Namen, Summen, Adressen.

Wer, der seine Scheißsinne beisammen hatte, konnte sich mit diesen Rechnungen beschäftigen?, dachte er bei sich. Das war doch alles Kleinvieh, war blöd und pingelig. Deshalb war der Job in Delaware ja ein so gutes Versteck für ihn.

Deshalb brachte er im Büro überhaupt nichts zustande, vertrödelte bloß ein paar Stunden. Wenigstens besorgte er auf dem Heimweg ein Geschenk für Roni. Er kaufte ihr ein rosa Fahrrad mit Stützrädern und Wimpeln. Er fügte noch ein Barbie-Traumhaus hinzu. Ronis Geburtstagsfeier sollte um sechs anfangen.

Missy begrüßte ihn an der Haustür mit einer Umarmung und einem Kuß. Positives Denken war ihre starke Seite. Die Geburtstagsparty lenkte sie ab. Seit Tagen ließ sie ihn unbehelligt.

»Toller Tag, Schatz. Ich nehme dich nicht auf den Arm. Nächste Woche drei Hausbesuche im Terminkalender«, erzählte Gary ihr. War ja scheißegal. Er konnte reizend sein, wenn er wollte. *Mr. Chips in Delaware.*

Er folgte Missy ins Eßzimmer, wo sie für die größte Party aller Zeiten bunten Kunststoff und Papier auf dem Tisch verteilte. Missy hatte schon ein bemaltes Laken an die Wand gehängt, so ähnlich wie die, die bei einem Footballspiel an der Universität für Blöde hochgehalten wurden. Auf dem hier stand: LOS, RONI – SEKT ODER SELTERS!

»Du bist ein Genie, Schatz. Du kannst aus nichts was zaubern. Das sieht ja alles phantastisch aus«, sagte Gary. »Jetzt kann es jedenfalls nur noch besser werden.«

In Wahrheit machte ihn das depressiv. Er hatte das Gefühl, er gehöre nicht dazu, und hätte gern ein Nickerchen gemacht. Plötzlich kam ihm Ronis Geburtstagsfeier anstrengend vor. Als er ein Kind gewesen war, hatte es keine Geburtstagsfeiern gegeben.

Die Nachbarn kamen pünktlich um sechs. Das war gut, dachte er. Das hieß, die Kinder wollten wirklich kommen. Sie mochten Roni. Das sah er auf den ganzen Gesichtern der Ballonköpfe.

Mehrere Eltern blieben. Das waren Freunde von Missy und ihm. Er spielte pflichtschuldig den Barkeeper, während Missy mit den Kindern spielte: Blinde Kuh, die Reise nach Jerusalem, Verstecken.

Alle amüsierten sich glänzend. Er schaute Roni an, die sich wie ein Brummkreisel drehte.

Gary hatte eine wiederkehrende Phantasie – er ermordete alle Gäste bei einem Kindergeburtstag. Bei einem Geburtstag – oder vielleicht zu Ostern beim Eiersuchen. Dadurch fühlte er sich etwas besser.

37. Kapitel

Das Haus war zweistöckig, weiß gestrichener Backstein auf einem gejäteten Grundstück. Es war schon von Autos umgeben: Kombis, Jeeps, die Familienfahrzeuge in Vororten.

»Das kann nicht sein Haus sein«, sagte Sampson, als wir in einer Nebenstraße parkten. »Hier wohnt nicht das Ding. Hier wohnt Jimmy Stewart.«

Wir hatten Gary Soneji gefunden – aber wir hatten nicht das Gefühl, am richtigen Ort zu sein. Das Haus des Ungeheuers war eine Vorortschönheit an einer gepflegten Straße in Wilmington, Delaware. Es war nicht ganz vierundzwanzig Stunden her, seit wir in D.C. mit Mrs. Scott gesprochen hatten. In der Zwischenzeit hatten wir Atlantic Heating in Wilmington aufgespürt. Wir hatten das ursprüngliche Geiselrettungsteam zusammengetrommelt.

Fast alle Fenster im Haus waren erleuchtet. Ein Lieferwagen kam fast gleichzeitig mit uns an. Ein schlaksiger blonder Junge lief mit vier Pizzaschachteln in den ausgestreckten Armen zur Haustür. Der Lieferjunge wurde bezahlt, dann war der Lieferwagen so schnell wieder verschwunden, wie er gekommen war.

Die Tatsache, ein hübsches Haus in einer hübschen Gegend vorzufinden, machte mich nervös, in den nächsten Augenblicken sogar noch mißtrauischer. Soneji war uns immer zwei Schritte voraus gewesen – irgendwie.

»Auf geht's«, sagte ich zum Sonderagenten Scorse. »Hier sind wir, Leute. Am Tor zur Hölle.«

Neun von uns stürmten das Haus – Scorse, Reilly, Craig, zwei weitere FBI-Agenten, Sampson, ich, Jeb Klepner und

Jezzie Flanagan. Wir waren schwer bewaffnet und trugen kugelsichere Westen. Wir wollten das zu Ende bringen. Hier und jetzt.
Ich drang durch die Küche ein. Scorse und ich betraten sie gleichzeitig. Sampson war einen Schritt hinter uns. Auch er sah nicht wie ein Vater aus der Nachbarschaft aus, der verspätet zur Party kam.
»Wer seid ihr? Was ist hier los?« kreischte eine Frau an der Arbeitsplatte, als wir die Küche stürmten.
»Wo ist Gary Murphy?« fragte ich laut. Gleichzeitig zeigte ich meine Polizeimarke. »Ich bin Alex Cross. Polizei. Wir sind wegen der Entführung von Maggie Rose hier.«
»Gary ist im Eßzimmer«, sagte eine zweite Frau, die vor einem Mixer stand, mit bebender Stimme. »Hier entlang.« Sie zeigte es.
Wir rannten den Flur entlang. An den Wänden hingen Familienbilder. Auf dem Boden lag ein Stapel ungeöffneter Geschenke. Wir hatten die Revolver gezogen.
Es war ein furchterregender Augenblick. Die Kinder, die wir zu sehen bekamen, hatten Angst. Das galt auch für die Mütter und Väter. Hier waren so viele unschuldige Menschen – genau wie in Disney World, dachte ich. Genau wie in der Georgetown-Tagesschule.
Gary Soneji war nicht im Eßzimmer. Bloß noch mehr Polizisten, Kinder mit Geburtstagshüten, Kuscheltieren, Mütter und Väter mit ungläubig aufgerissenen Mündern.
»Ich glaube, Gary ist nach oben gegangen«, sagte einer der Väter schließlich. »Was ist denn hier los? Was zum Teufel ist hier los?«
Craig und Reilly stürzten schon die Treppe zum Vorderflur herunter.
»Da oben ist er nicht«, schrie Reilly.
Ein Kind sagte: »Ich glaube, Mr. Murphy ist in den Keller gegangen. Was hat er denn getan?«
Wir rannten zurück in die Küche und in den Keller hinunter

– Scorse, Reilly und ich. Sampson ging nach oben, um gründlich nachzuschauen.
Niemand war in den beiden kleinen Kellerräumen. Eine Feuertür führte nach draußen. Sie war zu und von außen abgeschlossen.
Sampson kam gleich darauf herunter, zwei Treppen auf einmal. »Ich habe den ganzen ersten Stock überprüft. Dort ist er nicht!«
Gary Soneji war wieder verschwunden.

38. Kapitel

Okay, ziehen wir die Schraube ein bißchen an! Machen wir ernst. Gehen wir jetzt aufs Ganze, dachte Gary, als er weglief.

Er hatte Fluchtpläne im Kopf, seit er fünfzehn Jahre alt war. Er hatte gewußt, daß die sogenannten Behörden eines Tages nach ihm suchen würden, irgendwie, irgendwo. Vor dem geistigen Auge hatte er das alles schon in seinen detaillierten Tagträumen gesehen. Die einzige Frage war, wann. Und vielleicht, weshalb. Wegen welchem seiner Verbrechen?

Dann waren sie da, in der Central Avenue in Wilmington. Das Ende der gefeierten Menschenjagd. Oder war es der Anfang?

Von dem Augenblick an, in dem er die Polizei sah, war Gary wie eine programmierte Maschine. Er konnte fast nicht fassen, daß das, worüber er so oft phantasiert hatte, tatsächlich geschah. Doch sie waren da. Ein besonderer Traum war wahr geworden. Das trat ein, wenn man im Herzen jung geblieben war.

Er hatte den Pizzalieferanten ruhig bezahlt. Dann ging er die Treppe hinunter und durch den Keller hinaus. Er benutzte eine getarnte Tür und ging in die Garage. Er schloß die Tür von außen ab. Eine weitere Nebentür führte zu einer winzigen Gasse zum Hinterhof der Dwyers. Er schloß auch diese Tür wieder ab. Jimmy Dwyers Schneestiefel standen auf der Verandatreppe. Auf dem Boden lag Schnee. Er nahm die Stiefel seines Nachbarn mit.

Zwischen seinem Haus und dem der Dwyers blieb er stehen. Er dachte daran, sich hier und jetzt fassen zu lassen – freiwillig –, genau wie Bruno Hauptmann im Fall Lind-

bergh. Der Gedanke gefiel ihm. Aber noch nicht. Nicht hier.
Dann lief er weg, durch enge Gassen zwischen den Häusern. Niemand außer Kindern benützte den schmalen Pfad, der von Unkraut überwuchert und mit Limonadenbüchsen übersät war.
Er fühlte sich, als könne er nur eindimensional sehen. Mußte etwas mit der Angst zu tun haben, die er am ganzen Leib spürte. Gary hatte Angst. Er mußte es sich eingestehen. Stell dich der Tatsache deines Adrenalinspiegels, Junge.
Er lief an den Hinterhöfen der ganzen Central Avenue entlang. Dann in den dicht bewaldeten Downing Park. Er sah unterwegs keine Menschenseele.
Als er sich einmal umschaute, sah er, wie sie auf sein Haus zugingen. Sah die riesigen schwarzen Kaffer Cross und Sampson. Die ungeheuer überschätzte Menschenjagd. Das FBI in seiner ganzen Herrlichkeit.
Er sprintete jetzt, im vollen Lauf unterwegs zum Bahnhof, der vier Kreuzungen von seinem Haus entfernt war. Das war seine Verbindung zu Philadelphia, Washington, New York, zur Außenwelt.
Er mußte es in knapp zehn Minuten geschafft haben – so um den Dreh! Er hielt sich gut in Form. Kräftige Arme und Beine, ein waschbrettflacher Bauch.
Am Bahnhof parkte ein alter VW. Er parkte immer dort – der zuverlässige Käfer aus seiner unheiligen Jugend. Der Tatort früherer Verbrechen, milde ausgedrückt. Von Zeit zu Zeit gefahren, damit die Batterie nicht leer wurde. Es war an der Zeit für neuen Spaß, neue Spielchen. Lindberghs Sohn war wieder unterwegs.

39. Kapitel

Sampson und ich waren bis weit nach elf Uhr im Haus der Murphys. Hinter knallgelben Seilen draußen hatte sich die Presse versammelt. Außerdem an die zweihundert Freunde und Nachbarn aus der Gemeinde Wilmington. Die Stadt hatte noch nie einen so aufregenden Abend erlebt.

An der Ostküste entlang war bereits eine weitere umfassende Fahndung ausgelöst worden, außerdem Richtung Westen in Pennsylvania und Ohio. Es schien ausgeschlossen zu sein, daß Gary Soneji/Murphy ein zweites Mal entkam. Wir glaubten nicht, er könne diese Flucht so geplant haben wie die aus Washington.

Einem der Kinder auf der Party war kurz, bevor wir in der Gegend ankamen, ein vorbeifahrender städtischer Streifenwagen aufgefallen. Der Junge hatte das Polizeiauto nichtsahnend gegenüber Mr. Murphy erwähnt. Er war durch reines Glück entkommen! Wir hatten ihn höchstens um ein paar Minuten verpaßt.

Sampson und ich befragten Missy Murphy über eine Stunde. Endlich würden wir etwas über den wahren Soneji/Murphy erfahren.

Missy Murphy hätte zu den Müttern der Kinder in der Georgetown-Tagesschule gepaßt. Sie trug das blonde Haar in einem glatten Pagenschnitt. Sie hatte einen marineblauen Rock, eine weiße Bluse und Stiefeletten an. Sie hatte ein paar Pfund Übergewicht, war aber hübsch.

»Sie scheinen mir das beide nicht zu glauben, aber ich kenne Gary. Ich weiß, wer er ist«, sagte sie zu uns. »Er ist kein Kidnapper.«

Sie rauchte eine Marlboro nach der anderen, während sie

sprach. Das war der einzige Zug, der Angst und Schmerz verriet. Wir sprachen in der Küche mit Mrs. Murphy. Der Raum war ordentlich und sauber, sogar an einem Partytag. Mir fielen Kochbücher von Betty Crocker neben Feinschmeckerkochbüchern und einem Exemplar von *Meditationen für überarbeitete Frauen* auf. Am Kühlschrank klebte ein Schnappschuß von Gary Soneji/Murphy in der Badehose. Er sah wie der typische amerikanische Vater aus.
»Gary ist nicht gewalttätig. Er bringt es nicht einmal fertig, Roni zu erziehen«, sagte Missy Murphy zu uns.
Das interessierte mich. Es paßte in ein Muster von Statistiken, mit denen ich mich seit Jahren beschäftigte: Untersuchungen über Soziopathen und ihre Kinder. Soziopathen hatten oft Schwierigkeiten, ihre Kinder zu erziehen.
»Hat er Ihnen gesagt, warum er Schwierigkeiten hat, Ihre Tochter zu erziehen?« fragte ich.
»Gary hatte eine schwere Kindheit. Er will nur das Beste für Roni. Er weiß, daß er kompensiert. Er ist hochintelligent. Er hätte mühelos seinen Doktor in Mathe machen können.«
»Ist Gary hier in Wilmington aufgewachsen?« fragte Sampson. Er sprach leise und sachlich mit der Frau.
»Nein, er ist in Princeton, New Jersey, aufgewachsen. Gary hat dort gelebt, bis er neunzehn war.«
Sampson machte sich eine Notiz, dann schaute er mich an. Princeton war in der Nähe von Hopewell, wo sich in den dreißiger Jahren die Lindbergh-Entführung abgespielt hatte. *Lindberghs Sohn* hatte Soneji die Lösegeldforderungen unterschrieben. Wir wußten immer noch nicht, warum.
»Seine Familie lebt noch in Princeton?« fragte ich Mrs. Murphy. »Können wir sie dort erreichen?«
»Gary hat keine Angehörigen mehr. Dort hat es gebrannt, während Gary in der Schule war. Garys Stiefmutter, sein Vater, sein Stiefbruder und seine Stiefschwester sind bei der Tragödie alle ums Leben gekommen.«

Ich wollte alles, was Missy Murphy sagte, gründlich erforschen. Im Augenblick widerstand ich der Versuchung. Aber ein Brand im Haus eines gestörten jungen Mannes?
Eine weitere tote Familie; eine weitere zerstörte Familie. Waren Familien das wahre Ziel von Gary Soneji/Murphy? Falls ja, was war dann mit Vivian Kim? Hatte er sie aus reiner Angabe umgebracht?
»Haben Sie jemanden aus der Familie gekannt?« fragte ich.
»Nein. Sie sind gestorben, ehe Gary und ich uns kennenlernten. Das war in unserem letzten Collegejahr. Ich war auf dem Delaware College.«
»Was hat Ihr Mann Ihnen über seine Jahre in Princeton erzählt?«
»Nicht viel. Er hat das meiste für sich behalten. Ich weiß, daß die Murphys ein paar Kilometer außerhalb der Stadt gewohnt haben. Gary hatte keine Freunde, bis er in die Schule kam. Und auch dann war er oft das fünfte Rad am Wagen. Er kann sehr schüchtern sein.«
»Was ist mit dem Bruder und der Schwester, von denen Sie gesprochen haben?« fragte Sampson.
»Genaugenommen waren es sein Stiefbruder und seine Stiefschwester. Das war ein Teil von Garys Problem. Er stand ihnen nicht nahe.«
»Hat er je von der Lindbergh-Entführung gesprochen? Hatte er Bücher über Lindbergh?« fuhr Sampson fort. Er neigt bei Befragungen dazu, auf den kritischen Punkt zu kommen.
Missy Murphy wiegte den Kopf. »Nein. Nicht daß ich wüßte. Im Keller unten gibt es einen Raum, der angefüllt ist mit allen seinen Büchern. Das können Sie sich anschauen.«
»Oh, das machen wir«, sagte Sampson zu ihr.
Das war jede Menge Material, und ich hörte es mit Erleichterung. Davor hatten wir keine oder so gut wie keine Anhaltspunkte gehabt.

»Lebt seine richtige Mutter noch?« fragte ich Missy.
»Das weiß ich nicht. Gary wollte nicht über sie sprechen. Er will überhaupt nicht über sie reden.«
»Und was ist mit der Stiefmutter?«
»Gary konnte seine Stiefmutter nicht leiden. Offenbar hing sie sehr an den eigenen Kindern. Er nannte sie die ›Hure Babylon‹. Ich glaube, sie kam aus West Babylon in New York. Das muß wohl irgendwo auf Long Island liegen.«
Nach Monaten ohne jede Information konnte ich die Fragen gar nicht schnell genug stellen. Alles, was ich bis jetzt gehört hatte, gab Spuren her. Eine wichtige Frage stand noch im Raum: Hatte Gary Soneji/Murphy seiner Frau die Wahrheit gesagt? War er dazu *fähig*, einem anderen Menschen die Wahrheit zu sagen?
»Mrs. Murphy, haben Sie eine Ahnung, wo er stecken könnte?« fragte ich jetzt.
»Gary muß vor irgendwas ungeheure Angst gehabt haben«, sagte sie. »Ich glaube, es hat irgendwie mit seinem Job zu tun. Und mit meinem Bruder, der sein Arbeitgeber ist. Ich kann mir nicht vorstellen, daß er nach Hause gefahren ist, nach New Jersey, aber vielleicht hat er das gemacht. Vielleicht ist Gary nach Hause gefahren. Er ist impulsiv.«
Einer der FBI-Agenten, Marcus Connor, steckte den Kopf in die Küchentür, während wir uns unterhielten. »Kann ich kurz mal mit euch beiden reden? ... Tut mir leid, ist schnell erledigt«, sagte er zu Mrs. Murphy.
Connor führte uns in den Keller. Gerry Scorse, Reilly und Kyle Craig vom FBI waren schon da und warteten.
Scorse hielt ein Paar Fido-Söckchen hoch. Ich kannte sie aus Beschreibungen der Garderobe von Maggie Rose Dunne am Tag der Entführung. Außerdem aus Besuchen im Zimmer des kleinen Mädchens, wo ich ihre Kleider und ihre anderen Sachen gesehen hatte.
»Was halten Sie davon, Alex?« fragte Scorse. Mir war aufgefallen, daß er mich immer fragte, wenn alles schieflief.

»Genau das, was ich in Washington über den Turnschuh gesagt habe. Für ihn ist das jetzt ein Spiel. Er möchte, daß wir mitspielen.«

40. Kapitel

Das alte Dupont Hotel in der Innenstadt von Wilmington war ein angenehmer Ort zum Ausschlafen. Es verfügte über eine hübsche, ruhige Bar, und Sampson und ich hatten vor, uns dort in aller Ruhe zu betrinken. Wir glaubten nicht, dort Gesellschaft zu bekommen, aber zu unserer Überraschung schlossen sich Jezzie Flanagan, Klepner und etliche FBI-Agenten auf einen Gutenachtschluck an.

Nachdem uns Gary Soneji/Murphy knapp durch die Lappen gegangen war, waren wir müde und frustriert. Wir tranken in kurzer Zeit eine Menge Schnaps. Ehrlich gesagt, wir kamen bestens miteinander zurecht. »Das Team.« Wir wurden laut, spielten Lügenpoker, machten in jener Nacht in der eleganten Delaware-Bar jede Menge Krach. Eine Zeitlang sprach Sampson mit Jezzie Flanagan. Er hielt sie auch für einen guten Cop.

Schließlich nahm die Trinkerei ein Ende, und wir machten uns auf die Suche nach unseren Zimmern, die über das weitläufige Dupont Hotel verteilt waren.

Jeb Klepner, Jezzie und ich stiegen über die mit dicken Teppichen belegte Treppe zu unseren Zimmern im ersten und zweiten Stock hinauf. Viertel vor drei Uhr morgens war das Dupont ein Mausoleum. Draußen auf der Hauptstraße durch Wilmington war keinerlei Verkehr.

Klepners Zimmer war im ersten Stock. »Ich schau mir jetzt noch einen Softporno an«, sagte er, als er sich von uns trennte. »Das hilft mir normalerweise dabei, sofort einzuschlafen.«

»Träumen Sie schön«, sagte Jezzie. »Um sieben in der Halle.«

Klepner ächzte, als er den Flur zu seinem Zimmer entlangtrottete. Jezzie und ich stiegen die Wendeltreppe zum nächsten Stockwerk hinauf. Es war so still, daß man die Ampel draußen hören konnte, während sie klickend von Rot auf Gelb und Grün schaltete.
»Ich bin immer noch aufgedreht«, sagte ich zu Jezzie.
»Ich sehe Soneji/Murphy vor mir. Zwei Gesichter. Beide sind ganz deutlich in meinem Kopf.«
»Ich bin auch unter Strom. Das liegt in meinem Wesen. Was würden Sie jetzt tun, wenn Sie zu Hause wären?« fragte Jezzie.
»Vermutlich würde ich auf unserer Veranda Klavier spielen. Die Nachbarn mit etwas Blues aufwecken.«
Jezzie lachte laut auf. »Wir könnten in die Bar zurückgehen. Da stand ein altes Klavier. Hat vermutlich einem der Duponts gehört. Sie spielen, ich genehmige mir noch einen Drink.«
»Der Barkeeper ist zehn Sekunden nach uns gegangen. Der liegt schon zu Hause im Bett.«
Wir hatten den zweiten Stock im Dupont erreicht. Der Flur beschrieb eine sanfte Kurve. Aufwendige Schilder an der Wand listeten die Zimmernummern auf und wiesen die Richtung. Ein paar Gäste hatten die Schuhe zum Putzen herausgestellt.
»Ich habe zweihundertelf.« Jezzie zog eine weiße Schlüsselkarte aus der Jackentasche.
»Ich bin in Zimmer zweivierunddreißig. Zeit zum Gutenachtsagen. Fangen wir morgen mit einem frischen Kopf wieder an.«
Jezzie lächelte und schaute mir in die Augen. Zum ersten Mal hatten wir uns nichts zu sagen.
Ich nahm sie in die Arme und hielt sie ganz sanft fest. Wir küßten uns auf dem Flur. So hatte ich lange niemanden mehr geküßt. Ich war mir nicht sicher, wer mit dem Küssen angefangen hatte.

»Du bist wunderschön«, flüsterte ich, als unsere Lippen sich trennten. Die Worte kamen einfach heraus. Nicht meine beste Leistung, aber die Wahrheit.
Jezzie lächelte und schüttelte den Kopf. »Meine Lippen sind zu geschwollen und zu groß. Ich sehe aus, als hätte man mich als Kind mit dem Gesicht nach unten fallenlassen. Du siehst gut aus. Genau wie Muhammad Ali.«
»Aber klar doch. Nachdem er zu viele Schläge eingesteckt hatte.«
»Vielleicht ein paar Schläge. Um die Persönlichkeit zu formen. Genau die richtige Anzahl von Boxhieben. Und du hast auch ein nettes Lächeln. Lächle für mich, Alex.«
Ich küßte wieder die geschwollenen Lippen. Soweit ich beurteilen konnte, waren sie vollkommen.
Es gibt eine Menge Märchen über schwarze Männer, die weiße Frauen begehren, über manche weiße Frauen, die schwarze Männer ausprobieren wollen. Jezzie Flanagan war eine intelligente, äußerst begehrenswerte Frau. Sie war jemand, mit dem ich sprechen konnte, jemand, in dessen Nähe ich sein wollte.
Und da waren wir, hielten uns um drei Uhr morgens in den Armen. Wir hatten beide etwas zuviel getrunken, aber nicht übertrieben viel. Keine Märchen im Spiel. Nur zwei einsame Menschen in einer fremden Stadt in einer sonderbaren Nacht im Leben beider.
Ich wollte in diesem Augenblick von jemandem in den Armen gehalten werden. Ich glaube, Jezzie ging es genauso. Der Blick ihrer Augen war lieb und tröstlich. Aber auch eine gewisse Verletzlichkeit lag darin. In ihren Augenwinkeln hatte sich ein Netz aus winzigen roten Äderchen gebildet. Vielleicht konnte auch sie Soneji/Murphy förmlich vor sich sehen. Wir waren so nahe daran gewesen, ihn zu fassen. Dieses Mal hatten wir ihn nur ganz knapp verfehlt.
Ich musterte Jezzies Gesicht auf eine Weise, wie ich es nie zuvor gekonnt hatte und nie für möglich gehalten hätte. Ich

fuhr ihr leicht mit dem Finger über die Wangen. Ihre Haut war weich und glatt. Ihr blondes Haar war wie Seide zwischen meinen Fingern. Ihr Parfum war dezent, wie Wildblumen.

Ein Satz ging mir durch den Kopf. *Fang nichts an, was du nicht zu Ende bringen kannst.*

»Na, Alex?« sagte Jezzie und hob eine Augenbraue. »Ein kniffliges Problem, nicht wahr?«

»Nicht für zwei schlaue Cops wie wir«, sagte ich.

Wir bogen um die sanfte Flurbiegung – und gingen auf Zimmer 211 zu.

»Vielleicht sollten wir noch einmal darüber nachdenken«, sagte ich im Gehen.

»Vielleicht habe ich das schon getan«, flüsterte Jezzie zurück.

41. Kapitel

Um halb zwei Uhr morgens verließ Gary Soneji/Murphy ein Motel in Reston, Virginia. Er erhaschte sein Spiegelbild in der Glastür.

Der neue Gary – der Gary *du jour* – schaute ihn an. Schwarze Mähne und ein struppiger Bart; staubige Farmerkleidung. Er wußte, er konnte die Rolle spielen. Den schleppenden Südstaatensingsang vortäuschen. Jedenfalls so lange, wie es nötig war. Nicht allzu lange. Sperrt alle die Augen auf.

Gary stieg in den ramponierten VW und fuhr los. Er stand völlig unter Strom. Diesen Teil des Plans liebte er mehr als sein Leben. Er konnte beides nicht mehr auseinanderhalten. Das war der kühnste Teil des ganzen Abenteuers. Ein wahrer Drahtseilakt.

Warum war er so aufgedreht? fragte er sich, während er die Gedanken schweifen ließ. Bloß weil die halbe Polizei der USA und die Schweine vom FBI hinter ihm her waren?

Weil er zwei reiche Bälger gekidnappt hatte und eins gestorben war. Und das zweite – Maggie Rose? Daran wollte er nicht einmal denken – an das, was tatsächlich mit ihr passiert war.

Die Dunkelheit ging langsam in ein samtiges Grau über. Er kämpfte gegen den Impuls, aufs Gaspedal zu treten. Als er durch Johnstown, Pennsylvania, fuhr, kam schließlich ein schwacher Orangeschein des Morgens.

Er hielt an einem Seven-Eleven-Laden in Johnstown. Er stieg aus und streckte die Beine. Überprüfte im schiefen Seitenspiegel des VW-Käfers, wie er aussah.

Aus dem Spiegel schaute ihn ein schmuddeliger Landarbeiter an. Ein ganz anderer Gary. Er beherrschte alle Eigenhei-

ten eines Lümmels vom Land aus dem Effeff: der leicht humpelnde Cowboygang, als ob er von einem Pferd getreten worden wäre; die Hände in den Taschen oder die Daumen in den Gürtelschlaufen. Fahr dir ständig mit den Fingern durch das Haar. Spucke bei jeder Gelegenheit.
Er schüttete an der Imbißtheke des Ladens starken Kaffee in sich hinein, was eine fragwürdige Entscheidung war. Ein hartes Mohnbrötchen mit einer Extraportion Butter. Die Morgenzeitungen waren noch nicht da.
Eine saublöde, hochnäsige Verkäuferin bediente ihn. Er hätte sie am liebsten abgemurkst. Er phantasierte fünf Minuten lang, sie mitten in dem Kuhdorfladen alle zu machen.
Zieh die weiße Schulmädchenbluse aus, Schätzchen. Roll sie runter bis zur Taille. Okay, jetzt muß ich dich vermutlich umbringen. Vielleicht aber auch nicht. Sprich nett mit mir und fleh mich an, es nicht zu tun. Wie alt bist du – einundzwanzig, zwanzig? Setz das als emotionales Argument ein. Du bist zu jung zum Sterben, unerfüllt, in einem Seven-Eleven-Laden.
Gary beschloß schließlich, sie leben zu lassen. Das Erstaunliche war, daß sie keine Ahnung hatte, wie nahe sie dem Tod gewesen war.
»Einen schönen Tag noch. Kommen Sie bald wieder«, sagte sie.
»Beten Sie, daß ich nicht wiederkomme.«
Als Soneji/Murphy die Route 22 entlangfuhr, erlaubte er sich, wütender zu werden, als er es seit langer Zeit gewesen war. Schluß mit dem sentimentalen Scheißdreck. Niemand schenkte ihm Aufmerksamkeit – nicht die Aufmerksamkeit, die er verdient hatte.
Glaubten die Vollidioten und Inkompetenten da draußen, sie könnten ihn aufhalten? Ihn aus eigener Kraft fassen? Ihn im Fernsehen vorführen? Es war an der Zeit, ihnen eine Lektion zu erteilen; es war an der Zeit für wahre Größe. Schlag zu, wenn die Welt von dir erwartet, daß du kneifst.

Gary Soneji/Murphy hielt vor einem McDonald's in Wilkinsburg, Pennsylvania. Kinder aller Altersstufen waren vernarrt in McDonald's, nicht wahr? Essen mit Spaß. Er hielt seinen Terminplan noch ein. Der »böse Junge« war in dieser Hinsicht zuverlässig – man konnte die Uhr nach ihm stellen.

Die üblichen Trottel gingen zur Mittagszeit scharenweise bei Mickey D ein und aus. Alle gefangen im täglichen Trott, täglich mehr vertrottelnd. Mampfen diese Viertelpfünder und die fetten, streichholzdünnen Fritten.

Wie ging der alte Song der Hooters – der über die vielen Zombies in Amerika? *Ihr seid alle Zombies? Ihr geht wie die Zombies*? Irgend etwas über die Millionen von Zombies da draußen. Grobe Untertreibung.

War er der einzige, der sein Potential ausschöpfte? fragte sich Soneji/Murphy. Zum Teufel, es sah ganz danach aus. Jedenfalls hatte er noch nie eine menschliche Ausnahme kennengelernt.

Er betrat das Restaurant. Hundert Trillionen McBurger waren schon serviert worden, und es ging immer weiter. Jede Menge Frauen waren da. Frauen und ihre kostbaren Kinder. Die Nestbauerinnen; die Spatzenhirne; die dummen Gänse mit ihrer blöden Brut.

Auch Ronald McDonald war da, in Form eines einsachtzig großen Pappkameraden, der den Kindern altbackene Cookies verkaufte. Was für ein Tag! Ronald McDonald trifft Mr. Chips.

Gary bezahlte zwei Becher schwarzen Kaffee und wandte sich wieder der Menge zu. Er glaubte, ihm werde die Schädeldecke wegfliegen. Sein Gesicht und sein Hals waren rot angelaufen. Er atmete stoßweise. Seine Kehle war trocken, und er schwitzte stark.

»Fehlt Ihnen was, Sir?« fragte die junge Frau hinter der Kasse.

Er dachte nicht daran, ihr zu antworten. *Quatschen Sie mich nicht an*. Robert De Niro, nicht wahr? Er war ein zweiter De Niro – daran gab es keinen Zweifel –, aber er war ein besserer Schauspieler. Mehr Wandlungsfähigkeit. De Niro ging nie ein Risiko ein. De Niro, Hoffman, Pacino – keiner von ihnen ging je ein Risiko ein und wuchs über sich hinaus. Seiner Meinung nach.

So viele Gedanken und Wahrnehmungen schlugen auf ihn ein, blitzten aus seinem Gehirn. Er hatte das Gefühl, in einem Meer aus leichten Partikeln, Photonen und Neutronen zu treiben. Wenn diese Leute auch nur zehn Sekunden in seinem Gehirn hätten verbringen können, wäre es für sie unfaßbar gewesen.

Er stieß mit Absicht Leute an, als er vom Tresen des McDonald's wegging.

»'tschuldigung«, sagte er nach einem heftigen Hüftstoß.

»Hey! Passen Sie doch auf! Lassen Sie das, Mister«, sagte jemand zu ihm.

»Paß doch selber auf, du Wichser.« Soneji/Murphy blieb stehen und redete mit dem kahlwerdenden Landarbeiter, den er angerempelt hatte. »Was muß ich tun, um mir ein bißchen Respekt zu verschaffen? Dir das rechte Auge wegpusten?«

Er trank beide Kaffeebecher auf dem Weg durch das Restaurant leer. Durch das Restaurant. Durch alle Leute in seinem Weg. Durch die schäbigen Resopaltische. Wenn er es gewollt hätte, auch durch die Wände.

Gary Soneji/Murphy zog einen Revolver mit kurzem Lauf unter dem Anorak hervor. Das war es: der Anfang des Weckrufs für Amerika. Eine Sondervorstellung für die Kinderlein und Mammis.

Alle schauten ihn jetzt an. Die Sprache der Waffe verstanden sie.

»Wacht auf, ihr Scheißer!« brüllte er im Restaurant. »*Heißer* Kaffee! Kommt zu euch, alle miteinander! Wacht auf und riecht ihn!«

»Der Mann hat eine Waffe!« sagte ein Raketenwissenschaftler, der einen tropfenden Big Mac aß. Erstaunlich, daß er durch den schmierigen Nebel, der von seinem Essen aufstieg, überhaupt etwas sehen konnte.
Gary hob den Revolver. »Niemand verläßt den Raum!« blaffte er.
»Seid ihr jetzt wach? *Seid ihr Leute jetzt wach*?« rief Gary Soneji/Murphy. »Ich glaub' schon. Ich glaube, ihr könnt jetzt alle dem Programm folgen.
Ich habe das Kommando! Keiner rührt sich. Schaut her. Und hört zu.«
Gary schoß einem burgermampfenden Gast ins Gesicht. Der Mann griff sich an die Stirn und sackte schwer vom Stuhl auf den Boden. Das sorgte für die Aufmerksamkeit aller. Echte Waffe, echte Kugeln, alles lebensecht.
Eine Schwarze schrie und wollte an Soneji vorbeilaufen. Er legte sie mit einem Kolbenschlag auf den Kopf flach. Ein tolles Detail, dachte er. Hätte Steven Seagal nicht besser machen können.
»Ich bin Gary Soneji! Persönlich! Ist das nicht irre? Ihr seid in der Gesellschaft eines weltberühmten Kidnappers. Das ist wie eine kostenlose Vorstellung. Schaut also genau zu. Vielleicht könnt ihr was lernen. Gary Soneji war an Orten, hat Dinge erlebt, die ihr euer Leben lang nicht zu sehen bekommt. Darauf könnt ihr euch verlassen.«
Er trank den letzten Schluck Kaffee und sah über den Becherrand die Fast-Food-Liebhaber zittern.
»Das hier«, sagte er schließlich nachdenklich, »ist das, was man eine gefährliche Geiselsituation nennt. Ronald McDonald ist gekidnappt worden. Ihr seid jetzt in die Geschichte eingegangen.«

42. Kapitel

Die State Troopers Mick Fescoe und Bobby Hatfield wollten eben in das McDonald's gehen, als sie aus dem Restaurant Schüsse hörten. Schüsse? Um die Mittagszeit im McDonald's? Was zum Teufel war hier los?

Fescoe war groß, ein Klotz von einem Mann, vierundvierzig Jahre alt. Hatfield war fast zwanzig Jahre jünger. Er war erst seit einem Jahr State Trooper. Die beiden Troopers hatten trotz des Altersunterschieds denselben Sinn für schwarzen Humor. Sie waren schon enge Freunde geworden.

»Heiliger Strohsack«, flüsterte Hatfield, als die Schießerei im McDonald's anfing. Er ging zum Schießen in die Hocke, eine Stellung, die er erst vor kurzem gelernt und außerhalb des Schießstands noch nie geübt hatte.

»Hör mir zu, Bobby«, sagte Fescoe.

»Keine Bange, ich höre.«

»Du gehst zu dem Ausgang da drüben.« Fescoe zeigte auf einen Ausgang in der Nähe der Kasse. »Ich gehe links herum. Du wartest auf mich, ehe du etwas unternimmst.

Mach nichts, bevor ich nicht auf ihn zugehe. Dann, wenn du ein freies Schußfeld hast, drück ab. Denk nicht darüber nach. Zieh einfach den Abzug durch, Bobby.«

Bobby Hatfield nickte. »Kapiert.« Dann trennten sich die beiden.

Officer Mick Fescoe bekam kaum Luft, als er um das McDonald's herumlief. Er hielt sich dicht an die Backsteinwand, streifte sie mit dem Rücken. Er hatte sich seit Monaten gesagt, er müsse sich wieder in Form bringen. Er keuchte jetzt schon. Ihm war ein bißchen schwindelig. Das konnte er gar nicht brauchen. Schwindel und mit einem Irren

Zwölf Uhr mittags spielen, das war wirklich eine üble Mischung.
Mick Fescoe kam an die Tür. Er hörte den Wahnsinnigen drinnen brüllen.
Etwas daran war jedoch merkwürdig. Es war, als agierte der Irre ferngesteuert. Seine Bewegungen waren abgehackt. Seine Stimme war hoch, wie die eines Jungen.
»Ich bin Gary Soneji. Habt ihr das alle kapiert? Der große Mann persönlich. Ihr habt mich sozusagen gefunden. Ihr seid alle große Helden.«
War das möglich? fragte sich Fescoe, als er an der Tür zuhörte. Der Kidnapper Soneji, hier in Wilkinsburg? Wer es auch war, er hatte eindeutig eine Waffe. Auf einen Menschen war geschossen worden. Ein Mann lag ausgestreckt auf dem Boden. Er rührte sich nicht.
Fescoe hörte noch einen Schuß. Durchdringende Schrekkensschreie hallten in dem vollen Restaurant wider.
»Sie müssen was tun!« rief ein Mann in einem hellgrünen Dolphins-Parka dem State Trooper zu.
»Was Sie nicht sagen«, murmelte Officer Mick Fescoe vor sich hin. Die Leute waren immer tapfer, wenn es um das Leben eines Polizisten ging. Erst Sie, Officer. Sie sind derjenige, der zweitausendfünfhundert im Monat dafür kriegt.
Mick Fescoe versuchte, Luft zu bekommen. Als es ihm gelang, ging er zur Glastür. Er sprach ein stummes Gebet und ging hinein.
Er sah den Schützen sofort. Ein Weißer, ihm schon zugewandt. Als ob er ihn erwartet hätte. Als ob er das geplant hätte.
»Bumm!« schrie Gary Soneji. Gleichzeitig zog er den Abzug durch.

43. Kapitel

Niemand von uns hatte mehr als ein paar Stunden geschlafen, etliche noch weniger. Wir waren kaputt und völlig daneben, als wir U.S. Highway 22 entlangfuhren.

Gary Soneji/Murphy war in der Gegend südlich von uns mehrmals »gesehen« worden. Er war jetzt der Buhmann für halb Amerika. Ich wußte, daß er die Rolle genoß.

Jezzie Flanagan, Jeb Klepner, Sampson und ich fuhren in einem blauen Lincoln. Sampson versuchte zu schlafen. Ich war für die erste Schicht als Fahrer eingeteilt.

Wir fuhren durch Murrysville, Pennsylvania, als um zehn nach zwölf ein Notruf über Funk kam.

»An alle Einheiten, es geht um einen Mehrfachschützen!« sagte der Funker mit knisternder Statik. »Ein Mann, der behauptet, Gary Soneji zu sein, hat in einem McDonald's in Wilkinsburg mindestens zwei Menschen erschossen. Er hält im Augenblick mindestens sechzig Geiseln im Restaurant fest.«

Keine halbe Stunde später trafen wir am Tatort in Wilkinsburg, Pennsylvania, ein. Sampson schüttelte angewidert und verblüfft den Kopf. »Weiß dieses Arschloch, wie man eine Party schmeißt, oder was?«

»Will er sich umbringen? Ist jetzt Selbstmord angesagt?« wollte Jezzie Flanagan wissen.

»Mich überrascht nichts, was er macht, aber McDonald's paßt ins Bild. Denkt an die vielen Kinder. Das ist wie in der Schule, wie in Disney World«, sagte ich.

Gegenüber dem Restaurant, auf dem Dach eines Supermarkts, sah ich Scharfschützen der Polizei oder der Armee. Sie richteten Präzisionsgewehre auf die goldenen Bögen auf den Vorderfenstern.

»Sieht genau aus wie das McDonald's-Massaker vor ein paar Jahren. Das in Südkalifornien«, sagte ich zu Sampson und Jezzie.
»Sag das nicht«, flüsterte Jezzie, »nicht mal als Witz.«
»Ich sag's aber, und es ist überhaupt kein Witz.«
Wir rannten auf das McDonald's zu. Nach allem, was passiert war, wollten wir nicht, daß Soneji erschossen wurde. Wir wurden gefilmt. Überall parkten Fernsehübertragungswagen, Tochtergesellschaften aller drei Sender. Sie nahmen alles auf, was sich bewegte oder etwas sagte. Ich hatte noch nie ein solches Chaos gesehen. Es erinnerte mich eindeutig an die Schießerei bei McDonald's in Kalifornien; ein Mann namens James Huberty hatte dort einundzwanzig Menschen erschossen. Wollte Soneji/Murphy uns daran erinnern?
Ein FBI-Sektionschef lief auf uns zu. Es war Kyle Craig, der im Haus der Murphys in Wilmington dabeigewesen war.
»Wir wissen nicht genau, ob er es ist«, sagte er. »Der Typ ist angezogen wie ein Farmer. Dunkles Haar, Bart. Behauptet, Soneji zu sein. Könnte aber auch ein anderer Irrer sein.«
»Lassen Sie mich mal einen Blick hineinwerfen«, sagte ich zu Craig. »Er hat in Florida mich verlangt. Er weiß, daß ich Psychologe bin. Vielleicht kann ich jetzt mit ihm reden.«
Ehe Craig antworten konnte, ging ich an ihm vorbei auf das Restaurant zu. Ich schob mich neben einen Trooper und zwei Ortspolizisten, die vor dem Nebeneingang hockten. Ich zeigte ihnen meine Marke. Sagte, ich sei aus Washington. Aus dem McDonald's kam kein Laut. Ich mußte ihn zur Vernunft bringen. Kein Selbstmord. Kein Massaker bei Mickey D.
»Sagt er irgendwas Verständliches?« fragte ich den Trooper. »Oder nur wirres Zeug?«
Der Trooper war jung und hatte beschlagene Augen. »Er hat

auf meinen Partner geschossen. Ich glaube, mein Partner ist tot«, sagte der Trooper. »Lieber Gott im Himmel.«

»Wir gehen rein und helfen Ihrem Partner«, sagte ich zu dem Trooper. »Sagt der Mann mit der Waffe was Verständliches? Oder nur wirres Zeug?«

»Er redet darüber, daß er der Kidnapper aus D.C. ist. Man kann ihm folgen. Er prahlt damit. Sagt, er will jemand Wichtiges sein.«

Der Schütze hatte im McDonald's mindestens sechzig Menschen in seiner Gewalt. Drin war es still. War es Soneji/Murphy? Es paßte jedenfalls ins Bild. Die Kinder und ihre Mütter. Die Geiselsituation. Ich dachte an die vielen Bilder an seiner Badezimmerwand. Er wollte *das Bild* sein, das andere einsame Jungen aufhängten.

»Soneji!« rief ich. »Sind Sie Gary Soneji?«

»Wer zum Teufel sind Sie?« rief eine Stimme drinnen. »Wer will das wissen?«

»Ich bin Detective Alex Cross. Aus Washington. Ich habe so das Gefühl, Sie wissen Bescheid über die neuesten Geiselrettungsentscheidungen. Wir verhandeln nicht mit Ihnen. Sie wissen also, was von jetzt an passiert.«

»Ich kenne alle Regeln, Detective Cross. Ist ja alles öffentlich bekannt, nicht wahr. Die Regeln gelten nicht immer«, rief Gary Soneji zurück. »Für mich gelten sie sowieso nicht. Haben nie gegolten.«

»Hier schon«, sagte ich entschieden. »Darauf können Sie Ihr Leben verwetten.«

»Sind Sie bereit, diese ganzen Leben darauf zu verwetten, Detective? Ich kenne noch eine Regel. Frauen und Kinder zuerst! Können Sie mir folgen? Frauen und Kinder haben bei mir eine Vorzugsstellung.«

Mir gefiel der Klang seiner Stimme nicht. Mir gefiel nicht, was er sagte.

Ich mußte Soneji begreiflich machen, daß er auf gar keinen Fall davonkam. Es würde keine Verhandlungen geben. Falls er wieder schoß, würden wir ihn zur Strecke bringen. Ich dachte an ähnliche Belagerungssituationen, an denen ich beteiligt gewesen war. Soneji war komplizierter, schlauer. Er klang, als hätte er nichts zu verlieren.

»Ich will nicht, daß noch jemand verletzt wird! Ich will nicht, daß Sie verletzt werden«, sagte ich mit klarer, kräftiger Stimme. Mir brach der Schweiß aus. Ich konnte ihn unter der Jacke spüren, am ganzen Leib.

»Wie rührend. Was Sie eben gesagt haben, bewegt mich tief. Mein Herz hat einen Schlag übersprungen. Ehrlich«, sagte er.

Wir waren schnell zur lockeren Konversation übergegangen.

»Sie wissen, was ich meine, Gary.« Ich milderte die Stimme. Ich sprach, als ob er ein verängstigter Patient wäre.

»Und ob ich das weiß, Alex.«

»Hier draußen sind eine Menge Männer mit Schußwaffen. Wenn das hier eskaliert, kann niemand sie zurückhalten. Ich kann es nicht. Und Sie können es auch nicht. Es könnte zu einem Unfall kommen. Das wollen wir nicht.«

Drin war es wieder still. In meinem Kopf hämmerte der Gedanke, falls Soneji Selbstmordabsichten habe, werde er hier ein Ende machen. Der letzte Schußwechsel, das letzte Aufflammen seines Ruhmes würde hier stattfinden. Wir würden nie erfahren, was Maggie Rose Dunne zugestoßen war.

»Hallo, Detective Cross.«

Plötzlich stand er auf der Schwelle, etwa anderthalb Meter von mir entfernt. Direkt vor mir. Von einem Dach kam ein Schuß. Soneji fuhr herum und umklammerte seine Schulter. Ein Scharfschütze hatte ihn getroffen.

Ich sprang Soneji an und packte ihn mit beiden Armen. Meine rechte Schulter krachte gegen seine Brust. Lawrence Taylor war nie ein besserer Angriff gelungen.

Wir stürzten beide auf den Beton. Ich wollte nicht, daß ihn

jetzt jemand erschoß. Ich mußte mit ihm reden. Wir mußten herausfinden, was mit Maggie Rose war.
Als ich ihn auf dem Boden festhielt, drehte er sich um und schaute mir ins Gesicht. Blut aus seiner Schulter beschmierte uns beide.
»Danke, daß Sie mir das Leben gerettet haben«, sagte er. »Eines Tages werde ich Sie dafür umbringen, Detektive Cross.«

Dritter Teil

Der letzte Südstaatengentleman

44. Kapitel

»Ich heiße Bobbi«, war ihr beigebracht worden. Immer sollte sie den neuen Namen sagen. Nie den alten.
Nie, niemals Maggie Rose.
Sie war in einen dunklen Lieferwagen oder Lastwagen mit Plane eingesperrt. Sie war sich nicht sicher. Sie hatte keine Ahnung, wo sie jetzt war. Wie weit von zu Hause weg oder wie nahe daran. Sie wußte nicht, wie lange es her war, daß sie aus ihrer Schule entführt worden war.
Sie konnte jetzt klarer denken. Fast wieder normal. Jemand hatte ihr Kleider gebracht, was hieß, daß sie ihr nicht gleich etwas tun wollten. Warum hätten sie sich sonst die Mühe mit den Kleidern gemacht?
Der Lieferwagen oder Lastwagen war dreckig. Der Boden war nackt. Es roch nach Zwiebeln. Hier mußte Gemüse gewesen sein. Wo wurden Zwiebeln angebaut? Maggie Rose versuchte, sich zu erinnern. In New Jersey und im nördlichen Teil von New York. Sie glaubte, es rieche auch nach Kartoffeln. Vielleicht Rüben oder Süßkartoffeln.
Als sie alles zusammensetzte, als ihr Kopf klarer wurde, glaubte Maggie Rose, sie werde vermutlich irgendwo im Süden festgehalten.
Was wußte sie sonst? Was konnte sie sonst noch herausbekommen?
Sie war nicht mehr betäubt, war seit dem Anfang nicht wieder betäubt worden. Sie glaubte, Mr. Soneji sei schon seit einigen Tagen nicht mehr dagewesen. Die schreckliche alte Frau auch nicht mehr.
Sie sprachen selten mit ihr. Wenn sie etwas zu ihr sagten, nannten sie sie Bobbi. Warum Bobbi?

Sie fügte sich in alles, aber manchmal mußte sie weinen. Jetzt zum Beispiel. Sie erstickte an ihren Schluchzern. Sie wollte nicht, daß jemand sie hörte.
Nur eins gab ihr Kraft. Es war so einfach, aber stark.
Sie lebte.
Sie wollte mehr als alles andere am Leben bleiben.
Maggie Rose war nicht aufgefallen, daß der Lastwagen langsamer wurde. Eine Weile war die Fahrt holprig. Dann blieb das Fahrzeug stehen.
Sie hörte, wie vorn jemand ausstieg. Gedämpfte Worte wurden gewechselt. Ihr war gesagt worden, sie dürfe im Lastwagen nicht sprechen, sonst werde sie wieder geknebelt.
Jemand stieß die Schiebetür auf. Sonnenschein überfiel Maggie Rose. Sie konnte zunächst überhaupt nichts sehen.
Als sie schließlich etwas ausmachen konnte, traute Maggie Rose ihren Augen nicht.
»Hallo«, sagte sie in einem ganz schwachen Flüstern, fast als ob sie die Stimme verloren hätte. »Ich heiße Bobbi.«

45. Kapitel

Es wurde wieder ein langer Tag in Wilkinsburg, Pennsylvania. Wir befragten jeden Menschen, der im McDonald's als Geisel festgehalten worden war. Inzwischen kümmerte sich das FBI um Soneji/Murphy.

Ich blieb über Nacht. Jezzie Flanagan auch. Wir waren die zweite Nacht hintereinander zusammen. Nichts wünschte ich mir mehr.

Sobald wir im Cheshire Inn im nahen Millvale in ein Zimmer kamen, sagte Jezzie: »Nimm mich bitte einen Augenblick lang in die Arme, Alex. Vermutlich sehe ich etwas stabiler aus, als ich tatsächlich bin.«

Ich hielt sie gern in den Armen, wurde gern von ihr festgehalten. Mir gefiel, wie sie roch. Mir gefiel, wie sie in meine Arme paßte. Zwischen uns herrschte immer noch elektrische Spannung.

Mich erregte der Gedanke, wieder mit ihr zusammenzusein. Es gibt nur wenige Menschen, denen ich mich öffnen kann. Keine Frau seit Maria. Ich hatte das Gefühl, Jezzie könne zu diesen Menschen gehören, und ich brauchte wieder die Verbindung zu einem anderen Menschen. Es hatte eine Weile gedauert, bis ich das herausgefunden hatte.

»Ist das nicht unheimlich?« flüsterte sie. »Zwei Cops auf einer heißen Spur.« Ihr Körper zitterte, als ich sie in den Armen hielt. Ihre Hand streichelte sanft meinen Arm.

Ich war nie der Typ für Eintagsfliegen gewesen, und ich glaubte, wahrscheinlich jetzt wohl auch nicht damit anzufangen. Das warf Probleme und theoretische Fragen auf, mit denen ich mich noch nicht befassen wollte.

Jezzie schloß die Augen. »Halt mich noch etwas länger

fest«, flüsterte sie. »Weißt du, was wirklich schön ist? Bei jemandem zu sein, der versteht, was man hinter sich hat. Mein Mann hatte nie Verständnis für unseren Beruf.«
»Hab' ich auch nicht. Ehrlich gesagt, ich verstehe von Tag zu Tag weniger davon«, witzelte ich. Aber zum Teil sagte ich die Wahrheit.
Ich hielt Jezzie viel länger fest als ein paar Augenblicke. Sie war von einer aufregenden, alterslosen Schönheit. Ich schaute sie gern an.
»Das ist so sonderbar, Alex. Schön, aber sonderbar«, sagte sie. »Ist das alles ein Traum?«
»Kann kein Traum sein. Mein zweiter Vorname lautet Jesaja. Das hast du nicht gewußt.«
Jezzie schüttelte den Kopf. »Ich hab' gewußt, daß du mit dem zweiten Vornamen Jesaja heißt. Ich habe es in einer FBI-Akte gelesen. Alexander Jesaja Cross.«
»Jetzt verstehe ich, warum du es nach oben geschafft hast«, sagte ich. »Was weißt du denn sonst noch über mich?«
»Alles zu seiner Zeit«, sagte Jezzie. Sie legte mir einen Finger auf die Lippen.
Das Cheshire Inn war ein malerischer Landgasthof, etwa fünfzehn Kilometer nördlich von Wilkinsburg. Jezzie hatte uns hier ein Zimmer besorgt. Bis jetzt hatte uns noch niemand zusammen in dem Gasthof gesehen, was uns beiden recht war.
Unser Zimmer lag in einem weißgetünchten Kutscherhaus, separat vom Hauptgebäude. Es war voller echt aussehender Antiquitäten, darunter ein Webstuhl und mehrere Steppdecken.
Ein Kamin war da, und wir machten darin ein Holzfeuer. Jezzie bestellte beim Zimmerservice Champagner.
»Feiern wir. Stellen wir die Stadt auf den Kopf«, sagte sie, als sie den Hörer auflegte. »Wir haben etwas Besonderes verdient. Wir haben den Bösen geschnappt.«
Das Gasthaus, das Eckzimmer, alles war vollkommen. Ein

Erkerfenster ging auf einen schneebedeckten See hinaus, auf einen mit Eis überzogenen See. Hinter dem See drohte eine steile Felswand.

Wir tranken vor dem flackernden Feuer Champagner. Ich hatte mir Sorgen über die Nachwirkungen unserer Nacht in Wilmington gemacht, aber es gab keine. Wir unterhielten uns unbefangen, und wenn es still wurde, war das auch in Ordnung.

Wir bestellten ein spätes Abendessen.

Dem Kellner vom Zimmerservice war eindeutig unbehaglich zumute, als er unsere Essentabletts vor dem Feuer abstellte. Er brachte die Wärmplatte nicht in Gang; er hätte fast ein Tablett fallenlassen. Vermutlich hatte er noch nie ein lebendes, atmendes Tabu gesehen.

»Es ist okay«, sagte Jezzie zu dem Mann. »Wir sind beide Cops, und das hier ist vollkommen legal, das kann ich Ihnen versichern.«

Wir redeten anderthalb Stunden lang miteinander. Es erinnerte mich an meine Kindheit, wenn ein Freund über Nacht geblieben war. Wir gingen beide ein bißchen aus uns heraus, dann viel mehr. Zwischen uns herrschte nicht viel Befangenheit. Jezzie brachte mich dazu, von Damon und Jannie zu erzählen, und wollte nicht, daß ich damit aufhörte.

Das Abendessen war Roastbeef mit irgendwas, das sich als Yorkshirepudding ausgab. Es spielte keine Rolle. Als Jezzie den letzten Bissen gegessen hatte, lachte sie. Wir lachten beide viel. »Warum habe ich das alles aufgegessen? Ich mag nicht mal guten Yorkshirepudding. Gott im Himmel, wir haben zur Abwechslung mal Spaß!«

»Was machen wir jetzt?« fragte ich sie. »Im Sinne von Feiern und Spaß.«

»Weiß nicht. Worauf hast du Lust? Ich wette, sie haben im Hauptgebäude wirklich hübsche Brettspiele. Ich gehöre zu den hundert lebenden Menschen, die wissen, wie man Parcheesi spielt.«

Jezzie legte den Kopf schief und schaute aus dem Fenster. »Oder wir könnten am See spazierengehen. ›Winter Wonderland‹ singen.«
»Ja. Wir könnten eislaufen. Ich bin Schlittschuhläufer. Auf Schlittschuhen bin ich ein Genie. Hat das in meiner FBI-Akte gestanden?«
Jezzie grinste und schlug sich aufs Knie. »Das möchte ich gern sehen. Ich würde eine Menge Geld dafür zahlen, dich eislaufen zu sehen.«
»Hab' leider die Schlittschuhe vergessen.«
»Na ja. Was sonst? Ich meine, ich mag dich zu sehr, ich achte dich zu sehr, als daß ich dich in dem Glauben lassen möchte, ich interessierte mich nur für deinen Körper.«
»Mit schonungsloser Offenheit gesagt, ich interessiere mich ein bißchen für deinen Körper«, sagte ich. Wir küßten uns, und es war immer noch ein gutes Gefühl für mich. Das Feuer knisterte. Der Champagner war eiskalt. Feuer und Eis. Yin und Yang. Gegensätze ziehen sich an. Ein Lauffeuer in der Wildnis.
Wir gingen erst um sieben am nächsten Morgen schlafen. Wir gingen sogar zum See hinunter und rutschten im Mondschein mit den Schuhen darauf herum.
Jezzie beugte sich zu mir und küßte mich, mitten auf dem See. Ein ganz ernsthafter Kuß. Ein erwachsener Kuß.
»O Alex«, flüsterte sie in meine Wange, »ich glaube, wir kriegen wirklich Ärger.«

46. Kapitel

Gary Soneji/Murphy kam im Bundesgefängnis Lorton im nördlichen Teil von Virginia in Untersuchungshaft. Wir hörten Gerüchte, ihm sei dort etwas zugestoßen, aber niemand von der Washingtoner Polizei durfte zu ihm. Er gehörte jetzt der Justiz und dem FBI, und sie wollten ihre Trophäe nicht loslassen.

Von dem Augenblick, in dem bekannt wurde, er sitze in Lorton ein, wurde das Gefängnis belagert. Dasselbe war passiert, als Ted Bundy in Florida im Gefängnis saß. Männer, Frauen und Kinder versammelten sich vor dem Gefängnisparkplatz. Sie riefen Tag und Nacht gefühlsgeladene Parolen. Sie marschierten und hatten angezündete Kerzen und Transparente dabei.

Wo ist Maggie Rose? Maggie Rose lebt! Das Ungeheuer muß sterben! Auf den elektrischen Stuhl mit dem Ungeheuer!

Anderthalb Wochen nach der Festnahme bekam ich Soneji/Murphy zu sehen. Ich mußte alle meine Beziehungen in Washington spielen lassen, aber ich bekam eine Besuchserlaubnis. Dr. Marion Campbell, der Gefängnisdirektor, begrüßte mich an einer Reihe blaugrauer Aufzüge im fünften Stock, der Krankenhausetage. Campbell war über sechzig. Er hatte sich gut gehalten, mit einer wilden schwarzen Mähne. Er sah Reagan ziemlich ähnlich.

»Sie sind Detective Cross?« Er streckte die Hand aus und lächelte höflich.

»Ja. Außerdem bin ich Gerichtspsychologe«, erklärte ich.

Dr. Campbell wirkte ehrlich überrascht. Offenbar hatte ihm das niemand gesagt. »Wie auch immer, Sie müssen gute Beziehungen haben, weil Sie eine Besuchserlaubnis bekommen haben. Das wird immer schwieriger. Eine Besuchserlaubnis bei ihm wird teuer gehandelt.«

»Ich habe an diesem Fall gearbeitet, seit er die beiden Kinder in Washington entführt hat. Ich war dabei, als er gefaßt wurde.«

»Ich bin mir nicht sicher, ob wir jetzt über denselben Mann reden«, sagte Dr. Campbell. Er erklärte das nicht. »Haben Sie einen Doktortitel?«

»Sie können Herr Doktor, Detective Cross oder Alex sagen. Suchen Sie sich's aus.«

»Kommen Sie bitte mit, Herr Doktor. Das wird bestimmt sehr interessant für Sie.«

Wegen der Schußverletzung, die sich Soneji bei McDonald's geholt hatte, wurde er in einem Einzelzimmer im Gefängniskrankenhaus gefangengehalten. Dr. Campbell führte mich einen breiten Flur in der Krankenhausetage entlang. Jedes verfügbare Zimmer war von Häftlingen besetzt. Lorton ist ein äußerst beliebtes Gefängnis mit langen Wartelisten. Die meisten Männer waren schwarz. Im Alter zwischen neunzehn bis Mitte Fünfzig. Sie versuchten alle, trotzig und knallhart auszusehen, aber das ist eine Pose, die in einem Bundesgefängnis nicht besonders überzeugend wirkt.

»Ich fürchte, ich habe ihm gegenüber Beschützerinstinkte entwickelt«, sagte Campbell im Gehen. »Sie werden gleich sehen, warum. Alle Welt will, muß mit ihm sprechen. Ich habe Anrufe von überallher bekommen. Ein Autor aus Japan wollte unbedingt zu ihm. Ein Arzt aus Frankfurt. Einer aus London. So in der Art.«

»Ich habe das Gefühl, Sie verschweigen mir etwas über ihn, Herr Doktor«, sagte ich schließlich zu Campbell. »Was ist es?«

»Ich möchte, daß Sie eigene Schlußfolgerungen ziehen, Doktor Cross. Er ist in diesem Trakt in der Nähe der Hauptstation. Ich wüßte Ihre Meinung sehr zu schätzen.«

Wir blieben vor einer verriegelten Stahltür auf dem Krankenhausflur stehen. Ein Wärter ließ uns ein. Hinter der Tür lagen ein paar weitere Krankenzimmer, aber maximal gesichert.
Im ersten Zimmer brannte ein helles Licht. Das war nicht Sonejis Zimmer. Er war in einem dunkleren Zimmer auf der linken Seite. Der Besucherbereich des Gefängnisses war abgesperrt worden, weil er zu exponiert war. Vor dem Zimmer saßen zwei Wärter mit Gewehren.
»Ist er gewalttätig geworden?« fragte ich.
»Nein, überhaupt nicht. Ich lasse Sie allein mit ihm reden. Ich glaube nicht, daß Sie sich Sorgen wegen Gewalttätigkeit machen müssen. Sie werden es selbst merken.«

Gary Soneji/Murphy beobachtete uns von der Pritsche aus. Er trug den Arm in der Schlinge. Sonst sah er genauso aus wie beim letzten Mal. Ich stand mitten im Krankenhauszimmer. Als Dr. Campbell ging, musterte Soneji mich. Von dem Mann, der bei unserem letzten Treffen gedroht hatte mich umzubringen, kam kein Zeichen des Wiedererkennens.
Mein erster Eindruck als Psychologe war, er habe Angst davor, mit mir allein zu bleiben. Seine Körpersprache war zögerlich, ganz anders als die des Mannes, den ich vor dem McDonald's in Wilkinsburg niedergerungen hatte.
»Wer sind Sie? Was wollen Sie von mir?« fragte er schließlich. Seine Stimme bebte leicht.
»Ich bin Alex Cross. Wir kennen uns.«
Er sah verwirrt aus. Sein Gesichtsausdruck wirkte überzeugend. Er schüttelte den Kopf und schloß die Augen. Es war ein unglaublich verblüffender, verstörender Augenblick für mich.
»Tut mir leid. Ich kann mich nicht an Sie erinnern«, sagte er dann. Es wirkte wie eine Entschuldigung. »In diesem

Alptraum sind so viele Menschen vorgekommen. Ich kann mich nicht an alle erinnern. Hallo, Detective Cross. Bitte, ziehen Sie sich doch einen Stuhl heran. Sie können ja sehen, daß ich jede Menge Besuch hatte.«

»Sie haben bei den Verhandlungen in Florida nach mir verlangt. Ich bin von der Polizei in Washington.«

Sobald ich das gesagt hatte, lächelte er. Er schaute beiseite und schüttelte den Kopf. Ich begriff den Witz noch nicht. Ich sagte ihm das.

»Ich war noch nie in Florida«, sagte er. »Kein einziges Mal.«

Gary Soneji/Murphy stand von der Pritsche auf. Er trug eine losesitzende weiße Krankenhausuniform. Er schien Schmerzen am Arm zu haben.

Er sah einsam und verletzlich aus. Hier stimmte etwas ganz und gar nicht. Was, zum Teufel, war los? Warum hatte man mir das nicht gesagt, ehe ich herkam? Zweifellos wollte Dr. Campbell, daß ich eigene Schlußfolgerungen zog.

Soneji/Murphy setzte sich auf den zweiten Stuhl. Er schaute mich kläglich an.

Er sah nicht wie ein Mörder aus. Er sah nicht wie ein Kidnapper aus. Ein Lehrer? Ein Mr. Chips? Ein verlorener kleiner Junge? Das alles schien den Punkt besser zu treffen.

»Ich habe noch nie im Leben mit Ihnen gesprochen«, sagte er zu mir. »Ich habe noch nie was von Alex Cross gehört. Ich habe keine Kinder gekidnappt. Kennen Sie Kafka?« fragte er.

»Etliches von ihm. Worauf wollen Sie hinaus?«

»Ich komme mir vor wie Gregor Samsa in *Die Verwandlung*. Ich stecke in einem Alptraum fest. Nichts davon ergibt für mich einen Sinn. Ich habe keine Kinder gekidnappt. Jemand muß mir glauben. Jemand muß es. Ich bin Gary Murphy, und ich habe mein Leben lang niemandem etwas getan.«

Wenn ich ihm folgen konnte, sagte er mir, daß er eine gespaltene Persönlichkeit war ..., tatsächlich Gary Soneji/Murphy.

»Aber glauben Sie ihm, Alex? Herr im Himmel, Mann. Das ist die Sechzig-Dollar-Frage.«

Scorse, Braig und Reilly vom FBI, Klepner und Jezzie Flanagan vom Secret Service sowie Sampson und ich saßen in einem überfüllten Konferenzzimmer in der FBI-Zentrale. Das Geiselrettungsteam hatte ein Heimspiel.

Die Frage war von Gerry Scorse gekommen. Es war keine Überraschung, wenn er Soneji/Murphy nicht glaubte. Das mit der gespaltenen Persönlichkeit überzeugte ihn nicht.

»Was hat er denn zu gewinnen, wenn er abenteuerliche Lügen erzählt?« gab ich allen zu bedenken. »Er sagt, er hat die Kinder nicht gekidnappt. Er sagt, er hat bei McDonald's niemanden erschossen.« Ich schaute am Konferenztisch von Gesicht zu Gesicht. »Er behauptet, er ist ein nettes Nichts aus Delaware namens Gary Murphy.«

»Er will auf Zurechnungsunfähigkeit hinaus«, konstatierte Reilly, was auf der Hand lag. »Dann kommt er in eine gemütliche Irrenanstalt in Maryland oder Virginia. Ist vielleicht in sieben bis zehn Jahren wieder draußen. Sie können drauf wetten, daß er das weiß, Alex. Ist er so schlau, ein so guter Schauspieler, daß er das durchziehen kann?«

»Bis jetzt habe ich erst einmal mit ihm gesprochen. Nicht mal eine Stunde lang. Eins kann ich sagen: als Gary Murphy ist er überzeugend. Ich glaube, er ist tatsächlich ein TVS.«

»Was zum Teufel ist ein TVS?« fragte Scorse. »Ich weiß nicht, was ein TVS ist. Ich kann Ihnen nicht folgen.«

»Ein allgemein bekannter psychologischer Fachausdruck«, erklärte ich ihm. »Wir Psychologen reden dauernd über TVS. *Total verrückter Scheißer*, Gerry.«

Alle am Tisch lachten, bis auf Scorse. Sampson hatte ihm den Spitznamen Bestattungsunternehmer verpaßt – Totengräber Scorse. Er war engagiert und professionell, aber im allgemeinen nicht mit viel Humor gesegnet.

»Sie sind ein total verrückter Spaßvogel«, sagte Scorse schließlich. »Auch ein TVS.«

»Kannst du ihn wieder besuchen?« fragte Jezzie mich. Sie war so professionell wie Scorse, aber eine viel angenehmere Gesprächspartnerin.

»Ja, kann ich. Er will mit mir sprechen. Vielleicht finde ich sogar heraus, warum er in Florida mich verlangt hat. Warum ich in seinem Alptraum der Erwählte war.«

47. Kapitel

Zwei Tage später schlug ich mich eine weitere Stunde lang mit Gary Soneji/Murphy herum. Ich hatte die letzten beiden Nächte damit verbracht, über Fälle von Persönlichkeitsspaltung nachzulesen. Mein Eßzimmer sah aus wie ein Arbeitsplatz in einer Psychologiebibliothek. Es gibt tonnenweise Literatur über Persönlichkeitsspaltung, aber die Fachleute sind sich über das Material nicht einig. Es ist sogar strittig, ob es überhaupt Fälle von Persönlichkeitsspaltung gibt.

Gary saß auf seiner Krankenhauspritsche und starrte ins Leere, als ich kam. Die Armschlinge war verschwunden. Es war schwer herzukommen und mit diesem Kidnapper, Kindsmörder und Serienkiller zu reden. Ich erinnerte mich an einen Satz des Philosophen Spinoza: »Ich habe mich bemüht, über die Taten von Menschen nicht zu lachen und nicht zu weinen, sie nicht zu verabscheuen, sondern sie zu verstehen.« Bis jetzt verstand ich nichts.

»Hallo, Gary«, sagte ich leise, weil ich ihn nicht erschrecken wollte. »Sind Sie bereit zu reden?«

Er wandte sich um und wirkte froh, mich zu sehen. Er zog einen Stuhl für mich an die Pritsche heran.

»Ich hatte Angst, die erlauben Ihnen nicht herzukommen«, sagte er. »Ich bin froh, daß sie es erlaubt haben.«

»Weshalb haben Sie geglaubt, sie erlauben es mir nicht?« wollte ich wissen.

»Ach, ich weiß nicht. Es ist nur ... Ich habe das Gefühl, Sie sind jemand, mit dem ich reden könnte. Bei meinem Pech habe ich gedacht, die blocken sofort.«

Er war von einer Naivität, die mich beunruhigte. Er wirkte

fast charmant. Er war der Mann, den seine Nachbarn in Wilmington geschildert hatten.

»Woran haben Sie gedacht? Jetzt eben?« fragte ich. »Ehe ich Sie gestört habe.«

Er lächelte und schüttelte den Kopf. »Das weiß ich nicht mal. Woran habe ich gedacht? Oh, jetzt fällt es mir wieder ein. Ich habe daran gedacht, daß ich in diesem Monat Geburtstag habe. Mir geht ständig durch den Kopf plötzlich aufzuwachen und das alles ist vorbei. Das ist ein ständig wiederkehrender Gedanke, ein Leitmotiv in meinem Denken.«

»Sagen Sie mir, woran Sie sich erinnern. Erzählen Sie mir noch einmal, wie Sie festgenommen worden sind«, sagte ich, das Thema wechselnd.

»Als ich zu mir kam, saß ich in einem Polizeiauto vor einem McDonald's.« Auf diesem Punkt beharrte er. Er hatte mir vor zwei Tagen dasselbe erzählt. »Meine Arme waren auf dem Rücken mit Handschellen gefesselt. Später haben sie mich auch an den Beinen gefesselt.«

»Sie wissen nicht, wie Sie in das Polizeiauto gekommen sind?« fragte ich. Junge, Junge, das machte er gut. Leise, angenehm, glaubwürdig.

»Nein, und ich weiß auch nicht, wie ich zu einem McDonald's in Wilkinsburg gekommen bin. Das ist das Unheimlichste, was mir je passiert ist.«

»Das kann ich verstehen.«

Auf der Fahrt von Washington hierher war mir eine Theorie durch den Kopf gegangen. Sie war weit hergeholt, aber vielleicht erklärte sie etliches, was bis jetzt für mich keinen Sinn ergab.

»Ist Ihnen je zuvor etwas Ähnliches passiert?« fragte ich. »Auch nur vage ähnlich, Gary?«

»Nein. Ich habe noch nie Scherereien gehabt. Bin noch nie festgenommen worden. Das können Sie überprüfen, nicht wahr? Natürlich können Sie das.«

»Ich meine, sind Sie schon mal an einem fremden Ort aufgewacht? Ohne eine Ahnung zu haben, wie Sie dorthingekommen sind?«

Gary bedachte mich mit einem merkwürdigen Blick, den Kopf leicht schiefgelegt. »Warum fragen Sie das?«

»Haben Sie das schon mal erlebt, Gary?«

»Na ja . . . ja.«

»Erzählen Sie mir davon. Erzählen Sie mir davon, wie Sie an einem fremden Ort aufgewacht sind.«

Er hatte die Angewohnheit, sich am Hemd zu zupfen, zwischen dem zweiten und dritten Knopf. Er zog den Stoff von der Brust weg. Ich fragte mich, ob er Angst habe, keine Luft zu bekommen, und woher diese Angst kam, falls es so war. Vielleicht war er als Kind krank gewesen. Oder irgendwohin geraten, wo es wenig Luft gab. Oder irgendwo eingesperrt worden – wie Maggie Rose und Michael Goldberg eingesperrt worden waren.

»Im letzten Jahr, vielleicht auch länger, habe ich unter Schlaflosigkeit gelitten. Ich habe das einem der Ärzte gesagt, die mich untersucht haben«, sagte er.

Über Schlaflosigkeit stand nichts in den Haftberichten. Ich fragte mich, ob er es tatsächlich einem Arzt gesagt oder sich das nur eingebildet hatte. Es gab Aufzeichnungen über einen unausgeglichenen Wechsler-Test, der auf Impulsivität hindeutete. Über einen verbalen Intelligenztest und einen Leistungs-I.Q., beide weit über dem Durchschnitt. Über einen Rorschach-Test, der schweren emotionalen Streß zeigte. Er hatte positiv auf die sogenannte Selbstmordkarte reagiert. Aber kein Wort über Schlaflosigkeit.

»Bitte, erzählen Sie mir davon. Es könnte mir dabei helfen, Sie zu verstehen.« Wir hatten schon über die Tatsache gesprochen, daß ich nicht nur ein kompetenter Kriminalist, sondern auch Psychologe war. Er war mit meinen Referenzen zufrieden. Jedenfalls bis jetzt. Hatte das etwas damit zu tun, daß er in Florida mich verlangt hatte?

Er schaute mir in die Augen. »Wollen Sie mir wirklich helfen? Mich nicht hereinlegen, sondern mir helfen?«
Ich sagte ihm, ich wolle es versuchen. Ich wolle mir anhören, was er zu sagen hatte. Ich wolle aufgeschlossen sein. Er sagte, mehr könne er nicht verlangen.
»Ich kann schon lange nicht mehr schlafen. Das ist so, solange ich mich erinnern kann«, fuhr er fort. »Es wurde ein richtiges Durcheinander. Wach sein, träumen. Es fiel mir schwer, beides auseinanderzuhalten. Ich bin in diesem Polizeiauto in Pennsylvania aufgewacht. Ich habe keine Ahnung, wie ich dorthin gekommen bin. So war es wirklich. Glauben Sie mir? Jemand muß mir glauben.«
»Ich höre Ihnen zu, Gary. Wenn Sie fertig sind, sage ich Ihnen, was ich glaube. Ich verspreche es Ihnen. Im Augenblick muß ich alles hören, woran Sie sich erinnern.«
Das schien ihn zufriedenzustellen.
»Sie haben gefragt, ob mir das schon mal passiert ist. Es ist mir passiert. Ein paarmal. Manchmal in meinem Auto, irgendwo am Straßenrand. Manchmal an einer Straße, die ich noch nie gesehen, von der ich noch nicht mal was gehört hatte. Zweimal ist es mir in Motels passiert. Oder ich bin auf der Straße herumgeirrt. In Philadelphia, in New York, einmal in Atlantic City. Ich hatte Kasinochips und einen Parkschein in der Tasche. Keine Ahnung, wie die dorthin gekommen sind.«
»Ist es Ihnen schon mal in Washington passiert?« fragte ich.
»Nein. In Washington nicht. Da war ich gar nicht mehr, seit ich ein Kind war. In letzter Zeit habe ich festgestellt, daß ich zu mir kommen und völlig bei Bewußtsein sein kann. Vollkommen bei Bewußtsein. Zum Beispiel sitze ich beim Essen. Aber ich habe keine Ahnung, wie ich in das Restaurant gekommen bin.«
»Haben Sie mit jemandem darüber gesprochen? Haben Sie versucht, Hilfe zu bekommen? Von einem Arzt?«

Er schloß die kastanienbraunen Augen – sein auffälligster Zug. Ein Lächeln ging über sein Gesicht, als er die Augen wieder aufmachte.

»Wir haben kein Geld für einen Psychiater. Wir kommen gerade so über die Runden. Deshalb war ich so deprimiert. Wir sind mit dreißig Riesen in den Miesen. Meine Familie hat dreißigtausend Dollar Schulden, und ich sitze im Gefängnis.«

Er verstummte und schaute mich wieder an. Es war ihm nicht peinlich, mich anzustarren, in meinem Gesicht zu lesen. Ich stellte fest, daß er kooperativ, stabil und im großen und ganzen klar bei Verstand war.

Ich wußte außerdem, daß jeder, der mit ihm arbeitete, das Opfer einer Manipulation durch einen äußerst intelligenten und begabten Soziopathen werden konnte. Er hatte vor mir eine Menge Leute getäuscht; offenbar konnte er das gut.

»Bis jetzt glaube ich Ihnen«, sagte ich schließlich zu ihm. »Was Sie sagen, ergibt für mich einen Sinn, Gary. Ich würde Ihnen gern helfen, falls ich kann.«

Plötzlich traten ihm Tränen in die Augen und rollten ihm über die Wangen. Er streckte die Hände nach mir aus.

Ich nahm Gary Soneji/Murphys Hände in meine. Sie waren eiskalt. Er schien Angst zu haben.

»Ich bin unschuldig«, sagte er zu mir. »Ich weiß, daß es verrückt klingt, aber ich bin unschuldig.«

An jenem Abend kam ich spät nach Hause. Ein Motorrad schob sich neben das Auto, als ich in meine Einfahrt einbiegen wollte. Was zum Teufel sollte das?

»Bitte, folgen Sie mir, Sir«, sagte die Person auf dem Motorrad. Der Satz klang perfekt nach der Autobahnstreife. »Setzen Sie sich einfach hinter mich.«

Es war Jezzie. Sie lachte, und ich lachte mit. Ich wußte, daß sie mich in das Land der Lebenden zurücklocken wollte. Sie sagte mir, ich arbeitete zu hart an dem Fall. Sie erinnerte mich daran, er sei aufgeklärt.

Ich fuhr in die Einfahrt und stieg aus dem alten Porsche. Ich ging zu der Stelle, wo sie das Motorrad abgestellt hatte.

»Zeit zum Schlußmachen, Alex«, sagte Jezzie. »Schaffst du das? Ist es okay, wenn du um elf mit der Arbeit Schluß machst?«

Ich ging hinein, um nach den Kindern zu sehen. Sie schliefen, also hatte ich keinen Grund, Jezzies Angebot zu widerstehen. Ich kam heraus und stieg auf das Motorrad.

»Das ist entweder das Beste oder das Schlimmste, was ich in letzter Zeit gemacht habe«, sagte ich zu ihr.

»Keine Bange, es ist das Beste. Du bist in guten Händen. Nichts zu befürchten, außer sofortigem Tod.«

Innerhalb von Sekunden verschlang der Strahl des Motorradscheinwerfers die 9th Street. Das Motorrad raste die Independence entlang, dann auf den Parkway, der an manchen Stellen idiotische Kurven hat. Jezzie legte sich in jeder Kurve schräg, überholte Autos, als ständen sie still.

Sie konnte eindeutig Motorrad fahren. Sie war keine Dilettantin. Als die Landschaft an uns vorbeiflog, mit den Stromleitungen über uns, die Mittellinie der Straße links vom Vorderrad, glaubte ich, Jezzie fahre mindestens hundertfünfzig, aber ich war ganz gelassen.

Ich wußte nicht, wohin wir fuhren, und es war mir gleich. Die Kinder schliefen. Nana war da. Das alles gehörte zur Therapie dieser Nacht. Ich spürte, wie die kalte Luft in jede Körperöffnung, jede Pore drang. Sie machte meinen Kopf wieder klar, und das konnte ich wirklich brauchen.

In der N Street war kein Verkehr. Sie war eine lange, schmale Gerade, gesäumt von hundert Jahre alten Stadtvillen. Sie war hübsch, vor allem im Winter. Schneebedeckte Giebeldächer. Blinkende Verandalichter.

Auf der leeren Straße drehte Jezzie das Motorrad wieder auf. Hundertzehn, hundertvierzig, hundertsechzig. Ich wußte nicht genau wie schnell, nur daß wir wirklich flogen. Die Bäume und Häuser verschwammen. Aber es war irgendwie schön. Falls wir es überlebten.

Jezzie bremste die BMW glatt ab. Sie gab nicht an, sie konnte es einfach.

»Wir sind zu Hause. Ich habe die Wohnung eben bekommen. Ich bin dabei, mich einzurichten«, sagte sie, als sie abstieg. »Du hast dich gut gehalten. Du hast nur das eine Mal auf der George Washington gejault.«

»Ich behalte meine Jauler für mich.«

Aufgeheitert von der Fahrt gingen wir hinein. Die Wohnung war ganz anders, als ich erwartet hatte. Jezzie sagte, sie habe noch keine Zeit gehabt, sie einzurichten, aber sie war schön und geschmackvoll. Der vorherrschende Stil war gepflegt und modern, aber überhaupt nicht aufdringlich. Jede Menge künstlerische Fotos, die meisten schwarzweiß. Jezzie sagte, sie habe alle aufgenommen. Frische Blumen im Wohnzimmer und in der Küche. Bücher mit Lesezeichen darin – *Der Fürst der Gezeiten, Brandstifter, Frauen an die Macht, Zen oder die Kunst, ein Motorrad zu warten.* Ein Weingestell – Beringer, Rutherford. Ein Haken an der Wand für den Motorradhelm.

»Du bist also doch der häusliche Typ.«

»Von wegen. Nimm das zurück, Alex. Ich bin eine knallharte Secret-Service-Agentin.«

Ich nahm Jezzie in die Arme, und wir küßten uns ganz sanft in ihrem Wohnzimmer. Ich entdeckte Zärtlichkeit, wo ich sie nicht erwartet hatte; ich stieß auf eine Sinnlichkeit, die mich überraschte. Das war alles, wonach ich gesucht hatte, bloß mit einem kleinen Haken.

»Ich bin froh, daß du mich hierhergebracht hast«, sagte ich. »Das ist mein Ernst, Jezzie. Ich bin wirklich gerührt.«

»Obwohl ich dich fast kidnappen mußte, um dich herzubringen?«

»Schnelle Motorradfahrten bei Nacht. Eine schöne, gemütliche Wohnung. Fotos wie von Annie Leibowitz. Was hast du noch für Geheimnisse?«

Jezzie fuhr sacht mit dem Finger über meine Kinnlinie, erforschte mein Gesicht. »Ich will keine Geheimnisse haben. So wäre es mir am liebsten. Okay?«

Ich sagte ja. Genauso wollte ich es auch. Es war an der Zeit, sich wieder jemandem zu öffnen. Es war allerhöchste Zeit, vermutlich für uns beide. Vielleicht hatten wir auf die Außenwelt nicht so gewirkt, aber wir waren zu lange einsam und introvertiert gewesen. Das war die schlichte Wahrheit, und wir halfen uns gegenseitig dabei, sie zu erfassen.

Früh am nächsten Morgen fuhren wir auf dem Motorrad zu meinem Haus zurück. Der Wind war kalt und rauh auf unseren Gesichtern. Ich hielt mich an ihrer Brust fest, als wir durch das trübe, graue Licht der Morgendämmerung trieben. Die wenigen Leute, die schon auf waren, zur Arbeit gingen oder fuhren, starrten uns an. Vermutlich hätte ich uns auch angestarrt. Was waren wir doch für ein verflucht schönes Paar.

Jezzie setzte mich ab, wo sie mich mitgenommen hatte. Ich lehnte mich eng an sie und das warme, vibrierende Motorrad. Ich küßte sie noch einmal. Ihre Wangen, ihre Kehle, schließlich ihre Lippen. Ich glaubte, ich könne den ganzen Morgen lang hierbleiben. Einfach so, auf den schäbigen Straßen im Südosten. Mir ging der Gedanke durch den Kopf, es solle immer so sein. Warum nicht?

»Ich muß ins Haus«, sagte ich schließlich.

»Ja. Weiß ich. Geh' nach Hause, Alex«, sagte Jezzie. »Gib' deinen Kleinen einen Kuß von mir.« Sie sah jedoch ein bißchen traurig aus, als ich mich abwandte und zum Haus ging.

Fang nichts an, was du nicht zu Ende bringen kannst, fiel mir wieder ein.

48. Kapitel

Für den Rest jenes Tages ließ ich es etwas langsamer angehen. Es kam mir ein bißchen verantwortungslos vor, aber es tat mir gut. Es ist in Ordnung, sich manchmal das Gewicht der Welt aufzuladen, wenn man weiß, wie man es wieder loswerden kann.

Als ich zum Gefängnis Lorton fuhr, war die Temperatur unter dem Gefrierpunkt, aber die Sonne schien. Der Himmel war klar, fast blendend blau. Schön und hoffnungsvoll. Die neunziger Jahre sind die Zeit jämmerlicher Trugschlüsse.

Auf der Fahrt an jenem Morgen dachte ich an Maggie Rose Dunne. Ich mußte davon ausgehen, daß sie jetzt tot war. Ihr Vater schlug jede Menge Krach in den Medien. Ich konnte es ihm nicht verübeln. Mit Katherine Rose hatte ich zweimal telefoniert. Sie hatte die Hoffnung nicht aufgegeben. Sie hatte zur mir gesagt, sie »spüre«, daß ihr kleines Mädchen noch am Leben sei. Es war das Traurigste, was sie hätte sagen können.

Ich versuchte, mich auf Soneji/Murphy vorzubereiten, aber ich war abgelenkt. Bilder aus der Nacht davor blitzten immer wieder vor meinen Augen auf. Ich mußte mich daran erinnern, daß ich durch den Mittagsverkehr der Hauptstadt fuhr und daß ich arbeitete.

Da kam mir eine blendende Idee: eine überprüfbare Theorie über Gary Soneji/Murphy, die in psychologischer Hinsicht sinnvoll wirkte.

Daß ich eine interessante Theorie *du jour* hatte, half im Gefängnis meiner Konzentration auf die Sprünge. Ich wurde zu Soneji in den fünften Stock gebracht. Er wartete auf

mich. Er sah aus, als hätte auch er die ganze Nacht nicht geschlafen. Jetzt war es an mir, etwas zu bewirken.
Ich bearbeitete ihn an jenem Nachmittag eine volle Stunde, vielleicht sogar etwas länger. Mit harten Bandagen. Vermutlich mit härteren als jeden anderen Patienten.
»Gary, haben Sie je Quittungen in Ihren Taschen gefunden – von Hotels, Restaurants, Einkäufen –, sich aber nicht daran erinnern können, das Geld ausgegeben zu haben?«
»Woher wissen Sie das?« Bei meiner Frage leuchteten seine Augen auf. Etwas wie Erleichterung ging über sein Gesicht.
»Ich habe denen doch gesagt, ich will, daß Sie mein Arzt sind. Dr. Walsh braucht gar nicht mehr zu kommen. Er ist bloß dazu nütze, mir Chloralhydrat zu verschreiben.«
»Ich bin mir nicht sicher, ob das eine gute Idee ist. Ich bin Psychologe, kein Psychiater wie Dr. Walsh. Außerdem gehöre ich zu dem Team, das dabei geholfen hat, Sie festzunehmen.«
Er schüttelte den Kopf. »Das weiß ich alles. Aber Sie sind der einzige, der zuhört, ehe er sich ein endgültiges Urteil bildet. Ich weiß, Sie hassen mich – weil Sie glauben, ich habe die beiden Kinder entführt, und wegen der anderen Sachen, die ich gemacht haben soll. Aber Sie hören wenigstens zu. Walsh tut nur so.«
»Sie müssen weiter mit Dr. Walsh sprechen«, sagte ich.
»Gut. Ich glaube, ich habe jetzt begriffen, wie das hier läuft. Aber lassen Sie mich bitte nicht in diesem Höllenloch allein.«
»Ich lasse Sie nicht allein. Von jetzt an bin ich Ihr Begleiter. Wir reden weiter wie bisher.«
Ich bat Soneji/Murphy, mir von seiner Kindheit zu erzählen.
»Ich kann mich an wenig erinnern. Ist das nicht seltsam?« Er wollte reden. Es lag bei mir, in meinem Ermessen, zu entscheiden, ob ich die Wahrheit hörte oder einen Haufen kunstvoll konstruierte Lügen.

»Bei manchen Menschen ist das normal, sich nicht zu erinnern. Manchmal kommen Dinge zurück, wenn man darüber spricht, sie verbalisiert.«

»Ich kenne die Tatsachen. Okay. Geboren am vierundzwanzigsten Februar neunzehnhundertsiebenundfünfzig. In Princeton, New Jersey. So was weiß ich. Manchmal glaube ich jedoch, ich hätte das als Junge alles gelernt. Ich habe erlebt, daß ich Träume nicht von der Wirklichkeit unterscheiden kann. Ich bin mir nicht sicher, was Traum oder Wirklichkeit ist. Ich bin mir wirklich nicht sicher.«

»Versuchen Sie, mir Ihre ersten Eindrücke zu schildern«, sagte ich.

»Nicht gerade fröhlich«, sagte er. »Ich habe schon immer unter Schlaflosigkeit gelitten. Ich konnte nie mehr als eine bis zwei Stunden am Stück schlafen. Ich kann mich nicht daran erinnern, daß ich einmal nicht müde war. Und deprimiert – ich hatte mein ganzes Leben lang das Gefühl, ich muß mich selbst aus dem Sumpf ziehen. Ich versuche nicht, Ihre Arbeit zu machen, aber ich halte nicht besonders viel von mir.«

Alles, was wir über Gary Soneji wußten, wies auf eine ganz andere Persönlichkeit hin: hohe Energie, positive Einstellung und eine besonders hohe Selbsteinschätzung.

Gary fuhr damit fort, eine Schreckenskindheit zu schildern, zu der körperliche Mißhandlungen durch seine Stiefmutter gehörten, als er klein gewesen war; sexueller Mißbrauch durch seinen Vater, als er größer gewesen war. Immer wieder schilderte er, wie er gezwungen gewesen war, sich von den ganzen Ängsten und Konflikten um ihn herum abzusondern. 1961 war seine Stiefmutter mit ihren beiden Kindern eingezogen. Gary war vier Jahre alt und schon damals launisch gewesen. Von diesem Zeitpunkt an war es schlimmer geworden. In welchem Ausmaß es schlimmer geworden war, wollte er mir jetzt noch nicht sagen.

Im Zusammenhang mit der Betreuung durch Dr. Walsh

hatte Soneji/Murphy Wechsler-, Persönlichkeitsspaltungs- und Rorschach-Tests über sich ergehen lassen. Seine Bewertungen lagen im Bereich der Kreativität. Das wurde mit der Fähigkeit, einen Satz zu beenden, gemessen. Er war sowohl bei verbalen als auch bei schriftlichen Erwiderungen hoch eingestuft worden.

»Was sonst noch, Gary? Versuchen Sie, soweit wie möglich in die Vergangenheit zurückzugehen. Ich kann Ihnen nur helfen, wenn ich Sie besser verstehe.«

»Da waren immer diese ›verlorenen Stunden‹. Zeiten, für die ich keine Rechenschaft geben konnte«, sagte er. Beim Sprechen hatte sich sein Gesicht immer stärker angespannt. Die Adern im Hals stachen heraus. Leichter Schweiß lief ihm über das Gesicht.

»Sie haben mich bestraft, weil ich mich nicht erinnern konnte ...«, sagte er.

»Wer war das? Wer hat Sie bestraft?«

»Meistens meine Stiefmutter.«

Das hieß vermutlich, der meiste Schaden sei angerichtet worden, als er noch klein gewesen, als seine Stiefmutter für die Erziehung zuständig gewesen war.

»Ein dunkler Raum«, sagte er.

»Was ist in dem dunklen Raum passiert? Was für ein Raum war das?«

»Sie hat mich hingebracht, nach unten in den Keller. Es war unser Keller, und sie hat mich fast jeden Tag dorthin gebracht.«

Er atmete stoßweise. Das war ungeheuer schwierig für ihn, ein Zustand, den ich schon oft bei Opfern von Kindesmißhandlung gesehen hatte. Er schloß die Augen. Erinnerte sich. Sah eine Vergangenheit vor sich, die er nie wieder hatte erleben wollen.

»Was hat sich in dem Keller abgespielt?«

»Nichts ... nichts hat sich abgespielt. Ich wurde nur dauernd bestraft. Mir selbst überlassen.«

»Wie lange wurden Sie dort unten eingesperrt?«

»Ich weiß es nicht . . . Ich kann mich an nichts erinnern!«

Seine Augen gingen halb auf. Er beobachtete mich durch schmale Schlitze.

Ich war mir nicht sicher, wieviel er noch einstecken konnte. Ich mußte ihn behutsam auf die härteren Teile seiner Geschichte bringen, ihm das Gefühl geben, mir liege etwas daran, er könne mir vertrauen, ich hörte zu.

»Manchmal einen ganzen Tag lang? Über Nacht?«

»O nein. Nein. Es war lange, lange. Damit ich es nicht wieder vergesse. Damit ich ein guter Junge bin. Kein böser Junge.«

Er schaute mich an, sagte aber nichts mehr. Ich spürte, daß er darauf wartete, etwas von mir zu hören.

Ich versuchte es mit Lob, was mir als angemessene Reaktion vorkam. »Das war gut, Gary, ein guter Anfang. Ich weiß, wie schwer das für Sie ist.«

Während ich den erwachsenen Mann anschaute, stellte ich mir einen kleinen Jungen vor, der in einen dunklen Keller eingesperrt wurde. Jeden Tag. Wochenlang, Wochen, die ihm noch viel länger vorgekommen sein mußten. Dann dachte ich an Maggie Rose Dunne. War es möglich, daß er sie irgendwo eingesperrt hatte und sie noch am Leben war? Ich mußte ihm die finstersten Geheimnisse entlocken, und zwar schneller, als das bei einer Therapie gemacht wird. Katherine Rose und Thomas Dunne hatten ein Anrecht darauf zu erfahren, was ihrem kleinen Mädchen widerfahren war.

Was ist mit Maggie Rose, Gary? Erinnern Sie sich an Maggie Rose?

Das war ein äußerst riskanter Zeitpunkt während unserer Sitzung. Er konnte Angst bekommen und sich weigern, mich wieder vorzulassen, wenn er spürte, daß ich kein »Freund« mehr war. Vielleicht zog er sich zurück. Es bestand sogar das Risiko eines psychotischen Zusammenbruchs. Er konnte katatonisch werden. Dann war alles verloren.

Ich mußte Gary weiter wegen seiner Anstrengungen loben. Es war wichtig, daß er sich auf meine Besuche freute. »Was Sie mir bis jetzt gesagt haben, könnte äußerst hilfreich sein«, sagte ich zu ihm. »Sie haben das wirklich ganz hervorragend gemacht. Es beeindruckt mich, wie Sie sich dazu gezwungen haben, sich zu erinnern.«

»Alex«, sagte er, als ich mich zum Gehen wandte. »Bei Gott, ich habe nichts Scheußliches oder Böses getan. Bitte, helfen Sie mir.«

An jenem Nachmittag war ein Test mit dem Polygraphen angesetzt worden. Schon der Gedanke an den Lügendetektor machte Gary nervös, aber er schwor, er sei froh, sich dem Test zu stellen.

Er sagte zu mir, ich könne bleiben und auf das Ergebnis warten, wenn ich das wolle. Ich wollte durchaus.

Der Mann, der den Polygraphen bediente, war ein besonders tüchtiger Fachmann, der eigens für den Test aus D. C. geholt worden war. Achtzehn Fragen wurden gestellt. Fünfzehn davon waren »Kontrollfragen«. Die weiteren drei wurden für die Bewertung des Lügendetektortests benützt.

Etwa vierzig Minuten nachdem Soneji/Murphy zum Lügendetektortest nach unten gebracht worden war, kam Dr. Campbell auf mich zu. Campbell war vor Aufregung rot angelaufen. Er sah aus, als wäre er vom Veranstaltungsort des Tests aus gejoggt. Etwas Wichtiges mußte passiert sein.

»Er hat die höchste Bewertung bekommen, die überhaupt möglich ist«, sagte Campbell zu mir. »Er hat mit fliegenden Fahnen bestanden. Mit einem Bonus von zehn Punkten. Es ist möglich, daß Gary Murphy die Wahrheit sagt!«

49. Kapitel

Es ist möglich, daß Gary Murphy die Wahrheit sagt!
Am Nachmittag darauf hielt ich im Sitzungszimmer vom Gefängnis Lorton eine Besprechung über die weitere Vorgehensweise ab. Zum maßgeblichen Publikum gehörten Gefängnisdirektor Dr. Campbell, der Bundesstaatsanwalt James Dowd, ein Vertreter des Gouverneurs von Maryland, zwei weitere Anwälte vom Justizministerium in Washington, Dr. Walsh vom staatlichen Gesundheitsamt und außerdem das Beraterteam des Gefängnisses.

Es war eine Strapaze gewesen, sie alle zusammenzuholen. Jetzt, wo mir das gelungen war, mußte ich sie bei Laune halten. Es war meine einzige Chance, das zu verlangen, was ich brauchte.

Ich hatte das Gefühl, als wäre ich wieder in der mündlichen Prüfung am Johns Hopkins. Ich balancierte auf dem hohen Seil. Ich glaubte, die ganze Ermittlung gegen Soneji/Murphy stehe auf dem Spiel, jetzt und hier in diesem Zimmer.

»Ich möchte es bei ihm mit Hypnose versuchen. Keinerlei Risiko, aber Aussicht auf lohnende Ergebnisse«, erklärte ich der Gruppe. »Ich bin mir sicher, daß Soneji/Murphy ein gutes Medium ist, daß wir etwas Nützliches herausfinden. Vielleicht erfahren wir, was dem vermißten Mädchen zugestoßen ist. Ganz bestimmt erfahren wir etwas über Gary Murphy.«

In dem Fall waren schon mehrere Zuständigkeitsfragen aufgeworfen worden. Ein Anwalt hatte mir gesagt, das Thema eigne sich hervorragend für eine Examensfrage. Weil Bundesstaatsgrenzen überquert worden waren, fielen die Entführung Michael Goldbergs und der Mord an ihm unter die

Bundesgerichtsbarkeit und würden vor dem Bundesgericht verhandelt werden. Über die Morde im McDonald's würde ein Gericht in Westmoreland verhandeln. Außerdem konnte Soneji/Murphy wegen der Morde, die er offenbar im Südosten begangen hatte, in Washington vor Gericht gestellt werden.

»Was hoffen Sie letztlich zu erreichen?« wollte Dr. Campbell wissen. Er hatte mich unterstützt und tat das weiterhin. Wie ich las er Skepsis auf mehreren Gesichtern, darunter dem von Walsh. Mir wurde klar, warum Gary etwas gegen Walsh hatte. Er wirkte engstirnig, pingelig und stolz darauf.

»Viel von dem, was er bis jetzt gesagt hat, deutet auf eine schwere Störung hin. Offenbar war seine Kindheit ziemlich grauenhaft. Er ist körperlich mißhandelt, vielleicht auch sexuell mißbraucht worden. Vielleicht hat sich seine Psyche damals gespalten, um sich gegen Schmerz und Angst zu wehren. Ich will damit nicht sagen, daß er eine gespaltene Persönlichkeit ist, aber es ist möglich. Er hatte die Art von Kindheit, die zu einer solchen seltenen Psychose führen kann.«

Dr. Campbell übernahm. »Dr. Cross und ich haben über die Möglichkeit gesprochen, daß Soneji/Murphy Schübe hat. Psychotische Schübe, die Amnesie und Hysterie mit sich bringen. Er redet über ›verlorene Tage‹, ›verlorene Wochenenden‹, sogar ›verlorene Wochen‹. Während eines solchen Schubs kann ein Patient an einem fremden Ort aufwachen, ohne eine Ahnung zu haben, wie er dorthin gekommen ist oder was er innerhalb einer bestimmten Phase getan hat. In manchen Fällen haben die Patienten zwei verschiedene Persönlichkeiten, häufig widersprüchliche Persönlichkeiten. Bei Epilepsie kann das ebenfalls auftreten.«

»Was seid ihr denn eigentlich, ein Rettungsteam?« murrte Walsh. »Epilepsie. Jetzt machen Sie mal halblang, Marion.

Je mehr Sie Ihre Zeit mit diesem Unsinn vergeuden, desto bessere Chancen hat er, vor Gericht davonzukommen.«

»Ich vergeude meine Zeit nicht mit Unsinn«, sagte ich zu Walsh. »Nicht mein Stil.«

Der Staatsanwalt ergriff das Wort, wollte zwischen Walsh und mir vermitteln. James Dowd war ein ernster Mann Ende Dreißig oder Anfang Vierzig. Falls Dowd den Fall Soneji/Murphy bekam, würde er bald ein berühmter Anwalt sein.

»Wäre es denn nicht möglich, daß er den offenbar psychotischen Zustand für uns erfunden hat?« fragte Dowd. »Daß er ein Psychopath ist, weiter nichts?«

Ich schaute mich am Tisch um, ehe ich seine Fragen beantwortete. Dowd wollte eindeutig unsere Antworten hören; er wollte die Wahrheit erfahren. Der Vertreter des Gouverneurs wirkte skeptisch und nicht überzeugt, aber aufgeschlossen. Die Anwälte vom Justizministerium waren bis jetzt neutral. Dr. Walsh hatte von mir und Campbell schon genug gehört.

»Das ist durchaus möglich«, sagte ich. »Das ist einer der Gründe, warum ich es mit Hypnose versuchen will. Dann finden wir zum Beispiel heraus, ob seine Geschichten übereinstimmen.«

»Falls er für Hypnose empfänglich ist«, warf Walsh ein. »Und falls Sie merken, ob er überhaupt unter Hypnose stand.«

»Ich vermute, daß er empfänglich ist«, antwortete ich schnell.

»Und ich habe meine Zweifel daran. Offen gesagt, ich habe meine Zweifel an Ihnen, Cross. Mir ist gleich, daß er gern mit Ihnen redet. In der Psychiatrie geht es nicht darum, ob man seinen Arzt mag.«

»Was er mag, ist, daß ich zuhöre.« Ich schaute Walsh über den Tisch weg an. Es gehörte viel Selbstbeherrschung dazu, nicht auf den anmaßenden Scheißkerl loszugehen.

»Was sind die anderen Gründe dafür, den Patienten zu hypnotisieren?« meldete sich der Vertreter des Gouverneurs zu Wort.
»Offengesagt, wir wissen nicht genug darüber, was er während der Schübe getan hat«, sagte Dr. Campbell. »Er auch nicht. Und auch seine Frau und seine Familie, mit denen ich mehrmals gesprochen habe, wissen nichts.«
Ich fügte hinzu: »Wir sind uns außerdem nicht sicher, wie viele verschiedene Persönlichkeiten es sein könnten ... Ein weiterer Grund für die Hypnose« – ich machte eine Pause, damit das, was ich sagen wollte, sich auch einprägte – »ist, daß ich ihn nach Maggie Rose Dunne fragen möchte. Ich will herausfinden, was er mit Maggie Rose gemacht hat.«
»Wir haben Ihre Argumente gehört, Dr. Cross. Danke für Ihre Zeit und Mühe«, sagte James Dowd abschließend. »Sie hören von uns.«

An jenem Abend beschloß ich, die Dinge selbst in die Hand zu nehmen.
Ich rief einen Reporter bei der *Washington Post* an, den ich kenne und dem ich vertraue. Ich bat ihn, sich in Pappy's Diner am Rand des Südostens mit mir zu treffen. Pappy's war ein Lokal, in dem uns niemand erkennen würde, und ich wollte nicht, daß jemand von unserem Treffen wußte. In unser beider Interesse.
Lee Kovel war ein grau werdender Yuppie und ein ziemliches Arschloch, aber ich mochte ihn. Lee trägt seine Emotionen offen zur Schau: seine kleinlichen Eifersüchteleien, seine Bitterkeit über den traurigen Zustand des Journalismus, seine Anfälligkeit für Sentimentalität und seine gelegentlichen erzkonservativen Ansichten. Alle Welt konnte das sehen und darauf reagieren.
Lee sackte neben mir auf einen Hocker am Tresen. Er trug einen grauen Anzug und hellblaue Laufschuhe. Pappy's

zieht eine hübsche Mischung von Leuten an: Schwarze, Hispanics, Koreaner, weiße Arbeiter aus dem Dienstleistungsgewerbe im Südosten. Aber niemanden, der Lee auch nur annähernd ähnelt.

»Ich falle hier drin ja auf wie ein bunter Hund«, beschwerte er sich. »Ich bin Klassen zu schick für diesen Schuppen.«

»Wer kriegt dich denn hier schon zu sehen? Bob Woodward? Evans und Novak?«

»Sehr komisch, Alex. Was hast du auf dem Herzen? Warum hast du mich denn nicht angerufen, als die Story noch heiß war? Ehe der Vollidiot gefaßt worden ist?«

»Bringen Sie dem Herrn bitte einen heißen, ganz schwarzen Kaffee«, sagte ich zum Kellner am Tresen. »Ich muß ihn aufwecken.« Ich wandte mich wieder Lee zu. »Ich werde Soneji im Gefängnis hypnotisieren. Ich will in seinem Unterbewußtsein nach Maggie Rose Dunne suchen. Du kannst die Exklusivrechte haben. Aber dafür bist du mir einen Gefallen schuldig«, sagte ich.

Lee Kovel hätte die Reaktion fast ausgespuckt. »So ein Quatsch! Sag mir lieber alles, Alex. Ich glaube, du hast ein paar Sachen ausgelassen.«

»Stimmt. Ich bemühe mich um die Erlaubnis, Soneji zu hypnotisieren. Dabei spielt jede Menge kleinliche Politik mit. Wenn du die Sache in der *Post* durchsickern läßt, komme ich damit durch, glaube ich. Die Theorie von der Selffulfilling-Prophecy. Ich bekomme die Erlaubnis. Und du bekommst die Exklusivrechte.«

Der Kaffee kam in einem schönen alten Becher. Hellbraun mit einem dünnen blauen Rand. Lee trank den Java verteufelt nachdenklich. Es schien ihn zu amüsieren wie ich versuchte, das Establishment in D. C. zu manipulieren. Es appellierte an seine Sentimentalität.

»Und wenn du was von Gary Soneji erfährst bin ich der zweite, der das weiß. Gleich nach dir, Alex.«

»Du verhandelst hart, aber okay. So sähe unser Handel aus.

Denk darüber nach, Lee. Es geht um eine gute Sache. Darum, etwas über Maggie Rose zu erfahren, von deiner Karriere ganz zu schweigen.«
Ich ließ Kovel allein, damit er den Kaffee austrinken und über seinen Artikel nachdenken konnte. Offenbar tat er das auch. Der Artikel erschien in der Morgenausgabe der *Post*.

Nana Mama ist in unserem Haus jeden Tag als erste auf. Vermutlich ist sie im ganzen Universum als erste auf. Jedenfalls hatten Sampson und ich das geglaubt, als wir zehn waren und sie Konrektorin an der Junior-High-School in Garfield North war.
Ob ich um sieben, um sechs oder um fünf aufwache, wenn ich in die Küche komme, brennt immer schon Licht und Nana sitzt schon beim Frühstück oder bereitet es zu. Meistens frühstückt sie dasselbe: ein pochiertes Ei, ein Maismuffin mit Butter, schwacher Tee mit Sahne und viel Zukker.
Sie hat dann auch schon damit angefangen, Frühstück für uns zu machen, und sie nimmt Rücksicht auf die verschiedenen Geschmäcker. Auf dem Speiseplan stehen Pfannkuchen und Wurst oder Schinken; in der Saison Melone, Grütze oder Haferflocken oder Müsli mit einem dicken Klecks Butter und viel Zucker; Eier in jeder Form.
Gelegentlich gibt es ein Omelett mit Traubengelee, das einzige ihrer Gerichte, aus dem ich mir nichts mache. Nana brät das Omelett zu braun, und ich habe ihr schon oft gesagt, daß Eier und Gelee in meinen Augen etwa so gut zusammenpassen wie Pfannkuchen und Ketchup. Nana ist anderer Meinung, obwohl sie nie ein Omelett mit Gelee ißt. Die Kinder sind ganz verrückt danach.
An jenem Morgen im März saß Nana am Küchentisch. Sie las die *Washington Post*, die zufällig von einem Mann namens

Washington gebracht wurde. Mr. Washington frühstückt jeden Montag morgen mit Nana. Heute war Mittwoch, ein wichtiger Tag für die Ermittlung.

Alles an der Frühstücksszene war so vertraut, und trotzdem erschrak ich, als ich in die Küche trat. Wieder einmal wurde mir bewußt, wie sehr der Kidnappingfall in unser Privatleben eingedrungen war, in das Leben meiner Familie.

Die Schlagzeile der *Washington Post* lautete:

SONEJI/MURPHY WIRD HYPNOTISIERT

Neben dem Artikel sah ich Fotos von Soneji/Murphy und mir. Ich hatte die Nachricht am Abend zuvor erfahren. Ich hatte Lee Kovel angerufen und ihm wegen unserer Abmachung die Exklusivinformationen gegeben.

Ich las Lees Artikel, während ich zwei Pflaumen aß. Darin stand, gewisse ungenannte Quellen seien »skeptisch, was die Meinungen der mit dem Kidnapper befaßten Psychologen anlangt«; »medizinische Befunde könnten sich auf den Prozeß auswirken und Soneji/Murphy, falls er für zurechnungsunfähig befunden würde, mit einem milden Urteil davonkommen, zum Beispiel mit drei Jahren in einer Heilanstalt«. Offenbar hatte Lee nach dem Gespräch mit mir weitere Quellen angezapft.

»Warum sagen sie nicht einfach offen, was sie meinen«, murmelte Nana über dem Toast und der Tasse Tee. Ich nahm an, sie hielt nicht viel von Lees Stil.

»Warum sagen sie was nicht?« fragte ich.

»Das Offensichtliche. Jemand will nicht, daß du an dem sauberen kleinen Fall herumpfuschst. Sie wollen Gerechtigkeit ohne solche Mätzchen. Nicht unbedingt die Wahrheit. Jedenfalls scheint hier niemand die Wahrheit zu wollen. Sie wollen sich sofort besser fühlen. Sie wollen, daß der Schmerz aufhört. Die Leute haben eine niedrige Toleranzschwelle gegen Schmerz, vor allem heutzutage. Seit Dr. Spock damit angefangen hat, unsere Kinder für uns aufzuziehen.«

»Hast du dir das beim Frühstück zusammenphantasiert? Klingt ein bißchen nach einer Folge von *Mord ist ihr Hobby.*«

Ich goß mir Tee ein. Ohne Zucker und Sahne. Ich nahm ein Muffin und legte zwei Würstchen zwischen die Hälften.

»Keine Phantasien, Alex. Die Wirklichkeit, so greifbar wie die Nase in deinem Gesicht.«

Ich nickte Nana zu. Vielleicht hatte sie recht, aber der Gedanke war vor sechs Uhr morgens zu deprimierend.

»Nichts geht so früh am Morgen über Pflaumen«, sagte ich.

»Mmm, mmm, gut.«

»Hm.« Nana Mama runzelte die Stirn. »An deiner Stelle würde ich in nächster Zeit mit den Pflaumen etwas langsamer treten. Ich habe den Verdacht, von nun an brauchst du zusätzlichen Mumm in die Knochen. Falls ich dir das so unverblümt sagen darf.«

»Danke, Nana. Ich weiß deine Direktheit zu schätzen.«

»Du bist herzlich eingeladen. Zum Frühstück und zu diesem hervorragenden Rat: Trau keinem Weißen.«

»Sehr gutes Frühstück«, sagte ich zu ihr.

»Wie geht es deiner neuen Freundin?« fragte meine Großmutter.

Ihr entgeht nie etwas.

50. Kapitel

In der Luft hing ein hohes Summen, als ich vor dem Gefängnis aus dem Auto stieg. Das Geräusch nervte. Überall lagen Reporter von Zeitungen und Fernsehsendern auf der Lauer. Sie warteten auf mich. Genau wie Soneji/Murphy. Er war in eine normale Gefängniszelle verlegt worden.

Als ich in einem leisen Nieselregen über den Parkplatz ging, stachen aus einem Dutzend verschiedener Winkel Fernsehkameras und Mikrophone auf mich ein. Ich war hier, um Gary Soneji/Murphy zu hypnotisieren, und die Presse wußte es. Ich war die Meldung des Tages.

»Thomas Dunne sagt, Sie versuchen, Soneji in eine Anstalt einweisen zu lassen, aus der er nach ein paar Jahren rauskommt. Ein Kommentar, Detective Cross?«

»Ich habe im Augenblick nichts zu sagen.« Ich durfte mit den Reportern nicht sprechen, was mich nicht gerade populär machte. Das hatte ich mit dem Justizministerium vereinbart, ehe es die Sitzungen schließlich erlaubte.

Hypnose wird heutzutage häufig in der Psychiatrie eingesetzt. Oft wendet sie der behandelnde Psychiater oder ein Psychologe an. Ich hoffte, in mehreren Gesprächen herauszufinden, was Gary Soneji/Murphy an den »verlorenen Tagen« widerfahren war, wenn er aus der realen Welt floh. Ich wußte nicht, ob es schnell dazu kommen würde, ob es überhaupt dazu kam.

Als ich in Garys Zelle war, ging alles ganz einfach und direkt. Ich schlug ihm vor, er solle sich entspannen und die Augen schließen. Als nächstes bat ich Gary einzuatmen, dann auszuatmen, ganz gleichmäßig und langsam. Ich sagte

ihm, er solle jeden Gedanken aus seinem Kopf vertreiben. Und schließlich solle er langsam von hundert rückwärts zählen.
Er schien für eine Hypnose gut geeignet zu sein. Er wehrte sich nicht und glitt tief in einen suggestiven Zustand. Soweit ich es beurteilen konnte, war er hypnotisiert. Ich verhielt mich jedenfalls, als ob er es wäre. Ich hielt Ausschau nach Anzeichen für das Gegenteil, sah aber keine.
Seine Atmung war merklich langsamer geworden. Zu Beginn der Sitzung war er entspannter, als ich ihn je erlebt hatte. Wir plauderten zunächst über unerhebliche, nicht bedrohliche Themen.
Da er auf dem Parkplatz vor dem McDonald's, wie er sagte, »zu sich gekommen« oder er »selbst« geworden sei, fragte ich Gary danach, als er voll entspannt war.
»Erinnern Sie sich daran, daß Sie vor einem McDonald's in Wilkinsburg festgenommen worden sind?«
Eine kurze Pause – dann sagte er: »O ja, natürlich erinnere ich mich daran.«
»Ich bin froh, daß Sie sich daran erinnern, denn ich habe ein paar Fragen nach den Umständen bei McDonald's. Ich bin mir nicht ganz sicher, in welcher Reihenfolge sich die Ereignisse abgespielt haben. Erinnern Sie sich an irgend etwas, was Sie möglicherweise im Restaurant gegessen haben?«
Ich sah, wie die Augen hinter den geschlossenen Lidern rollten. Er dachte darüber nach, ehe er antwortete. Gary trug Sandalen und klopfte schnell mit dem linken Fuß auf.
»Nein ... nein ... Kann nicht sagen, ob ich was gegessen habe. Hab' ich dort denn was gegessen? Ich kann mich nicht erinnern. Bin mir nicht sicher, ob ich was gegessen habe.«
Wenigstens stritt er nicht ab, in dem McDonald's gewesen zu sein.
»Sind Ihnen in dem McDonald's irgendwelche Leute aufgefallen?« fragte ich. »Können Sie sich an irgendwelche Gäste

erinnern? Vielleicht an ein Mädchen am Tresen, mit dem Sie gesprochen haben?«

»Mhm ... Es war voll. Mir fällt niemand Bestimmtes ein. Ich weiß noch, ich habe gedacht, manche Leute ziehen sich so schlecht an, daß es geradezu komisch ist. Das kann man in jedem Einkaufszentrum sehen. Und dauernd in Lokalen wie McDonald's.«

In seinem Kopf war er immer noch in dem McDonald's. So weit war er mir gefolgt. Bleib bei mir, Gary.

»Haben Sie die Toilette benutzt?« Ich wußte schon, daß er auf dem Klo gewesen war. Fast alles, was er getan hatte, stand in den Berichten über die Festnahme.

»Ja, ich habe die Toilette benutzt«, antwortete er.

»Und was war mit einem Getränk? Haben Sie was getrunken? Stellen Sie mich neben sich. Versetzen Sie sich so gut, wie Sie können, in die Situation zurück.«

Er lächelte. »Bitte. Bloß keine Herablassung.«

Er hatte den Kopf etwas seltsam schiefgelegt. Dann fing Gary zu lachen an. Ein merkwürdiges Lachen, tiefer als sonst. Seltsam, aber nicht eigentlich erschreckend. Seine Stimme wurde schneller und klang abgehackt. Sein Fuß klopfte immer heftiger auf den Boden.

»Dazu sind Sie nicht schlau genug«, sagte er.

Der Wechsel der Stimmlage überraschte mich etwas. »Wozu? Sagen Sie mir, was Sie ausdrücken wollen, Gary. Ich kann Ihnen nicht folgen.«

»Ihn auszutricksen. Das will ich ausdrücken. Sie sind intelligent, aber so intelligent nun wieder auch nicht.«

»Wen will ich austricksen?«

»Natürlich Soneji. Er ist da drin in dem McDonald's. Er tut, als ob er Kaffee will, aber eigentlich ist er stocksauer. Er ist kurz vor dem Explodieren. Jetzt muß er auf sich aufmerksam machen.«

Ich setzte mich im Stuhl vor. Damit hatte ich nicht gerechnet.

»Warum ist er wütend? Wissen Sie, warum?« fragte ich.

»Er ist stocksauer, weil die Glück gehabt haben. Das ist der Grund.«

»Wer hat Glück gehabt?«

»Die Polizei. Er ist stocksauer, weil blöde Leute Glück hatten und alles ruinieren konnten, den meisterhaften Plan versaut haben.«

»Ich möchte gern mit *ihm* darüber sprechen«, sagte ich. Ich versuchte, so sachlich zu bleiben, wie er es war. Falls Soneji jetzt hier war, konnten wir vielleicht miteinander reden.

»Nein! Nein. Sie sind nicht auf derselben Ebene wie er. Sie würden kein Wort von dem verstehen, was er sagt. Sie haben überhaupt keine Ahnung von Soneji.«

»Ist er immer noch wütend? Ist er jetzt wütend? Ist er hier im Gefängnis? Was hält Soneji davon, daß er in dieser Zelle ist?«

»Er sagt – *Scheiße*. DU SCHEISSER!«

Er stürzte sich auf mich. Er packte mich am Hemd und an der Krawatte, am Sportjackett.

Er war stark, aber das bin ich auch. Ich ließ mich von ihm festhalten und hielt ihn fest. Wir steckten in einer heftigen Umklammerung. Unsere Köpfe stießen zusammen. Ich hätte mich losreißen können, aber ich versuchte es nicht. Im Grunde tat er mir nichts. Es war eher so, als wollte er eine Drohung äußern, einen Trennstrich zwischen uns ziehen.

Campbell und seine Wärter rannten den Flur entlang. Soneji/Murphy ließ mich los und warf sich gegen die Zellentür. Speichel lief ihm aus dem Mundwinkel. Er schrie. Fluchte, was die Stimme hergab.

Die Wärter rangen ihn zu Boden. Sie konnten ihn nur mit Mühe halten. Soneji war viel stärker, als der schlanke Körper vermuten ließ. Ich wußte das schon aus Erfahrung.

Die Krankenwärter kamen herein und spritzten ihm Ativan. Innerhalb weniger Minuten schlief er auf dem Zellenboden ein.

Die Wärter hoben ihn auf die Pritsche und legten ihm eine Zwangsjacke an. Ich wartete, bis sie ihn in der Zelle einschlossen.
Wer war in der Zelle?
Gary Soneji?
Gary Murphy?
Oder beide?

51. Kapitel

An jenem Abend rief mich Chief Pittman zu Hause an. Ich glaubte nicht, er wolle mir zu meiner Arbeit mit Soneji/Murphy gratulieren. Ich hatte recht. Der Jefe bat mich, am nächsten Morgen in sein Büro zu kommen.

»Was gibt's denn?« fragte ich.

Er wollte es mir am Telefon nicht sagen. Ich nahm an, er wolle mir die Überraschung nicht verderben.

Am Morgen vergewisserte ich mich, daß ich sauber rasiert war, und zog dem Anlaß zu Ehren meine Autolederjacke an. Ich spielte auf der Veranda ein bißchen Klavier, ehe ich das Haus verließ. Denk an Dunkelheit und Licht. Sei Dunkelheit und Licht. Ich spielte »The Man I Love«, »For All We Know« und »That's Life, I Guess«. Dann fuhr ich zum Jefe.

Als ich ins Büro kam, war dort für Viertel vor acht Uhr morgens zu viel los. Sogar der Assistent des Jefe wirkte der Abwechslung halber voll im Dienst.

Der alte Fred Cook ist ein verkrachter Sittenpolizist, der jetzt so tut, als wäre er ein Verwaltungsassistent. Er sieht aus wie eine der Trophäen, die bei Seniorenbaseballspielen verteilt werden. Fred ist mies, kleinlich und in erster Linie ein Taktiker. Wenn man von ihm was will, ist es, als ob man einer Puppe im Wachsfigurenkabinett eine Nachricht hinterläßt.

»Der Chief erwartet Sie.« Er bedachte mich mit einem dünnlippigen Lächeln. Fred Cook genießt es, wenn er früher unterrichtet ist als alle anderen. Selbst wenn er keine Ahnung hat, tut er so.

»Was ist denn heute morgen los, Fred?« fragte ich ihn geradeheraus. »Mir können Sie's doch sagen.«

Ich sah das allwissende Glitzern in seinen Augen. »Gehen Sie doch einfach rein und kriegen's raus. Ich bin mir sicher, daß Ihnen der Chief schon sagen wird, was er vorhat.«

»Ich bin stolz auf Sie, Fred. Ihnen kann man wirklich ein Geheimnis anvertrauen. Wissen Sie, Sie sollten im Nationalen Sicherheitsrat sitzen.«

Ich ging hinein, auf das Schlimmste gefaßt. Aber ich hatte den Chef der Kriminalpolizei etwas unterschätzt.

Im Büro bei Pittman war Bürgermeister Carl Monroe. Außerdem unser Police Captain, Christopher Clouser, und ausgerechnet John Sampson. Es sah danach aus, als wäre im Allerheiligsten des Chief ein in Washington besonders beliebtes Ereignis zu erwarten: ein Arbeitsfrühstück.

»Ganz so schlimm ist es nun auch wieder nicht«, sagte Sampson leise. Im scharfen Gegensatz zu seinen Worten sah Sampson aus wie ein großes Tier, das sich in einer Falle verfangen hat, wie sie Jäger benutzen. Ich hatte das Gefühl, er hätte sich mit Freuden einen Fuß abgebissen, um aus dem Zimmer zu entkommen.

»Es ist überhaupt nicht schlimm.« Carl Monroe lächelte jovial, als er meine steinerne Miene sah. »Wir haben gute Nachrichten für Sie. Wirklich gute Nachrichten. Darf ich? Ja, ich glaube, ich sollte anfangen . . . Sie und Sampson werden heute befördert. Wir gratulieren unserem neuesten Senior Detective und unserem neuesten Abteilungsleiter.«

Sie klatschten zustimmend. Sampson und ich wechselten fragende Blicke. Was zum Teufel war los?

Wenn ich das gewußt hätte, hätte ich Nana und die Kinder mitgebracht. Es war wie bei einer dieser Veranstaltungen, bei denen der Präsident Orden verteilt und sich bei Kriegerwitwen bedankt. Nur hatten sie dieses Mal die Toten mit eingeladen. In den Augen von Chief Pittman waren Sampson und ich tot.

»Vielleicht möchten Sie Sampson und mir mal erzählen,

was hier los ist?« Ich lächelte Monroe verschwörerisch an. »Sie wissen schon, der Subtext.«
Carl Monroe ließ sein herrliches Lächeln aufblitzen. Es war so herzlich, so persönlich, so »echt«. »Ich bin gebeten worden, hierherzukommen«, sagte er, »weil Sie und Detective Sampson befördert werden. Das ist schon so gut wie alles. Ich bin mit Vergnügen« – er zog ein lustiges Gesicht – »um Viertel vor acht heute morgen hergekommen, Alex.«
Manchmal ist es schwer, Carl nicht zu mögen. Ihm ist völlig bewußt, wer und was er als Politiker geworden ist. Er erinnert mich an die Nutten in der 14th Street, die einem ein paar dreckige Witze erzählen, wenn man sie abführen muß.
»Es gibt noch ein paar Kleinigkeiten zu besprechen«, sagte Pittman, winkte dann aber den Gedanken beiseite, in das förmliche Gespräch etwas Wesentliches einzubringen. »Die können aber warten. Erst mal gibt es Kaffee und Kuchen.«
»Ich glaube, wir sollten jetzt alles besprechen.« Ich sah Monroe an. »Legen Sie's schon zum Kuchen auf den Tisch.«
Monroe schüttelte den Kopf. »Warum lassen Sie's zur Abwechslung nicht mal langsam angehen?«
»Ich kandidiere doch nicht für ein öffentliches Amt, oder?« sagte ich zum Bürgermeister. »Ich bin schließlich kein Politiker.«
Monroe zuckte die Achseln, lächelte aber weiter. »Das weiß ich nicht so genau, Alex. Manchmal wächst ein Mann mit seinen Erfahrungen. Merkt, was funktioniert und was nicht. Das ist eindeutig befriedigender als Widerspruchsgeist. Obwohl es nicht immer dem Gemeinwohl nützt.«
»Geht es darum? Um das Gemeinwohl? Ist das unser Thema für das Frühstück heute morgen?« fragte Sampson die Gruppe.
»Ich glaube schon. Ja, ich glaube, es ist so.« Monroe nickte und biß in ein Stück Kuchen.

Chief Pittman goß Kaffee in eine teure Porzellantasse, die für seine Hand zu klein und zart war. Ich mußte an winzige Sandwiches mit Brunnenkresse denken. An das Mittagessen reicher Leute.

»In diesem Kidnappingfall sind wir mit dem FBI, dem Justizministerium und dem Secret Service aneinandergeraten. Das ist nicht gut. Wir haben beschlossen, uns ganz zurückzuziehen. Sie wieder von dem Fall zu entbinden«, sagte Pittman schließlich.

Bingo. Die Katze war aus dem Sack. Bei unserem kleinen Arbeitsfrühstück war die Wahrheit serviert worden.

Urplötzlich sprachen alle im Büro gleichzeitig. Mindestens zwei brüllten. Nette Party.

»Das ist totaler Blödsinn«, sagte Sampson dem Bürgermeister ins Gesicht. »Und Sie wissen es. Sie wissen es, nicht wahr?«

»Ich habe Sitzungen mit Soneji/Murphy angefangen«, sagte ich zu Pittman, Monroe und Captain Clouser. »Ich habe ihn gestern hypnotisiert. Himmel, Herrgott, Sakrament, nein. Tun Sie das nicht. Nicht jetzt.«

»Wir wußten, daß Sie bei Gary Soneji Fortschritte machen. Wir mußten eine Entscheidung treffen, und wir haben sie getroffen.«

»Wollen Sie die Wahrheit wissen, Alex?« Carl Monroes Stimme ertönte plötzlich im Zimmer. »Wollen Sie die Wahrheit darüber wissen?«

Ich schaute ihn an. »Jederzeit.«

Monroe sah mir direkt in die Augen. »Der Justizminister hat Druck auf viele Leute in Washington ausgeübt. In höchstens sechs Wochen, glaube ich, fängt ein Riesenprozeß an. Der Orient-Expreß hat den Bahnhof schon verlassen, Alex. Sie sitzen nicht drin. Ich sitze nicht drin. Das ist uns beiden über den Kopf gewachsen. Soneji/Murphy sitzt im Zug ...

Der Ankläger, das Justizministerium, hat entschieden, Ihre

Sitzungen mit Soneji/Murphy abzubrechen. Ein offizielles Psychiaterteam ist auf ihn angesetzt worden. So wird es von jetzt an gemacht. So lautet die Entscheidung. Der Fall ist in eine neue Phase eingetreten, und unsere Beteiligung ist nicht erforderlich.«
Sampson und ich verließen die Party zu unseren Ehren: unsere Beteiligung war nicht länger erforderlich.

52. Kapitel

In der nächsten Woche kam ich zu einer vernünftigen Zeit von der Arbeit nach Hause, meistens zwischen sechs und halb sieben. Keine Achtzig- und Hundert-Stunden-Wochen mehr. Damon und Janelle hätten nicht glücklicher sein können, wenn man mich bei der Polizei ganz hinausgeschmissen hätte.

Wir liehen uns Walt-Disney- und Ninja-Turtles-Videos aus, hörten uns die drei CDs »Billie Holiday – Das Vermächtnis 1933–1958« an, schliefen gemeinsam auf der Couch ein. Lauter erstaunlich gute Dinge.

An einem Nachmittag ging ich mit den Kindern zu Marias Grab. Weder Jannie noch Damon waren völlig über den Verlust ihrer Mutter hinweg. Als wir den Friedhof verließen, blieb ich an einem anderen Grab stehen, an Mustaf Sanders' letzter Ruhestätte. Ich sah immer noch seine traurigen kleinen Augen vor mir. Die Augen fragten mich: Warum? Noch keine Antwort, Mustaf. Aber ich war nicht bereit, aufzugeben.

An einem Samstag gegen Ende des Sommers machten Sampson und ich die lange Fahrt nach Princeton, New Jersey. Maggie Rose Dunne war noch immer nicht gefunden worden. Ebensowenig wie die zehn Millionen Dollar Lösegeld. Wir überprüften in unserer Freizeit alles noch einmal.

Wir sprachen mit mehreren Nachbarn der Murphys. Tatsächlich waren alle Familienmitglieder bei einem Brand umgekommen, aber niemand hatte Gary verdächtigt. Gary war, soweit alle in der Gegend von Princeton wußten, ein Musterschüler gewesen. Er hatte die High-School als Viertbester abgeschlossen, obwohl er nie zu lernen oder sich anzustrengen schien. Er bekam auch niemals Ärger, jedenfalls keinen, von dem seine Nachbarn in Princeton etwas wußten. Der junge Mann, den sie schilderten, ähnelte dem Gary Murphy, mit dem ich im Gefängnis Lorton gesprochen hatte.

Alle waren sich einig – bis auf einen einzigen Kindheitsfreund, den wir mit Mühe ausfindig machten. Der Freund, Simon Conklin, arbeitete jetzt als Gemüsehändler auf einem der hiesigen Märkte. Er lebte allein, etwa fünfundzwanzig Kilometer außerhalb von Princeton Village. Wir suchten nach ihm, weil Missy Murphy ihn mir gegenüber erwähnt hatte. Das FBI hatte ihn befragt und wenig aus ihm herausbekommen.

Erst weigerte sich Simon Conklin, mit uns zu sprechen, wollte keine Cops mehr sehen. Als wir ihm drohten, ihn nach Washington mitzunehmen, wurde er etwas aufgeschlossener.

»Gary hat immer alle hereingelegt«, sagte Conklin im unordentlichen Wohnzimmer seines kleinen Hauses zu uns. Er war ein großer, ungepflegter Mann. Er wirkte ausgepumpt, und seine Kleidung paßte überhaupt nicht zusammen. Er war jedoch hochintelligent. Er war genau wie sein Freund Gary Murphy ein Musterschüler gewesen. »Gary hat gesagt, die Großen haben immer alle hereingelegt. So sprach Gary!«

»Was hat er mit den Großen gemeint?« fragte ich Conklin. Ich glaubte, ich könne ihn zum Reden bringen, solange ich seinem Ego schmeichelte. Ich könne aus Conklin herausbekommen, was ich wissen mußte.

»Er hat sie die Neunundneunzigprozentigen genannt«, vertraute Conklin mir an. »Die *crème de la crème*. Die Allerbesten. Die Weltmeister, Mann.«

»Die Besten in was?« wollte Sampson wissen. Ich merkte, daß er sich nicht viel aus Simon Conklin machte. Seine Sonnenbrille beschlug sich. Aber er spielte mit, war bis jetzt ein guter Zuhörer.

»Die besten der echten Psychos«, sagte Conklin und lächelte selbstgefällig. »Diejenigen, die immer da draußen waren und nie gefaßt werden. Diejenigen, die zu schlau sind, als daß sie gefaßt werden könnten. Sie sehen auf alle anderen herunter. Sie zeigen kein Mitleid, keine Gnade. Sie sind ganz allein für ihr Schicksal verantwortlich.«

»Gary Murphy war einer von denen?« fragte ich. Ich wußte, daß er jetzt reden wollte. Über Gary, aber auch über sich. Ich spürte, daß Conklin sich für einen Neunundneunzigprozentigen hielt.

»Nein. Nicht laut Gary.« Er schüttelte den Kopf und behielt das beunruhigende halbe Lächeln im Gesicht. »Laut Gary war er viel schlauer als die Neunundneunzigprozentigen. Er hat immer geglaubt, daß er einzigartig ist. Ein Original. Hat sich einen ›Irrtum der Natur‹ genannt.«

Simon Conklin erzählte uns, daß er und Gary an derselben Landstraße gewohnt hatten, etwa zehn Kilometer außerhalb der Stadt. Sie waren gemeinsam im Schulbus gefahren. Sie waren Freunde gewesen, seit sie neun oder zehn waren. Die Straße war dieselbe, die zum Farmhaus der Lindberghs in Hopewell führte. Simon Conklin erzählte uns, Gary habe es eindeutig seiner Familie mit dem Brand heimgezahlt. Er wußte alles über die Mißhandlungen, die Gary in seiner Kindheit zugefügt worden waren. Er konnte es nicht beweisen, aber er wußte, daß Gary das Feuer gelegt hatte.

»Ich sage Ihnen, wie ich von seinem Plan erfahren habe. Er hat es mir erzählt – als wir zwölf Jahre alt waren. Gary hat gesagt, an seinem einundzwanzigsten Geburtstag müssen sie dran glauben. Er hat gesagt, er macht es so, daß es aussieht, als wäre er in der Schule gewesen. Damit er nicht verdächtigt werden kann. Und so hat es der Junge gemacht, nicht wahr? Er hat neun lange Jahre gewartet. Er hatte einen Neunjahresplan dafür.«

Wir sprachen am ersten Tag drei Stunden mit Simon Conklin, am nächsten fünf. Er erzählte eine Reihe von traurigen und grauenhaften Geschichten. Gary war tagelang, einmal wochenlang im Keller der Murphys eingesperrt worden. Gary hatte zwanghafte Pläne gemacht: Zehnjahrespläne, Fünfzehnjahrespläne, Lebenspläne. Gary hatte einen Geheimkrieg gegen kleine Tiere geführt, vor allem gegen hübsche Vögel, die in den Garten seiner Stiefmutter flogen. Wie er einem Rotkehlchen ein Bein ausriß, dann einen Flügel, dann das zweite Bein, solange der Vogel noch Lebenswillen hatte. Garys Vision, sich unter den Neunundneunzigprozentigen zu sehen, ganz oben. Und schließlich Garys Begabung zum Nachahmen, zum Schauspielern, zum Rollenspiel.

Ich hätte gern darüber Bescheid gewußt, als ich noch im Gefängnis Lorton mit Gary Murphy zusammengekommen war. Ich hätte gern mehrere Sitzungen mit Gary verbracht, um mit ihm durch seine alten Schlupflöcher in Princeton zu streifen. Um mit Gary über seinen Freund Simon Conklin zu reden.

Unglücklicherweise war mir dieser Teil des Falls jetzt entzogen. An dem Kidnappingfall wurde ohne Sampson und mich gearbeitet. Und ohne Simon Conklin.

Ich gab unser Material aus Princeton an das FBI weiter. Ich schrieb einen zwölfseitigen Bericht über Simon Conklin. Das FBI ging der Sache nicht nach. Ich schrieb einen zweiten Bericht und schickte Kopien an alle Mitglieder des ursprünglichen Fahndungsteams. In meinem Bericht stand etwas, was Simon Conklin über seinen Jugendfreund Gary Murphy gesagt hatte: »Gary hat immer gesagt, er wird Bedeutendes tun.«

Überhaupt nichts geschah. Simon Conklin wurde kein zweites Mal vom FBI befragt. Sie wollten keine neuen Spuren. Sie wollten den Kidnappingfall Maggie Rose Dunne abschließen.

53. Kapitel

Ende September fuhren Jezzie Flanagan und ich auf die Virgin Islands. Wir nahmen uns ein langes Wochenende frei. Nur wir zwei. Es war Jezzies Idee gewesen. Ich hielt sie für gut. Wir waren neugierig. Ängstlich. Aufgeregt, weil wir vier Tage ununterbrochen zusammen verbringen würden. Vielleicht hielten wir es nicht so lange miteinander aus. Das mußten wir herausfinden.

Auf der Front Street auf Virgin Gorda drehte sich kaum ein Kopf nach uns um. Das war eine angenehme Abwechslung, ganz anders als in D. C., wo uns die Leute im allgemeinen anstarrten.

Wir nahmen bei einer siebzehnjährigen Schwarzen Tauch- und Schnorchelunterricht. Wir ritten einen Strand entlang, der fünf Kilometer lang war. Wir fuhren mit einem Range Rover in den Dschungel und verirrten uns einen halben Tag lang. Das unvergeßlichste Erlebnis war der Besuch an einem unglaublichen Ort, den wir Jezzies und Alex' Inselparadies nannten. Das Hotel hatte uns darauf aufmerksam gemacht. Sie setzten uns in einem Boot über und ließen uns allein.

»Das ist der traumhafteste Ort, an dem ich in meinem ganzen Leben gewesen bin«, sagte Jezzie. »Schau dir nur all das Wasser und den Sand an. Überhängende Klippen, das Riff dort drüben.«

»Es ist nicht die Fifth Street. Aber es ist okay.« Ich lächelte und sah mich um. Ich machte am Rand des Wassers ein paar Liegestützen.

Unsere Privatinsel war eine lange weiße Sandbank, die sich unter unseren Füßen wie Zucker anfühlte. Hinter dem

Strand erstreckte sich der üppigste grüne Dschungel, den wir je gesehen hatten. Weiße Rosen und Bougainvillea sprenkelten ihn. Das blaugrüne Meer war so sauber wie Quellwasser.

Die Hotelküche hatte uns das Mittagessen eingepackt – gute Weine, erlesene Käse, Hummer, Crabmeat und verschiedene Salate. Nirgends war jemand außer uns zu sehen. Wir taten das Natürliche. Wir zogen uns aus. Keine Scham. Keine Tabus. Wir waren allein im Paradies, nicht wahr?

Ich lachte laut auf, als ich neben Jezzie am Strand lag. Das war noch etwas, was ich seit langem nicht mehr getan hatte – lächeln, mich im Einklang mit der Umgebung fühlen. *Fühlen*, Punkt. Ich war unglaublich dankbar für das Gefühl. Dreieinhalb Jahre waren eine zu lange Trauerzeit.

»Weißt du denn überhaupt, wie schön du bist?« sagte ich zu ihr, als wir nebeneinander lagen.

»Ich weiß nicht, ob dir das aufgefallen ist, aber ich habe eine Puderdose in der Handtasche. Mit einem kleinen Spiegel.« Sie schaute mir in die Augen. Sie musterte etwas darin, was ich nicht zu sehen bekommen würde. »Weißt du, seit ich zum Service gegangen bin, habe ich immer versucht, dem Thema auszuweichen, daß ich attraktiv bin. So bescheuert geht es unter den Machos von Washington zu.«

Jezzie zwinkerte mir zu. »Du kannst so ernst sein, Alex. Aber außerdem bist du auch lustig. Wetten, daß nur deine Kinder diese Seite von dir zu sehen bekommen? Damon und Jannie kennen dich. Kille, kille.« Sie kitzelte mich.

»Wechsle nicht das Thema. Wir haben über *dich* gesprochen.«

»Du hast über mich gesprochen. Gelegentlich möchte ich hübsch sein, aber meistens bin ich lieber unansehnlich. Gehe mit rosa Lockenwicklern ins Bett und schaue mir alte Filme an.«

»Du warst das ganze Wochenende über schön. Keine rosa Lockenwickler. Bänder und frische Blumen in deinem

Haar. Schulterfreie Badeanzüge. Manchmal überhaupt kein Badeanzug.«

»Jetzt möchte ich hübsch sein. In Washington ist das anders. Ein Problem mehr. Stell dir mal vor, du gehst zu deinem Chef. Wichtiger Bericht, an dem du monatelang gearbeitet hast. Als erstes sagt er: ›In deinem Kleid siehst du ja toll aus, Schätzchen.‹ Da möchte man am liebsten sagen: ›Du kannst mich mal, Arschloch.‹«

Ich langte nach ihr, und wir hielten uns an den Händen. »Danke dafür, wie du aussiehst«, sagte ich. »Du siehst so schön aus.«

»Nur für dich.« Jezzie lächelte. »Und ich möchte noch was für dich tun. Ich möchte, daß auch du was für mich tust.«

Und so taten wir etwas füreinander.

Bis jetzt waren Jezzie und ich uns noch nicht leid. Hier im Paradies trat genau das Gegenteil ein.

An jenem Abend saßen wir in einer Bar im Freien. Wir ließen die sorglose Inselwelt an uns vorbeiziehen und fragten uns, warum wir nicht einfach ausstiegen und ein Teil von ihr wurden. Wir aßen Shrimps und Austern und redeten stundenlang. Wir ließen die Scheuklappen fallen, vor allem Jezzie.

»Ich war wirklich ein getriebener Mensch, Alex«, sagte Jezzie zu mir. »Ich meine, nicht nur bei dem Kidnappingfall, wo ich mich in jede Besprechung gedrängt habe, jedem Phantom nachgejagt bin. Ich bin so gewesen, seit ich mich erinnern kann. Sobald ich einer Idee folge, lasse ich nicht locker.«

Ich sagte nichts. Ich wollte ihr zuhören. Ich wollte alles wissen, was es zu wissen gab.

Sie hob den Bierkrug. »Hier sitze ich mit einem Bier in der Hand. Weißt du, meine Eltern waren beide Alkoholiker. Sie waren krank, ehe das Mode wurde. Niemand außerhalb unseres Hauses wußte, wie schlimm es war. Sie schrien sich ständig an. Mein Dad sackte meistens weg. Schlief im Sessel. Meine Mutter blieb die halbe Nacht am Eßzimmertisch wach. Ihr Jamesons war ihr ein und alles. Sie sagte immer: ›Bring mir noch einen Jamesons, kleine Jezzie.‹ Ich war die kleine Cocktailkellnerin der beiden. So habe ich mir mein Taschengeld verdient, bis ich elf war.«

Jezzie schwieg und schaute mir in die Augen. Ich hatte sie noch nie so verletzlich und unsicher erlebt. Meistens strahlte sie ein starkes Selbstbewußtsein aus. Das war ihr Ruf beim Secret Service. »Willst du jetzt gehen? Soll ich über fröhlichere Dinge reden?«

Ich schüttelte den Kopf. »Nein, Jezzie. Ich will alles hören, was du zu sagen hast. Ich will alles über dich wissen.«

»Sind wir immer noch in den Ferien?«

»Ja, und ich will das wirklich hören. Sprich einfach mit mir. Vertrau mir. Wenn mir langweilig wird, stehe ich einfach auf und lasse dich mit der Barrechnung sitzen.«

Sie lächelte und fuhr fort. »Auf seltsame Weise habe ich meine Eltern geliebt. Ich glaube, sie haben mich geliebt. Ihre ›kleine Jezzie‹. Ich hab mal zu dir gesagt, ich wollte kein Versager wie meine Eltern werden.«

»Vielleicht hast du bloß ein bißchen untertrieben.« Ich lächelte.

»Ja. Jedenfalls habe ich spätabends und an den Wochenenden Überstunden gemacht, als ich zum Service kam. Ich habe mir unmögliche Ziele gesetzt – Einsatzleiterin mit achtundzwanzig – und jedes Ziel früher erreicht als geplant. Das ist ein Grund dafür, daß es mit meinem Mann danebengegangen ist. Mein Beruf war mir wichtiger als unsere Ehe. Willst du wissen, warum ich angefangen habe, Motorrad zu fahren?«

»Ja. Und warum du mich auf dein Motorrad setzt.«

»Weißt du«, sagte Jezzie, »ich konnte nie mit der Arbeit aufhören. Konnte nicht abschalten, wenn ich abends nach Hause kam. Das kann ich erst, seit ich das Motorrad habe. Wenn man zweihundert fährt, muß man sich auf die Straße konzentrieren. Alles andere verschwindet. Schließlich auch die Arbeit.«

»Das ist einer der Gründe, warum ich Klavier spiele«, sagte ich. »Das mit deinen Eltern tut mir leid, Jezzie.«

»Ich bin froh, daß ich dir endlich von ihnen erzählt habe«, sagte Jezzie. »Ich habe es vor dir noch niemandem erzählt. Niemand sonst kennt die ganze Wahrheit.«

Wir hielten uns in der kleinen Inselbar in den Armen. Ich hatte mich Jezzie noch nie so nahe gefühlt. Von allen Zeiten, die wir zusammen verbrachten, war das diejenige, die ich nie vergessen würde. Unser Besuch im Paradies.

Plötzlich und viel zu schnell war unser Urlaub zu Ende.

Wir saßen an Bord einer American-Airlines-Maschine, dem Bericht nach auf dem Rückweg in tristes Regenwetter. Auf dem Rückweg zur Arbeit.

Während des Flugs waren wir ein bißchen distanziert. Wir fingen gleichzeitig mit einem Satz an und mußten dann das Spielchen »erst du« spielen. Zum ersten Mal auf der ganzen Reise fachsimpelten wir, obwohl uns vor Gesprächen über unsere Arbeit graute.

»Glaubst du wirklich, daß er eine gespaltene Persönlichkeit hat, Alex? Weiß er, was Maggie Rose passiert ist? Soneji weiß es. Weiß es Murphy?«

»Auf einer bestimmten Ebene weiß er es. Das eine Mal, als er über Soneji gesprochen hat, hatte er Angst. Ob Soneji nun eine separate Persönlichkeit ist oder sein wahres Ich, er hat Angst vor ihm. Soneji weiß, was Maggie Rose passiert ist.«

»Wie schlimm, daß wir es jetzt nie erfahren werden. Jedenfalls sieht es danach aus.«

»Ja. Dabei glaube ich, ich könnte es aus ihm herausbekommen. Es wäre nur eine Frage der Zeit.«

Der Inlandsflughafen in D. C. war eine Naturkatastrophe, die Tausende gemeinsam über sich ergehen lassen mußten. Der Verkehr kam nur im Schneckentempo voran. Die Taxischlange reichte bis ins Terminal. Alle sahen naß bis auf die Haut aus.

Weder Jezzie noch ich hatten einen Regenmantel, und wir waren völlig durchnäßt. Das Leben war plötzlich deprimierend und wieder ganz real. Hier in D. C. war die Ermittlung ins Stocken geraten. Der Prozeß stand bevor. Vermutlich lag eine Nachricht von Chief Pittman auf meinem Schreibtisch.

»Fliegen wir zurück. Kehren wir um.« Jezzie nahm meine Hand und zog mich zur Glastür zum Delta Shuttle.

Die Wärme und der vertraute Duft ihres Körpers waren immer noch angenehm. Der letzte Geruch nach Kakaobutter und Aloe war noch wahrnehmbar.

Die Leute drehten sich im Vorbeigehen um und starrten uns an. Sie musterten uns. Sie bildeten sich ein Urteil über uns. Fast jeder Passant schaute uns an.

»Nichts wie weg hier«, sagte ich.

54. Kapitel

Wumm. Am Dienstag nachmittag um halb drei (ich war um elf nach Washington zurückgekommen) bekam ich einen Anruf von Sampson. Er wollte sich mit mir am Haus der Sanders' treffen. Er glaubte, wir hätten eine neue Verbindung zwischen dem Kidnapping und den Morden in den Sozialsiedlungen entdeckt. Er war von den Neuigkeiten total aufgepumpt. Die harte Arbeit an einer unserer frühen Spuren hatte sich ausgezahlt.

Ich war seit mehreren Monaten nicht mehr am Tatort im Fall Sanders gewesen, aber alles war mir auf traurige Weise vertraut. Die Fenster waren dunkel. Ich fragte mich, ob das Haus je wieder verkauft oder vermietet würde.

Ich saß in der Einfahrt der Sanders' im Auto und las den ersten Bericht der Kriminalpolizei noch einmal. Es stand nichts darin, was ich nicht schon wußte und ein dutzendmal gelesen hatte.

Ich schaute das Haus an. Die vergilbten Rollos waren zugezogen, ich konnte nicht hineinsehen. Wo war Sampson, und was wollte er hier von mir?

Punkt drei hielt er hinter mir. Er stieg aus seinem verbeulten Nissan und setzte sich auf den Beifahrersitz des Porsche.

»Jetzt bist du ja wirklich ein schwarzes Herzchen. Du siehst zum Anbeißen aus.«

»Du bist immer noch groß und häßlich. Nichts ändert sich. Was gibt es?«

»Erstklassige Polizeiarbeit«, sagte Sampson. Er zündete sich eine Corona an. »Übrigens hattest du recht, es war gut, daß wir an diesem Fall drangeblieben sind.«

Draußen heulte der Wind und war schwer vom Regen. In

Kentucky und Ohio hatte es Tornados gegeben. Während des ganzen Wochenendes, an dem wir weggewesen waren, war das Wetter unberechenbar gewesen.
»Hast du geschnorchelt, gesegelt, in der weißen Clubkluft Tennis gespielt?« fragte Sampson.
»Für solche Albernheiten hatten wir keine Zeit. Wir haben geistige Bande geknüpft. Davon verstehst du nichts.«
»Oh, oh.« Sampson sprach wie eine schwarze Freundin, spielte die Rolle gut. »Ich red so gern über solchen Quatsch, du etwa nicht, Schwester?«
»Gehen wir hinein?« fragte ich.
Szenen aus der Vergangenheit waren in meinem Kopf aufgeblitzt, allesamt unerfreulich. Ich erinnerte mich an das Gesicht der vierzehnjährigen Sanders-Tochter. Und an den dreijährigen Mustaf. Ich erinnerte mich daran, was für schöne Kinder sie gewesen waren. Ich erinnerte mich daran, wie gleichgültig es allen gewesen war, als sie hier im Südosten starben.
»Wir gehen zu den Nachbarn nebenan«, sagte er schließlich. »Machen wir uns an die Arbeit. Hier ist was passiert, was ich noch nicht ganz verstehe. Es ist aber wichtig, Alex. Ich brauche dabei deinen Kopf.«
Wir gingen zu den Nachbarn der Sanders', den Cerisiers. Es war tatsächlich wichtig. Meine ganze Aufmerksamkeit wurde sofort wach.
Ich wußte schon, daß Nina Cerisier von klein auf Suzette Sanders' beste Freundin gewesen war. Die Familien wohnten seit 1979 nebeneinander. Nina hatte die Morde ebensowenig verwunden wie ihre Eltern. Wenn sie es sich hätten leisten können, wären sie weggezogen.
Mrs. Cerisier bat uns herein und rief nach ihrer Tochter Nina, die oben war. Wir setzten uns um den Küchentisch der Cerisiers. An der Wand hing ein Bild von einem lächelnden Magic Johnson. In der Luft hingen Zigarettenrauch und Speckfett.

Nina Cerisier war äußerst kühl und distanziert, als sie schließlich in die Küche kam. Sie war ein unscheinbares Mädchen, etwa fünfzehn oder sechzehn. Ich merkte, daß sie nicht freiwillig hier war.

»Letzte Woche«, sagte Sampson, um mich ins Bild zu setzen, »hat sich Nina getraut, einer Hilfslehrerin im Südosten zu erzählen, daß sie möglicherweise zwei Nächte vor den Morden den Killer gesehen hat. Sie hatte bis jetzt Angst, darüber zu sprechen.«

»Ich verstehe«, sagte ich. Es ist so gut wie unmöglich, in Condon, Langley oder einer anderen Schwarzengegend in D. C. Augenzeugen dazu zu bringen, mit der Polizei zu sprechen.

»Ich habe gesehen, wie er gefaßt worden ist«, sagte Nina beiläufig. Schöne rostfarbene Augen schauten mich aus ihrem unhübschen Gesicht an. »Da hatte ich keine solche Angst mehr. Aber ein bißchen Angst habe ich immer noch.«

»Wie hast du ihn erkannt?« fragte ich Nina.

»Hab' ihn im Fernsehen gesehen. Der hat auch diese Entführung gemacht«, sagte sie. »Er kommt dauernd im Fernsehen.«

»Sie hat Gary Murphy erkannt«, sagte ich zu Sampson. Das hieß, sie hatte ihn ohne die Lehrerverkleidung gesehen.

»Bist du sicher, daß es derselbe Mann wie der im Fernsehen war?« fragte Sampson.

»Ja. Er hat das Haus meiner Freundin Suzette beobachtet. Mir kam das richtig seltsam vor. Hierher kommen nicht viele Weiße.«

»Hast du ihn am Tag oder bei Nacht gesehen?« fragte ich.

»Bei Nacht. Aber ich weiß, daß er es war. Bei den Sanders' hat immer helles Licht auf der Veranda gebrannt. Mrs. Sanders hatte vor allem und vor jedem Angst. Sie hatte Angst, wenn jemand auch nur ›buh‹ gemacht hat. Das haben Suzette und ich immer gesagt.«

Ich wandte mich Sampson zu. »Er war also am Tatort.«
Sampson nickte und schaute wieder Nina an. Ihr Schmollmund hatte sich zu einem kleinen O geöffnet. Sie drehte ständig die Zöpfe zwischen den Fingern.
»Könntest du Detective Cross sagen, was du noch gesehen hast?« fragte er.
»Noch einen Weißen, der bei ihm war«, sagte Nina Cerisier. »Der Mann hat im Auto gewartet, während der andere sich Suzettes Haus angesehen hat. Der andere Weiße war die ganze Zeit da. Es waren zwei.«
Sampson drehte den Küchenstuhl in meine Richtung. »Sie haben es eilig, ihn vor Gericht zu bringen«, sagte er. »Sie haben überhaupt keine Ahnung, was tatsächlich los ist. Sie schließen den Fall trotzdem ab. Begraben ihn. Vielleicht haben wir die Antwort, Alex.«
»Bis jetzt sind wir die einzigen, die ein paar Antworten haben«, sagte ich.
Sampson und ich verließen das Haus der Cerisiers und fuhren getrennt in die Innenstadt. Durch meinen Kopf raste alles, was wir bis jetzt wußten, ein halbes Dutzend Abläufe, zusammengesetzt aus Tausenden von Fällen. Polizeiarbeit. Zentimeterweise.
Ich dachte an Bruno Hauptmann und die Lindbergh-Entführung. Als er gefaßt und ihm die Tat möglicherweise angehängt worden war, hatte man Hauptmann auch in aller Eile vor Gericht gebracht. Hauptmann war verurteilt worden, vielleicht zu Unrecht.
Gary Soneji/Murphy wußte das alles. Gehörte das zu seinen komplizierten Planspielen? Ein Zehn- oder Zwölfjahresplan? Wer war der zweite Weiße? Der Pilot in Florida? Oder jemand wie Simon Conklin, Garys Freund aus Princeton?
War es möglich, daß es von Anfang an einen Komplizen gegeben hatte?

Am Abend war ich mit Jezzie zusammen. Sie bestand darauf, daß ich um acht mit der Arbeit aufhörte. Seit über einem Monat hatte sie Karten für ein Georgetown-Basketballspiel, das ich unbedingt sehen wollte. Auf der Fahrt dorthin machten wir, was wir selten taten: Wir sprachen nur über unsere Arbeit. Ich ließ die neueste Bombe platzen, die »Komplizentheorie«.

»Das ist alles äußerst verwirrend«, sagte Jezzie, als ich ihr Nina Cerisiers Geschichte erzählt hatte. Sie war immer noch fast so besessen wie ich von dem Kidnappingfall. Sie ließ es sich weniger deutlich anmerken, aber ich wußte, er hing ihr nach.

»Fragen Sie den netten Mann vom Kundendienst. Ich verstehe alles, was verwirrend wirkt. Ich bin Spitze im Entwirren.«

»Okay. Das Mädchen war eine Freundin von Suzette Sanders, stimmt's? Sie stand der Familie nahe. Und trotzdem hat sie nichts gesagt. Weil die Beziehungen zur Polizei in der Gegend so mies sind? Ich weiß nicht, ob ich ihr das abkaufe. Urplötzlich, erst jetzt, rückt sie damit heraus.«

»Ich kaufe es ihr ab«, sagte ich zu Jezzie. »Für viele Leute in solchen Gegenden ist die Polizei wie Rattengift. Ich wohne dort, sie kennen mich, und trotzdem werde ich nur mit Mühe akzeptiert.«

»Es kommt mir trotzdem seltsam vor, Alex. Es ist einfach merkwürdig. Die Mädchen waren angeblich Freundinnen.«

»Natürlich ist es merkwürdig. Eher würde die PLO mit der israelischen Armee reden als manche Leute im Südosten mit der Polizei.«

»Und was glaubst du jetzt, nachdem du die Geschichte der kleinen Cerisier gehört hast? Was hältst du von diesem ... Komplizen?«

»Es paßt noch nicht recht ins Bild«, gab ich zu. »Was heißt, daß es bestens zu allem paßt, was bisher geschehen ist. Ich

glaube, die kleine Cerisier hat wirklich jemanden gesehen. Die Frage ist, wen.«
»Ich muß schon sagen, Alex, diese Spur klingt wie die Jagd nach einem Phantom. Ich hoffe, du wirst nicht der Jim Garrison in diesem Kidnappingfall.«
Kurz vor acht kamen wir zum Capital Centre in Landover, Maryland. Georgetown spielte gegen St. John's aus New York City. Jezzie hatte erstklassige Karten. Ein Beweis für ihre guten Beziehungen in der Stadt. Es ist leichter, zum Amtseinführungsball eingeladen zu werden, als für bestimmte Big-East-Spiele Karten zu bekommen.
Wir hielten uns an der Hand, als wir über den Parkplatz zum glitzernden Capital Centre schlenderten. Ich mag die Georgetown-Basketballmannschaft und bewundere ihren Trainer, einen Schwarzen namens John Thompson. Sampson und ich schauen uns zwei bis drei Heimspiele pro Saison an.
»Ich kann's nicht erwarten, die Löwen des Ostens zu sehen«, sagte Jezzie mit einem Zwinkern, als wir uns dem Stadion näherten.
»Gegen die Hoyas«, sagte ich.
»Die Hoyas sind doch die Löwen des Ostens.« Sie schnalzte mit dem Kaugummi und zog ein Gesicht. »Werd nicht frech.«
»Du bist auf jedem Gebiet so gottverflucht schlau.« Ich grinste. Es stimmte. Es war schwierig, ein Thema zur Sprache zu bringen, über das sie nichts gelesen oder keine Erfahrungen hatte. »Was hat St. John's denn für einen Spitznamen?«
»Die roten Teufel. Chris Mullin kommt aus dieser Mannschaft. Sie heißen auch die Johnnies. Chris Mullin spielt jetzt in der Profiliga für Golden State. Die werden die Krieger genannt.«
Im selben Augenblick verstummten wir beide. Was ich sagen wollte, blieb mir in der Kehle stecken.
»Hey... hey, Niggerliebchen!« hatte jemand über den Parkplatz gerufen. »Sagt hallo, Salz und Pfeffer.«

Jezzies Hand faßte meine fester.
»Alex? Bleib ruhig. Geh einfach weiter«, sagte Jezzie zu mir.
»Ich bin ganz in Ordnung«, sagte ich. »Ich bin so ruhig, wie ich nur sein kann.«
»Laß es. Geh einfach mit mir ins Capital Centre. Das sind Arschlöcher. Die haben keine Reaktion verdient.«
Ich ließ ihre Hand los. Ich ging in die Richtung von drei Männern, die am Heck eines silbernen und blauen Lieferwagens standen. Keine Schüler aus Georgetown, auch keine roten Teufel. Die Männer trugen Parkas und Mützen mit Firmen- oder Mannschaftslogos. Sie waren frei, weiß und über einundzwanzig. Alt genug, es besser zu wissen.
»Wer hat das gesagt?« fragte ich sie. Mein Körper kam mir hölzern vor, unwirklich. »Wer hat gesagt: ›Hey, Niggerliebchen‹? Soll das komisch sein? Entgeht mir hier ein guter Witz?«
Einer trat vor, um das Lob entgegenzunehmen. Er hatte eine rote Wildledermütze von Day-Glo auf. »Was willst du? Gegen uns drei antreten, Magic? So läuft das nämlich.«
»Ich weiß, es ist ein bißchen unfair, ich gegen euch drei, aber vielleicht mach' ich das«, sagte ich zu ihm. »Vielleicht treibt ihr schnell noch einen Vierten auf.«
»Alex?« Ich hörte, daß Jezzie hinter mir herkam. »Alex, bitte laß das. Geh einfach weg.«
»Leck mich, Alex«, sagte einer der Männer. »Brauchst du etwa die Hilfe deiner Braut?«
»Magst du Alex, Schätzchen? Ist Alex dein Obermacker?« hörte ich. »Dein Häschen aus dem Dschungel?«
Ich hörte ein lautes Schnappgeräusch hinter den Augen. Das Schnappen kam mir ganz real vor. Ich spürte, daß in mir etwas schnappend nachgab.
Ich traf mit dem ersten Hieb den mit der Wildledermütze. Ich schnellte herum und verpaßte dem zweiten im Trio einen Schlag gegen die Schläfe.

Der erste ging unsanft zu Boden, und seine Mütze flog durch die Luft wie eine Frisbeescheibe. Der zweite wankte. Geriet aus dem Gleichgewicht. Er ging auf einem Knie zu Boden und blieb so. Der ganze Kampfgeist hatte ihn verlassen.

»Ich hab' diesen Scheißdreck so satt. Ich bin das leid.« Ich zitterte, als ich sprach.

»Er hat zuviel getrunken, Mister. Wir haben alle zuviel«, sagte der Kerl, der noch stand. »Er ist total daneben. Heutzutage gibt es jede Menge Druck. Zum Teufel, wir haben schwarze Kollegen. Wir haben schwarze Freunde. Was kann ich schon sagen? Es tut uns leid.«

Mir tat es auch leid. Mehr, als ich diesen Arschlöchern sagen wollte. Ich wandte mich ab, und Jezzie und ich gingen zum Auto zurück. Meine Arme und Beine fühlten sich an, als wären sie aus Stein. Mein Herz hämmerte wie ein Bohrturm.

»Tut mir leid«, sagte ich zu ihr. Mir war übel. »Ich kann solchen Scheißdreck nicht mehr wegstecken. Ich kann nicht mehr weglaufen.«

»Ich verstehe«, sagte Jezzie leise. »Du hast getan, was du tun mußtest.« Sie war auf meiner Seite. In dieser Sache im Guten wie im Bösen.

Wir hielten uns in meinem Auto eine Weile in den Armen. Dann fuhren wir nach Hause, um zusammenzusein.

55. Kapitel

Am ersten Oktober bekam ich Gary Murphy wieder zu sehen. Der angebliche Grund war »neues Beweismaterial«. Inzwischen hatte die halbe Welt mit Nina Cerisier gesprochen. Die »Komplizentheorie« hatte ein Eigenleben bekommen.

Wir kämmten die Gegend um das Haus der Cerisiers ab. Ich hatte von Verbrecheralben bis zu Phantombildern alles an Nina Cerisier ausprobiert. Bis jetzt hatte sie noch niemanden gefunden, der dem »Komplizen« auch nur ähnlich sah.

Wir wußten, er war ein Mann, ein Weißer, und Nina glaubte, er habe einen stämmigen Körperbau. Das FBI behauptete, die Suche nach dem Piloten in Florida werde verstärkt. Das konnten wir in Ruhe abwarten. Ich war wieder im Spiel.

Dr. Campbell ging mit mir den Flur im Hochsicherheitstrakt im Gefängnis Lorton entlang. Insassen schauten uns böse an, als wir vorbeigingen. Ich schaute böse zurück. Ich kann auch ganz schön finster dreinschauen.

Schließlich erreichten wir den Zellenblock, in dem Gary Soneji/Murphy immer noch festgehalten wurde.

Soneji/Murphys Zelle und der Gang davor waren gut beleuchtet, aber er schaute uns von der Pritsche aus mit zusammengekniffenen Augen an. Es war, als blickte er aus einer dunklen Höhle.

Es dauerte einen Augenblick, bis er mich erkannte.

Als er mich erkannte, lächelte er. Er sah immer noch wie ein netter junger Mann aus einer Kleinstadt aus. Gary Murphy. Ein Mitspieler in einer Neuverfilmung von *Ist das Leben nicht schön?* aus den neunziger Jahren. Ich dachte daran, daß sein Freund Simon Conklin mir gesagt hatte, Gary Murphy könne jede Rolle spielen, die er spielen müsse. Das gehörte dazu, daß er ein Neunundneunzigprozentiger war.

»Warum sind Sie nicht mehr zu mir gekommen, Alex?« fragte er. Seine Augen hatten jetzt einen fast trauervollen Ausdruck. »Ich hatte niemanden, mit dem ich sprechen konnte. Die anderen Ärzte hören nie zu. Nicht richtig, nein, sie hören nicht richtig zu.«

»Man hat mich eine Zeitlang nicht zu Ihnen gelassen«, sagte ich. »Aber das hat sich erledigt, deshalb bin ich wieder da.«

Er sah verletzt aus. Er nagte an der Unterlippe und schaute auf seine Gefängnisschuhe aus Segeltuch hinunter.

Plötzlich verzerrte sich sein Gesicht, und er lachte laut auf. Das Geräusch hallte in der kleinen Zelle wider.

Soneji/Murphy beugte sich zu mir vor. »Wissen Sie, Sie sind auch bloß ein blöder Scheißkerl«, sagte er. »So verflucht leicht zu manipulieren. Genau wie alle anderen vor Ihnen. Schlau, aber nicht schlau genug.«

Ich starrte ihn an. Überrascht. Vielleicht etwas schokkiert.

»Die Lichter sind an, aber es ist niemand zu Hause«, kommentierte er den Gesichtsausdruck, den ich gehabt haben muß.

»Nein. Ich bin da«, sagte ich. »Ich habe Sie nur stärker unterschätzt, als ich gedurft hätte. Mein Fehler.«

»Hat uns jetzt die Realität eingeholt?« Das schreckliche Grinsen blieb auf seinem Gesicht. »Sind Sie sicher, daß Sie's jetzt kapiert haben? Sind Sie sicher, Herr Doktor und Detective?«

Natürlich begriff ich. Ich hatte eben zum ersten Mal Gary Soneji getroffen. Gary Murphy hatte uns eben miteinander bekannt gemacht. Man nennt das einen schnellen Schub.

Der Kidnapper starrte mich an. Er war voller hämischer

Freude, gab an, war zum ersten Mal mir gegenüber er selbst.
Vor mir saß der Kindermörder. Der glänzende Imitator und Schauspieler. Der Neunundneunzigprozentige. Lindberghs Sohn. Das alles und vermutlich noch mehr.
»Sind Sie okay?« fragte er. Er äffte meine frühere Sorge um ihn nach. »Alles in Ordnung, Herr Doktor?«
»Mir geht's bestens. Keinerlei Probleme«, sagte ich.
»Wirklich? Mir kommen Sie nicht okay vor. Ihnen fehlt doch was, nicht wahr, Alex?« Jetzt klang er tief besorgt.
»Hey, hören Sie mal!« hob ich schließlich die Stimme. »Verpissen Sie sich, Soneji. Was sagt Ihnen das über die Realität?«
»Moment mal.« Er wiegte den Kopf vor und zurück. Das wölfische Grinsen war genauso schnell verschwunden, wie es kurz zuvor aufgetaucht war. »Warum nennen Sie mich Soneji? Was soll das, Herr Doktor? Was ist denn hier los?«
Ich beobachtete sein Gesicht und konnte nicht fassen, was ich sah.
Er hatte sich wieder verändert. Gary Soneji war fort. Er hatte die Persönlichkeit innerhalb weniger Minuten zweimal, vielleicht dreimal geändert.
»Gary Murphy?« versuchte ich es.
Er nickte. »Wer sonst? Im Ernst, Herr Doktor, was ist denn? Was ist los? Sie waren wochenlang weg. Jetzt sind Sie wieder da.«
»Sagen Sie mir, was eben passiert ist«, sagte ich. Ich behielt ihn weiter scharf im Auge. »Jetzt eben. Sagen Sie mir, was Ihrer Meinung nach eben passiert ist.«
Er sah verwirrt aus. Völlig ratlos über meine Frage. Wenn das alles Schauspielerei war, dann war das die glänzendste und überzeugendste Vorstellung, die ich in meinen Jahren als Psychologe je zu sehen bekommen hatte.
»Ich verstehe das nicht. Sie kommen in meine Zelle. Sie wirken etwas angespannt. Vielleicht sind Sie verlegen, weil

Sie so lange nicht mehr da waren. Dann nennen Sie mich Soneji. Aus heiterem Himmel. Das soll doch nicht etwa komisch sein, oder?«

War das jetzt sein Ernst? War es möglich, daß er nicht wußte, was vor nicht einmal sechzig Sekunden passiert war? Oder war das jetzt Gary Soneji, der mir immer noch etwas vorspielte? Konnte er aus den Schüben so einfach, so übergangslos herausschlüpfen? Es war möglich, kam aber selten vor. In diesem Fall konnte es bewirken, daß eine Gerichtsverhandlung zu einer unglaublichen Farce wurde.

Es konnte sogar bewirken, daß Soneji/Murphy straflos davonkam.

War das sein Plan? War das von Anfang an sein Fluchtweg gewesen?

56. Kapitel

Wenn sie mit den anderen arbeitete, am Berghang Obst und Gemüse pflückte, versuchte Maggie Rose, sich daran zu erinnern, wie es zu Hause gewesen war. Anfangs war ihre »Liste« aus Dingen, an die sie sich erinnerte, kurz und ganz allgemein.

Am meisten fehlten ihr ihre Eltern. Sie fehlten ihr in jedem Augenblick.

Außerdem fehlten ihr ihre Freunde in der Schule, vor allem Shrimpie.

Ihr fehlte Dukado, ihr »frecher« kleiner Kater.

Und Angel, ihr »lieber« kleiner Kater.

Und Nintendo-Spiele und ihr Kleiderschrank.

Es war so toll gewesen, nach der Schule auf Partys zu gehen.

Und es war herrlich gewesen, im zweiten Stock über den Gärten ein Bad zu nehmen.

Je mehr sie jedoch an zu Hause dachte, je mehr sie sich erinnerte, desto besser wurde Maggie Roses Liste.

Ihr fehlte, wie sie sich manchmal zwischen ihre Eltern drängte, wenn sie sich umarmten oder küßten. »Wir drei«, nannte sie das.

Ihr fehlten die Figuren, die ihr Vater ihr vorgespielt hatte, vor allem, als sie klein gewesen war. Da war Hank, ein Hüne von Südstaatenvater mit schleppender Stimme, der liebend gern rief: »Weeeeer spricht mit dir?« Da war »Susie Wooderman«. Susie war der Star in allen Rollen, die Maggie in den Geschichten ihres Vaters spielen wollte.

Da war das Ritual, wenn sie bei kaltem Wetter ins Auto steigen mußten. Alle brüllten, so laut sie konnten: »Bibber, bibber, zitter, zitter, zappel, zappel, bibber, bibber.«

Ihre Mutter zitierte immer noch aus *Dornröschen*: »Ich kenne dich. Es war einmal, da habe ich von dir geträumt.« Ihre Mom hatte das zu ihr gesagt, seit sie sich erinnern konnte.
Sie sagte: »Liebes, ich tu' alles für dich, alles, weil du mir alles bedeutest.« Maggie erwiderte: »Fährst du mit mir nach Disneyland?« Ihre Mutter antwortete: »Alles.« »Gibst du Dukado einen dicken Kuß auf den Mund?« »Alles«, antwortete ihre Mutter jedesmal.
Maggie konnte sich an ganze Tage in der Schule erinnern, wie sie von Stunde zu Stunde gegangen war. Sie erinnerte sich daran, wie ihr Ms. Kim zugezwinkert hatte. Sie erinnerte sich daran, wie sich Angel in einen Sessel kuschelte und sanft etwas schnurrte, das wie »wau« klang.
»Liebes, ich tu' alles für dich, weil du mir alles bedeutest.« Maggie konnte immer noch hören, wie ihre Mutter das zu ihr sagte.
»Könntest du bitte, bitte kommen und mich nach Hause bringen?« bat Maggie in ihrem Kopf. »Könntest du bitte, bitte kommen?«
Aber niemand sagte etwas. Jetzt nicht mehr. Niemand sagte etwas zu Maggie Rose. Niemand erinnerte sich an sie. Das glaubte sie jedenfalls in ihrem gebrochenen Herzen.

57. Kapitel

In den nächsten zwei Wochen kam ich ein halbes dutzendmal mit Soneji/Murphy zusammen. Er ließ mich nicht wieder nahe an sich heran, obwohl er behauptete, es sei nicht so. Etwas hatte sich verändert. Ich hatte den Kontakt zu ihm verloren. Zu beiden Garys.

Am fünfzehnten Oktober verfügte ein Bundesrichter eine Vertagung und verzögerte kurzfristig die Eröffnung des Prozesses in dem Kidnappingfall. Das war die letzte Verzögerungstaktik von Soneji/Murphys Verteidiger Anthony Nathan. Innerhalb einer Woche, blitzschnell für ein so kompliziertes juristisches Verfahren, hatte Richterin Linda Kaplan den Einspruch der Verteidigung abgelehnt. Die Anträge an das Oberste Bundesgericht, die Beschwerde gegen die Entscheidung einlegten, wurden ebenfalls abgelehnt. Nathan nannte das Oberste Bundesgericht in allen drei Fernsehsendern »einen gut organisierten Lynchmob«. Das Feuerwerk fange erst an, sagte er der Presse. Er gab den Ton vor, in dem der Prozeß geführt werden würde.

Am siebenundzwanzigsten Oktober fing der Prozeß gegen Murphy an. An jenem Morgen um fünf vor neun gingen Sampson und ich auf einen Hintereingang des Bundesgerichts an der Indiana Avenue zu. Wir waren inkognito unterwegs, so gut das ging.

»Willst du Geld verlieren?« fragte Sampson, als wir in die Indiana Avenue einbogen.

»Ich hoffe, du redest nicht darüber, Geld auf den Ausgang des Prozesses wegen Kidnapping und Mord zu setzen?«

»Aber klar doch, Schätzchen. Dann vergeht die Zeit schneller.«

»Was wettest du?«

Sampson zündete sich eine Corona an und blies ein V-Zeichen in die Luft. »Ich setze . . . Ich sage, er kommt nach St. Elizabeth, in irgendeine Anstalt für geisteskranke Kriminelle. Das ist meine Wette.«

»Damit willst du sagen, unser Justizsystem funktioniert nicht.«

»Das spüre ich in jedem Knochen im Leib. Vor allem dieses Mal.«

»In Ordnung – ich setze auf schuldig, Kidnapping in zwei Fällen. Und Mord.«

Sampson paffte noch ein V-Zeichen. »Willst du gleich bezahlen? Sind fünfzig für den Verlierer angemessen?«

»Fünfzig sind von mir aus in Ordnung. Die Wette gilt.«

»Abgemacht. Ich nehme mit Vergnügen das bißchen, was du hast.«

Vor dem Eingang in der 3rd Street drängte sich eine Menge aus zweitausend Menschen um das Gerichtsgebäude. Weitere zweihundert, darunter sieben Reihen Reporter, waren schon drin. Der Ankläger hatte versucht, die Presse auszuschließen, aber das war abgelehnt worden.

Jemand hatte Schilder drucken lassen, die überall waren: *Maggie Rose lebt!*

Vor dem Gericht wurden Rosen verteilt. Überall auf der Indiana Avenue liefen freiwillige Helfer mit Rosen herum. Andere verkauften Anstecknadeln zur Erinnerung. Am beliebtesten waren die kleinen Kerzen, die zum Gedenken an Maggie Rose ins Fenster gestellt wurden. Eine Handvoll Reporter warteten am Hintereingang, der Lieferanten und besonders öffentlichkeitsscheuen Richtern und Anwälten vorbehalten war. Die meisten erfahrenen Cops, die ins Gericht kamen und der Menge ausweichen wollten, wählten ebenfalls den Hintereingang. Sofort wurden mir und Sampson Mikrophone hingehalten. Fernsehkameras richteten sich auf uns. Beides brachte uns nicht mehr aus der Fassung.

»Detective Cross, ist es wahr, daß Sie das FBI von dem Fall ausgeschlossen hat?«

»Nein. Meine Beziehungen zum FBI sind in Ordnung.«

»Besuchen Sie Gary Murphy immer noch in Lorton, Detective?«

»Das klingt ja, als hätten wir eine persönliche Beziehung. Soweit ist es noch nicht. Ich gehöre zu einem Ärzteteam, das sich mit ihm beschäftigt.«

»Ist in diesem Fall in bezug auf Sie unterschwelliger Rassismus im Spiel?«

»Unterschwelliger Rassismus ist wohl häufig im Spiel. In diesem Fall nicht mehr als sonst.«

»Und der zweite Detective? Detective Sampson. Sind Sie auch dieser Meinung, Sir?« fragte ein junger Dandy mit Fliege.

»Selber Sir. Sie sehen ja, daß wir durch den Hintereingang hineingehen. Wir sind bloß Statisten.« Sampson grinste in die Kamera. Er nahm die Sonnenbrille nicht ab.

Wir schafften es schließlich zum Lieferantenaufzug und versuchten, die Reporter aus unserer Kabine herauszuhalten, was nicht einfach war.

»Wir haben erfahren, daß Anthony Nathan auf zeitweilige Zurechnungsunfähigkeit plädieren will. Ein Kommentar dazu?«

»Kein Kommentar. Fragen Sie Anthony Nathan.«

»Detective Cross, werden Sie im Zeugenstand aussagen, daß Gary Murphy nicht zurechnungsunfähig ist?«

Endlich ging die alte Tür zu. Der Aufzug holperte hinauf in den siebten Stock, in den »siebten Himmel«, wie er in Fachkreisen heißt.

Der siebte Stock war nie ruhiger, nie besser überwacht gewesen. Die übliche Flut aus Polizisten, jungen Delinquenten mit ihren Angehörigen, abgebrühten Ganoven, Anwälten und Richtern war durch die Anweisung, das Stockwerk für diesen einen Fall zu reservieren, eingedämmt

worden. Das war der große Fall. Der »Jahrhundertprozeß«. War das nicht genau das, was Gary Soneji gewollt hatte?
Ohne das übliche Chaos war das Bundesgericht wie ein alter Mensch, der morgens aus dem Bett steigt. Alle Falten und Schrammen waren im Morgenlicht, das durch die Kirchenfenster auf der Ostseite strömte, deutlich zu sehen.
Als wir ankamen, betrat eben die Anklägerin den Gerichtssaal. Mary Warner war eine winzige, sechsunddreißig Jahre alte Staatsanwältin vom Sechsten Berufungsgericht. Sie galt dem Verteidiger Anthony Nathan vor Gericht als ebenbürtig. Wie Nathan hatte sie noch nie eine Niederlage einstecken müssen, jedenfalls nicht in einem wichtigen Fall. Mary Warner hatte einen blendenden Ruf wegen unermüdlicher Vorbereitung und ihres fehlerlosen, überzeugenden Auftretens vor Gericht. Ein geschlagener Gegner hatte gesagt: »Es ist, als ob man gegen jemanden Tennis spielt, der jeden Ball zurückbringt. Ihr bester Spin – er kommt zurück. Ihr Paradeschlag – er kommt zurück. Früher oder später spielt sie einen in Grund und Boden.«
Vermutlich war Ms. Warner von Jerrold Goldberg ausgesucht worden, und Goldberg hätte jeden Ankläger haben können, den er wollte. Er hatte sie James Dowd und anderen Anfangsfavoriten für die Anklage vorgezogen.
Auch Carl Monroe war da. Bürgermeister Monroe liebte das Bad in der Menge. Er sah mich, kam aber nicht her, ließ nur über das Gedrängel hinweg sein patentiertes Lächeln aufblitzen.
Wenn ich nicht schon genau gewußt hätte, wie er zu mir stand, hätte ich es jetzt gewußt. Meine Ernennung zum Abteilungsleiter war meine letzte Beförderung gewesen. Sie hatten das nur gemacht, um zu beweisen, daß ich eine gute Wahl für das Geiselrettungsteam gewesen war, und um möglichen Fragen nach meinem Verhalten in Miami zuvorzukommen.
Vor dem ersten Verhandlungstag war die große Nachricht in

Washington gewesen, Finanzminister Goldberg habe an der Anklageschrift mitgearbeitet. Das und die Tatsache, daß Anthony Nathan der Verteidiger war.

Nathan war von der *Post* ein »Ninjakrieger im Gerichtssaal« genannt worden. Er hatte seit dem Tag, an dem er die Vertretung von Soneji/Murphy übernommen hatte, regelmäßig Schlagzeilen gemacht. Nathan war ein Thema, über das Gary nicht mit mir reden wollte. Einmal hatte er gesagt: »Ich brauche einen guten Anwalt, nicht wahr? Mr. Nathan hat mich überzeugt. Das wird er bei den Geschworenen auch schaffen. Er ist unglaublich listig, Alex.« Listig?

Ich fragte Gary, ob Nathan so schlau wie er sei. Gary lächelte und sagte: »Warum sagen Sie immer, ich sei schlau, wo ich es doch gar nicht bin? Wenn ich so schlau wäre, wäre ich dann hier?«

Er war in den letzten Wochen kein einziges Mal von Gary Murphys Persönlichkeit abgewichen. Er hatte sich außerdem geweigert, sich wieder hypnotisieren zu lassen.

Ich beobachtete Garys Superanwalt Anthony Nathan, wie er aufgeblasen herumstolzierte. Er war eindeutig manisch, allgemein bekannt dafür, Zeugen im Kreuzverhör in Rage zu bringen. Verfügte Gary über die Geistesgegenwart, sich Nathan auszusuchen? Was hatte die beiden zusammengebracht?

In einer Hinsicht wirkten sie allerdings wie ein ideales Paar – ein Mann im Grenzbereich des Wahnsinns, der einen Wahnsinnigen verteidigte. Anthony Nathan hatte schon öffentlich erklärt: »Das wird der reine Zoo! Ein Zoo oder ein Gerichtsspektakel wie im Wilden Westen! Das verspreche ich Ihnen. Die könnten Karten für tausend Dollar pro Platz verkaufen.«

Mein Puls raste, als der Gerichtsdiener schließlich vor der Versammlung stand und den Saal zur Ordnung rief.

Ich sah Jezzie im Saal. Sie war angezogen, wie es ihrer Wichtigkeit beim Service entsprach. Nadelstreifenkostüm, hohe

Absätze, glänzender schwarzer Diplomatenkoffer. Sie sah mich und verdrehte die Augen.
Auf der rechten Seite des Gerichtssaals sah ich Katherine Rose und Thomas Dunne. Ihre Gegenwart machte das Ganze noch unwirklicher. Ich mußte an Charles und Anne Morrow Lindbergh und an den weltberühmten Entführungsprozeß denken, der vor sechzig Jahren stattgefunden hatte.
Richterin Linda Kaplan war als beredte und energische Frau bekannt, die sich nie von den Anwälten unterbuttern ließ. Sie war noch keine fünf Jahre Richterin, hatte aber schon mehreren großen Prozessen in Washington vorgesessen. Oft stand sie während der ganzen Verhandlung. Sie war bekannt dafür, daß ihre Autorität im Gerichtssaal nicht zu brechen war.
Gary Soneji/Murphy war ruhig, fast verstohlen zu seinem Platz geführt worden. Er saß schon und sah wohlerzogen aus, wie Gary Murphy immer aussah.
Mehrere bekannte Journalisten waren anwesend, von denen mindestens zwei ein Buch über die Entführung schrieben.
Die gegnerischen Anwaltsteams sahen am ersten Tag äußerst selbstsicher und gut vorbereitet aus, als wären sie unschlagbar.
Der Prozeß begann mit einer kleinen theatralischen Einlage. In der ersten Reihe fing Missy Murphy zu schluchzen an. »Gary hat niemandem was getan«, sagte sie vernehmlich. »Gary würde nie jemandem was tun.«
Jemand im Saal rief: »Ach, das können Sie uns doch nicht erzählen, Lady!«
Richterin Kaplan klopfte mit dem Hammer und befahl: »Ruhe im Gerichtssaal! Ruhe! Das reicht.« Und ob es reichte.
Es hatte angefangen. Gary Murphy/Sonejis Jahrhundertprozeß.

58. Kapitel

Alles schien ständig in Bewegung und ein Chaos zu sein, vor allem aber meine Beziehung zu der Ermittlung und dem Prozeß. Nach der Gerichtsverhandlung an jenem Tag tat ich das einzige, was mir sinnvoll vorkam: ich spielte mit den Kindern Football.

Damon und Janelle waren Wirbelwinde der Aktivität, konkurrierten den ganzen Nachmittag lang um meine Aufmerksamkeit, erdrückten mich schier mit ihrem Eifer. Sie lenkten mich von den unerfreulichen Aussichten der nächsten Wochen ab.

Nach dem Abendessen blieben Nana und ich bei einer zweiten Tasse Zichorienkaffee am Tisch sitzen. Ich wollte hören, was sie dachte. Ich wußte, daß sie es aussprechen würde. Während des ganzen Essens waren ihre Arme und Beine in Bewegung gewesen wie bei einem Baseballspieler beim Wurf.

»Alex, ich glaube, wir müssen reden«, sagte sie schließlich. Wenn Nana Mama etwas zu sagen hat, wird sie erst still. Dann redet sie viel, manchmal stundenlang.

Die Kinder schauten sich im Nebenzimmer *Glücksrad* an. Das Geschrei und Gejubel bei der Spielshow gibt ein gutes häusliches Hintergrundgeräusch ab.

»Worüber wollen wir reden?« fragte ich. »Hey, hast du gehört, daß eins von vier amerikanischen Kindern jetzt in Armut lebt? Bald sind wir die moralische Mehrheit.«

Nana war bei dem, was sie zu sagen hatte, ganz gefaßt und nachdenklich. Sie hatte diese Rede vorbereitet. Das merkte ich. Ihre Pupillen waren braune Stecknadelköpfe geworden.

»Alex«, sagte sie jetzt, »du weißt, daß ich immer auf deiner Seite bin, wenn es um etwas Wichtiges geht.«

»Seit ich mit einem Matchsack und, wie ich glaube, fünfundsiebzig Cents in Washington angekommen bin«, sagte ich. Ich konnte mich noch lebhaft daran erinnern, wie ich »nach Norden« zu meiner Großmutter geschickt worden war; am selben Tag war ich mit dem Zug aus Winston-Salem auf der Union Station angekommen. Meine Mutter war eben an Lungenkrebs gestorben; mein Vater war seit einem Jahr tot. Nana ging in Morrison's Cafeteria mit mir zum Mittagessen. Es war das erste Mal, daß ich in einem Restaurant gegessen hatte.

Regina Hope nahm mich auf, als ich neun war. Nana Mama wurde damals die »Queen of Hope« genannt. Sie war Lehrerin in Washington. Sie war schon Ende Fünfzig, und mein Großvater war tot. Meine drei Brüder kamen um die gleiche Zeit wie ich in die Gegend von Washington. Sie wohnten bei verschiedenen Verwandten, bis sie an die Achtzehn waren. Ich blieb immer bei Nana.

Ich hatte Glück gehabt. Manchmal bekam ich Ärger mit Nana Mama, weil sie wußte, was gut für mich war. Sie kannte meinen Typ. Sie hatte meinen Vater gekannt, im Guten wie im Bösen. Sie hatte meine Mutter geliebt. Nana Mama war und ist eine begabte Psychologin. Ich taufte sie Nana Mama, als ich zehn war. Sie war damals Großmutter und Mutter zugleich für mich geworden.

Jetzt hatte sie die Arme vor der Brust gefaltet. Eiserne Willenskraft. »Alex, ich glaube, ich habe ein ungutes Gefühl wegen der Beziehung, in der du steckst«, sagte sie.

»Kannst du mir sagen, warum?« fragte ich.

»Ja, kann ich. Erstens, Jezzie ist weiß, und ich traue den meisten Weißen nicht. Ich möchte schon, aber ich kann es nicht. Die meisten haben keine Achtung vor uns. Sie lügen uns ins Gesicht. So sind sie, jedenfalls Menschen gegenüber, die sie nicht für gleichwertig halten.«

»Du klingst ja wie ein Straßenrevolutionär. Farrakhan oder Sonny Carson«, sagte ich. Ich fing an, den Tisch abzuräumen, trug Teller und Besteck zu unserem alten Porzellanspülbecken.
»Ich bin nicht stolz auf diese Gefühle, aber ich kann auch nichts dagegen tun.« Nana Mamas Blick folgte mir.
»Das ist also Jezzies Verbrechen? Daß sie weiß ist?«
Nana rutschte auf dem Stuhl herum. Sie rückte die Brille zurecht, die sie an einer Schnur um den Hals trug. »Ihr Verbrechen ist, daß sie etwas mit dir angefangen hat. Sie scheint zu wollen, daß du deine Polizeikarriere wegwirfst, alles, was du hier im Südosten tust. Alles Gute in deinem Leben. Auch Damon und Jannie.«
»Damon und Janelle kommen mir nicht beunruhigt oder verletzt vor«, sagte ich zu Nana Mama. Meine Stimme wurde etwas lauter. Ich stand mit einem Stapel schmutzigem Geschirr da.
Nana schlug mit der Handfläche gegen die Holzlehne ihres Stuhls. »Verdammt noch mal, das liegt daran, daß du Scheuklappen aufhast, Alex. Du bist für sie die Sonne und der Himmel. Damon hat Angst, daß du ihn verläßt.«
»Falls die Kinder durcheinander sind, liegt das daran, daß du sie aufregst.« Ich sagte, was ich empfand, was ich für die Wahrheit hielt.
Nana Mama ruckte im Stuhl zurück. Ein leises Geräusch kam aus ihrem Mund. Sie war tief verletzt.
»Wie kannst du bloß so was Unrechtes sagen. Ich beschütze die beiden Kinder, wie ich dich beschützt habe. Ich habe mein Leben damit verbracht, mich um andere zu kümmern, auf andere aufzupassen. Ich tue niemandem weh, Alex.«
»Eben hast du mir weh getan«, sagte ich. »Und das weißt du. Du weißt, was die Kinder mir bedeuten.«
Nana hatte Tränen in den Augen, aber sie steckte nicht zurück. Sie hielt meinen Blick mit ihrem fest. Unsere Liebe ist stark und kompromißlos. So war es immer gewesen.

»Ich will nicht, daß du dich später bei mir entschuldigst, Alex. Für mich spielt es keine Rolle, daß du Schuldgefühle bekommen wirst, weil du eben so mit mir gesprochen hast. Für mich spielt eine Rolle, daß du dich schuldig gemacht hast. Du gibst alles für eine Beziehung auf, aus der nie etwas werden kann.«
Nana Mama verließ den Küchentisch und ging nach oben. Ende des Gesprächs. Einfach so. Ihre Meinung stand fest.
Gab ich alles auf, um mit Jezzie zusammenzusein? War es eine Beziehung, aus der nie etwas werden konnte? Ich konnte es noch nicht wissen. Ich mußte es selbst herausfinden.

59. Kapitel

Jetzt begann ein Aufmarsch medizinischer Sachverständiger, die beim Prozeß gegen Soneji/Murphy aussagten. Gerichtsmediziner traten in den Zeugenstand, manche für Wissenschaftler seltsam schrullig und exzentrisch. Sachverständige kamen vom Walter-Reed-Institut, vom Gefängnis Lorton, von der Armee, vom FBI.

Fotos und schematische Darstellungen wurden gezeigt und zu Tode erklärt; auf den gespenstischen Skizzen, die in der ersten Prozeßwoche dominierten, wurden die Tatorte immer wieder vorgeführt.

Acht Psychiater und Psychologen wurden in den Zeugenstand gerufen, um zu untermauern, daß Gary Soneji/Murphy seine Handlungen unter Kontrolle hatte; daß er ein irregeleiteter Soziopath war; daß er rational, kaltblütig und geistig völlig gesund war.

Er wurde als »kriminelles Genie« beschrieben, ohne Gewissen und Reue; als glänzender Schauspieler, »hollywoodreif«, was der Grund dafür war, daß er so viele Menschen manipuliert und getäuscht hatte.

Aber Gary Soneji/Murphy hatte tatsächlich bewußt und absichtlich zwei Kinder entführt; er hatte eines oder beide umgebracht; er hatte andere Menschen getötet – mindestens fünf, möglicherweise mehr. Er war das menschliche Ungeheuer, von dem wir alle Alpträume haben . . . Das sagten alle Sachverständigen der Anklage.

Die psychiatrische Leiterin am Walter-Reed-Institut war fast einen ganzen Nachmittag lang im Zeugenstand. Sie hatte ein dutzendmal mit Gary Murphy gesprochen. Nach einer langen Schilderung seiner gestörten Kindheit in Princeton, New Jersey, und der Teenagerjahre, die von gewalttätigen Ausbrüchen gegen Menschen und Tiere geprägt gewesen waren, wurde Dr. Maria Ruocco darum gebeten, ihre psychiatrische Einschätzung von Gary Murphy vorzutragen.

»Ich sehe in ihm einen äußerst gefährlichen Soziopathen. Ich glaube, Gary Murphy ist sich all seiner Handlungen voll bewußt. Ich glaube auf keinen Fall, daß er eine gespaltene Persönlichkeit ist.«

Auf diese Weise baute Mary Warner Tag für Tag geschickt ihren Fall auf. Ich bewunderte ihre Gründlichkeit und ihre Kenntnis des psychiatrischen Vorgehens. Sie setzte für die Richterin und die Geschworenen ein ungeheuer kompliziertes Puzzle zusammen. Ich hatte mich mehrmals mit ihr getroffen; sie war hervorragend. Wenn sie fertig war, würden die Geschworenen ein detailliertes Bild im Kopf haben ... von Gary Soneji/Murphys Kopf.

An jedem Prozeßtag konzentrierte sie sich auf ein neues Puzzlestück. Sie zeigte es den Geschworenen. Sie erklärte es gründlich. Dann setzte sie das Stück in das Puzzle ein.

Sie zeigte den Geschworenen genau, wie das neue Stück zu allem Vorigen paßte. Zweimal spendeten die Zuhörer im Gerichtssaal der leise sprechenden Anklägerin und ihrer eindrucksvollen Vorstellung Beifall.

Das alles schaffte sie, während Anthony Nathan gegen so gut wie jeden Punkt, den sie machen wollte, Einspruch erhob.

Nathans Verteidigung war ziemlich simpel, und er wich nie davon ab: Gary Murphy war unschuldig, weil er kein Verbrechen begangen hatte.

Das hatte Gary Soneji getan.

Anthony Nathan stolzierte wie üblich im Gerichtssaal herum. Er trug einen Fünfzehnhundertdollar-Maßanzug, schien sich aber überhaupt nicht wohl darin zu fühlen. Der Anzug war gut geschnitten, aber Nathans Haltung war unmöglich – es war, als versuchte man, einen Schimpansen einzukleiden.

»Ich bin kein netter Mensch.« Anthony Nathan stand am Montag der zweiten Woche vor den Geschworenen, sieben Frauen und fünf Männern. »Jedenfalls nicht vor Gericht. Es heißt von mir, daß ich ständig höhnisch grinse. Daß ich ein Wichtigtuer bin. Daß ich ein unerträglicher Egomane bin. Daß man es in meiner Nähe nicht länger als sechzig Sekunden aushält. Das ist alles wahr«, sagte Nathan zu seinem gebannten Publikum. »Alles wahr.

Und das bringt mich manchmal in Schwierigkeiten. Ich sage immer die Wahrheit. Ich bin besessen davon, die Wahrheit zu sagen. Ich habe keine Geduld, nicht die mindeste, mit Halbwahrheiten. Und ich habe noch nie einen Fall übernommen, in dem ich nicht die Wahrheit sagen kann.

Meine Verteidigung von Gary Murphy ist einfach, vielleicht die unkomplizierteste und am wenigsten anfechtbare, die ich je einer Jury vorgetragen habe. Es geht um die Wahrheit. Sie ist ganz einfach, meine Damen und Herren. Bitte, hören Sie mir zu.

Ms. Warner und ihr Team wissen, wie stark die Verteidigung ist, und genau deshalb hat sie Ihnen mehr Fakten vorgelegt, als die Warren-Kommission dazu benützt hat, genau dasselbe zu beweisen: ABSOLUT NICHTS. Wenn Sie Ms. Warner ins Kreuzverhör nehmen könnten und sie ehrlich antworten würde, würde sie Ihnen das sagen. Dann könnten wir alle nach Hause gehen. Wäre das nicht schön? Ja, das wäre wunderschön.«

Im Gerichtssaal wurde gekichert. Gleichzeitig beugten sich etliche Geschworene vor, um besser zu sehen und zu hören. Jedesmal, wenn Nathan an ihnen vorbeikam, ging er einen halben Schritt näher auf sie zu.

»Jemand, mehrere Jemands haben mich gefragt, warum ich

diesen Fall übernommen habe. Ich habe ihnen gesagt, so einfach, wie ich es Ihnen jetzt sage, daß die Beweislage ihn zu einem sicheren Erfolg für die Verteidigung macht. Die Wahrheit ist für die Verteidigung überwältigend. Ich weiß, daß Sie das jetzt noch nicht glauben. Aber Sie werden es glauben.

Hier kommt eine verblüffende Tatsachenfeststellung. Ms. Warner wollte zu diesem Zeitpunkt den Prozeß noch nicht eröffnen. Ihr Chef, der Finanzminister, hat darauf gedrungen, den Fall jetzt zu verhandeln. Er hat darauf gedrängt, den Prozeß in einer Rekordzeit zu eröffnen. Noch nie haben sich die Räder der Justiz so schnell gedreht. Für Sie oder Ihre Angehörigen hätten sich dieselben Räder nie so schnell gedreht. Das ist die Wahrheit.

Aber in diesem besonderen Fall haben sich wegen des Leids von Mr. Goldberg und seiner Familie die Räder extrem schnell gedreht. Und wegen Katherine Rose und ihrer Familie, die berühmt, reich und mächtig sind, und ebenfalls wollen, daß ihr Leid ein Ende hat. Wer kann ihnen das verübeln? Ich ganz bestimmt nicht.

Aber nicht um den Preis eines UNSCHULDIGEN MENSCHENLEBENS! Dieser Mann, Gary Murphy, hat nicht verdient, so zu leiden, wie sie gelitten haben.«

Nathan ging jetzt zu Gary hinüber. Ein blonder, athletischer Gary Murphy, der aussah wie ein erwachsener Pfadfinder. »Dieser Mann ist ein so guter Mensch wie jeder hier im Gerichtssaal. Ich werde es Ihnen beweisen.

Gary Murphy ist ein guter Mensch. Merken Sie sich das. Jetzt kommt eine weitere Tatsache.

Eine von zwei Tatsachen, nur zwei, von denen ich möchte, daß Sie sie sich merken. Die zweite Tatsache ist, Gary Soneji ist wahnsinnig.

Jetzt muß ich Ihnen gestehen, daß ich auch ein bißchen wahnsinnig bin. Bloß ein bißchen. Das haben Sie schon gemerkt. Ms. Warner hat Sie darauf aufmerksam gemacht.

Hören Sie, GARY SONEJI IST HUNDERTMAL WAHNSINNIGER ALS ICH. Gary Soneji ist der wahnsinnigste Mensch, den ich je kennengelernt habe. Und ich habe Soneji kennengelernt. Sie werden ihn auch kennenlernen.
Das verspreche ich Ihnen. Sie werden Soneji kennenlernen, und dann sind Sie nicht mehr in der Lage, Gary Murphy zu verurteilen. Sie werden Gary Murphy mögen und ihn für seinen persönlichen Kampf gegen Soneji bewundern. Gary Murphy kann nicht wegen der Morde und einer Entführung verurteilt werden... die Gary Soneji begangen hat...«

Anthony Nathan rief jetzt einen Leumundszeugen nach dem anderen auf. Überraschenderweise waren Kollegiumsmitglieder der Georgetown-Tagesschule dabei und etliche Schüler. Nachbarn der Murphys aus Delaware sagten ebenfalls aus.
Nathan ging immer sanft mit den Zeugen um, immer wortgewandt. Sie schienen Nathan zu mögen und ihm zu vertrauen.
»Nennen Sie bitte Ihren Namen.«
»Dr. Nancy Temkin.«
»Und bitte Ihren Beruf.«
»Ich unterrichte Kunst an der Georgetown-Tagesschule.«
»Sie haben Gary Soneji in der Tagesschule gekannt?«
»Ja.«
»War Mr. Soneji an der Tagesschule ein guter Lehrer? Ist Ihnen je etwas aufgefallen, was Sie auf den Gedanken gebracht hat, er sei kein guter Lehrer?«
»Nein, nie. Er war ein sehr guter Lehrer.«
»Warum sagen Sie das, Frau Doktor?«
»Weil er von seinem Fach begeistert war und davon, es den Schülern zu vermitteln. Er war ein besonders beliebter Lehrer an der Schule. Sein Spitzname lautete ›Chips‹, Mr. Chips.«

»Sie haben gehört, daß medizinische Sachverständige gesagt haben, er sei wahnsinnig, ein Fall von schwerer Persönlichkeitsspaltung? Was halten Sie davon?«

»Ehrlich gesagt, es ist die einzige Erklärung, die ich mir vorstellen kann.«

»Frau Doktor, ich weiß, daß das unter den gegebenen Umständen eine schwere Frage ist, aber waren Sie mit dem Angeklagten befreundet?«

»Ja. Ich war mit ihm befreundet.«

»Sind Sie es immer noch?«

»Ich möchte, daß Gary die Hilfe bekommt, die er braucht.«

»Genau wie ich«, sagte Nathan. »Genau wie ich.«

Am Freitag der zweiten Prozeßwoche schoß Anthony Nathan die erste richtige Salve ab. Das war so dramatisch wie unerwartet. Es fing mit einer kurzen Besprechung zwischen Nathan, Mary Warner und Richterin Kaplan an.

Während der Besprechung hob Mary Warner ausnahmsweise einmal die Stimme. »Einspruch, Euer Ehren! Ich erhebe Einspruch gegen diesen ... *Trick*. Das ist ein Trick!«

Im Gerichtssaal war es schon unruhig geworden. Die Presse in den vorderen Reihen war hellwach. Richterin Kaplan hatte offenbar zugunsten der Verteidigung entschieden.

Mary Warner kehrte zu ihrem Platz zurück, aber sie hatte einen Teil ihrer Fassung verloren. »Warum sind wir darüber nicht früher unterrichtet worden?« rief sie. »Warum ist das bei der Vorverhandlung nicht zur Sprache gekommen?«

Nathan hob die Hände und brachte den Saal zur Ruhe. Er verkündete die Nachricht allen. »Ich rufe Dr. Alex Cross als Zeugen der Verteidigung auf. Ich rufe ihn auf als feindseligen, unkooperativen Zeugen, aber nichtsdestotrotz als Zeugen der Verteidigung.«

Ich war der *»Trick«*.

Vierter Teil

Maggie Rose ist nicht vergessen

60. Kapitel

»Ich möchte den Film noch einmal anschauen, Daddy«, sagte Damon zu mir. »Ich will das jetzt wirklich.«

»Sei still. Wir schauen die Nachrichten an«, sagte ich. »Vielleicht lernst du daraus mehr über das Leben als aus *Batman.*«

»Der Film ist komisch.« Damon versuchte, mich zur Vernunft zu bringen.

Ich verriet meinem Sohn ein kleines Geheimnis. »Das sind die Nachrichten auch.«

Ich verriet Damon nicht, daß ich unglaublich angespannt war, weil ich am Montag vor Gericht aussagen mußte, für die Verteidigung aussagen.

An jenem Abend hatte ich in den Fernsehnachrichten gehört, Thomas Dunne wolle in Kalifornien für den Senat kandidieren. Versuchte Thomas Dunne, sein Leben wieder zusammenzuflicken? Oder war es möglich, daß Thomas Dunne etwas mit der Entführung zu tun hatte? Inzwischen schloß ich nichts mehr aus. Ich war paranoid gegenüber so vielem geworden, was mit dem Kidnappingfall zusammenhing. Steckte mehr hinter der Meldung aus Kalifornien, als es den Anschein hatte? Ich hatte zweimal um Erlaubnis gebeten, in Kalifornien ermitteln zu dürfen. Sie war beide Male verweigert worden. Jezzie half mir. Sie hatte eine Kontaktperson in Kalifornien, aber bis jetzt war nichts dabei herausgekommen. Wir schauten die Nachrichten vom Wohnzimmerboden aus an. Janelle und Damon kuschelten sich an mich. Vor den Nachrichten hatten wir unser Video vom *Kindergarten Cop* zum zehnten, zwölften oder vielleicht zum zwanzigsten Mal angeschaut.

Die Kinder meinten, ich sollte statt Arnold Schwarzenegger in dem Film mitspielen. Ich war der Meinung, Arnold entwickle sich zu einem recht guten Komiker. Oder vielleicht war mir Schwarzenegger immer noch lieber als ein Wiedersehen mit *Benji* oder *Susi und Strolch*.

Nana war in der Küche und spielte mit Tante Tia Binokel. Ich konnte das Telefon an der Küchenwand sehen. Der Hörer baumelte herunter, damit wir nicht von Reportern oder anderen Spinnern *du jour* angerufen werden konnten.

Die Anrufe, die ich an jenem Abend von der Presse bekommen hatte, drehten sich alle um dieselben Fragen. Konnte ich Soneji/Murphy in einem vollen Gerichtssaal hypnotisieren? Würde Soneji je sagen, was Maggie Rose Dunne zugestoßen war? Hielt ich ihn für psychotisch oder für einen Soziopathen? Nein, kein Kommentar.

Gegen ein Uhr morgens klingelte es an der Haustür. Nana war schon lange nach oben gegangen. Ich hatte Janelle und Damon gegen neun ins Bett gebracht, nachdem wir uns noch etwas in David Macaulays magisches Buch *Black and White* vertieft hatten.

Ich ging in das dunkle Eßzimmer und zog die Chintzvorhänge zurück. Es war Jezzie. Sie war pünktlich.

Ich ging auf die Veranda hinaus und umarmte Jezzie. »Fahren wir, Alex«, flüsterte sie. Sie hatte einen Plan. Sie sagte, ihr Plan sei gar kein Plan, aber das war bei Jezzie selten der Fall.

In jener Nacht verschlang Jezzies Motorrad tatsächlich die Straße. Wir fuhren am anderen Verkehr vorbei, als stünde er still, erstarrt in Zeit und Raum. Wir fuhren an dunklen Häusern vorbei, Rasenflächen, an allem anderen auf der Welt. Im dritten Gang.

Ich wartete darauf, daß sie in den vierten, dann in den fünften Gang schaltete. Die BMW dröhnte gleichmäßig und reibungslos unter uns, und der Motorradscheinwerfer strahlte die Straße durchdringend an.

Jezzie wechselte mühelos die Fahrspur, während wir in den vierten Gang übergingen und dann in die Geschwindigkeit des fünften hinaufschalteten. Wir fuhren auf dem George Washington Parkway zweihundert, dann zweihundertzehn auf der 95. Jezzie hatte einmal zu mir gesagt, sie sei noch nie Motorrad gefahren, ohne es wenigstens auf hundertfünfzig zu bringen. Ich glaubte ihr.

Wir hörten mit der Raserei durch Zeit und Raum nicht auf, bis wir herunterkamen, bis wir an einer verkommenen Mobil-Tankstelle in Lumberton, North Carolina, landeten.

Es war fast sechs Uhr morgens. In den Augen des Tankwarts müssen wir völlig verrückt ausgesehen haben. Schwarzer Mann, blonde weiße Frau. Starkes Motorrad. Heute nacht war ja schwer was los in dem alten Kaff.

Der Tankwart sah auch ziemlich daneben aus. Er trug über den grauen Farmerjeans Skateboardpolster. Er war Anfang Zwanzig, mit einem Stachelhaarschnitt, den man eher an den Stränden von Kalifornien zu sehen bekommt als in diesem Teil des Landes. Wie hatte es die Frisur so schnell nach Lumberton, North Carolina, geschafft? War auch das bloß Wahnsinn, der in der Luft lag? Ein freier Ideenstrom?

»Morgen, Rory.« Jezzie lächelte den Jungen an.

Sie schaute zwischen zwei Benzinpumpen hindurch und zwinkerte mir zu.

»Rory hat hier die Schicht zwischen elf und sieben. Die einzige geöffnete Tankstelle auf achtzig Kilometern in beiden Richtungen. Erzähl niemandem, du bist dir da nicht so sicher.« Sie senkte die Stimme. »Rory verkauft hier in der Gegend Aufputsch- und Beruhigungsmittel. Alles, was einen durch die Nacht bringt. Hummeln fürs Hirn, schwarze Kapseln, Diazepam?«

Sie war in einen leicht schleppenden Tonfall übergegangen, der hübsch klang. Das blonde Haar war ganz verweht, was mir auch gefiel. »Ekstasy, Metaamphetamin?« fuhr sie mit der Speisekarte fort. Rory schaute sie kopfschüttelnd an, als wäre sie verrückt. Ich merkte, daß er sie mochte. Er strich sich nicht vorhandenes Haar aus den Augen. »Mann o Mann«, sagte er. Ein äußerst wortgewandter junger Mann.
»Mach dir wegen Alex keine Sorgen.« Sie lächelte den Tankwart wieder an. Die Stachelfrisur machte ihn acht Zentimeter größer. »Er ist in Ordnung. Bloß noch ein Cop aus Washington.«
»O Mann! Jezzie, hol dich der Teufel! Himmel noch mal! Du und deine Copfreunde.« Rory fuhr auf den Stiefelabsätzen herum, als hätte er sich an einer Fackel verbrannt. Er mußte hier draußen schon jede Menge Verrückte gesehen haben, wenn er in der Nachtschicht gleich neben der Autobahn arbeitete. Wir zwei waren auf jeden Fall verrückt. Erzähl mir davon. Was für andere Copfreunde?
Keine Viertelstunde später waren wir an Jezzies Haus am See. Es war ein kleines Holzhaus direkt über dem Wasser, umgeben von Fichten und Birken. Das Wetter war fast vollkommen. Altweibersommer, später, als er hätte kommen dürfen. Der Treibhauseffekt.
»Du hast mir gar nicht gesagt, daß du eine Großgrundbesitzerin bist«, sagte ich, als wir eine malerische, kurvenreiche Straße entlang auf das Cottage zurasten.
»Kaum, Alex. Mein Großvater hat das Anwesen meiner Mutter hinterlassen. Opa war ein Ganove und ein Dieb. Zu seiner Zeit hat er es zu ein bißchen Geld gebracht. Der einzige in unserer Familie, der das je geschafft hat. Verbrechen scheint sich auszuzahlen.«
»So heißt es.«
Ich sprang vom Motorrad und streckte sofort die Rückenmuskeln, dann die Beine. Wir gingen ins Haus. Die Tür war nicht abgeschlossen, was meiner Phantasie Nahrung gab.

Jezzie schaute in den Kühlschrank, der großzügig bestückt war. Sie legte ein Band von Bruce Springsteen ein, dann ging sie hinaus.
Ich folgte ihr hinunter zu dem schimmernden, schwarzblauen Wasser. Ein neuer Landesteg war angebaut worden. Ein schmaler Weg führte zu einem breiteren Steg mit angeschraubten Stühlen und einem Tisch. Ich hörte die laufende Musik aus dem Album »Nebraska«.
Jezzie zog die Stiefel aus, dann die blaugestreiften Socken. Sie tauchte einen Fuß in das völlig unbewegte Wasser.
Ihre langen Beine waren wunderbar athletisch. Sie hatte auch lange Füße, hübsch geformt, so schön, wie Füße irgend sein können. Im Augenblick erinnerte sie mich an Frauen, die die University of Florida, Miami, South Carolina, Vanderbilt besucht haben. Ich hatte noch keine Stelle an ihr entdeckt, die nicht ein ganz besonderer Anblick gewesen wäre.
»Glaub's oder nicht, das Wasser hat vierundzwanzig Grad«, sagte sie mit einem dicken Zeitlupenlächeln.
»Ganz genau?« fragte ich.
»Aber ja. Aufs Grad genau. Bist du tapfer oder ein Feigling?«
»Was werden die Nachbarn dazu sagen? Ich habe meine Badehose nicht eingepackt. Überhaupt nichts.«
»Das war doch der Plan: kein Plan. Stell dir das mal vor. Ein ganzer Samstag ohne Plan. Kein Prozeß. Keine Interviews. Kein Beschuß von den Dunnes. Denk bloß, wie Thomas Dunne diese Woche auf Larry King losgegangen ist. Wie er sich über die Ermittlung beschwert hat, die zum Prozeß geführt hat, dauernd wieder über mich hergezogen ist. Kein welterschütterndes Kidnapping, das dich belastet. Bloß wir beide, hier draußen, mitten im Nirgendwo.«
»Mir gefällt, wie das klingt«, sagte ich zu Jezzie. »Mitten im Nirgendwo.« Ich schaute mich um, folgte der Linie, wo die Fichten an den klaren blauen Himmel grenzten.

»Dann nennen wir diesen Ort so. Mitten im Nirgendwo, North Carolina.«

»Im Ernst, Jez. Was ist mit den Nachbarn? Wir sind in einem rassistischen Bundesstaat. Ich will keine verbrannten Fußsohlen kriegen.«

Sie lächelte. »Da ist niemand in einem Umkreis von mindestens drei Kilometern, Alex. Keine anderen Häuser, glaub's oder nicht. Es ist zu früh für alle, bis auf die Barschfischer.«

»Ich habe auch keine Lust, ein paar rassistischen, hinterwäldlerischen Barschfischern zu begegnen«, sagte ich. »In ihren Augen bin ich vielleicht ein schwarzer Barsch. Ich habe *Flußfahrt* von James Dickey gelesen.«

»Die Fischer sind alle am Südzipfel des Sees. Vertrau mir, Alex. Ich ziehe dich aus. Damit du es ein bißchen bequemer hast.«

»Wir ziehen uns gegenseitig aus.« Ich ergab mich ihr und dem langsamen Tempo des vollkommenen Morgens.

Wir zogen uns auf dem Landesteg gegenseitig aus. Die Morgensonne war angenehm warm, und ich spürte die Seebrise, die unsere nackte Haut fächelte.

Ich probierte das Wasser mit dem Fuß aus, bis zum Knöchel. Jezzie hatte nicht übertrieben, was die Temperatur anlangte.

»Ich würde dich nie anlügen. Das habe ich noch nie getan«, sagte sie und lächelte wieder.

Dann tauchte sie vollkommen ein, brachte die Wasseroberfläche fast gar nicht zum Spritzen.

Ich folgte der schwachen Spur der Bläschen, die Jezzie hinterlassen hatte. Als ich eintauchte, dachte ich: ein Schwarzer und eine schöne Weiße schwimmen gemeinsam.

In den Südstaaten. Im Jahre des Herrn neunzehnhundertdreiundneunzig.

Wir waren tollkühn und vielleicht eine Spur verrückt.

Taten wir etwas Unrechtes? Manche Leute hätten das viel-

leicht gesagt oder wenigstens gedacht. Aber warum? Taten wir irgend jemandem weh, weil wir zusammen waren?
Oben war das Wasser warm. Aber anderthalb und zwei Meter tiefer war es viel kälter. Es sah blaugrün aus. Vermutlich floß Quellwasser in den See. Knapp über dem Grund spürte ich an der Brust und den Genitalien starke Unterströmungen.
Ein Gedanke setzte mir schwer zu: War es möglich, daß wir uns ernsthaft verliebten? Empfand ich das im Augenblick?
Ich kam nach oben, um Luft zu holen.
»Hast du den Grund berührt? Beim ersten Mal mußt du den Grund berühren.«
»Was passiert sonst?« fragte ich Jezzie.
»Sonst bist du ein elender Feigling und wirst ertrinken oder dich auf ewig im Wald verlaufen, ehe der Tag zu Ende ist. Das ist eine wahre Geschichte. Ich habe das schon oft erlebt, hier, mitten im Nirgendwo.«
Wir spielten wie Kinder im See. Wir hatten beide hart gearbeitet. Zu hart – fast ein Jahr unseres Lebens.
Eine Zedernleiter war da, ein einfacher Rückweg auf den Landesteg. Die Leiter war neu. Ich roch das frische Holz. Es war noch ohne Spreißel. Ich fragte mich, ob Jezzie die Leiter selbst gebaut habe – während des Urlaubs kurz vor der Entführung.
Wir hielten uns an der Leiter und aneinander fest. Irgendwo weit draußen auf dem See quakten Enten. Es war ein merkwürdiges Geräusch. Auf der Wasseroberfläche, die sich vor uns erstreckte, regte sich fast nichts. Winzige Wellen kitzelten Jezzie am Kinn.
»Ich liebe dich, wenn du so bist. Dann wirst du so verletzlich«, sagte sie. »Dein wahres Ich kommt zum Vorschein.«
»Ich habe das Gefühl, daß alles so lange unwirklich war«, sagte ich zu Jezzie. »Die Entführung. Die Suche nach Soneji. Der Prozeß in Washington.«

»Das hier ist für den Augenblick das einzig Reale. Okay? Ich bin so gern mit dir zusammen.« Jezzie legte den Kopf an meine Brust.
»So gern?«
»Ja. So gern. Siehst du, wie unkompliziert das sein kann?« Sie deutete auf den malerischen See, den dichten Kreis aus Fichten. »Siehst du es nicht? Alles ist so natürlich. Es wird schön. Das verspreche ich. Zwischen uns werden niemals Barschfischer stehen.«
Jezzie hatte recht. Zum erstenmal seit langer Zeit hatte ich das Gefühl, alles könne gut werden – alles, was von jetzt an geschehen konnte. Alles war so langsam, so unkompliziert, so gut, wie es nur sein konnte. Wir wollten beide nicht, daß das Wochenende zu Ende ging.

61. Kapitel

»Ich bin Detective bei der Kriminalpolizei von Washington. Mein offizieller Rang ist der eines Abteilungsleiters. Manchmal werde ich auf Gewaltverbrechen angesetzt, bei denen psychologische Überlegungen eine Rolle spielen, die zur Lösung des Falls beitragen können.«

Das sagte ich unter Eid in einem überfüllten, stillen, unter Hochspannung stehenden Gerichtssaal in Washington aus. Es war Montagmorgen. Das Wochenende schien unendlich weit entfernt zu sein. Schweißperlen rollten mir über den Kopf.

»Können Sie uns sagen, warum Sie auf Fälle mit psychologischen Begleiterscheinungen angesetzt werden?« fragte mich Anthony Nathan.

»Ich bin nicht nur Kriminalpolizist, sondern auch Psychologe. Ich habe privat praktiziert, ehe ich der Polizei von D. C. beigetreten bin«, sagte ich. »Davor habe ich in der Landwirtschaft gearbeitet. Ich war ein Jahr lang Farmarbeiter auf Wanderschaft.«

»Wo haben Sie Ihren Abschluß gemacht?« Nathan ließ sich nicht davon ablenken, mich als ungeheuer eindrucksvolle Persönlichkeit zu präsentieren.

»Wie Sie schon wissen, Mr. Nathan, habe ich am John Hopkins promoviert.«

»Eine der besten medizinischen Fakultäten im Land, jedenfalls in diesem Teil des Landes«, sagte er.

»Einspruch. Das ist Mr. Nathans Meinung.« Mary Warner war juristisch im Recht.

Richterin Kaplan gab dem Einspruch statt.

»Sie haben außerdem Artikel in *Psychiatric Archives* und im

American Journal of Psychiatry veröffentlicht.« Nathan fuhr fort, als wären Ms. Warner und Richterin Kaplan gar nicht vorhanden.
»Ich habe ein paar Aufsätze geschrieben. Das ist wirklich keine große Sache, Mr. Nathan. Viele Psychologen publizieren.«
»Aber nicht im *Journal* und in den *Archives*, Dr. Cross. Was war das Thema dieser wissenschaftlichen Artikel?«
»Ich schreibe über die kriminelle Psyche. Ich kenne genug Wörter mit drei bis vier Silben, daß ich für die sogenannten wissenschaftlichen Blätter als Autor in Frage komme.«
»Ich bewundere Ihre Bescheidenheit. Doch, ganz ehrlich. Sagen Sie mir eins, Dr. Cross. Sie haben mich in den letzten Wochen beobachtet. Wie würden Sie meine Persönlichkeit beschreiben?«
»Dazu bräuchte ich ein paar Privatsitzungen. Ich bin mir nicht sicher, ob Sie die Therapie bezahlen könnten.«
Im ganzen Gerichtssaal wurde gelacht. Sogar Richterin Kaplan genoß einen Moment seltener Heiterkeit.
»Riskieren Sie ein Vermutung«, fuhr Nathan fort. »Ich kann's wegstecken.«
Er hatte einen schnellen, erfinderischen Verstand. Anthony Nathan war äußerst kreativ. Er hatte als erstes vorgeführt, daß ich ein unabhängiger Zeuge war, kein »Sachverständiger«, den er in der Tasche hatte.
»Sie sind neurotisch.« Ich lächelte. »Und vermutlich verschlagen.«
Nathan wandte sich den Geschworenen zu und hob die Hände. »Wenigstens ist er ehrlich. Und wenn es sonst nichts genützt hat, habe ich heute morgen wenigstens eine kostenlose Sitzung beim Psychologen bekommen.«
Wieder Gelächter auf der Geschworenenbank. Dieses Mal hatte ich das Gefühl, daß etliche Geschworene ihre Meinung über Anthony Nathan und vielleicht auch über seinen Mandanten änderten.

Anfangs hatten sie ihn nicht ausstehen können. Jetzt merkten sie, daß er engagiert war und hochintelligent. Er leistete professionelle, vielleicht sogar hervorragende Arbeit für seinen Mandanten.

»Wie viele Sitzungen mit Gary Murphy hatten Sie?« fragte er mich jetzt. Gary Murphy, nicht Soneji.

»Fünfzehn Sitzungen in einem Zeitraum von dreieinhalb Monaten.«

»Doch ausreichend, sich eine Meinung zu bilden?«

»Die Psychologie ist keine besonders exakte Wissenschaft. Ich hätte gern mehr Sitzungen gehabt. Ich habe mir eine vorläufige Meinung gebildet.«

»Und die ist?« fragte Nathan.

»Einspruch!« Mary Warner stand wieder auf. Sie hatte viel zu tun. »Detective Cross hat eben gesagt, für ein abschließendes medizinisches Urteil hätte er mehr Sitzungen gebraucht.«

»Abgelehnt«, sagte Richterin Kaplan. »Detective Cross hat außerdem ausgesagt, er habe sich eine vorläufige Meinung gebildet. Ich möchte sie hören.«

»Dr. Cross«, fuhr Nathan fort, als hätte es keinerlei Unterbrechung gegeben, »im Gegensatz zu den anderen Psychiatern und Psychologen, die sich mit Gary Murphy beschäftigt haben, waren Sie von Anfang an mit diesem Fall befaßt – als Polizist wie als Psychologe.«

Die Anklägerin unterbrach Nathan wieder. Sie verlor die Geduld. »Euer Ehren, Mr. Nathan hat dem Zeugen Fragen zu stellen.«

»Mr. Nathan?«

Anthony Nathan wandte sich Mary Warner zu und schnippte mit den Fingern nach ihr. »Eine Frage? Kein Problem.« Er wandte sich wieder an mich.

»Können Sie uns als Polizist, der von Anfang an mit diesem Fall befaßt war, und als ausgebildeter Psychologe Ihre berufliche Meinung über Gary Murphy sagen?«

Ich schaute Murphy/Soneji an. Er schien Gary Murphy zu sein. Im Augenblick sah er wie ein sympathischer, anständiger Mann aus, der in den schlimmsten Alptraum, den man sich vorstellen kann, hineingeraten ist.

»Meine ersten Gefühle und ehrlichen Eindrücke waren ganz einfach und menschlich. Die Entführung durch einen Lehrer hat mich schockiert und verstört«, fing ich mit meiner Antwort an. »Das war ein schwerer Vertrauensbruch. Dann wurde es viel schlimmer. Ich habe die verstümmelte Leiche von Michael Goldberg mit eigenen Augen gesehen. Das ist etwas, was ich nie vergessen werde. Ich habe mit Mr. und Mrs. Dunne über ihre kleine Tochter gesprochen. Ich habe das Gefühl, Maggie Rose zu kennen. Ich habe außerdem die Mordopfer in den Fällen Turner und Sanders gesehen.«

»Einspruch!« Mary Warner war wieder auf den Beinen. »Einspruch!«

»Sie sollten es besser wissen.« Richterin Kaplan bedachte mich mit einem eisigen Blick. »Streichen Sie das aus dem Protokoll. Die Geschworenen werden angewiesen, es nicht zur Kenntnis zu nehmen. Es gibt keinen Beweis dafür, daß der Angeklagte in irgendeiner Weise in die eben erwähnten Fälle verwickelt ist.«

»Sie haben um eine ehrliche Antwort gebeten«, sagte ich zu Nathan. »Sie wollten hören, was ich glaube. Und das bekommen Sie zu hören.«

Nathan ging nickend zur Geschworenenbank. Er drehte sich zu mir um.

»Schon in Ordnung. Ich bin mir sicher, daß Sie absolut ehrlich zu uns sein werden, Dr. Cross. Ob mir diese Ehrlichkeit gefällt oder nicht. Ob sie Gary Murphy gefällt oder nicht. Sie sind ein äußerst ehrlicher Mann. Ich werde Sie beim Vortrag Ihrer ehrlichen Meinung nicht unterbrechen, solange es die Anklage nicht tut. Bitte fahren Sie fort.«

»Ich wollte den Kidnapper unbedingt fassen. Es war ein schlimmes Gefühl. Allen im Geiselrettungsteam ging es so.

Die meisten von uns haben den Fall persönlich genommen.«

»Sie haben den Kidnapper gehaßt. Sie wollten, daß der Täter, wer es auch sein mochte, die gesetzliche Höchststrafe bekommt?«

»Ja. Das will ich immer noch«, antwortete ich.

»Als Gary Murphy festgenommen wurde, waren Sie dabei. Er wurde angeklagt. Danach hatten Sie mehrere Sitzungen mit ihm. Was denken Sie im Augenblick über Gary Murphy?«

»Ehrlich gesagt, im Augenblick weiß ich nicht, was ich denken soll.«

Anthony Nathan entging nichts. »Dann haben Sie begründete Zweifel?«

Mary Warner hinterließ allmählich Fußabdrücke auf den alten Dielenbrettern des Gerichtssaals. »Suggestivfrage. Beeinflussung des Zeugen.«

»Die Geschworenen nehmen das nicht zur Kenntnis«, sagte Richterin Kaplan.

»Sagen Sie uns, welche Gefühle Sie in diesem Augenblick für Gary Murphy empfinden. Tragen Sie uns Ihre berufliche Meinung vor, Dr. Cross«, sagte Nathan.

»Bis jetzt kann ich noch nicht wissen, ob er Gary Murphy ist – oder Gary Soneji. Ich bin mir nicht sicher, ob in diesem Mann zwei Persönlichkeiten existieren. Ich glaube, es wäre möglich, daß er eine gespaltene Persönlichkeit hat.«

»Und falls er eine gespaltene Persönlichkeit hätte?«

»Falls es so wäre, könnte Gary Murphy wenig oder gar nichts über die Taten von Gary Soneji bewußt sein. Er könnte aber auch ein intelligenter Soziopath sein, der uns alle manipuliert. Sie auch.«

»Okay. Das kann ich akzeptieren. So weit, so gut«, sagte Nathan. Er hatte die Hände vor der Brust, als hielte er einen kleinen Ball. Offenbar überlegte er, wie er eine genauere Definition aus mir herausbekam.

»Diese Zweifel sind der Angelpunkt, nicht wahr?« fuhr er fort. »Das ist der springende Punkt. Ich möchte deshalb, daß Sie den Geschworenen dabei helfen, ihre wichtige Entscheidung zu treffen. Dr. Cross, ich möchte, daß Sie Gary Murphy hypnotisieren!« verkündete er.

»Hier, in diesem Gerichtssaal. Lassen wir die Geschworenen selbst entscheiden. Und ich habe volles Vertrauen zu diesen Geschworenen und ihrer Entscheidung. Ich habe alles Vertrauen der Welt, daß die Geschworenen zur richtigen Entscheidung kommen werden, wenn ihnen die Beweise gezeigt worden sind. Meinen Sie das nicht auch, Dr. Cross?«

62. Kapitel

Am folgenden Morgen wurden für meine Sitzung mit Gary zwei schlichte rote Ledersessel hereingebracht. Damit er sich entspannen konnte, die Umgebung weniger stark wahrnahm, wurde die Beleuchtung gedämpft. Wir bekamen beide ein Mikrophon. Das waren die einzigen Ausnahmebedingungen, die Richterin Kaplan gestattete.
Eine Alternative dazu wäre ein Videoband unserer Sitzung gewesen, aber Gary hatte gesagt, er glaube, er könne sich im Gerichtssaal hypnotisieren lassen. Er wollte es versuchen. Sein Anwalt wollte, daß er es versuchte.
Ich hatte beschlossen, die Hypnose durchzuführen, als ob Soneji/Murphy in der Zelle wäre. Es war wichtig, die unvermeidlichen Störungen im Gerichtssaal auszuschalten. Ich hatte keine Ahnung, ob das funktionieren und was dabei herauskommen würde. Mein Magen war verkrampft, als ich mich auf den Sessel setzte. Ich versuchte, die Zuschauer nicht anzusehen. Ich bin ungern auf der Bühne, und jetzt war ich es besonders ungern.
Beim ersten Versuch hatte ich Gary gegenüber eine einfache, verbale Suggestivtechnik angewendet. Hypnose ist nicht annähernd so schwierig, wie die meisten Leute glauben.
»Gary«, sagte ich, »setzen Sie sich zurück, versuchen Sie, sich zu entspannen, dann werden wir sehen, was passiert.«
»Ich tue mein Bestes«, sagte er und klang so aufrichtig, wie er aussah. Er trug einen marineblauen Anzug, ein gestärktes weißes Hemd und eine gestreifte Ripskrawatte. Er sah mehr nach einem Anwalt aus als sein Verteidiger.

»Ich werde Sie wieder hypnotisieren, weil Ihr Anwalt glaubt, das könne zu Ihrer Verteidigung beitragen. Sie haben mir gesagt, Sie wollen diese Hilfe. Ist das korrekt?«

»Ja«, sagte Gary. »Ich will die Wahrheit sagen ... Ich will selbst die Wahrheit wissen.«

»Gut, dann zählen Sie jetzt von hundert rückwärts. Wir haben das schon einmal gemacht. Werden Sie bei jeder Zahl entspannter. Sie können anfangen.«

Gary Murphy zählte rückwärts.

»Ihre Augen schließen sich. Sie fühlen sich jetzt viel entspannter ... wie im Schlaf ... atmen tief«, sagte ich mit einer Stimme, die immer ruhiger wurde, fast monoton.

Es war fast still im Gerichtssaal. Das einzige Geräusch war das vibrierende Summen der Klimaanlage.

Gary hörte schließlich zu zählen auf.

»Sitzen Sie bequem? Ist alles in Ordnung?« fragte ich.

Die blauen Augen waren glasig und feucht. Er schien ziemlich schnell in Trance verfallen zu sein. Es gab keine Möglichkeit, das zu überprüfen.

»Ja. Bestens. Ich fühle mich gut.«

»Wenn Sie aus irgendeinem Grund die Sitzung unterbrechen möchten, wissen Sie, wie Sie aus der Trance herauskommen.«

Er nickte leicht. »Ja. Aber ich bin okay.« Er schien nur halb zuzuhören.

Unter dem Druck und den Umständen des Prozesses wirkte es unwahrscheinlich, daß er so etwas vortäuschen konnte.

Ich sagte: »Bei einer anderen Sitzung haben wir darüber gesprochen, daß Sie in dem McDonald's aufgewacht sind. Sie haben mir gesagt, Sie wären aufgewacht, als ob Sie geträumt hätten. Erinnern Sie sich daran?«

»Das stimmt. Natürlich erinnere ich mich daran«, sagte er. »Ich bin in einem Polizeiauto vor dem McDonald's aufgewacht. Ich kam zu mir, und die Polizei war da. Sie hat mich festgenommen.«

»Wie haben Sie sich gefühlt, als die Polizei Sie festgenommen hat?«
»Ich hatte das Gefühl, das kann doch nicht wahr sein. Ausgeschlossen. Es mußte ein böser Traum sein. Ich habe ihnen gesagt, ich bin Vertreter, habe ihnen gesagt, wo ich in Delaware wohne. Alles, was mir einfiel, damit sie merken, daß sie den Falschen verhaftet haben. Daß ich kein Verbrecher bin. Ich bin bei der Polizei noch nie aktenkundig geworden.«
Ich sagte: »Wir haben über den Zeitraum kurz vor Ihrer Festnahme gesprochen. Über jenen Tag. Als Sie in das Schnellrestaurant gegangen sind.«
»Ich ... Ich bin mir nicht sicher, ob ich mich erinnern kann. Lassen Sie mich es versuchen, lassen Sie mich nachdenken ...« Gary schien mit sich zu kämpfen. War das Theater? Oder war ihm beim Gedanken an die Wahrheit, an die er sich jetzt erinnerte, nicht wohl?
Es hatte mich bei der Sitzung im Gefängnis überrascht, daß er Sonejis Persönlichkeit gezeigt hatte. Ich fragte mich, ob er es wieder tun würde. Noch dazu unter diesen schwierigen Umständen.
»Sie haben angehalten, um in dem McDonald's aufs Klo zu gehen. Außerdem wollten Sie Kaffee trinken, damit Sie beim Fahren wach blieben.«
»Ich erinnere mich ... ich erinnere mich an einen Teil davon. Ich kann mich in dem McDonald's sehen, das steht fest. Ich erinnere mich, daß ich dort war ...«
»Lassen Sie sich Zeit. Wir haben jede Menge Zeit, Gary.«
»Voller Leute. Ich meine, im Restaurant waren viele Leute. Ich ging zur Klotür. Dann bin ich aus irgendeinem Grund nicht hineingegangen. Ich weiß nicht, warum. Das ist seltsam, aber ich kann mich nicht daran erinnern.«
»Was haben Sie da empfunden? Als Sie vor der Klotür standen. Erinnern Sie sich daran, wie Sie sich gefühlt haben?«
»Aufgeregt. Das wurde immer schlimmer. Ich spürte das

Blut in meinem Kopf pulsieren. Ich begriff nicht, warum. Ich war erregt und wußte nicht, warum.«

Soneji/Murphy schaute starr geradeaus. Er sah mich an. Es überraschte mich leicht, wie einfach es für mich war, die Zuschauer im Gerichtssaal zu vergessen, die uns beide beobachteten.

»War Soneji in dem Restaurant?« fragte ich ihn.

Er legte den Kopf leicht schief. Die Bewegung hatte etwas seltsam Rührendes.

»Soneji ist da drin. Ja, er ist in dem McDonald's.« Er wurde erregt. »Er tut, als ob er Kaffee will, aber er sieht zornig aus. Er ist, ich glaube, er ist ungeheuer wütend. Soneji ist total verrückt, ein Ungeheuer.«

»Warum ist er zornig? Wissen Sie das? Was macht Soneji so wütend?«

»Ich glaube, weil... weil ihm alles ruiniert worden ist. Die Polizei hat unglaubliches Glück gehabt. Sein Plan, berühmt zu werden, ist verpfuscht worden. Total versaut. Jetzt kommt er sich wie Bruno Richard Hauptmann vor. Auch bloß ein Versager.«

Das war neu. Über die Entführung hatte er nie zuvor gesprochen. Ich vergaß alles im Gerichtssaal. Mein Blick blieb auf Gary Soneji/Murphy gerichtet.

Ich versuchte, so beiläufig und unbedrohlich wie möglich zu klingen. Ganz ruhig. Ganz langsam. Das hier war, wie wenn man am Rand einer Kluft entlangging. Ich konnte ihm helfen, wir konnten aber auch beide abstürzen. »Was ist mit Sonejis Plan schiefgegangen?«

»Alles, was überhaupt schiefgehen konnte«, sagte er. Er war immer noch Gary Murphy. Das sah ich. Er hatte sich nicht in Sonejis Persönlichkeit verwandelt. Aber Gary Murphy wußte Bescheid über Gary Sonejis Taten; unter Hypnose kannte Gary Murphy die Gedanken Sonejis.

Im Gerichtssaal blieb es ganz still. In meinem Gesichtsfeld rührte sich nichts.

Gary nannte weitere Einzelheiten über die Entführung. »Er schaute nach dem kleinen Goldberg, und der Junge war tot. Sein Gesicht war ganz blau. Er muß ihm zuviel Barbiturat gegeben haben ... Soneji konnte es nicht fassen, daß er einen Fehler gemacht hatte. Er war so gründlich und vorsichtig gewesen. Er hatte davor mit Anästhesisten gesprochen.«

Ich stellte eine Schlüsselfrage: »Warum wurde die Leiche des Jungen so furchtbar zugerichtet? Was genau ist dem kleinen Goldberg zugestoßen?«

»Soneji ist ein bißchen ausgerastet. Er konnte es nicht fassen, daß er solches Pech hatte. Er hat die Leiche des kleinen Goldberg immer wieder mit einer schweren Schaufel geschlagen.«

Wie er über Soneji sprach, war bis jetzt vollkommen glaubwürdig. Es war schließlich doch möglich, daß er das Opfer einer Persönlichkeitsspaltung war. Das konnte innerhalb des Prozesses alles ändern, und möglicherweise auch das Urteil.

»Was war das für eine Schaufel?« fragte ich.

Er sprach jetzt immer schneller. »Die Schaufel, die er dazu benützt hat, die Kinder auszugraben. Sie waren in der Scheune vergraben. Sie hatten einen Luftvorrat für zwei Tage. Es war wie ein Atombunker, wissen Sie. Die Luftversorgung hat bestens funktioniert; alles hat bestens funktioniert. Soneji hat es selbst erfunden. Er hat es selbst gebaut.«

Mein Puls hämmerte. Meine Kehle war sehr, sehr trocken. »Was ist mit dem kleinen Mädchen? Was ist mit Maggie Rose?« fragte ich.

»Ihr ging es gut. Soneji hat ihr beim zweiten Mal Valium gegeben. Damit sie wieder einschlief. Sie hatte Angst, sie hat geschrien – weil es unter der Erde so dunkel war. Pechschwarz. Aber so schlimm war das auch wieder nicht. Soneji hatte schon Schlimmeres erlebt. Im Keller.«

Ich ging zu diesem Zeitpunkt äußerst vorsichtig vor. Ich wollte ihn nicht jetzt verlieren. Was war mit dem Keller? Ich würde versuchen, später auf den Keller zu sprechen zu kommen.

»Wo ist Maggie Rose jetzt?« fragte ich Gary Murphy.

»Weiß ich nicht«, sagte er ohne zu zögern.

Nicht, sie ist nicht tot. Nicht, sie ist am Leben... *Weiß nicht.* Warum sperrte er sich gegen diese Information? Weil er wußte, daß ich sie haben wollte? Weil alle im Gerichtssaal das Schicksal von Maggie Rose Dunne erfahren wollten?

»Soneji ist zurückgegangen, um sie zu holen«, sagte er als nächstes. »Das FBI war mit den zehn Millionen Lösegeld einverstanden. Alles war abgemacht. Aber sie war fort! Maggie Rose war nicht da, als Soneji zurückkam. Sie war fort! Jemand anders hatte das Mädchen weggebracht!«

Die Zuschauer im Gerichtssaal waren nicht mehr still. Aber ich konzentrierte mich weiter auf Gary.

Richterin Kaplan widerstrebte es, mit dem Hammer zu klopfen und um Ruhe zu bitten. Sie stand auf. Sie forderte mit einer Geste zur Stille auf, aber das nützte nichts. *Jemand anders hatte das Mädchen weggebracht. Jemand anders hatte jetzt das Mädchen.*

Ich stellte schnell ein paar weitere Fragen, ehe der ganze Saal außer Kontrolle geriet, und möglicherweise Soneji/Murphy gleichfalls. Meine Stimme blieb leise, unter den Umständen überraschend ruhig. »Haben Sie Maggie Rose ausgegraben, Gary? Haben Sie das kleine Mädchen vor Soneji gerettet? Wissen Sie, wo Maggie Rose ist?« fragte ich ihn.

Diese Fragen gefielen ihm überhaupt nicht. Er schwitzte stark. Seine Lider flatterten. »Natürlich nicht. Nein, ich hatte nichts damit zu tun. Das war von Anfang bis Ende Soneji. Ich kann ihn nicht unter Kontrolle halten. Niemand kann das. Verstehen Sie das denn nicht?«

Ich beugte mich im Sessel vor. »Ist Soneji jetzt hier? Ist er heute morgen hier bei uns?«

Unter anderen Umständen hätte ich ihn niemals so weit getrieben. »Kann ich Soneji fragen, was Maggie Rose zugestoßen ist?«

Gary Murphy schüttelte mehrmals den Kopf. Er wußte, daß ihm jetzt etwas anderes widerfuhr.

»Ich habe jetzt zu große Angst«, sagte er. Schweiß tropfte ihm vom Gesicht, und sein Haar war naß. »Ich habe Angst. Soneji ist wirklich schrecklich! Ich kann nicht mehr über ihn reden. Ich will nicht mehr. Bitte, helfen Sie mir, Dr. Cross. Bitte helfen Sie mir.«

»In Ordnung, Gary. Es reicht.« Ich holte Gary sofort aus der Hypnose. Unter den gegebenen Umständen war es das einzig Menschliche. Ich hatte keine andere Wahl.

Plötzlich war Gary Murphy wieder bei mir im Gerichtssaal. Sein Blick fing meinen ein. Ich sah nichts als Furcht in seinen Augen.

Die Menge im Gerichtssaal war nicht mehr zu halten. Fernseh- und Zeitungsreporter stürzten los, um ihre Redaktionen anzurufen. Richterin Kaplan klopfte immer wieder mit dem Hammer.

Jemand anders hatte Maggie Rose Dunne . . . War das möglich?

»Es ist in Ordnung, Gary«, sagte ich. »Ich begreife, warum Sie Angst bekommen haben.«

Er starrte mich an, dann wanderte sein Blick langsam in den laut lärmenden Gerichtssaal. »Was ist denn geschehen?« fragte er. »Was ist eben jetzt geschehen?«

63. Kapitel

An ein paar Sätze von Kafka konnte ich mich noch erinnern. Vor allem an den grausigen Anfang von *Der Prozeß*. »Jemand mußte Josef K. verleumdet haben, denn ohne daß er etwas Böses getan hätte, wurde er eines Morgens verhaftet.« Das wollte Gary Murphy uns glauben machen, daß er in einen Alptraum geraten war. Daß er so unschuldig war wie Josef K. Ich wurde ein paarmal fotografiert, als ich das Gericht verließ. Alle stellten Fragen. Ich gab keinen Kommentar ab. Ich lasse nie eine gute Gelegenheit aus, den Mund zu halten.

Lebte Maggie Rose noch? wollte die Presse wissen. Ich wollte nicht sagen, was ich dachte: vermutlich nicht mehr.

Als ich das Gericht verließ, sah ich, daß Katherine und Thomas Dunne auf mich zukamen. Fernseh- und Zeitungsreporter flankierten sie. Ich hätte gern mit Katherine geredet, aber nicht mit Thomas.

»Warum helfen Sie ihm?« Thomas Dunne wurde laut. »Wissen Sie nicht, daß er lügt? Was stimmt denn nicht mit Ihnen, Cross?«

Thomas Dunne war äußerst angespannt und hatte ein rotes Gesicht. Die Adern auf seiner Stirn hätten nicht weiter hervortreten können. Katherine Rose sah jämmerlich aus, völlig untröstlich.

»Ich bin als feindseliger Zeuge aufgerufen worden«, sagte ich zu den Dunnes. »Ich mache meine Arbeit, das ist alles.«

»Und Sie machen Ihre Arbeit schlecht.« Thomas Dunne griff mich weiter an. »In Florida haben Sie unsere Tochter

verloren. Jetzt versuchen Sie, ihren Kidnapper freizukriegen.«
Jetzt hatte ich endgültig genug von Thomas Dunne. Er hatte mich in der Presse und im Fernsehen persönlich angegriffen. Sosehr ich seine Tochter zurückhaben wollte, ich war nicht mehr bereit, weitere Beschimpfungen von ihm wegzustecken.
»Den Teufel tue ich!« rief ich, während Kameras um uns herum surrten. »Mir waren die Hände gebunden. Ich bin von dem Fall abgezogen worden, aus einer Laune heraus, und dann wurde ich wieder darauf angesetzt. Und ich bin der einzige, der überhaupt etwas herausgekriegt hat.«
Ich stürzte weg von beiden Dunnes und lief eine steile Treppe hinunter. Ich verstand ihre Qual, aber Thomas Dunne ließ mich seit Monaten nicht in Ruhe. Er war persönlich geworden, und er war im Unrecht. Niemand schien eine einfache Tatsache zu kapieren: Ich war es, der immer noch versuchte, die Wahrheit über Maggie Rose herauszufinden. Ich war der einzige.
Als ich den Fuß der Treppe erreichte, war Katherine Rose hinter mir. Sie war mir nachgerannt. Fotografen waren mir gefolgt. Sie waren überall, ihre automatischen Filmtransporter klickten wie verrückt. Die Presse umzingelte uns.
»Mir tut das alles leid«, sagte Katherine Rose, ehe ich ein Wort herausbrachte. »Der Verlust von Maggie zerstört Tom, zerstört unsere Ehe. Ich weiß, daß Sie Ihr Bestes getan haben. Es tut mir leid, Alex. Alles tut mir leid.«
Es war ein sonderbarer, sonderbarer Augenblick. Schließlich nahm ich Katherine Rose Dunnes Hand. Ich bedankte mich bei ihr und versprach ihr, es weiter zu versuchen. Die Fotografen schossen Fotos. Dann ging ich schnell weg, weigerte mich, eine weitere Frage zu beantworten, weigerte mich, ihnen zu sagen, was eben zwischen Katherine Rose und mir vorgegangen war. Schweigen ist die beste Rache, die man an den Schakalen von der Presse nehmen kann.

Ich fuhr nach Hause. Ich suchte immer noch nach Maggie Rose Dunne – aber jetzt im Kopf von Soneji/Murphy. War es möglich, daß jemand anders sie aus dem Versteck weggebracht hatte? Warum sollte uns Gary Murphy erzählen, es sei so gewesen? Als ich in den Südosten fuhr, machte ich mir Gedanken über das, was Gary Murphy unter Hypnose gesagt hatte. Hielt Gary Soneji uns alle im Gerichtssaal zum Besten? Das war eine furchterregende Möglichkeit, und eine ganz reale. Gehörte das alles zu seinen entsetzlichen Plänen?

Am nächsten Morgen versuchte ich, Soneji/Murphy wieder zu hypnotisieren. Der sagenhafte Detective/Doktor Cross agierte wieder! So klang es jedenfalls in den Morgennachrichten.

Dieses Mal klappte es nicht mit der Hypnose. Gary Murphy hatte zu große Angst, jedenfalls behauptete das sein Anwalt. Im überfüllten Gerichtssaal sei es zu laut. Richterin Kaplan ließ den Saal räumen, aber das nützte auch nichts.

Ich wurde an jenem Tag von der Anklage ins Kreuzverhör genommen, aber Mary Warner lag mehr daran, mich aus dem Zeugenstand wegzubringen, als meine Referenzen anzuzweifeln. Meine Rolle bei dem Prozeß war ausgespielt. Was mir völlig recht war.

Weder Sampson noch ich gingen für den Rest dieser Woche ins Gericht, wo weitere Sachverständige aussagten. Wir ermittelten wieder auf der Straße. Wir hatten neue Fälle. Wir versuchten außerdem, ein paar knifflige Aspekte am Tag der Entführung aufzuklären. Wir gingen alles noch einmal durch, verbrachten Stunden in einem Konferenzzimmer voller Akten. Falls Maggie Rose aus dem Versteck in Maryland weggebracht worden war, konnte sie noch am Leben sein. Es gab immer noch eine hauchdünne Chance.

Sampson und ich kehrten noch einmal in die Georgetown-Tagesschule zurück, um mit etlichen Lehrern zu sprechen. Milde gesagt, waren die meisten nicht gerade überglücklich über unseren Anblick. Wir überprüften immer noch die »Komplizentheorie«. Es war durchaus möglich, daß Gary Soneji von Anfang an einen Komplizen gehabt hatte. Konnte es Simon Conklin sein, sein Freund aus Princeton? Wenn nicht Conklin, wer dann? Niemand in der Schule hatte jemanden gesehen, der ein möglicher Komplize von Gary Soneji hätte gewesen sein können.

Wir verließen die Privatschule gegen Mittag und aßen in einem Roy Rogers in Georgetown. Das Huhn bei Roy ist besser als bei Colonel, und bei Roy gibt es diese tollen Flügel. Die haben eine Menge Biß. Sampson und ich bestellten fünf Portionen Flügel mit Cola. Wir saßen an einem Picknicktisch in der Nähe von Roys Kinderspielplatz. Vielleicht würden wir uns nach dem Essen auf die Wippe setzen.

Wir aßen zu Ende und beschlossen, nach Potomac, Maryland, zu fahren. Am restlichen Nachmittag klapperten wir die Sorrell Avenue und die Straßen in der Nähe ab. Wir statteten zwei Dutzend Häusern einen Besuch ab und waren etwa so willkommen, wie Woodward und Bernstein es gewesen wären. Wir ließen uns aber von dem frostigen Empfang nicht abschrecken.

Niemandem waren merkwürdige Autos oder Leute aufgefallen. Nicht in den Tagen vor und nach der Entführung. Niemand konnte sich an einen ungewöhnlichen Lieferwagen erinnern. Nicht einmal an die übliche Sorte – Reparaturdienst, Blumen- oder Lebensmittellieferanten.

Am Spätnachmittag fuhr ich allein los. Ich wollte nach Crisfield, Maryland, wo Maggie Rose und Michael Goldberg in den ersten Tagen der Entführung vergraben worden waren. In einem Grab? In einem Keller? Gary Soneji/Murphy hatte unter Hypnose den Keller erwähnt. Er war als Kind in einen dunklen Keller gesperrt worden. Er hatte in langen Phasen seines Lebens keinen Freund gehabt.

Dieses Mal wollte ich die Farm ganz allein sehen. Die ganzen »Fehlverbindungen« in diesem Fall beunruhigten mich höllisch. Lose Bruchstücke flogen mir durch den Kopf, so verstörend wie Schrapnellfeuer. Hätte jemand anders Maggie Rose aus Sonejis Versteck wegbringen können? Selbst wenn Einstein auf den Fall angesetzt worden wäre, auch ihm wäre angesichts der Möglichkeiten schwindlig geworden, und vielleicht hätten ihm die Haare zu Berge gestanden.

Als ich über die unheimliche, verlassene Farm ging, ließ ich den Tatsachen des Falls in meinem Kopf freien Lauf. Ich kam immer wieder auf Lindberghs Sohn zurück und die Tatsache, daß das Lindbergh-Baby aus einem Farmhaus entführt worden war.

Sonejis sogenannter Komplize. Das war ein ungelöstes Problem.

Soneji war außerdem in der Nähe des Hauses der ermordeten Sanders' gesehen worden – falls wir Nina Cerisier glauben konnten. Noch ein loser Faden.

War es wirklich ein Fall von Persönlichkeitsspaltung? Die Fachleute waren geteilter Meinung darüber, ob es dieses Phänomen überhaupt gab. Fälle von Persönlichkeitsspaltung sind selten. War das ganze ein raffinierter Schwindel von Gary Murphy? Spielte er beide Rollen?

Was war Maggie Rose Dunne zugestoßen? Ich kam immer wieder auf sie zurück. Was war mit Maggie Rose passiert?

Auf dem ramponierten Armaturenbrett des Porsche stand noch eine der kleinen Kerzen, die vor dem Gerichtsgebäude in Washington verteilt worden waren. Ich zündete sie an. Auf der Rückfahrt nach Washington brannte die Kerze in der einsetzenden Dunkelheit. *Maggie Rose ist nicht vergessen.*

64. Kapitel

An jenem Abend war ich mit Jezzie verabredet, und die Vorfreude hatte mir über den Tag hinweggeholfen. Wir trafen uns in einem Embassy Suite Motel in Arlington. Weil wegen des Prozesses soviel Presse in der Stadt war, achteten wir besonders darauf, nicht zusammen gesehen zu werden.

Jezzie kam nach mir an. Sie sah in einer tief ausgeschnittenen Tunika absolut hinreißend und sexy aus. Sie trug schwarze Nahtstrümpfe und Pumps mit hohen Absätzen. Sie hatte roten Lippenstift und scharlachrotes Rouge aufgelegt. In ihrem Haar steckte ein Silberkamm. Bleib ruhig, mein Herz.

»Ich habe mit wichtigen Leuten zu Mittag gegessen«, sagte sie zur Erklärung. Sie trat sich die Pumps von den Füßen. »Habe ich Sozialprestige, ja oder nein?«

»Auf alle Fälle hast du einen positiven Einfluß auf mein Sozialprestige.«

»Einen Augenblick, Alex. Nur einen Augenblick.« Sie verschwand im Bad.

Kurz darauf schaute sie heraus. Ich lag auf dem Bett. Die Anspannung in meinem Körper ließ nach. Das Leben war wieder gut.

»Nehmen wir ein Bad. Okay? Spülen wir den Straßenstaub ab«, sagte Jezzie.

»Das ist kein Staub«, sagte ich zu ihr. »Das bin bloß ich.«

Ich stand auf und ging ins Bad. Die Wanne war rechteckig und ungewöhnlich groß. Jede Menge schimmernde weiße und blaue Kacheln. Jezzies elegante Kleidung lag zerstreut auf dem Boden.

»Hast du's eilig?« fragte ich sie.
»Ja.«
Jezzie hatte die Wanne bis zum Rand gefüllt. Ein paar Seifenblasen stiegen auf und zerplatzten an der Decke. Dunstschwaden bildeten sich. Das Bad roch wie ein Garten auf dem Land.
Sie rührte mit den Fingerspitzen im Badewasser. Dann kam sie zu mir. Sie trug den Silberkamm immer noch im Haar.
»Ich stehe ein bißchen unter Strom«, sagte sie.
»Das habe ich gemerkt. In so was kenne ich mich aus.«
»Ich glaube, ich könnte ein bißchen Linderung gebrauchen.«
Wir gingen ans Werk. Jezzies Hände spielten mit den Knöpfen an meiner Hose, dann mit dem Reißverschluß. Unsere Münder fanden sich, erst zart, dann heftig.
Plötzlich, während wir neben der dampfenden Wanne standen, schob Jezzie mich in sie hinein. Nur drei schnelle Stöße – dann zog sie sich zurück. Ihr Gesicht, ihr Hals, ihre Brust waren tiefrot angelaufen. Einen Augenblick glaubte ich, ihr fehle etwas.
Es war ein Wechselbad aus Überraschung, Schock und Wohligkeit gewesen – in sie einzudringen und dann so schnell wieder von ihr getrennt zu werden. Sie stand tatsächlich unter Strom. War fast gewalttätig.
»Was sollte denn das?« fragte ich.
»Ich bekomme gleich einen Herzinfarkt«, flüsterte Jezzie. »Denk dir lieber eine Geschichte für die Polizei aus. Oh, Alex.«
Sie nahm meine Hand und zog mich in die Wanne. Das Wasser war warm, genau richtig. Wie alles andere.
Wir lachten. Ich hatte noch die Unterwäsche an, aber mein bestes Stück meldete sich. Ich zog die Shorts aus.
Wir manövrierten in der Wanne, bis wir uns ins Gesicht sahen. Jezzie setzte sich auf mich. Wir wollten den Kontakt

nicht verlieren. Jezzie lehnte sich weit zurück. Sie verschlang die Hände hinter dem Kopf. Sie beobachtete mich mit neugieriger Faszination. Das Rot auf ihrem Hals und ihrer Brust wurde noch tiefer.
Ihre langen Beine hoben sich plötzlich aus dem Wasser und legten sich um meinen Kopf. Jezzie ruckte ein paarmal nach vorn, dann explodierten wir beide. Ihr Körper wurde steif. Wir bewegten uns wild und stöhnten. Wasserwogen spritzten aus der Wanne.
Jezzie schlang die Arme um mich – die Arme und die Beine. Ich rutschte bis zur Nase ins Wasser zurück.
Dann ging ich unter. Jezzie war über mir. Das Gefühl, dem Höhepunkt nahe zu sein, strömte durch meinen Körper. Wir kamen beide. Außerdem war ich kurz vor dem Ertrinken. Ich hörte Jezzie wieder schreien, ein seltsamer, durch das Wasser gedämpfter Laut über der Oberfläche.
Ich kam kurz, ehe mir die Luft ausging, zum Höhepunkt. Ich schluckte Wasser und hustete.
Jezzie rettete mich. Sie zog mich hoch und nahm mein Gesicht in ihre Hände.
Erlösung. Gesegnete Erlösung.
Wir blieben so und hielten uns in den Armen. Erfüllt, wie das in zartfühlenderen Zeiten hieß. Auf dem Boden war mehr Wasser als in der Wanne.
Im Augenblick wußte ich nur, daß ich mich immer stärker verliebte. Dessen war ich mir sicher. Der Rest meines Lebens war Rätsel und Chaos, aber es gab wenigstens einen Rettungsanker. Es gab Jezzie.
Gegen ein Uhr morgens mußte ich gehen und nach Hause fahren. Dann war ich dort, wenn die Kinder aufstanden. Jezzie verstand es. Nach dem Prozeß würden wir alles viel besser machen. Jezzie wollte Jannie und Damon kennenlernen; aber wir mußten es richtig machen, da waren wir uns einig.
»Du fehlst mir jetzt schon«, sagte sie, als ich mich fertig

machte. »Verflucht. Geh nicht... Ich weiß, du mußt gehen.«
Sie nahm den Silberkamm aus dem Haar und drückte ihn mir in die Hand.
Ich ging in die Nacht hinaus, ihre Stimme im Kopf. Erst sah ich nichts außer der pechschwarzen Dunkelheit auf dem Parkplatz.
Plötzlich traten zwei Männer vor mir aus der Finsternis. Ich griff mechanisch nach meiner Schulterhalfter. Einer schaltete ein grelles Licht ein. Der andere richtete eine Kamera auf mein Gesicht.
Die Presse hatte mich und Jezzie gefunden. Oh, Scheiße! Die Entführung war so sensationell, daß alles, was damit zusammenhing, eine Story hergab. So war es von Anfang an gewesen.
Hinter den beiden Männern stand eine junge Frau. Sie hatte langes, schwarzes Kraushaar. Sie sah wie ein Mitglied eines Filmteams aus New York oder L.A. aus.
»Detective Alex Cross?« fragte einer der Männer. Inzwischen schoß sein Partner schnell hintereinander Aufnahmen. Die Blitzlichter erleuchteten den dunklen Parkplatz.
»Wir sind vom *National Star*. Wir wollen mit Ihnen sprechen, Detective Cross.« Mir fiel ein britischer Akzent auf. Der *National Star* war ein amerikanisches Boulevardblatt mit Sitz in Miami.
»Was hat das hier mit dem Fall zu tun?« sagte ich zu dem Briten. Ich befingerte Jezzies Silberkamm in meiner Tasche. »Das ist privat. Das ist keine Nachricht. Das geht niemanden etwas an.«
»Das haben wir zu entscheiden«, sagte er. »Aber ich weiß nicht recht, Kumpel. Ein gewaltiger Durchbruch in der Kommunikation zwischen der Polizei von Washington und dem Secret Service. Geheimgespräche und wer weiß, was noch.«

Die Frau klopfte schon an der Moteltür. Ihre Stimme war so laut wie das metallische Geklopfe. »Hier ist der *National Star!*« verkündete sie.
»Komm nicht raus«, rief ich Jezzie zu.
Die Tür ging auf, und Jezzie stand da, völlig angezogen. Sie schaute die kraushaarige Frau an und machte sich nicht die Mühe, ihre Verachtung zu verhehlen.
»Das muß ein stolzer Augenblick sein«, sagte sie zu der Reporterin. »Vermutlich kommen Sie nie wieder näher an einen Pulitzer heran.«
»Irrtum.« Die Reporterin erholte sich schnell. »Ich kenne Roxanne Pulitzer. Und jetzt kenne ich Sie beide.«

65. Kapitel

Ich spielte auf dem Klavier ein Medley aus Keith Sweat, Bell Biv DeVoe, Hammer und Popsongs von Public Enemy. Ich unterhielt an jenem Morgen Damon und Janelle bis gegen acht auf der Veranda. Es war der Mittwoch der Woche, in der Jezzie und ich in Arlington die üble Überraschung erlebt hatten.

Nana war in der Küche und las ein druckfrisches Exemplar des *National Star*, das ich ihr in Acme gekauft hatte. Ich wartete darauf, daß sie mich hineinrief.

Als sie es nicht tat, stand ich von dem ächzenden Klavier auf und ging hinein, um mich ihrer Strafpredigt zu stellen. Ich sagte Damon und Janelle, sie sollten sich nicht vom Fleck rühren. »Bleibt, wo ihr seid. Kommt mir nicht nach.«

Wie an jedem anderen Morgen trank Nana Tee. Die Reste ihres pochierten Eis mit Toast waren noch zu sehen. Das Boulevardblatt lag flüchtig zusammengefaltet auf dem Küchentisch. Gelesen? Ungelesen? Ich sah es weder ihrem Gesicht an noch dem Zustand der Zeitung.

»Hast du den Artikel gelesen?« mußte ich fragen.

»Das Wesentliche. Außerdem habe ich dein Bild auf der Titelseite gesehen«, sagte sie. »Ich glaube, so lesen die Leute diese Art Zeitung. Es hat mich immer überrascht, daß Leute am Sonntag morgen nach der Kirche so eine Zeitung kaufen.«

Ich setzte mich ihr gegenüber an den Frühstückstisch. Eine Welle starker alter Gefühle und Erinnerungen ging über mich hinweg. Ich konnte mich an viele solche Gespräche in unserer gemeinsamen Vergangenheit erinnern.

Nana griff nach einer Toastkruste. Sie tauchte sie in Marmelade. Wenn Vögel essen könnten, würden sie essen wie Nana Mama. Sie ist schon etwas ganz Besonderes.

»Sie ist schön und sicher auch eine hochinteressante Weiße. Du bist ein sehr attraktiver Schwarzer und hast manchmal einen klugen Kopf auf den Schultern. Vielen Leuten gefällt so was nicht, so was wie dieses Bild. Das überrascht dich doch nicht besonders, oder?«

»Und was ist mit dir, Nana?« fragte ich. »Gefällt dir das?«

Nana Mama seufzte ganz leise. Sie stellte die Teetasse mit einem Klirren ab. »Jetzt will ich dir mal was sagen. Ich kenne die Fachausdrücke für solche Dinge nicht, Alex, aber du bist nie über den Verlust deiner Mutter hinweggekommen. Ich habe das gemerkt, als du ein kleiner Junge warst. Ich glaube, manchmal merke ich dir das immer noch an.«

»Man nennt das ein posttraumatisches Streßsyndrom«, sagte ich zu Nana. »Falls dich der Name interessiert.«

Nana lächelte über meinen Rückzug in die Fachsprache. Auch das hatte sie schon erlebt. »Ich würde mir nie ein Urteil darüber erlauben, was sich in dir abgespielt hat, aber du hast darunter gelitten, seit du nach Washington gekommen bist. Mir ist außerdem aufgefallen, daß du dich den anderen nicht immer angepaßt hast. Nicht so, wie das viele Kinder tun. Du hast Sport getrieben, du hast mit deinem Freund Sampson in Läden geklaut, und du warst immer zäh. Aber du hast Bücher gelesen und warst ziemlich sensibel. Kannst du mir folgen? Vielleicht warst du außen zäh, aber nicht innen.«

Ich nahm Nana ihre Schlußfolgerungen jetzt nicht immer ab, aber sie war immer noch eine gute Beobachterin. Ich hatte als Junge nicht recht in den Südosten von D. C. gepaßt, aber ich wußte, daß ich mich jetzt viel besser anpassen konnte. Jetzt wurde ich einigermaßen akzeptiert. Detective/Doktor Cross.

»Ich wollte dich mit dem hier nicht verletzen oder enttäuschen«, kehrte ich zu dem Artikel zurück.

»Ich bin nicht enttäuscht von dir«, sagte meine Großmutter. »Du bist mein ganzer Stolz, Alex. An fast jedem Tag deines Lebens machst du mich ungeheuer glücklich. Wenn ich dich mit den Kindern sehe, wenn ich die Arbeit sehe, die du hier in der Gegend leistest, und dazu noch weiß, daß du trotz allem so rücksichtsvoll bist, auf die Launen einer alten Frau einzugehen.«

»Das ist tatsächlich eine Plage«, sagte ich zu ihr. »Aber reden wir über den sogenannten Artikel. Etwa eine Woche lang wird es unmöglich sein. Dann wird sich niemand mehr besonders dafür interessieren.«

Nana schüttelte den Kopf. Ihr kleiner weißer Haarhelm blieb ordentlich an Ort und Stelle. »Nein. Die Leute werden sich dafür interessieren. Manche werden sich ihr Leben lang daran erinnern. Wie heißt die Redensart? Laß die Finger vom Verbrechen, wenn dir die Strafe nicht schmeckt.«

Ich fragte sie: »Und worin besteht das Verbrechen?«

Nana scharrte mit dem Messerrücken Toastkrümel weg. »Das möchte ich gern von dir wissen. Warum versteckt ihr euch, du und Jezzie Flanagan, wenn alles ganz in Ordnung ist? Wenn du sie liebst, liebst du sie eben. Liebst du sie, Alex?«

Ich antwortete Nana nicht sofort. Natürlich liebte ich Jezzie. Aber wie sehr? Und wohin würde es führen? Konnte etwas daraus werden?

»Ich weiß es nicht genau, jedenfalls nicht im Sinn deiner Frage«, sagte ich schließlich. »Wir versuchen jetzt, es herauszufinden. Wir kennen beide die Konsequenzen.«

»Wenn du sie wirklich liebst, Alex«, sagte meine Großmutter zu mir, »dann liebe ich sie auch. Ich liebe dich, Alex. Die Leinwand, auf der du malst, ist bloß ein bißchen groß. Und manchmal bist du klüger, als gut für dich ist. Und du hast deine Eigenheiten – aus der Sicht der weißen Welt.«

»Und deshalb hast du mich so gern«, sagte ich zu ihr.

Sie sagte: »Das ist bloß einer der Gründe, Sonnyboy.«

Meine Großmutter und ich hielten uns an jenem Morgen am Frühstückstisch einen langen Augenblick in den Armen. Ich bin groß und stark; Nana ist winzig, zerbrechlich, aber genauso stark. Es war wie früher, in dem Sinne, daß man nie ganz erwachsen wird, nicht in der Nähe der Eltern oder Großeltern. Und auf keinen Fall in der Nähe von Nana Mama.

»Danke, alte Frau«, sagte ich zu ihr.

»Und stolz darauf.« Wie üblich hatte sie das letzte Wort.

Ich rief Jezzie an jenem Morgen mehrmals an, aber sie war nicht zu Hause. Oder sie ging nicht ans Telefon. Ihr Anrufbeantworter war auch nicht eingeschaltet. Ich dachte an unsere Nacht in Arlington. Sie hatte so unter Strom gestanden. Schon ehe der *National Star* aufgetaucht war.

Ich dachte daran, zu ihrer Wohnung zu fahren, überlegte es mir anders. Wir konnten nicht noch mehr Fotos und Artikel in Boulevardblättern brauchen, während der Prozeß dem Ende zuging.

Niemand sagte an jenem Tag bei der Arbeit viel zu mir. Falls ich noch Zweifel gehabt hätte, das hätte mir gezeigt, wie ernst der angerichtete Schaden war. Ich hatte einen Volltreffer abbekommen, keine Frage.

Ich ging in mein Büro, saß dort ganz allein mit einem Becher schwarzen Kaffee und starrte die vier Wände an. Sie waren voller »Anhaltspunkte« aus dem Entführungsfall. Ich bekam Schuldgefühle, wurde rebellisch und wütend. Ich hätte gern Glas zerschlagen, was ich tatsächlich ein paarmal getan hatte, nachdem Maria erschossen worden war.

Ich saß mit dem Rücken zur Tür an meinem regierungseigenen Metallschreibtisch. Ich hatte meinen Terminplan für die Woche angestarrt, aber ich sah nicht, was auf dem Blatt stand.

»Das mußt du ganz allein durchstehen, Arschloch«, hörte

ich Sampson hinter mir sagen. »Dieses Mal bist du ganz einsam. Du bist ein Stück Grillfleisch an einem Barbecuespieß.«

»Meinst du nicht, daß du etwas untertreibst?« sagte ich, ohne mich nach ihm umzudrehen.

»Ich hab' gedacht, du redest mit mir darüber, wenn du darüber reden willst«, sagte Sampson. »Du weißt, daß ich über euch beide Bescheid gewußt habe.«

Zwei Kaffeebecherringe auf dem Einsatzplan zogen meinen Blick auf sich. Was zum Teufel war das? Der Browning-Effekt? Mein Gedächtnis und alles andere ließen mich in letzter Zeit im Stich.

Ich drehte mich schließlich um und schaute Sampson an. Er trug Lederhosen, eine alte Kangol-Mütze, eine schwarze Nylonweste. Die dunkle Brille war eine wirksame Maske. Tatsächlich versuchte er, nett und gutherzig zu sein.

»Was ist denn deiner Meinung nach jetzt los?« fragte ich ihn. »Was wird geredet?«

»Niemand ist glücklich darüber, wie der beschissene Kidnappingfall gelaufen ist. Von oben kommt nicht genug Applaus. Ich nehme an, sie sortieren potentielle Opferlämmer aus. Du gehörst auf jeden Fall dazu.«

»Und Jezzie?« fragte ich. Aber ich kannte die Antwort schon.

»Sie auch. Hat sich mit einem bekannten Neger eingelassen«, sagte Sampson. »Du hast es doch bestimmt schon gehört?«

»Was gehört?«

Sampson stieß kurz die Luft aus, dann informierte er mich über die neueste Entwicklung.

»Sie hat Urlaub auf Zeit genommen, vielleicht sogar den Service ganz verlassen. Ist vor etwa einer Stunde passiert, Alex. Niemand weiß, ob sie es freiwillig getan hat oder ob es ihr nahegelegt worden ist.«

Ich rief sofort Jezzies Büro an. Die Sekretärin sagte, sie

komme heute nicht mehr zurück. Ich rief in Jezzies Wohnung an. Niemand meldete sich.
Ich fuhr zu ihrer Wohnung, verstieß unterwegs gegen ein paar Tempolimits. Derek McGinty sprach im Sender WAMU. Ich mag den Klang von Dereks Stimme, auch wenn ich nicht zuhöre.
Bei Jezzie war niemand zu Hause. Wenigstens lungerten keine Fotografen herum. Ich dachte daran, zu ihrem Cottage am See zu fahren. Ich rief von einer Telefonzelle aus in North Carolina an. Der Mann von der Auskunft sagte mir, die Nummer sei abgemeldet worden.
»Wann war das?« fragte ich mit Überraschung in der Stimme. »Ich habe gestern abend dort angerufen.«
»Heute morgen«, sagte der Mann von der Auskunft. »Die Nummer ist heute morgen abgemeldet worden.«
Jezzie war verschwunden.

66. Kapitel

Das Urteil im Prozeß gegen Soneji/Murphy stand bevor.
Die Geschworenen hatten sich am elften November zur Beratung zurückgezogen. Drei Tage später kamen sie zurück, unter pausenlosen Gerüchten, sie hätten den Angeklagten weder schuldig noch unschuldig befinden können.
Die ganze Welt schien zu warten.
Sampson holte mich an jenem Morgen ab, und wir fuhren gemeinsam zum Gericht. Das Wetter war warm geworden nach einer kurzen Kältephase, die den Winter ankündigte.
Als wir uns der Indiana Avenue näherten, dachte ich an Jezzie. Ich hatte sie seit über einer Woche nicht gesehen. Ich fragte mich, ob sie zur Urteilsverkündung ins Gericht kommen werde. Sie hatte mich angerufen. Sie hatte gesagt, sie sei in North Carolina. Das war im Grunde alles, was sie gesagt hatte. Ich war wieder allein, und es gefiel mir gar nicht.
Ich sah Jezzie nicht vor dem Gerichtsgebäude, aber Anthony Nathan stieg aus einem dicken silbernen Mercedes. Das war sein großer Augenblick. Reporter stürzten sich auf Nathan. Sie waren wie Stadtvögel, die auf alte Brotkrumen herunterstoßen.
Die Fernseh- und Zeitungsreporter versuchten, ein Stück von mir und Sampson zu erhaschen, ehe wir über die Gerichtstreppe entkommen konnten. Wir waren beide nicht wild darauf, wieder interviewt zu werden.
»Dr. Cross! Dr. Cross, bitte!« rief jemand. Ich erkannte die schrille Stimme. Sie gehörte einer Nachrichtenredakteurin vom Regionalfernsehen.
Wir mußten stehenbleiben. Sie waren hinter uns und vor

uns. Sampson summte ein Lied von Martha und den Vandellas: »Nowhere to Run«.
»Dr. Cross, haben Sie das Gefühl, daß Ihre Aussage tatsächlich dazu beitragen könnte, Gary Murphy von der Mordanklage freizusprechen? Daß Sie ihm vielleicht unfreiwillig dabei geholfen haben, straflos davonzukommen?«
Schließlich riß mir der Geduldsfaden. »Wir sind einfach glücklich, daß wir in der Super Bowl sind«, sagte ich mit ernstem Gesicht in die Kameraobjektive. »Alex Cross wird sich ganz auf sein Spiel konzentrieren. Alles andere erledigt sich von selbst. Alex Cross möchte nur dem Allmächtigen dafür danken, daß er in diesem Endspiel steht.« Ich beugte mich zu der Reporterin, von der die Frage gekommen war. »Haben Sie mich verstanden? Ist jetzt alles klar?«
Sampson lächelte und sagte: »Was mich anlangt, ich stehe immer noch für großzügige Sponsorenangebote von Sportschuhfirmen und Limonadenherstellern zur Verfügung.«
Dann gingen wir die steile Steintreppe hinauf und betraten das Bundesgericht.
Als Sampson und ich in die höhlenartige Eingangshalle des Gerichtsgebäudes kamen, hätte der Geräuschpegel unseren Trommelfellen ernsthaften Schaden zufügen können. Alle drängelten und schoben, aber gewissermaßen zivilisiert, so wie einen Leute in Abendkleidung im Kennedy Center herumschubsen.
Der Fall Soneji/Murphy war nicht der erste Strafprozeß, bei dem Persönlichkeitsspaltung im Mittelpunkt der Verteidigung stand. Es war jedoch der bei weitem berühmteste Fall. Er hatte emotionale Fragen über Schuld und Unschuld aufgeworfen, und diese Fragen führten zu Zweifeln am Urteil . . . Falls Gary *Murphy* unschuldig war, wie konnte er dann wegen Kidnapping und Mord verurteilt werden? Sein Anwalt hatte uns allen diese Frage in den Kopf gesetzt.
Ich sah Nathan oben wieder. Er hatte bei seiner Vorstellung vor Gericht alles erreicht, was er gehofft hatte. »Es ist ein-

deutig, daß im Kopf des Angeklagten zwei Persönlichkeiten miteinander kämpfen«, hatte er während seines Plädoyers zu den Geschworenen gesagt. »Eine davon ist so unschuldig wie Sie. Sie können Gary Murphy nicht wegen Kidnapping oder Mord verurteilen. Gary Murphy ist ein guter Mensch. Gary Murphy ist Ehemann und Vater. Gary Murphy ist unschuldig!«

Es war ein schwieriges Problem und ein Dilemma für die Geschworenen. War Gary Soneji/Murphy ein hochintelligenter, bösartiger Soziopath? War er sich seiner Taten bewußt und hatte sie unter Kontrolle? Hatte es bei dem Kidnapping und dem Mord an mindestens einem Kind einen Komplizen gegeben? Oder war er von Anfang an ein Einzeltäter gewesen?

Niemand kannte die Wahrheit, Gary vielleicht ausgenommen. Nicht die psychologischen Sachverständigen. Nicht die Polizei. Nicht die Presse. Und nicht ich.

Wie würden jetzt die Geschworenen entscheiden, Leute wie Gary?

Das erste große Ereignis des Morgens war, daß Gary in den überfüllten, lauten Gerichtssaal geführt wurde. Er war sein übliches gepflegtes, auffällig jungenhaftes Selbst in einem schlichten blauen Anzug. Er sah aus, als arbeite er in einer Kleinstadtbank, nicht wie jemand, der wegen Kidnapping und Mord vor Gericht steht.

Vereinzelt wurde Beifall geklatscht. Offenbar haben heutzutage sogar Kidnapper Fangemeinden. Der Prozeß hatte eindeutig auch Spinner und krankhafte Typen angezogen.

»Wer sagt, daß Amerika keine Helden mehr hat?« sagte Sampson zu mir. »Die sind vernarrt in den verrückten Scheißer. Man kann es in ihren glänzenden Knopfaugen sehen. Er ist der neue Charlie Manson, bloß noch besser. Statt einem wahnsinnigen Hippie ein wahnsinniger Yuppie.«

»Lindberghs Sohn«, rief ich Sampson ins Gedächtnis. »Ich frage mich, ob er wollte, daß es so kommt. Alles ein Teil seines meisterhaften Plans, um berühmt zu werden?«
Die Geschworenen betraten den Gerichtssaal. Die Männer und Frauen sahen benommen und unerträglich angespannt aus. Was hatten sie entschieden – vermutlich spät gestern nacht?
Ein Geschworener stolperte, als sie der Reihe nach auf der Geschworenenbank aus dunklem Mahagoni Platz nahmen. Der Mann sank auf ein Knie, und die Prozession hinter ihm kam zum Stillstand. Der kurze Augenblick schien die Gebrechlichkeit und Menschlichkeit des ganzen Prozeßverfahrens zu unterstreichen.
Ich schaute zu Soneji/Murphy hinüber und glaubte, ein schwaches Lächeln auf seinen Lippen zu sehen. Hatte ich ihn bei einem Ausrutscher ertappt? Was für Gedanken rasten jetzt durch seinen Kopf? Welches Urteil erwartete er?
Wie auch immer, die als Gary Soneji bekannte Persönlichkeit, der »böse Junge«, hätte die Ironie des Augenblicks zu schätzen gewußt. Alles war jetzt bereit. Ein unglaubliches Abenteuer. Und er war mitten auf der Bühne. Ganz gleich, was kam, das war der größte Tag seines Lebens.
Ich will jemand sein!
Ein kleines, zusammengefaltetes Stück Papier wurde der Richterin übergeben. Richterin Kaplans Gesicht war ausdruckslos, als sie das Urteil las. Dann gab sie es dem Sprecher der Geschworenen zurück. Das korrekte Verfahren.
Der Sprecher, der stehengeblieben war, ergriff mit deutlicher, aber zittriger Stimme das Wort. Er war Arbeiter bei der Post und hieß James Heekin. Er war fünfundfünfzig und hatte eine rötliche, fast scharlachrote Gesichtsfarbe, die auf hohen Blutdruck schließen ließ oder vielleicht auch nur auf den Streß der Verhandlung.
James Heekin verkündete: »In zwei Fällen von Kidnapping haben wir den Angeklagten für schuldig befunden. Im Fall

der Ermordung von Michael Goldberg haben wir den Angeklagten für schuldig befunden.« James Heekin sprach nie von Murphy, nur von dem Angeklagten.
Im ganzen Gerichtssaal brach das Chaos los. Der Lärm war beim Widerhallen von den Steinsäulen und Marmorwänden ohrenbetäubend. Reporter stürzten zu den Telefonen im Flur. Mary Warner nahm gefühlige Gratulationen von allen jungen Mitarbeitern in ihrem Stab entgegen. Anthony Nathan und sein Verteidigungsteam verließ schnell den Saal, wich Fragen aus.
Vorn im Gerichtssaal spielte sich eine sonderbare Szene ab.
Als Beamte Gary abführten, liefen seine Frau Missy und seine kleine Tochter Roni auf ihn zu. Die drei umarmten sich heftig. Sie schluchzten unverhohlen.
Ich hatte Gary noch nie weinen sehen. Falls es eine Vorstellung war, dann war sie wiederum glänzend. Falls er vor dem ganzen Gerichtssaal schauspielerte, war die Szene völlig glaubwürdig.
Ich konnte den Blick nicht von ihm wenden. Bis schließlich zwei Gerichtsdiener Gary losrissen und ihn hinausführten.
Falls das Schauspielerei war, hatte er überhaupt nichts falsch gemacht. Er interessierte sich nur für seine Frau und seine kleine Tochter. Er schaute sich kein einziges Mal um, um zu sehen, ob er im Gerichtssaal ein Publikum hatte.
Er spielte die Rolle vollkommen.
Oder war Gary Murphy ein Unschuldiger, der eben wegen Kidnapping und Mord verurteilt worden war?

67. Kapitel

»Pressure, Pressure, Pressure«, sang Jezzie zu der Melodie, die in ihrem Kopf dröhnte.
Die Haut spannte sich auf ihrer Stirn, während Jezzie die kurvenreiche Bergstraße hinunterfuhr, ohne Vorsicht und Angst. Sie legte sich in jeder Kurve schief, hielt das starke Motorrad im vierten Gang. Die Fichten, die vorkragenden Felsen und die alte Telefonleitung verschwammen, während sie vorbeiraste. Alles war unscharf. Sie hatte das Gefühl, sie wäre seit einem Jahr im freien Fall, vielleicht ihr ganzes Leben lang. Bald würde sie explodieren.
Niemand begriff, wie es war, so lange unter so starkem Druck zu stehen. Schon als Kind hatte sie Angst gehabt, auch nur einen einzigen Fehler zu machen, Angst gehabt, wenn sie nicht mehr die vollkommene kleine Jezzie wäre, würden ihre Eltern sie niemals lieben.
Die vollkommene kleine Jezzie.
»Gut ist nicht gut genug« und »Gut ist der Feind wahrer Größe«, hatte ihr Vater immer zu ihr gesagt. Und deshalb war sie eine berechnende Einserschülerin, ungeheuer beliebt, überall, wo Leistung etwas zählte. Billy Joel hatte vor ein paar Jahren einen Song aufgenommen: »Pressure«. Das entsprach dem, wie sie sich an jedem Tag ihres Lebens fühlte. Sie mußte irgendwie damit Schluß machen, und vielleicht hatte sie jetzt eine Methode gefunden.
Jezzie schaltete in den dritten Gang herunter, als sie sich dem Cottage am See näherte. Sonst wirkte alles um den See herum friedlich. Das Wasser war eine glatte schwarze Fläche, die mit den Bergen zu verschmelzen schien. Aber das Licht war an. Sie hatte es nicht angelassen.

Jezzie stieg vom Motorrad und ging schnell hinein. Die Vordertür war nicht abgeschlossen. Im Wohnzimmer war niemand.
»Hallo?« rief sie.
Jezzie schaute in der Küche nach, dann in beiden Schlafzimmern. Niemand da. Es gab kein Anzeichen dafür, daß jemand hier gewesen war. Bis auf das Licht.
»Hey, wer ist da?«
Die Jalousettentür der Küche war nicht verriegelt. Jezzie ging hinaus und auf den Steg hinunter.
Nichts.
Niemand.
Links hörte sie das plötzliche Schwirren eines Flügelschlags. Verschwommene Flügel flatterten über der Wasseroberfläche.
Jezzie stand am Rand des Stegs und stieß einen langen Seufzer aus. Der Song von Billy Joel lief immer noch in ihrem Kopf. Selbstironisch und quälend. »Pressure, Pressure, Pressure.« Sie spürte den Druck am ganzen Leib.
Jemand packte sie. Äußerst starke Arme legten sich wie ein Schraubstock um Jezzie. Sie unterdrückte einen Schrei.
Dann wurde ihr etwas in den Mund gesteckt.
Jezzie inhalierte. Sie erkannte kolumbianisches Gold. Hervorragender Stoff. Sie inhalierte noch einmal. Entspannte sich ein bißchen in den starken Armen, die sie hielten.
»Du hast mir gefehlt«, hörte sie eine Stimme sagen.
In ihrem Kopf dröhnte Billy Joel.
»Was machst du hier?« fragte sie schließlich.

Fünfter Teil

Die zweite Ermittlung

68. Kapitel

Maggie Rose Dunne war wieder in der Dunkelheit.

Um sich herum sah sie Umrisse. Sie wußte, was das für Umrisse waren, wußte, wo sie war, sogar warum.

Sie dachte wieder daran zu fliehen. Aber die Warnung ging ihr durch den Kopf. Immer die Warnung.

Falls du versuchst zu fliehen, Maggie, wirst du nicht umgebracht. Das wäre zu einfach. Du kommst wieder unter die Erde. Du kommst wieder in dein kleines Grab. Versuch also ja nicht zu fliehen, Maggie Rose. Denk nicht mal dran.

Sie fing an, so vieles zu vergessen. Manchmal konnte sie sich nicht einmal daran erinnern, wer sie war. Es wirkte alles wie ein schlechter Traum, wie eine Reihe von Alpträumen, einer nach dem anderen.

Maggie Rose fragte sich, ob ihre Eltern noch nach ihr suchten. Warum hätten sie nach ihr suchen sollen? Es war so lange her, daß sie entführt worden war. Maggie hatte das verstanden. Mr. Soneji hatte sie aus der Tagesschule weggebracht. Aber dann hatte sie ihn nie wieder gesehen. Da war nur noch die Warnung gewesen.

Manchmal kam sie sich vor wie eine erfundene Figur aus einer Geschichte, die sie sich ausgedacht hatte.

Tränen traten ihr in die Augen. Es war jetzt nicht mehr ganz so dunkel. Der Morgen kam. Sie würde nicht wieder versuchen zu fliehen. Sie haßte das hier, aber sie wollte nie wieder unter die Erde kommen.

Maggie Rose wußte, was das für Umrisse waren.

Es waren Kinder.

Alle in einem einzigen Zimmer des Hauses.

Aus dem es kein Entkommen gab.

69. Kapitel

Jezzie kam eine Woche nach Prozeßendc nach Washington zurück. Es sah nach einem guten Zeitpunkt für einen Anfang aus. Ich war bereit. Allmächtiger, wie bereit ich war, meinem Leben eine neue Richtung zu geben.

Wir hatten am Telefon etwas, aber nicht viel über ihre Gemütsverfassung gesprochen. Jezzie hatte mir immerhin eins gesagt. Sie hatte gesagt, es sei geradezu absurd, wieviel sie in ihre Karriere investiert habe, und jetzt sei sie ihr völlig gleichgültig.

Mir hatte Jezzie mehr gefehlt, als ich es für möglich gehalten hätte. Mein Kopf war bei ihr, während ich im Mordfall an zwei Dreizehnjährigen ermittelte, die wegen eines Paars Turnschuhen umgebracht worden waren. Sampson und ich faßten den Killer, einen Fünfzehnjährigen aus dem »schwarzen Loch«. In derselben Woche wurde mir ein Job in Washington angeboten, als Koordinator zwischen der Polizei von D.C. und dem FBI. Die Stelle war wichtiger und besser bezahlt als meine jetzige, aber ich lehnte sie sofort ab. Damit wollte Carl Monroe mich kaufen. Nein danke.

Ich konnte nachts nicht schlafen. Der Sturm, der am Tag der Entführung in meinem Kopf eingesetzt hatte, tobte weiter. Ich konnte mir Maggie Rose Dunne nicht aus dem Kopf schlagen. Ich konnte in dem Fall nicht aufgeben. Das erlaubte ich mir nicht. Ich sah alles im Geiste vor mir, manchmal zwischen drei und vier Uhr morgens. Ich spielte in dem alten Wohnwagen bei St. Anthony Alex den Seelenklempner. Sampson und ich leerten ein paar Kästen Bier. Dann versuchten wir, es in der Turnhalle abzuarbeiten. Dazwischen verbrachten wir lange Arbeitstage.

An dem Tag, an dem sie zurückkam, fuhr ich zu Jezzies Wohnung. Auf dem Weg dorthin hörte ich mir wieder Derek McGinty im Radio an. Mein Talkshow-Bruder. Seine Stimme beruhigte meinen nervösen Magen. Einmal hatte ich ihn sogar in seiner Nachtvorstellung angerufen. Mit verstellter Stimme. Hatte über Maria gesprochen, die Kinder, darüber, daß ich schon zu lange am Abgrund stand.

Als Jezzie die Tür aufmachte, verblüffte mich ihr Aussehen. Sie hatte sich das Haar wachsen lassen und es so gefönt, daß es wie ein Sonnenrad aussah. Sie war braun und sah so gesund aus wie ein kalifornischer Rettungsschwimmer im August. Sie sah aus, als ob in ihrem Leben nie etwas schiefgelaufen wäre.

»Du siehst ausgeruht aus und so«, sagte ich zu ihr. In Wahrheit war ich etwas verärgert. Sie war abgefahren, ehe der Prozeß zu Ende war. Kein Abschied. Keine Erklärungen. Was sagte mir das darüber, wer sie war?

Jezzie war immer gut in Form gewesen, aber jetzt war sie schlanker und straffer. Die Ringe, die während der Ermittlungen im Kidnappingfall so oft unter ihren Augen gewesen waren, waren verschwunden. Sie trug Jeansshorts und ein altes T-Shirt, auf dem stand: WENN DU SIE MIT INTELLIGENZ NICHT BLENDEN KANNST, BRING SIE MIT BLÖDSINN DURCHEINANDER. Sie sah in jeder Hinsicht blendend aus.

Sie lächelte sanft. »Mir geht's viel besser, Alex. Ich glaube, ich bin fast geheilt.«

Sie kam auf die Veranda und in meine Arme, und ich fühlte mich auch ein bißchen geheilt. Ich hielt sie fest und dachte, daß ich eine Zeitlang ganz allein auf diesem seltsamen Planeten gewesen war. Ich sah mich auf der dürren Mondoberfläche. Es war an der Zeit gewesen, daß ich einen neuen Menschen fand, mit dem ich zusammensein, den ich lieben konnte.

»Erzähl mir alles, was passiert ist. Wie ist es, wenn man von

der Erde fällt?« fragte ich. Ihr Haar roch so frisch und sauber. Alles an ihr wirkte neu und aufgefrischt.
»Ehrlich gesagt, es ist ganz schön, von der Erde zu fallen. Ich habe immer gearbeitet, seit ich sechzehn war. An den ersten Tagen war es zum Fürchten. Dann war es schön«, sagte sie, den Kopf immer noch an meiner Brust vergraben. »Da war nur eins, was mir gefehlt hat«, flüsterte sie. »Ich hätte dich gern dabeigehabt. Falls das kitschig klingt, kann ich's auch nicht ändern.«
Das gehörte zu den Dingen, die ich hören wollte. »Ich wäre gekommen«, sagte ich.
»Ich mußte es so machen, wie ich es gemacht habe. Ich mußte einmal über alles nachdenken. Ich habe niemanden sonst angerufen, Alex. Keinen anderen Menschen. Ich habe eine Menge über mich herausgefunden. Vielleicht habe ich sogar herausgefunden, wer Jezzie Flanagan wirklich ist.«
Ich hob ihr Kinn und schaute ihr in die Augen. »Sag mir, was du herausgefunden hast. Sag mir, wer Jezzie ist.«
Arm in Arm gingen wir ins Haus.

Aber Jezzie redete nicht viel darüber, wer sie war, oder darüber, was sie in dem Cottage am See über sich herausgefunden hatte. Wir fielen in die früheren Gewohnheiten zurück, und ich muß zugeben, daß es Gewohnheiten waren, die mir gefehlt hatten. Ich fragte mich, ob ihr noch etwas an mir lag, und wie sehr sie sich gewünscht hatte, nach D.C. zurückzukommen. Ich brauchte ein Zeichen von ihr.
Jezzie knöpfte mein Hemd auf, und ich hatte nicht vor, sie daran zu hindern. »Du hast mir so gefehlt«, flüsterte sie an meiner Brust. »Hab' ich dir gefehlt, Alex?«
Ich mußte lächeln. Mein körperlicher Zustand in jenem Augenblick war eine eindeutige Antwort auf ihre Frage. »Was meinst du denn? Rat mal.«
Jezzie und ich wurden an jenem Nachmittag etwas wild. Ich

mußte an die Nacht denken, in der der *National Star* vor dem Motelzimmer aufgetaucht war. Sie war eindeutig schlanker und straffer, wenn sie auch in guter Form gewesen war, ehe sie wegfuhr. Jezzie war außerdem am ganzen Körper braun.

»Wer ist dunkler?« fragte ich sie und grinste.

»Ganz eindeutig ich. Braun wie eine Beere, wie sie am See sagen.«

»Du blendest mich nur mit deiner Intelligenz», sagte ich zu ihr.

»So, so. Wie lange halten wir das durch? Reden und uns anschauen, uns nicht berühren. Knöpfst du die restlichen Hemdknöpfe auf? Bitte.«

»Erregt dich das?« fragte ich. Die Stimme blieb mir leicht im Hals stecken.

»Mhm. Kannst du das Hemd nicht ausziehen?«

»Du wolltest mir sagen, wer du bist, was du an deinem Zufluchtsort herausgefunden hast«, erinnerte ich sie. Beichtvater und Liebhaber. Sexy in sich.

»Du kannst mich jetzt küssen. Wenn du willst, Alex. Kannst du mich so küssen, daß sich nur unsere Lippen berühren?«

»Uh, da bin ich mir nicht so sicher. Laß mich mal ein Stück in diese Richtung. Und in die. Versuchst du übrigens, mich zum Schweigen zu bringen?«

»Warum sollte ich das wollen, Doktor Detective?«

70. Kapitel

Ich stürzte mich wieder in die Arbeit. Ich hatte mir versprochen, den Kidnappingfall aufzuklären. Der schwarze Ritter wollte sich nicht besiegen lassen.

In einer jämmerlichen, kalten Regennacht trottete ich allein los, um noch einmal mit Nina Cerisier zu sprechen. Die kleine Cerisier war der einzige Mensch, der Gary Sonejis Komplizen tatsächlich gesehen hatte. Ich war sowieso in der Gegend gewesen. Klar.

Warum war ich bei Nacht in den Sozialsiedlungen von Langley Terrace, in einem kalten Nieselregen? Weil ich ein Verrückter war, der nicht genug Informationen über einen achtzehn Monate alten Kidnappingfall bekommen konnte. Weil ich ein Perfektionist war, der seit mindestens dreißig Jahren so getickt hatte. Weil ich wissen mußte, was Maggie Rose Dunne tatsächlich zugestoßen war. Weil ich dem Blick von Mustaf Sanders nicht entkam. Weil ich die Wahrheit über Soneji/Murphy wissen wollte. Das redete ich mir jedenfalls ein.

Glory Cerisier war nicht besonders begeistert, als sie mich auf ihrer Vordertreppe sah. Ich hatte zehn Minuten auf der Veranda gestanden, ehe Glory Cerisier die Tür aufmachte. Ich hatte ein halbes dutzendmal an die verbeulte Aluminiumtür geklopft.

»Detective Cross, Sie wissen doch, daß es spät ist. Dürfen wir denn kein eigenes Leben mehr führen?« fragte sie, als sie schließlich die Tür einen Spalt weit öffnete. »Es ist schwer für uns, die Sanders' zu vergessen. Wir brauchen Sie nicht, damit Sie uns dauernd daran erinnern.«

»Das weiß ich«, pflichtete ich der großen Frau Ende Vierzig

bei, die mich mit Blicken bombardierte. Mandelförmige Augen. Hübsche Augen in einem nicht besonders hübschen Gesicht. »Es geht aber um diese Mordfälle, Mrs. Cerisier, schreckliche Morde.«

»Der Killer ist gefaßt«, sagte sie zu mir. »Wissen Sie das denn nicht, Detective Cross? Haben Sie das denn nicht gehört? Lesen Sie denn keine Zeitung?«

Ich kam mir wie ein Stück Dreck vor, weil ich wieder hier war. Ich glaube, sie hatte den Verdacht, ich hätte den Verstand verloren. Sie war nicht dumm.

»Ach, Herr und Heiland.« Ich schüttelte den Kopf und lachte laut auf. »Wissen Sie, Sie haben völlig recht. Ich hab bloß Scheiße im Hirn. Tut mir leid, das stimmt wirklich.«

Das erwischte sie auf dem falschen Fuß, und Glory Cerisier lächelte mich an. Es war ein freundliches Lächeln mit schiefen Zähnen, wie man es in den Sozialsiedlungen manchmal zu sehen bekommt.

»Laden Sie diesen armen Nigger auf eine Tasse Kaffee ein«, sagte ich. »Ich bin verrückt, aber wenigstens weiß ich es. Machen Sie mir die Tür auf.«

»Schon gut, schon gut. Kommen Sie endlich herein, Detective. Wir können noch einmal darüber reden. Dann reicht es aber.«

»Stimmt«, pflichtete ich ihr bei. Ich hatte den Durchbruch geschafft, indem ich ihr nur die Wahrheit über mich sagte.

Wir tranken in ihrer winzigen Küche miesen Pulverkaffee. Im Grunde genommen unterhielt sie sich gern mit mir. Glory Cerisier stellte mir alle möglichen Fragen über den Prozeß.

Sie wollte wissen, wie es war, wenn man im Fernsehen gezeigt wurde. Wie viele Leute war sie neugierig, was die Schauspielerin Katherine Rose anlangte. Glory Cerisier hatte sogar eine Privattheorie über die Entführung.

»Dieser Mann ist es nicht gewesen. Dieser Gary Soneji oder Murphy oder wer das auch sein mag. Dem hat jemand die

Sache angehängt, wissen Sie«, sagte sie und lachte. Ich nehme an, sie fand es komisch, ihre verrückten Ideen mit einem verrückten Polizisten zu teilen.

»Haben Sie ein letztes Mal Nachsicht mit mir«, sagte ich und kam schließlich auf das zu sprechen, worüber ich wirklich mit ihr reden wollte. »Gehen Sie mit mir durch, was Nina in jener Nacht gesehen hat. Sagen Sie mir, was Nina Ihnen gesagt hat. So genau, wie Sie sich daran erinnern.«

»Warum tun Sie sich das an?« wollte Glory vorher wissen. »Warum sind Sie hier, um zehn in der Nacht?«

»Ich weiß nicht, warum, Glory.« Ich zuckte die Achseln und trank den wahrlich grauenhaften Kaffee. »Vielleicht, weil ich wissen muß, warum ich in Miami ausgesucht worden bin. Ich weiß es nicht genau, aber ich bin hier.«

»Das hat Sie verrückt gemacht, nicht wahr? Die Entführung der Kinder.«

»Ja. Das hat mich verrückt gemacht. Sagen Sie mir noch einmal, was Nina gesehen hat. Erzählen Sie mir von dem Mann, der mit Gary Soneji hier war und im Auto saß.«

»Seit Nina klein war, liebt sie den Fensterplatz in unserem Treppenhaus«, fing Glory wieder mit der Geschichte an. »Das ist Ninas Fenster zur Welt, ist es immer gewesen. Sie rollt sich dort zusammen, liest ein Buch oder streichelt bloß eine ihrer Katzen. Manchmal schaut sie einfach ins Leere. Sie war auf dem Fensterplatz, als sie diesen Weißen gesehen hat, Gary Soneji. In unsere Gegend kommen nicht viel Weiße. Schwarze, manchmal ein paar Hispanics. Also stach er ihr ins Auge. Je länger sie hinschaute, desto seltsamer kam es ihr vor. Wie sie zu Ihnen gesagt hat. Er hat das Haus der Sanders' beobachtet. Als ob er das Haus ausspioniert oder so. Und der andere Mann, der im Auto, der hat ihn dabei beobachtet, wie er das Haus beobachtet hat.«

Bingo. Meinem müden, überlasteten Kopf gelang es irgendwie, den Schlüsselsatz in dem, was sie eben gesagt hatte, aufzuschnappen.

Glory Cerisier wollte weiterreden, aber ich hielt sie auf. »Sie haben eben gesagt, der Mann im Auto hat Gary Soneji beobachtet. Sie haben gesagt, er hat ihn *beobachtet.*«

»Das hab ich gesagt, nicht wahr? Ich hatte das ganz vergessen. Nina hat gesagt, die Männer waren zusammen. Wie ein Vertreterteam oder so. Sie wissen schon, wie die manchmal eine Straße ausspionieren. Aber vor einer Weile hat sie mir gesagt, der Mann im Auto hat den anderen beobachtet. Ich glaube, das hat sie gesagt. Ich bin mir fast sicher. Lassen Sie mich Nina holen. Ich bin mir nicht mehr ganz sicher.«

Bald saßen wir drei beisammen und redeten. Mrs. Cerisier half mir, Nina zum Sprechen zu bringen, und schließlich kooperierte Nina. Ja, sie war sich sicher, daß der Mann im Auto Gary Soneji beobachtet hatte. Der Mann war nicht gemeinsam mit Soneji dagewesen. Nina Cerisier erinnerte sich eindeutig daran, daß der Mann im Auto den anderen beobachtet hatte.

Sie wußte nicht, ob der Beobachter weiß oder schwarz gewesen war. Sie hatte es früher nicht erwähnt, weil es ihr nicht wichtig vorkam und die Polizei bloß noch mehr Fragen gestellt hätte. Wie die meisten Kinder im Südosten haßte Nina die Polizei und hatte Angst vor ihr.

Der Mann im Auto hatte Gary Soneji *beobachtet*.

Vielleicht hatte es gar keinen Komplizen gegeben, sondern jemanden, der Gary Soneji/Murphy beobachtete, während er potentielle Mordopfer ausforschte? Wer konnte das gewesen sein?

71. Kapitel

Mir wurde erlaubt, Soneji/Murphy zu besuchen, aber nur im Zusammenhang mit den Ermittlungen in den Mordfällen Sanders und Turner. Ich durfte wegen Verbrechen mit ihm sprechen, die vermutlich nie vor Gericht gebracht wurden, aber nicht über ein Verbrechen, das möglicherweise unaufgeklärt blieb. Soviel zur Bürokratie.

Ich hatte einen Freund in Fallston, wo Gary im Gefängnis saß. Ich kannte Wallace Hart, den psychiatrischen Leiter in Fallston, seit ich in die Polizei von D. C. eingetreten war. Wallace wartete in der Eingangshalle des alten Gebäudes auf mich.

»Soviel Aufmerksamkeit weiß ich zu schätzen«, sagte ich, als ich ihm die Hand gab. »Ist natürlich das erste Mal, daß mir so was widerfährt.«

»Jetzt bist du eine Berühmtheit, Alex. Ich hab dich im Fernsehen gesehen.«

Wallace ist ein kleiner schwarzer Gelehrtentyp, der eine Brille mit runden Gläsern und ausgebeulte blaue Geschäftsanzüge trägt. Manche Leute erinnert er an George Washington Carver, vielleicht gekreuzt mit Woody Allen. Er sieht aus, als wäre er schwarz *und* jüdisch.

»Was hältst du bis jetzt von Gary?« fragte ich Wallace, als wir mit dem Aufzug zum Hochsicherheitstrakt hinauffuhren. »Mustergültiger Sträfling?«

»Ich habe schon immer ein Faible für Psychopathen gehabt, Alex. Sie sind so scheißinteressant. Stell dir mal das Leben ohne die richtig bösen Typen vor. Stinklangweilig.«

»Du hältst also nichts von der Möglichkeit, daß er eine gespaltene Persönlichkeit sein könnte?«

»Ich halte es für eine Möglichkeit, aber für eine entlegene. Wie auch immer, der böse Junge in ihm ist wirklich böse. Es überrascht mich jedoch, daß er ins Messer gelaufen ist. Es überrascht mich, daß er gefaßt worden ist.«
Ich sagte: »Willst du eine verrückte Theorie hören? Gary Murphy hat Soneji gefaßt. Gary Murphy wurde mit Soneji nicht fertig, also hat er ihn festnehmen lassen.«
Wallace grinste mich an. Für ein so kleines Gesicht hatte er ein dickes, zähnebleckendes Lächeln. »Alex, ich mag deinen irren Verstand. Aber fällst du wirklich auf so etwas herein? Daß die eine Hälfte die andere festnehmen läßt?«
»Nein. Ich wollte nur sehen, ob du darauf hereinfällst. Allmählich glaube ich, daß er durch und durch ein Psychopath ist. Ich muß bloß wissen, was für einer. Bei meinen früheren Besuchen habe ich eine eindeutige paranoide Persönlichkeitsstörung beobachtet.«
»Dem stimme ich zu. Er ist mißtrauisch, herrisch, arrogant, getrieben. Wie gesagt, ich bin ganz vernarrt in den Kerl.«
Dieses Mal war ich etwas schockiert, als ich Gary zu sehen bekam. Die Augen waren in den Schädel eingesunken. Die Augäpfel waren rotgerändert, als hätte er eine Bindehautentzündung. Die Haut spannte sich eng über dem Gesicht. Er hatte eine Menge Gewicht verloren, um die dreißig Pfund, und ursprünglich war er gut in Form, eher schlank gewesen.
»Ich bin bloß ein bißchen deprimiert. Hallo, Herr Doktor.« Er schaute von der Pritsche auf. Er war wieder Gary Murphy. Jedenfalls wirkte er so.
»Hallo, Gary«, sagte ich. »Ich hab's nicht geschafft, wegzubleiben.«
»Sie haben mich lange nicht besucht. Sie müssen was von mir wollen. Lassen Sie mich raten – Sie schreiben ein Buch über mich. Wollen Sie Anne Rule Konkurrenz machen?«
Ich schüttelte den Kopf. »Ich wollte Sie schon lange besuchen. Ich mußte erst eine gerichtliche Erlaubnis einholen.

Ich bin hier, um über die Morde an den Turners und Sanders' zu sprechen.«

»Wirklich?« Er wirkte resigniert und verhielt sich gleichgültig und passiv. Mir gefiel nicht, wie er aussah. Mir ging durch den Kopf, seine Persönlichkeit könne im Begriff sein, sich ganz aufzulösen.

»Offen gesagt, ich darf mit Ihnen nur über die Fälle Sanders und Turner sprechen. Das ist die Auflage. Aber wenn Sie wollen, können wir über Vivian Kim reden.«

»Dann haben wir nicht viel Gesprächsstoff. Über diese Morde weiß ich gar nichts. Ich habe nicht einmal die Zeitungsberichte darüber gelesen. Ich schwöre es beim Leben meiner Tochter. Vielleicht weiß es unser Freund Soneji. Ich weiß nichts, Alex.« Inzwischen schien ihm wohl dabei zu sein, daß er mich Alex nannte. Schön zu wissen, daß man überall Freunde finden kann.

»Ihr Anwalt muß Ihnen doch die Mordfälle erklärt haben. Es könnte dieses Jahr zu weiteren Prozessen kommen.«

»Ich will mit Anwälten nichts mehr zu tun haben. Diese Fälle gehen mich nichts an. Außerdem kommen sie bestimmt nicht vor Gericht. Zu teuer.«

»Gary.« Ich sprach mit ihm, als wäre er ein Patient. »Ich möchte Sie gern wieder hypnotisieren. Unterschreiben Sie, wenn ich den ganzen Papierkram durchkriege? Es ist wichtig für mich, mit Soneji zu sprechen. Lassen Sie mich versuchen, mit ihm zu sprechen.«

Gary Murphy lächelte und schüttelte den Kopf. Schließlich nickte er. »Ehrlich gesagt, ich möchte auch mit ihm sprechen«, sagte er. »Wenn ich könnte, würde ich ihn umbringen. Ich würde Soneji umbringen. Wie die anderen Menschen, die ich angeblich umgebracht habe.«

An jenem Abend besuchte ich den ehemaligen Secret-Service-Agenten Mike Devine. Devine war einer der beiden

Agenten, die Minister Goldberg und seine Familie bewacht hatten. Ich wollte ihn wegen der Komplizentheorie befragen.
Mike Devine war etwa einen Monat nach der Entführung freiwillig in Pension gegangen. Weil er erst Mitte Vierzig war, nahm ich an, man habe ihm das nahegelegt. Wir sprachen ein paar Stunden auf seiner Terrasse mit Blick auf den Potomac.
Es war eine geschmackvolle, gut eingerichtete Wohnung für einen alleinstehenden Mann. Devine war braun und sah ausgeruht aus. Er war eine relativ überzeugende Werbung dafür, sobald wie möglich aus der Polizeiarbeit auszusteigen.
Er erinnerte mich ein bißchen an Travis McGee in den Romanen von John MacDonald. Er war gut gebaut, mit einer Menge Charakter in den Zügen. Er würde im Frührentnerland gut zurechtkommen, dachte ich: das gute Aussehen eines Filmhelden, braune Locken, ein angenehmes Lächeln, jede Menge Geschichten auf Lager.
»Mein Partner und ich sind hinausgeworfen worden, wissen Sie«, gestand Devine beim zweiten Corona-Bier. »Ein Patzer, der sich zum Dritten Weltkrieg entwickelte, und wir waren beim Service passé. Unsere Chefin hat uns auch nicht gerade unterstützt.«
»Es war ein öffentlicher Fall. Ich nehme an, da mußte es Helden und Schurken geben.« Über einem kalten Bier konnte ich so philosophisch werden wie jeder andere.
»Vielleicht ist es gut so«, sinnierte Mike Devine. »Haben Sie je daran gedacht, noch mal von vorn anzufangen, was anderes zu machen, solange Sie noch die Energie dazu haben? Ehe Sie Alzheimer kriegen?«
»Ich habe daran gedacht, privat zu praktizieren«, sagte ich zu Devine. »Ich bin Psychologe. Ich arbeite immer noch kostenlos in den Sozialsiedlungen.«
»Aber Sie lieben den Job zu sehr, als daß Sie ihn aufgeben könnten?« Mike Devine grinste und schaute mit zusam-

mengekniffenen Augen in die Spätnachmittagssonne, die sich im Wasser widerspiegelte. Graue Seevögel mit weißer Brust flogen an der Terrasse vorbei. Hübsch. Alles hier war hübsch.

»Hören Sie, Mike. Ich möchte noch einmal die letzten zwei Tage vor der Entführung durchgehen«, sagte ich zu ihm.

»Gottverflucht noch mal, Sie sind ja total davon besessen, Alex. Ich bin jeden Quadratzentimeter auf diesem Terrain abgegangen. Glauben Sie mir, dort ist nichts. Brachland. Da wächst nichts. Ich habe es immer wieder versucht, und schließlich habe ich das Phantom aufgegeben.«

»Ich glaube Ihnen. Aber ich bin immer noch neugierig wegen einer neuen Limousine, die vielleicht in Potomac gesehen worden ist. Möglicherweise ein Dodge«, sagte ich. Das war das Auto, das Nina Cerisier in Langley Terrace gesehen hatte. »Ist Ihnen in der Sorrell Avenue je eine parkende blaue oder schwarze Limousine aufgefallen? Oder irgendwo in der Nähe der Tagesschule?«

»Wie gesagt, ich bin unsere Tagesberichte immer wieder durchgegangen. Da war kein rätselhaftes Auto. Sie können die Berichte selbst nachlesen.«

»Habe ich schon«, sagte ich ihm und lachte darüber, wie hoffnungslos mein Fall aussah.

Mike Devine und ich unterhielten uns noch eine Weile. Er hatte mir nichts Neues zu sagen. Schließlich hörte ich ihm zu, wie er das Strandleben rühmte, das Fischen in den Keys, das »Schlagen nach dem kleinen weißen Ball«. Sein neues Leben fing erst richtig an. Er hatte die Dunne-Goldberg-Entführung viel besser überstanden als ich.

Trotzdem störte mich noch etwas. Die ganze Geschichte mit dem »Komplizen«. Und das mit dem »Beobachter«. Es war mehr als das. Ich hatte so ein Gefühl, was Devine und seinen Partner anlangte. Ein ungutes Gefühl. Irgend etwas sagte mir, daß sie mehr wußten, als sie verraten wollten.

Während ich immer noch so heiß wie eine Zehn-Dollar-

Pistole war, beschloß ich am selben Abend, Kontakt mit Devines ehemaligem Partner Charles Chakely aufzunehmen. Nach seiner Entlassung waren Chakely und seine Familie nach Tempe, Arizona, gezogen.

Nach hiesiger Zeit war es Mitternacht, zehn Uhr in Tempe. Nicht zu spät, meinte ich. »Charles Chakely? Hier ist Detective Alex Cross. Ich rufe aus Washington an«, sagte ich, als er sich meldete.

Eine Pause entstand, ein unbehagliches Schweigen, ehe er antwortete. Dann wurde Chakely aggressiv – es kam mir ganz seltsam vor. Seine Reaktion gab meinem Instinkt über ihn und seinen Partner noch mehr Nahrung.

»Was, zum Teufel, wollen Sie?« ging er hoch. »Warum rufen Sie mich hier an? Ich bin jetzt vom Service pensioniert. Ich versuche, das Vergangene hinter mir zu lassen. Lassen Sie mich zum Teufel in Ruhe. Pfoten weg von mir und meiner Familie.«

»Hören Sie. Es tut mir leid, daß ich Sie behellige –«, wollte ich mich entschuldigen.

Er schnitt mir das Wort ab. »Dann lassen Sie's. Das ist ganz einfach, Cross. Verschwinden Sie aus meinem Leben.«

Ich konnte mir Charles Chakely ganz gut vorstellen, während ich mit ihm sprach. Ich erinnerte mich aus den Tagen unmittelbar nach der Entführung an ihn. Er war erst einundfünfzig, sah aber wie über sechzig aus. Bierbauch. Nicht mehr viel Haar. Trauriger, irgendwie nach innen gerichteter Blick. Chakely war ein körperlicher Beweis für den Schaden, den der Job anrichten konnte, wenn man es zuließ.

»Unglücklicherweise bin ich immer noch mit etlichen Morden befaßt«, sagte ich zu ihm, in der Hoffnung auf sein Verständnis. »Dabei geht es auch um Gary Soneji/Murphy. Er ist zurückgekommen, um eine Lehrerin an der Schule umzubringen. Vivian Kim.«

»Ich hab' gedacht, Sie wollen mich nicht behelligen. Warum tun Sie nicht einfach so, als hätten Sie gar nicht erst angeru-

fen? Dann tu' ich so, als hätte ich den Hörer nicht abgenommen. So tun als ob, das ist ein Spielchen, das ich hier draußen in der angemalten Wüste ganz gut gelernt habe.«
»Hören Sie, ich könnte Sie vorladen lassen. Sie wissen, daß ich das kann. Wir könnten dieses Gespräch in Washington führen. Oder ich fliege nach Tempe und besuche Sie zu Hause. Komm abends mal auf ein Barbecue vorbei.«
»Hey, was, zum Teufel, ist mit Ihnen los? Was hat Sie gebissen, Cross? Der gottverfluchte Fall ist vorbei. Lassen Sie ihn in Ruhe, und lassen Sie mich in Ruhe.«
In Chakelys Ton schwang etwas ganz Merkwürdiges mit. Er klang, als werde er gleich explodieren.
»Ich habe heute abend mit Ihrem Partner gesprochen«, sagte ich. Das sorgte dafür, daß er in der Leitung blieb.
»So. Sie haben mit Mickey Devine gesprochen. Ich spreche hin und wieder auch mit ihm.«
»Freut mich für Sie beide. Ich laß Sie auch gleich in Ruhe. Beantworten Sie mir nur ein paar Fragen.«
»Eine Frage. Das reicht«, sagte Chakely schließlich.
»Erinnern Sie sich daran, eine dunkle neue Limousine gesehen zu haben, die in der Sorrell Avenue parkte? Oder in der Nähe des Hauses der Goldbergs oder der Dunnes? Vielleicht etwa eine Woche vor dem Kidnapping?«
»Teufel, nein – Herrgott, nein! Alles Ungewöhnliche hätte in unserem Bericht gestanden. Der Entführungsfall ist abgeschlossen. Ich bin fertig damit. Und mit Ihnen, Detective Cross.«
Er legte einfach auf.
Der Ton des Gesprächs war zu seltsam gewesen. Der ungeklärte Aspekt mit dem »Beobachter« brachte mich zum Wahnsinn. Das war ein dicker loser Faden. Zu wichtig, als daß ein Kriminalist ihn hätte ignorieren können. Ich mußte mit Jezzie über Mike Devine, Charlie Chakely und deren Berichte sprechen. Irgend etwas stimmte nicht mit den beiden. Sie hielten eindeutig etwas zurück.

72. Kapitel

Jezzie und ich verbrachten den Tag in ihrem Cottage am See. Sie mußte reden. Sie mußte mir sagen, wie sie sich verändert, was sie während ihrer schöpferischen Pause über sich herausgefunden hatte. Dort, mitten im Nirgendwo, North Carolina, taten sich zwei sehr, sehr seltsame Dinge.

Wir verließen Washington um fünf Uhr morgens und kamen kurz vor halb neun zum See. Es war der dritte Dezember, aber es hätte der erste Oktober sein können. Die Temperatur lag den ganzen Nachmittag um die zwanzig Grad, und von den Bergen wehte eine milde Brise. Das Zirpen und Zwitschern von Dutzenden verschiedener Vögel füllte die Luft.

Die Sommergäste waren fort, wir hatten den See also für uns. Ein einziges Schnellboot kurvte etwa eine Stunde lang auf dem See herum. Der starke Motor klang wie der eines Rennwagens. Sonst waren nur wir zwei da.

Wir waren uns beide einig, nicht zu schnell über schwierige Themen zu sprechen. Nicht über Jezzie, Devine und Chakely oder meine neuesten Theorien über die Entführung.

Am späten Nachmittag machten Jezzie und ich eine lange Wanderung in den Kiefernwäldern. Wir folgten einem kristallklaren Bach, der von den Bergen herunterströmte. Jezzie trug kein Make-up, ihr Haar war offen und ungebändigt. Sie hatte abgeschnittene Jeans an und ein Sweatshirt der University of Virginia, dem die Ärmel fehlten. Ihre Augen waren wunderschön blau und machten der Farbe des Himmels Konkurrenz.

»Ich habe dir gesagt, daß ich hier eine Menge über mich herausgefunden habe, Alex«, sagte Jezzie, während wir immer

tiefer in den Wald hineinwanderten. Sie sprach leise. Sie wirkte fast kindlich. Ich hörte aufmerksam zu. Ich wollte alles über Jezzie wissen.
»Ich will mit dir über mich reden. Ich bin jetzt bereit zum Reden«, sagte sie. »Ich muß dir sagen, wie, warum und alles andere.«
Ich nickte und ließ sie weiterreden.
»Mein Vater... mein Vater war ein Versager. In seinen Augen. Er war clever. Er kam gesellschaftlich wunderbar zurecht – wenn er wollte. Aber er kam aus den Slums, und das war ein schwerer Komplex für ihn. Durch seine negative Einstellung bekam mein Vater ständig Schwierigkeiten. Es war ihm gleich, wie sich das auf meine Mutter und mich auswirkte. In den Vierzigern und Fünfzigern war er zum starken Trinker geworden. Am Ende seines Lebens hatte er keinen einzigen Freund. Im Grunde auch keine Familie. Ich glaube, er hat sich deswegen umgebracht... Mein Vater hat sich umgebracht, Alex. In seinem Polizeiauto. Es war kein Herzinfarkt auf der Union Station. Das ist eine Lüge, die ich seit meiner Collegezeit erzähle.«
Wir gingen beide schweigend weiter. Jezzie hatte erst zweimal von ihren Eltern gesprochen. Ich hatte über ihr Alkoholproblem Bescheid gewußt, aber ich hatte Jezzie nicht drängen wollen – vor allem deshalb, weil ich nicht Jezzies Arzt sein konnte. Ich hatte gedacht, wenn sie soweit war, würde sie darüber sprechen.
»Ich wollte kein Versager sein wie meine Eltern. So sahen sie sich selbst, Alex. So haben sie dauernd geredet. Keine niedrige Selbstachtung – überhaupt keine Selbstachtung. Ich konnte nicht zulassen, daß ich so wurde.«
»Wie siehst du deine Eltern?«
»Als Versager, nehme ich an.« Ein winziges Lächeln begleitete das Eingeständnis. Ein schmerzhaft ehrliches Lächeln.
»Sie waren beide so unglaublich clever, Alex. Sie wußten

alles über alles. Sie hatten jedes Buch im Universum gelesen. Sie konnten über jedes Thema reden. Bist du je in Irland gewesen?«

»Ich war einmal in England, auf Dienstreise. Das erste und einzige Mal, daß ich in Europa war. Hatte nie Geld dafür.«

»In Irland gibt es Dörfer – da sind die Leute so wortgewandt, aber sie sind so arm. Das sind die ›weißen Gettos‹. Jedes dritte Haus scheint ein Pub zu sein. In diesem Land gibt es so viele gebildete Versager. Ich wollte kein weiterer cleverer Versager sein. Ich habe dir von dieser Angst erzählt. Das wäre für mich die Hölle auf Erden gewesen... Ich habe mich in der Schule hart unter Druck gesetzt. Ich mußte die Nummer eins sein, um jeden Preis. Dann beim Secret Service. Ich bin aufgestiegen, weit aufgestiegen, Alex, aus was für Gründen auch immer. Ich wurde glücklich mit meiner Karriere, mit meinem Leben im allgemeinen.«

»Aber das löste sich nach der Goldberg-Dunne-Entführung auf. Du warst der Sündenbock. Du warst nicht mehr der strahlende Star.«

»Ich war erledigt, einfach so. Agenten redeten hinter meinem Rücken über mich. Schließlich gab ich auf, verließ den Service. Ich hatte keine andere Wahl. Es war totaler Quatsch und ungerecht. Ich kam hierher, um herauszukriegen, wer zum Teufel ich bin. Ich mußte es ganz allein machen.«

Jezzie streckte die Arme aus und legte sie um mich, mitten im Wald. Sie fing leise zu schluchzen an. Ich hatte sie noch nie weinen sehen. Ich hielt Jezzie fest in den Armen. Ich hatte mich ihr noch nie so nahe gefühlt. Ich wußte, daß sie mir harte Wahrheiten sagte. Ich war ihr ebenfalls harte Wahrheiten schuldig.

Wir standen in einer abgeschiedenen Mulde und sprachen leise, als ich merkte, daß uns jemand beobachtete. Ich hielt den Kopf stocksteif, wandte aber den Blick nach rechts. Noch jemand war im Wald.

Jemand beobachtete uns.
Noch ein *Beobachter.*
»Jemand ist da oben, Jezzie. Auf dem Hügel rechts von uns«, flüsterte ich ihr zu. Sie schaute nicht hin. Sie war immer noch ein Cop.
»Bist du sicher, Alex?« fragte sie.
»Ich bin sicher. Verlaß dich auf mich. Trennen wir uns«, sagte ich. »Wenn der da oben abhaut, fangen wir ihn ein.«
Wir gingen auseinander und flankierten den Hügel, auf dem ich den Beobachter gesehen hatte. Das mußte ihn verwirren.
Er lief weg!
Der Beobachter war tatsächlich ein Mann. Er trug Turnschuhe und einen dunklen Jogginganzug mit Kapuze, der mit dem Wald verschmolz. Ich konnte seine Größe und seinen Körperbau nicht abschätzen.
Jezzie und ich rannten gute vierhundert Meter hinter ihm her. Wir waren beide barfuß, deshalb kamen wir dem Beobachter nicht näher. Vermutlich verloren wir beim Sprinten ein paar Meter. Zweige und Dornen rissen an unseren Gesichtern und Armen. Schließlich stürmten wir aus dem Kiefernwald heraus und kamen auf eine geteerte Landstraße. Wir hörten gerade noch, wie ein Auto in einer nahen Kurve beschleunigte. Wir bekamen das Auto nicht zu sehen, konnten nicht einmal einen Blick auf das Nummernschild erhaschen.
»Gottverflucht noch mal, das ist ja unheimlich!« sagte Jezzie, als wir am Straßenrand standen und um Atem rangen. Schweiß lief uns über das Gesicht, und unsere Herzen hämmerten synchron.
»Wer weiß, daß du hier bist? Irgend jemand?« fragte ich.
»Niemand. Deshalb ist es ja so unheimlich. Wer, zum Teufel, war das? Das ist zum Fürchten, Alex. Fällt dir etwas ein?«
Ich hatte mindestens ein Dutzend Theorien über den Beobachter aufgeschrieben, den Nina Cerisier gesehen hatte.

Meine hoffnungsvollste Theorie war die einfachste. Die Polizei hatte Gary Soneji beobachtet. Aber welche Polizei? Konnten es Kollegen von mir gewesen sein? Oder von Jezzie?

Es war wirklich zum Fürchten.

Wir schafften es zu Jezzies Cottage, bevor es dunkel wurde. Winterliche Kühle drang in die Luft ein.

Wir machten Feuer im Kamin und kochten ein gutes Essen, das vier satt gemacht hätte.

Es gab weißen Süßmais, einen riesigen Salat, ein pfundschweres Steak für jeden von uns und einen trockenen Weißwein, auf dessen Etikett stand *Chassagne-Montrachet, Premier Cru, Marquis de Laguiche*.

Nach dem Essen kam das Gespräch auf Mike Devine, Charlie Chakely und den Beobachter. Jezzie war keine große Hilfe. Sie sagte, was die Secret-Service-Agenten anlange, sei ich vermutlich auf der falschen Spur. Chakely sei leicht erregbar, es sehe ihm ähnlich, daß er wegen eines Anrufs in Arizona explodiere. Sie sagte, er sei auch bei der Arbeit verbittert gewesen, deshalb sei er vermutlich auch außer Dienst verbittert. Ihrer Meinung nach waren Mike Devine und Chakely beide gute Agenten gewesen, wenn auch keine hervorragenden. Wenn bei der Überwachung der Familie Goldberg etwas Wichtiges vorgefallen wäre, hätten sie es gemerkt. Ihre Berichte seien bestimmt korrekt gewesen. Beide seien nicht schlau genug, etwas zu vertuschen. Jezzie war sich dessen sicher.

Sie bezweifelte nicht, daß Nina Cerisier in der Nacht vor den Morden an den Sanders' ein parkendes Auto auf der Straße gesehen hatte, aber sie glaubte nicht, daß jemand Soneji/Murphy beobachtet hatte. Sie glaubte nicht einmal, daß Soneji in den Siedlungen gewesen war.

»Ich habe mit dem Fall nichts mehr zu tun«, sagte Jezzie schließlich zu mir. »Ich vertrete weder die Interessen des Service noch die von sonst jemandem. Hier kommt meine ehrliche Meinung, Alex. Warum gibst du nicht einfach auf? Es ist vorbei. Laß es dabei.«

»Das geht nicht«, sagte ich zu Jezzie. »An der Tafelrunde von König Artus tun wir so was nicht. Ich kann in diesem Fall nicht aufgeben. Jedesmal, wenn ich das versuche, taucht irgend etwas auf, und ich überlege es mir anders.«

In jener Nacht gingen wir ziemlich zeitig zu Bett. Gegen neun, Viertel zehn. Der Chassagne-Montrachet, Premier Cru, tat seine Wirkung. Zwischen uns war immer noch Leidenschaft, aber auch Wärme und Zärtlichkeit.

Wir kuschelten uns aneinander, wir lachten, wir schliefen nicht früh ein. Jezzie taufte mich »Sir Alex, der schwarze Ritter der Tafelrunde«. Ich nannte sie die »Herrin des Sees«. Schließlich schliefen wir ein, während wir uns solche Dinge zuflüsterten und uns friedlich in den Armen hielten.

Ich weiß nicht, wann ich wieder aufwachte. Ich lag auf zerwühlten Laken und auf der Bettdecke, und es war sehr kalt.

Vom Feuer kam noch ein orangeroter Schein, und es knisterte leise. Ich fragte mich, warum es so kalt im Schlafzimmer war, wenn das Feuer noch brannte.

Was meine Augen sahen und mein Körper spürte, paßte nicht zusammen. Ich grübelte kurz darüber nach.

Ich kroch unter die Decke und zog sie bis zum Kinn. Der Feuerschein, der sich in der Fensterscheibe spiegelte, sah seltsam aus.

Ich dachte daran, wie merkwürdig es war, daß ich wieder mit Jezzie hier war. Mitten im Nirgendwo. Ich konnte mir jetzt nicht mehr vorstellen, je wieder ohne sie zu sein.

Ich war versucht, sie zu wecken. Ihr das zu sagen. Mit ihr über alles und jedes zu reden. Die Herrin des Sees. Und der schwarze Ritter. Klang wie Geoffrey Chaucer für die neunziger Jahre unseres Jahrhunderts.

Plötzlich merkte ich, daß es nicht die Glut vom Kamin war, was am Fenster flackerte.

Ich sprang aus dem Bett und rannte hin. Ich sah etwas, wovon ich mein Leben lang gehört hatte, aber ich hatte nicht erwartet, es je zu sehen zu bekommen.
Auf Jezzies Rasen brannte lichterloh ein Kreuz.

73. Kapitel

Ein vermißtes kleines Mädchen namens Maggie Rose.
Morde in den Siedlungen. Der Lustmord an Vivian Kim.
Ein Psychopath. Gary Soneji/Murphy.
Ein »Komplize«. Ein rätselhafter Beobachter.
Ein Feuerkreuz in North Carolina.
Wann würden die Puzzleteile endlich zusammenpassen? Würden sie je zusammenpassen? Von jenem Augenblick in Jezzies Cottage bis zum Ende war mein Kopf voller starker, verstörender Bilder. Ich konnte den Fall nicht aufgeben, wie Jezzie vorgeschlagen hatte. Ereignisse in der folgenden Woche verstärkten meine Paranoia.

Am Montag kam ich spät von der Arbeit nach Hause. Damon und Janelle stürzten sich auf mich, als ich das Dutzend Schritte vom Eingang zur Küche entlangstapfte.

»Telefon! Telefon! Telefon!« sang Damon, als er sich neben mich schob.

Nana hielt mir in der Küche den Telefonhörer hin. Sie sagte, es sei Wallace Hart, der aus dem Gefängnis Fallston anrief.

»Alex, tut mir leid, dich zu Hause zu stören«, sagte Wallace. »Könntest du schnell kommen? Vielleicht ist es wichtig.«

Ich versuchte, mich aus der Jacke zu schälen. Ich hielt inne – ein Arm drin, einer draußen. Die Kinder halfen mir. Gewissermaßen; sie versuchten mir zu helfen und versuchten gleichzeitig mir den Rücken zu verrenken.

»Um was geht's denn, Wallace? Ich habe heute abend alle Hände voll zu tun.« Ich streckte Damon und Jannie die

Zunge heraus. »Paar kleine Probleme im Haus. Aber nichts, womit ich nicht fertig werden könnte.«
»Er verlangt nach dir. Er will mit dir sprechen, und nur mit dir. Sagt, es ist sehr wichtig.«
»Hat es nicht bis morgen Zeit?« fragte ich Wallace. Ich hatte schon einen langen Tag hinter mir. Außerdem konnte ich mir nicht vorstellen, daß mir Gary Murphy etwas Neues zu sagen hatte.
»Er ist Soneji«, sagte Wallace Hart am Telefon. »Soneji will jetzt mit dir sprechen.«
Ich war sprachlos. Dann brachte ich heraus: »Bin schon unterwegs, Wallace.«
Ich schaffte es in weniger als einer Stunde nach Fallston. Gary war im obersten Stockwerk des Gefängnisses untergebracht. Wichtige Patienten wie Squeaky Fromme und John Hinckley waren dort inhaftiert gewesen. Es war der Promiententrakt, genau wie Gary das gewollt hatte.
Als ich zu seiner Zelle kam, lag Gary mit dem Gesicht nach oben auf einer schmalen Pritsche ohne Laken und Decke. Ein Wärter beobachtete ihn ständig. Er war ein »Sonderfall«, wie die Einzelbewachung genannt wird.
Wallace Hart sagte: »Ich habe daran gedacht, ihn über Nacht in einen ruhigen Raum zu verlegen. Ihn eine Weile als Sonderfall zu behandeln und in Einzelhaft zu stecken. Bis wir wissen, was mit ihm los ist. Er hat abgehoben, Alex.«
»Einmal wird er dabei abstürzen«, sagte ich, und Wallace nickte zustimmend.
Ich betrat Garys Zelle und setzte mich ungebeten. Ich war es leid, ständig um Erlaubnis fragen zu müssen. Garys Blick klebte an der Decke. Die Augen wirkten, als wären sie in den Schädel zurückgetreten. Ich war mir sicher, er wußte, daß ich da war. Hier ist Alex!
»Willkommen in meiner *Psichuschka*, Doktor«, sagte er schließlich in unheimlicher, rauher Monotonie. »Wissen Sie, was eine Psichuschka ist?« Es war wirklich Soneji.

»Ein Gefängniskrankenhaus in Rußland. Da kamen die politischen Häftlinge in der Sowjetunion hin«, sagte ich.

»Genau. Sehr gut.« Er sah zu mir herüber. »Ich möchte einen neuen Handel mit Ihnen machen. Reinen Tisch.«

»Mir war nicht bewußt, daß wir einen Handel hatten«, sagte ich zu ihm.

»Ich will hier keine Zeit mehr vergeuden. Ich kann nicht länger Murphy spielen. Würden Sie nicht lieber herausfinden, wie Soneji tickt? Klar möchten Sie das, Dr. Cross. Sie könnten auch berühmt werden. Sie könnten in jedem Kreis, in den Sie aufgenommen werden wollen, eine wichtige Rolle spielen.«

Ich glaubte nicht, daß das ein Schub sein könne, eine seiner Fluchtphasen. Dazu wirkte das, was er sagte, zu beherrscht.

War er die ganze Zeit Gary Soneji gewesen? Der »böse Junge«? Seit wir uns zum ersten Mal begegnet waren? Das war meine Diagnose gewesen. Ich blieb bei ihr.

»Können Sie mir soweit folgen?« fragte er von der Pritsche aus. Er streckte lässig die langen Beine und wackelte mit den bloßen Zehen.

»Sie wollen mir jetzt sagen, daß Ihnen alles, was Sie getan haben, vollkommen bewußt war. Daß sie nie eine gespaltene Persönlichkeit waren. Keine Schübe. Sie haben beide Rollen gespielt. Jetzt haben Sie es satt, Gary Murphy zu spielen.«

Sonejis Blick war konzentriert und sehr intensiv. Kälter und durchdringender als sonst. Bei schwerer Schizophrenie wird das Phantasieleben manchmal wichtiger als das wirkliche.

»Stimmt. Gut geraten, Alex. Sie sind soviel schlauer als die anderen. Ich bin stolz auf Sie. Sie sind derjenige, der dafür sorgt, daß die Sache interessant für mich bleibt. Der einzige, der meine Aufmerksamkeit über längere Zeit fesselt.«

»Und was wollen Sie von uns?« Ich versuchte, ihn beim Thema zu halten. »Was kann ich tun, Gary?«

»Ich brauche ein paar Kleinigkeiten. Aber vor allem möchte ich einfach ich selbst sein. Sozusagen. Ich möchte für alles, was ich geleistet habe, anerkannt werden.«

»Und was bekommen wir von Ihnen?«

Soneji lächelte mich an. »Ich sage Ihnen, was passiert ist. Von Anfang an. Ich helfe Ihnen dabei, Ihren kostbaren Fall aufzuklären. Ich sage es Ihnen, Alex.«

Ich wartete darauf, daß Soneji weitersprach. Ich dachte an die Erklärung über Gary Sonejis Badezimmerspiegel: *Ich will jemand sein!* Vermutlich war er von Anfang an auf den Ruhm ausgewesen.

»Ich hatte immer geplant, beide Kinder zu ermorden. Ich konnte es nicht erwarten. Ich habe diese Haßliebe zur Kindheit, wissen Sie. Habe Brüste abgeschnitten und die Schamhaare abrasiert, damit meine erwachsenen Opfer kindlicher ausgesehen haben. Und es wäre sowieso der logische und sicherste Abschluß gewesen, die Bälger umzubringen.« Soneji lächelte wieder. Es war ein gespenstisches, unangemessenes Lächeln, als beichte er eine Notlüge. »Es interessiert Sie doch immer noch, warum ich mich für diese Entführung entschieden habe, nicht wahr? Warum ich Maggie Rosebud und ihren Freund Shrimpie Goldberg ausgesucht habe?«

Er benutzte die Spitznamen, um zu provozieren – und aus Schnodderigkeit. Er liebte die Rolle des »bösen Jungen«. Er hatte im Lauf der Monate einen äußerst düsteren Sinn für Humor gezeigt.

»Mich interessiert alles, was Sie zu sagen haben, Gary. Reden Sie weiter.«

»Wissen Sie was«, sagte er. »Einmal habe ich ausgerechnet, daß ich über zweihundert Menschen getötet habe. Darunter viele Kinder. Ich mache, wozu ich aufgelegt bin. Was immer mir im Augenblick durch den Kopf geht.«

Das schmierige, mechanische Lächeln war wieder da. Er war nicht mehr Gary Murphy. Nicht mehr der typische amerikanische Yuppie, Ehemann und Vater aus Wilmington, Delaware. Hatte er getötet, seit er ein Junge war?
»Stimmt das? Versuchen Sie immer noch, mich zu schockieren?«
Er zuckte die Achseln. »Warum sollte ich das versuchen? ... Als ich ein Junge war, habe ich Bücher über den Entführungsfall Lindbergh gelesen. Dann Bücher über alle großen Verbrechen! Ich habe alle Zeitungsausschnitte kopiert, die ich in der Bücherei von Princeton finden konnte. Etliches davon habe ich Ihnen schon erzählt, nicht wahr? Wie ich fasziniert, absolut hingerissen, besessen davon war, Kinder zu entführen. Sie völlig in der Hand zu haben ... Ich wollte sie quälen wie hilflose kleine Vögel. Ich habe mit einem Freund geübt. Ich glaube, Sie haben ihn kennengelernt. Simon Conklin. Bloß ein kleiner Psychopath, Doktor. Ihre Zeit nicht wert ... kein Partner. Kein Komplize. Mir gefällt besonders, daß ein Kidnapping die Eltern so aufregt. Sie vernichten andere Erwachsene, aber Gott bewahre, wenn jemand ein Kind umbringt. Undenkbar! Unaussprechlich! schreien sie. Was für ein Quatsch. Was für eine Heuchelei. Denken Sie darüber nach. In Bangladesch sterben eine Million dunkelhäutige Kinder, Dr. Cross. Niemand kümmert sich darum. Niemand eilt ihnen zu Hilfe.«
»Warum haben Sie die schwarzen Familien in den Siedlungen ermordet? Wo ist da der Zusammenhang?«
»Wer sagt denn, daß es einen Zusammenhang geben muß? Hat man Ihnen das am John Hopkins beigebracht? Vielleicht waren das meine guten Werke. Wer sagt, ich habe kein soziales Gewissen? Jedes Leben muß ausgeglichen sein. Das glaube ich. *I Ging*. Denken Sie an die Opfer, die ich ausgesucht habe. Hoffnungslos drogensüchtig. Ein Mädchen, ein Teenager, das schon eine Prostituierte war. Ein kleiner Junge, der schon verloren war.«

Ich wußte nicht, ob ich ihm glauben konnte. Er hob ab. »Haben Sie ein Herz für uns?« fragte ich ihn. »Ich finde das wirklich rührend.«
Er beschloß, meine Ironie zu ignorieren. »Ich hatte mal eine schwarze Freundin, ja. Ein Hausmädchen. Eine Frau, die sich um mich gekümmert hat, wenn Sie das wissen wollen, während sich mein Vater von meiner Mutter scheiden ließ. Die hieß Laura Douglas. Sie ist aber nach Detroit zurückgegangen, hat mich im Stich gelassen. Ein großes, fettes Weib mit einer brüllenden Lache, von der ich hingerissen war. Als sie in die Autostadt zog, fing Mommy Terror damit an, mich schwierigen, motorisch unruhigen Jungen im Keller einzusperren.
Sie haben ein echtes Schlüsselkind vor sich. Während ich unten war, waren mein Stiefbruder und meine Stiefschwester oben im Haus meines Vaters! Sie spielten mit meinen Spielsachen. Sie haben mich durch die Dielenbretter verhöhnt. Einmal war ich wochenlang im Keller eingesperrt. So sehen meine Erinnerungen aus. Gehen in Ihrem Kopf Alarmlichter und Sirenen an, Dr. Cross? Gequälter Junge im Keller. Verwöhnte Kinder, in einer Scheune vergraben. So hübsche, saubere Parallelen. Passen jetzt alle Stücke zusammen? Sagt unser Junge Gary jetzt die Wahrheit?«
»Sagen Sie die Wahrheit?« fragte ich ihn wieder. Ich glaubte es. Alles paßte ins Bild.
»O ja. Pfadfinderehrenwort... Die Morde im Südosten von D. C. Ehrlich gesagt, mir gefiel der Gedanke, der erste berühmte Serienmörder von Schwarzen zu sein. Der Trottel in Atlanta zählt für mich nicht, falls sie dort tatsächlich den Richtigen geschnappt haben. Wayne Williams war durch und durch ein Amateur. Überhaupt, was ist mit diesen ganzen Serienmördern namens Wayne? Wayne Williams. John Wayne Gacy junior. Patrick Wayne Hearney, der an der Westküste zweiunddreißig menschliche Säcke zerstückelt hat.«

»Sie haben Michael Goldberg nicht ermordet?« kam ich auf etwas zurück, was er früher gesagt hatte.

»Nein. Das war damals nicht meine Absicht. Ich hätte es getan – alles zu seiner Zeit. Er war ein verwöhntes Balg. Hat mich an meinen ›Bruder‹ Donnie erinnert.«

»Wie ist es zu den Verletzungen an der Leiche gekommen? Sagen Sie mir, was passiert ist.«

»Das macht Ihnen Spaß, nicht wahr, Doktor. Was sagt uns das über Sie, hmm? Als ich gemerkt habe, daß er mir weggestorben ist, war ich so wütend. Ich habe einen Anfall bekommen. Die Scheißleiche getreten. Mit der Schaufel geschlagen. Ich weiß nicht mehr, was ich sonst noch gemacht habe. Ich war so sauer. Dann habe ich den toten Arsch in den Fluß geworfen. In den Fluß Sticks.«

»Aber Sie haben dem Mädchen nichts getan? Sie haben Maggie Rose Dunne nicht verletzt?«

»Nein, ich habe dem Mädchen nichts getan.«

Er äffte meine Sorge nach. Er imitierte meine Stimme recht gut. Er konnte eindeutig schauspielern, verschiedene Rollen spielen. Es war beängstigend, das mit anzusehen, und in einem Raum mit ihm zu sein. Konnte er Hunderte von Malen getötet haben? Ich glaubte es.

»Erzählen Sie mir von ihr. Was ist Maggie Rose Dunne tatsächlich zugestoßen?«

»Schon gut, schon gut, schon gut. Die Geschichte von Maggie Rose Dunne. Zündet eine Kerze an, singt einen Choral, damit Jesus ihr gnädig ist. Nach der Entführung war sie benommen. Jedenfalls, als ich das erste Mal nach ihr geschaut habe. Das Secobarbital ließ nach. Ich habe für die kleine Maggie Mommy Terror gespielt. Ich habe geklungen, wie Mommy T. an der Kellertür in unserem Haus geklungen hat. *Schluß mit dem Geheul . . . Halt's Maul. Halt's Maul, du verzogenes Gör!* Das hat ihr ganz schön angst gemacht, das kann ich Ihnen sagen. Dann habe ich sie rausgeholt. Ich habe den Puls von beiden sorgfältig überprüft, weil ich mir sicher war, das FBI wird einen Beweis dafür wollen, daß die Kinder noch am Leben sind.«

»Der Puls beider Kinder war in Ordnung?«

»Ja. Bestens, Alex. Ich habe das Ohr an jede kleine Brust gelegt. Ich habe meinen natürlichen Drang unterdrückt, den Herzschlag anzuhalten.«

»Wozu die spektakuläre Entführung? Wozu die ganze Publicity? Warum sind Sie ein so großes Risiko eingegangen?«

»Weil ich bereit war. Ich hatte lange, lange geübt. Ich ging keinerlei Risiko ein. Außerdem brauchte ich das Geld. Ich hatte es verdient, Millionär zu sein. Alle anderen sind es.«

»Sie sind am nächsten Tag zurückgekommen, um nach den Kindern zu sehen?« fragte ich ihn.

»Ihr ging es am nächsten Tag auch bestens. Aber am Tag, nachdem Michael Goldberg starb, war Maggie Rose verschwunden! Ich bin in die Scheune gefahren, und da war das Loch im Boden, in dem ich den Kasten vergraben hatte. Großes Loch im Boden. Leer! Ich habe ihr nichts getan. Und das Lösegeld habe ich auch nicht bekommen. Das hat jemand anders. Jetzt kriegen Sie mal raus, was passiert ist, Detective. Ich glaube, ich hab's rausgekriegt! Ich glaube, ich kenne das große Geheimnis.«

74. Kapitel

Ich war um drei Uhr morgens auf. Ich hob ab! Spielte auf der Veranda Mozart, Debussy und Billie Holiday. Vermutlich riefen Fixer bei der Polizei an, um sich über den Krach zu beschweren.

Am Morgen ging ich wieder zu Soneji. Der »böse Junge« saß in der kleinen, fensterlosen Zelle. Urplötzlich wollte er reden. Ich glaubte zu wissen, worauf er hinauswollte, was er mir bald sagen würde. Trotzdem mußte ich mir meine Meinung von ihm bestätigen lassen.

»Sie müssen etwas verstehen, was Ihrem Wesen völlig fremd ist«, sagte er zu mir. »Ich war geil, als ich dem berühmten Scheißmädchen und ihrer Mutter, der Schauspielerin, nachspioniert habe. Ich bin süchtig nach Nervenkitzel. Ich brauchte Stoff.« Ich mußte wider Willen an meine Patienten denken, die als Kinder mißhandelt worden waren, während ich mir seine absurden, grausigen Erlebnisse anhörte. Es war kläglich, wie ein Opfer über seine Opfer sprach.

»Ich habe das Stadium des Nervenkitzels genau begriffen, Doktor. Mein Lieblingslied ist ›Sympathy for the Devil‹. Von den Rolling Stones. Ich habe immer versucht, ausreichende Vorsichtsmaßnahmen zu treffen – ohne den Bann zu brechen. Ich hatte mir Fluchtwege ausgedacht und Ersatzfluchtwege, für jede Gegend, in die ich kam. Dazu gehörte ein Abwassertunnel, der vom Rand des Gettos bis zum Capitol Hill führt. Ich hatte Kleidung zum Wechseln und eine Perücke im Tunnel. Ich hatte an alles gedacht. Ich wollte nicht gefaßt werden. Ich verließ mich auf mein Geschick. Ich glaubte an meine Allmacht.«

»Glauben Sie immer noch an Ihre Allmacht?« Das war eine ernste Frage. Ich glaubte nicht, daß er mir die Wahrheit sagen würde, aber ich wollte trotzdem hören, was er zu sagen hatte.

Er sagte: »Was damals passiert ist, war mein einziger Fehler. Ich ließ zu, daß meine Erfolge, der Beifall von Millionen Bewunderern mir zu Kopf stiegen. Der Beifall kann eine Droge sein. Katherine Rose leidet an derselben Krankheit, wissen Sie. Die meisten Filmleute, die Sportidole leiden auch daran. Millionen jubeln ihnen zu, verstehen Sie. Die erzählen diesen Leuten, daß sie etwas ›Besonderes‹ sind, wie ›toll‹. Und manche Stars vergessen ihre Grenzen, vergessen die harte Arbeit, die sie überhaupt erst nach oben gebracht hat. Ich habe das vergessen. Damals. Und genau deshalb bin ich gefaßt worden. Ich habe geglaubt, ich kann aus dem McDonald's entkommen! Wie ich immer entkommen war. Ich wollte mir nur ein paar Morde gönnen und dann verschwinden. Ich wollte eine ganze Palette von Schwerverbrechen. Ein bißchen Bundy, ein bißchen Geary, ein bißchen Manson, Whitmore, Gilmore.«

»Kommen Sie sich jetzt allmächtig vor? Seit Sie älter und weiser sind?« fragte ich Soneji. Er war ironisch. Ich nahm an, ich könne es auch sein.

»Niemand wird der Allmacht je näher kommen als ich. Ich bin eine Methode, die Allmacht zu verstehen, oder?«

Er lächelte wieder das leere Killerlächeln. Ich hätte ihn am liebsten geschlagen. Gary Murphy war ein tragischer, fast sympathischer Mensch. Soneji war hassenswert, durch und durch böse. Das menschliche Ungeheuer, die Bestie Mensch.

»Als Sie die Häuser der Goldbergs und Dunnes ausspioniert haben, waren Sie da auf der Höhe Ihrer Macht?« Warst du damals allmächtig, Scheißkerl?

»Nein, nein, nein. Sie wissen doch, Doktor, da war ich schon schlampig geworden. Ich hatte zu viele Zeitungsberichte über meine ›perfekten‹ Morde in Condon Terrace gelesen. ›Keine Spuren, keine Anhaltspunkte, ein perfekter Killer!‹ Sogar ich war beeindruckt.«

»Was ist in Potomac schiefgegangen?« Ich glaubte, ich wisse die Antwort. Ich brauchte ihn zur Bestätigung.

Er zuckte die Achseln. »Ich bin natürlich beschattet worden.«

Da haben wir's, dachte ich. Der Beobachter.

»Sie haben das damals nicht gewußt?« fragte ich Soneji.

»Selbstverständlich nicht.« Er runzelte die Stirn über die Frage. »Ich habe es erst sehr viel später begriffen. Beim Prozeß hat es sich dann bestätigt.«

»Wie kam das? Wie haben Sie herausgefunden, daß Sie beschattet worden waren?«

Soneji schaute mir in die Augen. Er schien durch mich hindurchzustarren bis auf meinen Hinterkopf. Er hielt mich für ihm unterlegen. Ich war nur ein Gefäß für seinen Erguß. Aber er fand es interessanter, mit mir zu sprechen als mit den anderen. Ich wußte nicht, ob ich mich geehrt oder beschmutzt fühlen sollte. Außerdem war er neugierig zu wissen, was ich wußte oder nicht wußte.

»Jetzt möchte ich erst mal was klarstellen«, sagte er. »Das ist wichtig für mich. Ich kann Ihnen Geheimnisse verraten. Jede Menge große und kleine Geheimnisse. Schmutzige Geheimnisse, gepfefferte Geheimnisse. Jetzt werde ich Ihnen ein Geheimnis verraten. Wissen Sie, warum?«

»Elementar, mein lieber Gary«, sagte ich zu ihm. »Es ist die Hölle für Sie, in der Macht anderer zu sein. Sie müssen das Kommando haben.«

»Sehr gut, Doktor Detective. Aber ich habe im Tauschhandel ein paar hübsche Sächelchen anzubieten. Verbrechen, die bis in die Zeit zurückreichen, als ich zwölf oder dreizehn war. Es gibt unaufgeklärte Schwerverbrechen, die bis in diese Zeit zurückreichen. Glauben Sie mir. Ich habe eine ganze Schatztruhe anzubieten.«

»Ich verstehe«, sagte ich zu ihm. »Ich kann es nicht erwarten, etwas darüber zu hören.«

»Sie haben mich immer verstanden. Sie müssen nur die anderen Zombies dazu bringen, daß sie marschieren und gleichzeitig ein paar Kröten schlucken.«

»Die anderen Zombies?« Ich lächelte über seinen Ausrutscher.

»Tut mir leid. Ich wollte nicht unhöflich sein. Können Sie die Zombies überzeugen? Sie wissen, wen ich meine. Sie haben vor denen noch weniger Respekt als ich.«

Das stimmte. Zum Beispiel mußte ich Chief Pittman überzeugen. »Helfen Sie mir dabei? Sagen Sie mir etwas Konkretes? Ich muß herausfinden, was mit dem Mädchen passiert ist. Gönnen Sie ihren Eltern endlich etwas Frieden.«

»Schon gut. Mach ich«, sagte Soneji. Am Ende war es so einfach.

Man wartet. Und wartet. So ist das bei fast jeder Polizeiermittlung. Man stellt Tausende von Fragen, buchstäblich Tausende. Man füllt ganze Aktenschränke mit unnötigem Papierkram. Dann stellt man noch mehr Fragen. Man folgt unzähligen Spuren, die nirgends hinführen. Dann läuft zur Abwechslung mal etwas richtig. Das kommt selten vor. Jetzt geschah es. Eine Belohnung für Tausende von Arbeitsstunden. Eine Belohnung dafür, daß ich immer wieder zu Gary gekommen war.

»Damals ist mir die Überwachung nicht aufgefallen«, fuhr Gary Soneji fort. »Und das, was ich Ihnen erzählen will, ist nicht in der Nähe vom Haus der Sanders' passiert. Es war in der Sorrell Avenue in Potomac. Genau gesagt, vor dem Haus der Goldbergs.«

Plötzlich hatte ich es satt, wie er sich auf die Brust klopfte. Ich mußte wissen, was er wußte. Ich war nahe dran. *Sprich mit mir, du kleiner Scheißer.*

»Weiter«, sagte ich. »Was ist in Potomac passiert? Was haben Sie bei den Goldbergs gesehen? *Wen* haben Sie gesehen?«

»Ich bin in einer Nacht vor dem Kidnapping dort vorbeigefahren. Ein Mann ging das Trottoir entlang. Ich habe mir nichts dabei gedacht. Ich habe es erst begriffen, als ich denselben Mann beim Prozeß gesehen hatte.«

Soneji schwieg einen Augenblick lang. Spielte er wieder mit mir? Ich glaubte es nicht. Er schaute mich an, als starre er direkt in meine Seele. *Er weiß, wer ich bin. Er kennt mich, vielleicht besser, als ich mich selbst kenne.*

Was wollte er von mir? War ich ein Ersatz für etwas, was ihm in seiner Kindheit gefehlt hatte? Warum hatte er mich für diese grauenhafte Aufgabe ausgewählt?

»Wer war der Mann, den Sie beim Prozeß erkannt haben?« fragte ich Gary Soneji.

»Es war der Agent vom Secret Service. Es war Devine. Er und sein Kumpel Chakely müssen gesehen haben, wie ich die Häuser der Goldbergs und Dunnes beobachtet habe. Sie haben mich beschattet. Sie haben die kostbare Maggie Rose weggebracht! Sie haben das Lösegeld in Florida eingesackt. Sie hätten die ganze Zeit nach Cops suchen sollen. Zwei Bullen haben das kleine Mädchen ermordet.«

75. Kapitel

Meine Vermutung über Devine und Chakely war also doch richtig gewesen. Soneji/Murphy war der einzige Augenzeuge, und er hatte sie bestätigt. Jetzt mußten wir etwas unternehmen.

Ich mußte den Fall Dunne-Goldberg neu eröffnen – und das mit Neuigkeiten, die niemand in Washington hören wollte.

Ich beschloß, zuerst mit dem FBI zu sprechen ... *Zwei Cops hatten Maggie Rose ermordet.* Die Ermittlung mußte wieder eröffnet werden. Jetzt kam die ganze Sauerei von neuem hoch.

Ich stattete meinem alten Kumpel Gerry Scorse in der FBI-Zentrale einen Besuch ab. Nachdem ich vierzig Minuten im Empfang herumgestanden hatte, brachte Scorse mir Kaffee und bat mich in sein Büro. »Kommen Sie rein, Alex. Danke fürs Warten.«

Er hörte höflich und mit offensichtlicher Sorge zu, während ich schilderte, was ich früher erfahren hatte, und dann berichtete, was Soneji mir über die Secret-Service-Agenten Mike Devine und Charles Chakely gesagt hatte. Er machte sich Notizen, eine Menge Notizen auf einem gelben Block.

Als ich fertig war, sagte Scorse: »Ich muß telefonieren. Bleiben Sie sitzen, Alex.«

Als er zurückkam, bat er mich, mit ihm nach oben zu kommen. Er sagte es nicht, aber ich nahm an, er sei beeindruckt von den Neuigkeiten von Gary Soneji.

Ich wurde in das Privatkonferenzzimmer des stellvertretenden Direktors im obersten Stock geführt. Der stellvertretende Direktor, Kurt Weithas, ist die Nummer zwei beim FBI. Sie wollten mir zu verstehen geben, daß das hier eine wichtige Besprechung war. Ich begriff.

Scorse ging mit mir in das eindrucksvolle, sehr gemütliche Konferenzzimmer. Alle Wände und die meisten Möbel waren dunkelblau, sehr nüchtern und streng. Das Zimmer erinnerte mich an das Cockpit eines ausländischen Autos. Gelbe Blöcke und Stifte lagen für uns bereit.

Es war von Anfang an eindeutig Weithas' Auftritt. »Was wir von Anfang an bewirken möchten, Detective Cross, ist zweierlei.« Weithas sprach und verhielt sich wie ein sehr erfolgreicher, sehr abgebrühter Anwalt in Capitol Hill. Was er gewissermaßen auch war. Er trug ein leuchtendweißes Hemd mit einer Hermès-Krawatte. Er nahm die stahlgefaßte Lesebrille ab, als ich hereinkam. Er wirkte düster gelaunt.

»Ich möchte Ihnen die Informationen zeigen, die wir über die Agenten Devine und Chakely haben. Im Austausch müssen wir Sie um Ihre volle Kooperation bei der Geheimhaltung der Angelegenheit bitten. Ich sage Ihnen jetzt ... *wir wissen schon eine Weile über die beiden Bescheid, Detective.* Wir haben parallel zu Ihnen ermittelt.«

»Meine Kooperation haben Sie«, sagte ich und versuchte, mir die Überraschung über seine Neuigkeiten nicht anmerken zu lassen. »Aber ich muß für meine Behörde ein Protokoll anfertigen.«

»Ich habe darüber schon mit Ihrem Vorgesetzten gesprochen.« Weithas fegte die kleine Einzelheit beiseite. Er hatte mein Vertrauen schon gebrochen, erwartete aber von mir, daß ich seines hielt. »Sie sind uns bei der Ermittlung ein paarmal voraus gewesen. Dieses Mal sind wir Ihnen vielleicht ein bißchen voraus. Einen halben Schritt.«

»Sie haben mehr Personal«, rief ich ihm ins Gedächtnis.

An diesem Punkt übernahm Scorse Weithas' Part. Er hatte seine herablassende Art nicht abgelegt. »Wir haben zum

Zeitpunkt der Entführung mit den Ermittlungen gegen die Agenten Devine und Chakely begonnen«, sagte er. »Sie waren eindeutig Verdächtige, obwohl wir das nicht besonders ernst genommen haben. Im Verlauf der Ermittlung wurde auf beide Männer starker Druck ausgeübt. Weil die Leute vom Secret Service direkt dem Finanzminister unterstehen, können Sie sich vorstellen, was die Agenten mitgemacht haben.«

»Das meiste habe ich von Anfang an miterlebt«, rief ich beiden FBI-Männern ins Gedächtnis.

Scorse nickte und fuhr dann fort.

»Am vierten Januar hat Agent Charles Chakely sich vom Secret Service pensionieren lassen. Er erklärte, er habe schon lange vor der Entführung an diesen Entschluß gedacht. Er sagte, er könnte die Unterstellungen, den ganzen Medienrummel nicht verkraften. Seine Kündigung wurde sofort angenommen. Etwa zur selben Zeit entdeckten wir einen kleinen Irrtum in den Tagesberichten, die von den Agenten geführt wurden. Ein Datum war versehentlich falsch angegeben worden. Keine große Sache, abgesehen davon, daß wir damals alles in dem Fall überprüften.«

»Schließlich haben wir neunhundert Agenten direkt oder indirekt auf den Fall angesetzt«, fügte der stellvertretende Direktor hinzu. Ich hatte noch keine Ahnung, worauf er hinauswollte.

»Mit der Zeit wurden andere Ungereimtheiten in den Berichten der beiden Agenten entdeckt«, fuhr Scorse fort. »Unsere Sachverständigen schlossen daraus, die Berichte seien gefälscht worden, das heißt, umgeschrieben. Wir kamen zu der Überzeugung, das Weggelassene habe sich auf den Lehrer Gary Soneji bezogen.«

»Sie hatten gesehen, wie er das Haus der Goldbergs in Potomac ausspionierte«, sagte ich. »Falls man Soneji glauben kann.«

»Ich glaube, in diesem Punkt kann man ihm glauben. Was

Sie sich vor kurzem bestätigen ließen, entspricht unseren Befunden. Wir glauben, daß die beiden Agenten Soneji beschatteten, während er Michael Goldberg und Maggie Rose Dunne beobachtete. Wir glauben, daß einer der Agenten Soneji gefolgt ist und das Versteck in Crisfield, Maryland, entdeckt hat.«

»Haben Sie die beiden Agenten seitdem beschatten lassen?« fragte ich Gerry Scorse.

Er nickte knapp, so effektiv wie eh und je. »Jedenfalls ein paar Monate lang. Wir haben außerdem gute Gründe für die Annahme, daß sie wußten, wir überwachen sie. Zwei Wochen nach Chakelys Pensionierung kündigte auch Devine beim Service. Er sagte, er und seine Familie könnten ebenfalls den Druck des Geschehenen nicht verkraften. Dabei hatte sich Devine von seiner Frau getrennt.«

»Ich nehme an, Chakely und Devine haben nicht versucht, etwas von dem Geld auszugeben«, sagte ich.

»Nicht daß wir wüßten. Wie gesagt, sie wußten, daß wir sie im Verdacht hatten. Die sind nicht blöd. Überhaupt nicht.«

»Es hat sich zu einem ziemlich heiklen und komplizierten Wartespielchen entwickelt«, sagte Weithas. »Wir können noch nichts beweisen, aber wir können das Leben der beiden stören. Todsicher können wir sie davon abhalten, etwas von dem Lösegeld auszugeben.«

»Was ist mit dem Piloten in Florida? Ich hatte keine Möglichkeit, eine Ermittlung da unten einzuleiten. Haben Sie herausgefunden, wer das war?«

Scorse nickte. Das FBI hatte mir eine Menge vorenthalten. Allen vorenthalten. Das überraschte mich nicht. »Es stellte sich heraus, daß das ein Drogenkurier namens Joseph Denyeau war. Etlichen unserer Leute in Florida war er bekannt. Es ist denkbar, daß Devine ihn gekannt und ihn engagiert hat.«

»Was ist aus diesem Joseph Denyeau geworden?«

»Falls wir noch daran gezweifelt hätten, daß Devine und Chakely darauf aus sind, die Beute zu behalten – wir wissen jetzt, daß sie das vorhaben. Denyeau ist in Costa Rica ermordet worden. Ihm ist die Kehle durchgeschnitten worden. Er sollte nicht gefunden werden.«

»Sie lassen Devine und Chakely zu diesem Zeitpunkt nicht festnehmen?«

»Wir haben keine Beweise, Alex. Nichts was Bestand hätte. Was Sie von Soneji erfahren haben, erhärtet den Fall, aber vor Gericht hilft uns das auch nicht weiter.«

»Was ist dem kleinen Mädchen zugestoßen? Was ist mit Maggie Rose Dunne?« fragte ich Weithas.

Weithas sagte gar nichts. Er blies Luft über seine Oberlippe. Ich hatte das Gefühl, er habe einen langen Tag hinter sich. In einem langen Jahr.

»Das wissen wir nicht«, antwortete Scorse. »Wir haben immer noch nichts über Maggie Rose. Das ist das Erstaunlichste an dem ganzen Fall.«

»Es gibt noch eine Komplikation«, sagte Weithas zu mir. Er saß mit Scorse auf einem dunklen Ledersofa. Beide FBI-Männer lehnten sich über einen Couchtisch aus Glas. Neben ihnen stand ein IBM-Computer mit Drucker.

»Ich bin mir sicher, daß es jede Menge Komplikationen gibt«, sagte ich zu dem stellvertretenden Direktor. Sollte das FBI doch die meisten Komplikationen für sich behalten. Sie hätten mir schon lange helfen können. Vielleicht hätten wir Maggie Rose gemeinsam sogar gefunden.

Weithas warf Agent Scorse einen Blick zu, dann schaute er wieder mich an. »Die Komplikation ist Jezzie Flanagan«, sagte Weithas.

Ich war fassungslos. Ich fühlte mich, als hätte ich einen harten Schlag in den Magen bekommen. In den letzten Minuten hatte ich gewußt, daß noch etwas kam. Ich saß bloß da, fühlte mich innerlich kalt und leer, war im Begriff, gar nichts mehr zu fühlen.

»Wir glauben, daß sie in dieser Sache mit den beiden Männern unter einer Decke steckt. Daß es von Anfang an so war. Jezzie Flanagan und Mike Devine sind schon seit Jahren ein Liebespaar.«

76. Kapitel

An jenem Abend um halb neun gingen Sampson und ich die New York Avenue entlang. Das ist das Filetstück im Getto von D. C. Dort treiben Sampson und ich uns an den meisten Abenden herum. Das ist unser Zuhause.
Er hatte mich eben gefragt, wie es mir gehe. »Danke, nicht besonders. Und dir?«
Er wußte das mit Jezzie. Ich hatte ihm alles gesagt, was ich wußte. Die Verschwörung wurde immer übler. Ich hätte mich nicht schlechter fühlen können als an jenem Abend. Scorse und Weithas hatten einen gründlich recherchierten Fall vorgetragen, was Jezzie betraf. Sie war es gewesen. Es bestand kein Zweifel. Eine Lüge hatte zur nächsten geführt. Sie hatte mir hundert Lügen erzählt, nicht nur eine. Und kein einziges Mal mit der Wimper gezuckt. Sie konnte das besser als Soneji/Murphy. Ganz glatt und selbstbewußt.
»Willst du, daß ich das Maul halte? Oder soll ich mit dir reden?« fragte Sampson mich. »Mir ist beides recht.«
Sein Gesicht war ausdruckslos wie meistens. Vielleicht vermittelt die Sonnenbrille diesen Eindruck, aber ich bezweifle es. Sampson war schon mit zehn Jahren so gewesen.
»Ich möchte reden«, sagte ich zu John. »Ich könnte einen Cocktail vertragen. Ich muß über psychopathische Lügner sprechen.«
»Ich spendier uns ein paar Drinks«, sagte Sampson.
Wir gingen auf Faces zu. Das ist eine Bar, in die wir gehen, seit wir bei der Polizei sind. Die Stammgäste bei Faces haben nichts dagegen, daß wir knallharte Kriminalpolizisten sind. Ein paar geben sogar zu, daß wir in der Gegend mehr Gutes bewirken als Schaden anrichten.

Das Publikum bei Faces ist überwiegend schwarz, aber auch Weiße kommen, um Jazz zu hören. Und zu lernen, wie man tanzt und sich anzieht.

»Jezzie hat Devine und Chakely den Überwachungsauftrag gegeben?« Sampson rekapitulierte die Fakten, als wir an der Ampel an der 5th Street warteten.

Ein paar hiesige Schlägertypen beäugten uns von ihrem Beobachtungsposten vor Popeye's Fried Chicken aus. In früheren Zeiten hätte dieselbe Sorte von Straßenpöbel an derselben Stelle gestanden, bloß ohne soviel Geld oder Waffen in den Taschen. »Hallo, Brüder.« Sampson zwinkerte den Ganoven zu. Er legt sich mit jedem an. Niemand traut sich, sich mit ihm anzulegen.

»Stimmt, so hat alles angefangen. Devine und Chakely waren eins der Teams, die Minister Goldberg und seine Familie bewachen sollten. Ihre Chefin war Jezzie.«

»Und niemand hat sie je verdächtigt?« fragte er mich.

»Anfangs nicht. Das FBI hat sie überprüft. Sie haben alle überprüft. Chakelys und Devines Tagesberichte waren nicht ganz in Ordnung. Daraufhin wurde das FBI mißtrauisch. Ein wachsamer Analytiker vom FBI hat gemerkt, daß die Berichte gefälscht worden waren. Sie hatten zwanzig Leute für einen von uns. Außerdem hat das FBI die gefälschten Berichte aus dem Verkehr gezogen, damit wir sie nicht finden konnten.«

»Devine und Chakely haben Soneji dabei ertappt, wie er einem der Kinder nachspionierte. Hat so der ganze Zirkus angefangen? Das Doppelspiel.« Sampson hatte das Wesentliche jetzt erfaßt.

»Sie sind Soneji und seinem Lieferwagen zur Farm in Maryland gefolgt. Sie haben begriffen, daß sie hinter einem potentiellen Kidnapper her waren. Jemand kam auf die Idee, die Kinder nach der eigentlichen Entführung zu kidnappen.«

»Eine Zehn-Millionen-Dollar-Idee.« Sampson machte ein

finsteres Gesicht. »War Ms. Jezzie Flanagan von Anfang an daran beteiligt?«
»Das weiß ich nicht. Ich glaube schon. Ich muß sie irgendwann mal danach fragen.«
»Mhm.« Sampson nickte im Rhythmus unseres Gespräches. »Bist du im Augenblick mit dem Kopf über dem Wasser oder darunter?«
»Das weiß ich auch nicht. Wenn man jemanden kennenlernt, der einen so anlügen kann wie sie, verändert das die Perspektive. Mann, das ist ganz schön schwierig. Hast du mich je angelogen?«
Sampson zeigte ein paar Zähne. Halb ein Lächeln, halb ein Zähnefletschen. »Klingt danach, als ob du ein bißchen mit dem Kopf unter Wasser wärst.«
»Klingt für mich auch danach«, gab ich zu. »Ich habe bessere Tage erlebt. Aber auch schlimmere. Und jetzt ein Bier.«
Sampson salutierte den Schlägertypen an der Ecke. Sie lachten und erwiderten den Gruß. Räuber und Gendarm im Getto. Wir gingen über die Straße auf Faces zu. Ein bißchen Bewußtlosigkeit war in Ordnung.
Die Bar war voll und würde es bleiben, bis sie schloß. Leute, die Sampson und mich kannten, begrüßten uns. Eine Frau, mit der ich ausgegangen war, saß an der Bar. Eine wirklich hübsche, wirklich nette Sozialarbeiterin, die mit Maria zusammengearbeitet hatte.
Ich fragte mich, warum nichts daraus geworden war. Konnte es an einem tiefsitzenden Charakterfehler von mir liegen? Nein. Das konnte es nicht sein.
»Siehst du Asahe da drüben?« Sampson gestikulierte.
»Ich bin Detective. Ich sehe alles. Mir entgeht nichts«, sagte ich zu ihm.
»Du klingst ein bißchen selbstmitleidig. Ein bißchen ironisch, würde ich sagen. Zwei Bier. Nee, lieber vier«, sagte er zum Barkeeper.

»Ich komm schon darüber hinweg«, sagte ich zu Sampson. »Paß nur auf. Ich habe sie bloß nie auf die Liste der Verdächtigen gesetzt. Mein Fehler.«

»Mann, bist du zäh. Hast die Gene deiner fiesen alten Großmutter. Wir kriegen dich schon wieder hin«, sagte er zu mir. »Und sie kriegen wir auch. Ms. Jezzie.«

»Hast du sie gemocht, John? Ehe das herausgekommen ist?«

»O ja. Nichts, was einem unsympathisch wäre. Sie lügt echt gut, Alex. Das Beste, was ich seit dem Film *Heißblütig – Kaltblütig* gesehen habe«, sagte Sampson. »Und nein, ich lüge dich nie an, mein Bruder. Nicht mal dann, wenn ich's müßte.«

Richtig schwer wurde es erst, als Sampson und ich in jener Nacht Faces verließen. Ich hatte ein paar Biere getrunken, aber ich konnte noch einigermaßen klar denken und war gegen den schlimmsten Schmerz etwas abgestumpft. Und doch war es ein solcher Schock, daß Jezzie die ganze Zeit eine Komplizin gewesen war. Ich dachte daran, wie sie mich vom Verdacht gegen Devine und Chakely abgelenkt hatte. Sie hatte mir alles Neue aus der Nase gezogen, was die Polizei von D. C. ausgegraben hatte. Sie war eine Insiderin aus dem Bilderbuch. So selbstbewußt und cool. Perfekt in ihrer Rolle.

Nana war noch auf, als ich nach Hause kam. Bis jetzt hatte ich ihr das mit Jezzie noch nicht gesagt. Jeder Zeitpunkt war grauenhaft, also konnte ich es ihr auch jetzt sagen. Die Biere halfen etwas. Unsere gemeinsame Geschichte half noch mehr. Ich sagte Nana unverblümt die Wahrheit. Sie hörte zu, ohne mich zu unterbrechen, was ein Anzeichen dafür war, wie sie die Neuigkeiten aufnahm.

Als ich fertig war, saßen wir zwei im Wohnzimmer und schauten uns nur an. Ich hockte auf dem Sitzkissen, die langen Beine Richtung Nana ausgestreckt. Das Schweigen zwischen uns schrie.

Nana kauerte unter einer alten hafermehlfarbenen Decke in ihrem Sessel. Sie nickte immer noch leicht, biß sich auf die Unterlippe, dachte über das nach, was ich ihr erzählt hatte.

»Ich muß irgendwo anfangen«, sagte sie schließlich, »also laß mich hier anfangen. Ich werde nicht sagen: ›Ich hab's dir gleich gesagt‹, weil ich keine Ahnung hatte, daß es so schlimm ist. Ich hatte Angst um dich, das ist alles. Aber nicht vor so etwas wie dem hier. So etwas Schreckliches hätte ich mir nie vorstellen können. Jetzt nimm mich bitte in den Arm, ehe ich nach oben gehe und meine Gebete spreche. Heute nacht werde ich für Jezzie Flanagan beten. Wirklich. Ich werde für uns alle beten, Alex.«

»Du weißt, was zu sagen ist«, sagte ich zu ihr. Die reine Wahrheit. Sie wußte, wann sie einem eine herunterhauen und wann sie einem den nötigen Klaps aufs Hinterteil geben mußte.

Ich umarmte Nana, dann ging sie nach oben. Ich blieb unten und dachte an das, was Sampson vorhin gesagt hatte – *wir kriegen Jezzie Flanagan.* Aber nicht wegen irgend etwas, was sich zwischen uns abgespielt hatte. Wegen Michael Goldberg und Maggie Rose Dunne. Wegen Vivian Kim, die nicht hätte sterben müssen. Wegen Mustaf Sanders.

Irgendwie würden wir Jezzie kriegen.

77. Kapitel

Robert Fishenauer war Aufseher im Gefängnis Fallston. Heute meinte er, das sei eine gute Sache. Fishenauer glaubte, möglicherweise wisse er, wo die zehn Millionen Dollar Lösegeld versteckt waren. Mindestens ein großer Teil des Lösegelds. Er würde gleich mal einen Blick darauf werfen. Er hatte außerdem die Idee im Kopf, daß Gary Soneji/Murphy immer noch allen etwas vormachte. Im großen Stil. Und pausenlos.

Während Fishenauer in seinem Pontiac Firebird die Route 50 in Maryland entlangfuhr, wirbelte ihm ein Schwarm von Fragen durch den Kopf. War Soneji/Murphy der Kidnapper? Wußte er wirklich, wo das Lösegeld war? Oder hatte Gary Soneji/Murphy nur Scheiße im Hirn? Ein weiterer Irrer in Fallston.

Fishenauer meinte, er werde alles bald wissen. Noch ein paar Kilometer auf der Bundesstraße, dann würde er mehr wissen als alle anderen, mit der Ausnahme von Soneji/Murphy selbst.

Die Abzweigung war die selten benutzte Hintereinfahrt zu der alten Farm. Der Weg war jetzt so gut wie ganz verschwunden. Fishenauer sah das, als er rechts von der Hauptstraße abbog.

Rohrkolben und Sonnenblumen wuchsen entlang dessen, was offenbar einmal eine Zufahrt gewesen war. In dem verkrusteten Lehm gab es nicht einmal Fahrspuren.

Die Pflanzen waren niedergetrampelt. Jemand war in den letzten Monaten hiergewesen. Das FBI und die Ortspolizei? Sie hatten das Farmhaus vermutlich ein dutzendmal untersucht.

Aber hatten sie die verlassene Farm auch gründlich genug durchsucht? fragte sich Robert Fishenauer. Das war jetzt die Zehn-Millionen-Dollar-Frage, nicht wahr?

Gegen halb sechs Uhr nachmittags parkte Fishenauer seinen staubigen roten Firebird neben einer baufälligen Garage links neben dem Farmhaus. Jetzt floß das Adrenalin in Strömen. Nichts brachte den Adrenalinspiegel so auf Hochtouren wie eine Schatzsuche.

Gary hatte davon gefaselt, Bruno Hauptmann habe einen Teil des Lindbergh-Lösegelds in seiner Garage in New York City versteckt. Hauptmann war gelernter Tischler gewesen, und er hatte in die Garagenwand einen Geheimschrank für das Geld eingebaut.

Gary sagte, er habe auf der alten Farm in Maryland etwas Ähnliches gemacht. Er hatte geschworen, das sei die Wahrheit, und das FBI werde das Versteck niemals finden.

Fishenauer schaltete den dröhnenden Motor des Firebird aus. Die plötzliche Stille war unheimlich. Das alte Haus sah wirklich verlassen und ganz gespenstisch aus. Es erinnerte ihn an den Film *Die Nacht der lebenden Toten*. Nur daß er in dem Gruselschocker hier die Hauptrolle spielte.

Überall wucherte Unkraut, sogar auf dem Garagendach. Die Garagenwände hatten Wasserflecken.

»Schön, Gary, sehen wir mal, ob du wirklich bloß Scheiße im Hirn hast. Ich kann bloß hoffen, es ist nicht so.«

Robert Fishenauer holte tief Luft und stieg aus dem Auto. Er hatte sich schon zurechtgelegt, was er sagen würde, wenn man ihn hier überraschte. Er würde einfach sagen, Gary habe ihm erzählt, wo er Maggie Rose Dunne vergraben hatte. Aber Fishenauer habe gedacht, das sei bloß wirres Geschwätz.

Es habe ihm trotzdem keine Ruhe gelassen.

Jetzt sei er also an diesem gespenstischen Ort in Maryland und prüfe es nach. In Wahrheit kam er sich blöd vor. Er hatte außerdem ein schlechtes Gewissen, aber er mußte der

Sache nachgehen. Mann, das mußte er. Das war seine Zehn-Millionen-Dollar-Lotterie. Er hatte ein Los.
Vielleicht würde er gleich herausfinden, wo die kleine Maggie Rose Dunne begraben war. Gott im Himmel, das wollte er nicht hoffen. Vielleicht fand er ja den vergrabenen Schatz, den Gary ihm versprochen hatte.
Er und Gary hatten sich im Knast oft unterhalten, manchmal stundenlang. Gary sprach gern über seine Heldentaten. Über sein *Baby*, wie er das Kidnapping nannte. Sein »perfektes« Verbrechen.
Klar! So »perfekt«, daß er lebenslänglich im Hochsicherheitsgefängnis für geisteskranke Verbrecher einsaß.
Und hier war Robert Fishenauer, direkt vor der verschimmelten Tür zum Gruselhaus. Am Tatort.
Die Garagentür hatte einen übel verrosteten Riegel. Fishenauer zog ein Paar Wintergolfhandschuhe über – schwierig, die zu erklären, falls er hier beim Schnüffeln erwischt wurde. Er schob den Riegel auf. Er mußte kräftig an der Tür ziehen, damit sie im dichten Unkraut aufging.
Zeit für die Taschenlampe. Er nahm sie aus der Tasche und schaltete sie voll ein. Gary hatte gesagt, er finde das Geld auf der rechten Seite der Garage, genau gesagt, in der hinteren rechten Ecke.
In der Garage lagen kaputte alte Landmaschinen herum. Spinnweben blieben ihm am Gesicht und am Hals kleben, als er hineinging. Überall hing starker Verfallsgeruch.
In der Mitte der Garage blieb Fishenauer stehen und drehte sich um. Er schaute durch die offene Tür hinaus und horchte lange.
Irgendwo in der Ferne hörte er einen Jet. Sonst gab es kein Geräusch. Er hoffte zuversichtlich, außer ihm sei niemand da.
Wie lange konnte es sich das FBI leisten, eine verlassene Farm zu beobachten? Bestimmt nicht fast zwei Jahre nach dem Kidnapping!

Davon überzeugt, er sei allein, ging Fishenauer weiter. Hinten in der Garage machte er sich an die Arbeit.
Er zog eine massive alte Werkbank zurück – Gary hatte von der Werkbank gesprochen. Inzwischen hatte er gemerkt, daß Gary die Garage erstaunlich detailliert und genau beschrieben hatte. Gary hatte gesagt, wo jedes einzelne kaputte Maschinenteil lag. Er hatte Fishenauer jedes Holzbrett in der verrottenden Garagenwand genannt.
Fishenauer stieg auf die alte Werkbank und zog oben, wo die Wand ins Garagendach mündete, Holzbretter weg. Dort war ein Hohlraum. Genau wie Gary gesagt hatte.
Fishenauer leuchtete mit der Taschenlampe in das Loch in der Wand. Da war es, ein Teil des Lösegeldes, das Gary Soneji/Murphy angeblich gar nicht hatte. Er traute seinen Augen nicht. In der Garagenwand steckte ein Stapel Geld.

78. Kapitel

Um 3.16 Uhr am folgenden Morgen preßte Gary Soneji/Murphy den Kopf gegen die kalten Metallstangen, die seine Zelle vom Gefängnisflur trennten. Er mußte eine weitere große Rolle spielen. Wahnsinn!

Er kotzte auf den gebohnerten Linoleumboden – genau wie er es geplant hatte. Ihm war in der Zelle furchtbar schlecht. Zwischen keuchenden Atemzügen rief er um Hilfe.

Beide Nachtwärter kamen angerannt. Seit Garys erstem Tag hier wurde er wegen Selbstmordgefahr beobachtet. Laurence Volpi und Phillip Halyard waren Dienstveteranen im Bundesgefängnis. Sie waren nicht erpicht auf Störungen im Zellentrakt, schon gar nicht nach Mitternacht.

»Was, zum Teufel, ist mit Ihnen los?« brüllte Volpi, als er sah, wie sich die grünbraune Lache auf dem Boden ausbreitete. »Was ist denn, Arschloch?«

»Ich glaube, ich bin vergiftet worden.« Soneji/Murphy keuchte und röchelte. Die Geräusche kamen tief aus der Brust. »Jemand hat mich vergiftet. Ich bin vergiftet worden! Ich glaube, ich sterbe. Großer Gott, ich sterbe!«

»Die beste Nachricht, die ich seit langem gehört hab«, sagte Halyard zu seinem Partner und grinste. »Wenn ich bloß darauf gekommen wäre, den Scheißkerl zu vergiften.«

Volpi nahm das Funksprechgerät heraus und rief den Nachtaufseher an. Die Beobachtung wegen Selbstmordgefahr war für die Gefängnisleitung eine ernste Sache. Während Volpis Schicht durfte dem Häftling nichts passieren.

»Mir wird wieder schlecht«, stöhnte Gary Soneji/Murphy. Er sackte schwer gegen die Stäbe und kotzte ein zweites Mal – heftig.

Gleich darauf kam der Aufseher. Laurence Volpi berichtete seinem Chef schnell, was vorgefallen war. Es war seine übliche Rede, wenn er sich absichern wollte.
»Er sagt, er ist vergiftet worden, Bobby. Ich weiß nicht, was zum Teufel passiert ist. Es ist möglich. Die meisten von den anderen Scheißkerlen hassen ihn bis aufs Blut.«
»Ich bringe ihn nach unten in die Krankenstation«, sagte Fishenauer zu seinen Untergebenen. Fishenauer war sowieso der Typ, der gern das Kommando übernahm. Volpi hatte damit gerechnet. »Ich nehme an, sie müssen ihm den Magen auspumpen. Falls noch was zum Auspumpen drin ist. Fesselt ihn. Hand- und Beinschellen. Er sieht nicht so aus, als ob er in der Form wäre, heute nacht viel Ärger zu machen.«
Ein paar Augenblicke später meinte Gary Soneji/Murphy, er habe es halb geschafft. Der Gefängnisaufzug war gepolstert. Schwere Stoffmatten überzogen die Wände. Außerdem war er uralt und furchtbar langsam. Garys Herz hämmerte wie eine Trommel. Ein bißchen Angst war gesund für ihn. Ihm hatte der Adrenalinstoß gefehlt.
»Bist du in Ordnung?« fragte Fishenauer, als er und Gary Soneji/Murphy nach unten fuhren, dem Anschein nach zentimeterweise. Eine einzige nackte Glühbirne ragte aus den Matten. Sie warf ein trübes Licht.
»Ob ich in Ordnung bin? Wonach sieht es denn aus? Ich habe dafür gesorgt, daß mir gründlich schlecht wird. Mir ist schlecht«, sagte Soneji/Murphy zu ihm. »Warum, zum Teufel, bewegt sich dieses Ding nicht schneller?«
»Mußt du wieder kotzen?«
»Durchaus möglich. Ein kleiner Preis.« Soneji/Murphy gelang ein schwaches Lächeln. »Ein winziger Preis, Bobby.«
Fishenauer ächzte. »Muß wohl stimmen. Aber wenn du wieder kotzen mußt, sorg' wenigstens dafür, daß du mich nicht triffst.«

Der Aufzug passierte das nächste Stockwerk, dann das übernächste. Er hielt nicht. Er fuhr durch bis zum Keller, wo er mit einem hohlen Rumpeln hielt.
»Falls wir jemand sehen, gehen wir zum Röntgen«, sagte Fishenauer, als die Aufzugtür aufging. »Der Röntgenraum ist hier unten.«
»Ja, ich kenne den Plan. Es ist mein Plan«, sagte Gary Soneji/ Murphy.
Weil es nach drei Uhr morgens war, begegneten sie niemandem, als sie durch den langen Tunnel im Gefängniskeller gingen. Auf halbem Weg war eine Seitentür. Fishenauer schloß sie auf.
Noch ein kurzes Stück stiller, leerer Flur. Dann kamen sie an die Sicherheitstür. Hier würde die Kacke zum Dampfen kommen, und Soneji/Murphy mußte gut sein. Hier würde er Fishenauer zeigen, daß Gary Soneji/Murphy so gut war wie sein Ruf. Fishenauer hatte keinen Schlüssel zur Sicherheitstür.
»Gib mir jetzt deinen Revolver, Bobby. Denk einfach an zehn Millionen Dollar. Um den Rest kümmere ich mich, du brauchst dir also bloß Sorgen über deinen Anteil zu machen.«
Das war's. Bei Soneji klang das so einfach. *Tu dies, tu das. Hol dir ein Stück von zehn Millionen Dollar.* Fishenauer reichte ihm widerstrebend den Revolver. Er wollte nicht mehr darüber nachdenken, was er tat. Das war auch seine Chance, aus Fallston herauszukommen. Seine einzige Chance. Fishenauer wußte, daß er sonst den Rest seines Lebens in Fallston verbringen würde.
»Ich hab' nichts Besonderes vor, Bobby, aber es wird funktionieren. Halt dich an Kessler. Mach ein Gesicht, als ob du richtige Angst hättest.«
»Ich hab' eine Scheißangst.«
»Solltest du auch, Bobby. Ich hab' deine Waffe.«
Auf der anderen Seite der Sicherheitstür saßen zwei Gefäng-

niswärter. Ein hüfthohes Plexiglasfenster verschaffte ihnen eine Aussicht auf einen unglaublichen Anblick.
Sie sahen Soneji/Murphy, der einen Revolver an die linke Schläfe des Aufsehers Bob Fishenauer hielt. Soneji/Murphy trug Arm- und Beinschellen, aber er hatte außerdem eine Waffe. Beide Wärter standen schnell auf. Sie hoben die Gewehre. Sie hatten keine Zeit, mehr zu tun.
»Ihr glotzt einen toten Wärter an«, schrie Gary, so laut er konnte, »wenn ihr nicht innerhalb von fünf Sekunden die Scheißtür aufmacht. Nicht länger!«
»Bitte!« rief Fishenauer plötzlich seinen Wärterkollegen zu. Er hatte tatsächlich Angst. Soneji drückte ihm den Revolver fest gegen die Schläfe. »Er hat oben Volpi umgebracht.«
Der ältere der beiden Wärter – Stephen Kessler – brauchte keine fünf Sekunden, um eine Entscheidung zu treffen. Er drehte den Schlüssel um, der die Sicherheitstür öffnete. Kessler war ein Freund von Robert Fishenauer, und darauf hatte Soneji gezählt. Soneji hatte an alles gedacht. Er hatte gewußt, daß Robert Fishenauer ein »Lebenslänglicher« war, genauso in der Falle saß wie die Insassen. Er hatte über Fishenauers Wut und Frustration gesprochen und ins Schwarze getroffen. Er war der schlauste Scheißkerl, dem Robert Fishenauer je begegnet war. Er würde Fishenauer zum Millionär machen.
Die beiden gingen zu Fishenauers Auto. Der Firebird parkte dicht am Eingangstor. Fishenauer hatte den Sportwagen nicht abgeschlossen.
Sie stiegen blitzschnell ein.
»Ganz nettes Wägelchen, Bobby«, sagte Gary Soneji/Murphy. »Jetzt kannst du dir einen Lamborghini kaufen. Zwei oder drei, wenn du willst.«
Soneji legte sich auf den Rücksitz. Er schlüpfte unter eine Decke, auf der sonst Fishenauers Collie schlief. Sie roch stark nach Hund.
»Nichts wie raus aus diesem Rattenloch«, sagte Soneji/

Murphy vom Rücksitz aus. Robert Fishenauer ließ den Firebird an.

Einen Kilometer vom Gefängnis entfernt wechselten sie das Auto. An der Straße parkte ein Bronco, und sie stiegen schnell ein.

Ein paar Minuten später waren sie auf der Schnellstraße. Nicht viel Verkehr, aber es reichte zum Untertauchen.

Nach nicht ganz neunzig Minuten bog der Bronco auf die überwucherte Zufahrt zur alten Farm im ländlichen Maryland ein. Während der Fahrt hatte sich Soneji/Murphy das kleine, aber erlesene Vergnügen gestattet, seinen meisterhaften Plan genüßlich auszukosten. Er war begeistert davon, daß er vor zwei Jahren auf die Idee gekommen war, Geld in der Garage zu verstecken. Natürlich nicht das Lösegeld. Nur für den Fall der Fälle. Welche Voraussicht.

»Sind wir schon da?« fragte Gary Soneji/Murphy schließlich unter der Decke.

Fishenauer antwortete nicht sofort, aber Gary merkte es an dem holprigen Weg. Er setzte sich auf dem engen Rücksitz des Bronco auf. Er hatte es fast geschafft. Er war unbesiegbar.

»Zeit zum Reichwerden«, sagte er und lachte laut auf. »Hast du irgendwann mal vor, mir die Arm- und Beinschellen abzunehmen?«

Robert Fishenauer machte sich nicht die Mühe, sich umzudrehen. Aus seiner Sicht war das immer noch eine Beziehung zwischen Wärter und Häftling. »Sobald ich meinen Anteil am Lösegeld habe«, sagte er aus dem Mundwinkel. »Dann, und erst dann, bist du frei!«

Soneji/Murphy sprach mit Fishenauers Hinterkopf. »Bist du dir auch sicher, daß du die Schlüssel dabei hast, Robert?«

»Mach dir darüber keine Sorgen. Bist du dir auch sicher, daß du weißt, wo der Rest des Lösegelds versteckt ist?«

»Ganz sicher.«

Soneji/Murphy war sich außerdem sicher, daß Fishenauer die Schlüssel bei sich hatte. Gary hatte in den letzten anderthalb Stunden schwere Klaustrophobie bekommen. Das war einer der Gründe, warum er an etwas anderes gedacht hatte: an seinen meisterhaften Plan. Erinnerungen an den Keller zu Hause waren auf der ganzen Fahrt vor ihm aufgeblitzt. Er hatte seine Stiefmutter gesehen. Ihre zwei verzogenen Bankerte gesehen. Er hatte wieder sich als Jungen gespielt – die glorreichen Abenteuer des bösen Jungen. Sein Phantasieleben hatte ihn eine Zeitlang beschäftigt.

Als der Bronco langsam den Weg entlangholperte, legte Gary Soneji/Murphy beide Hände um Fishenauers Kopf und schloß sie um seine Kehle. Ein Überraschungselement. Er preßte die Handschellen gegen den Adamsapfel des Gefängniswärters.

»Was soll ich schon sagen, Bobby – schließlich bin ich ein psychopathischer Lügner.«

Fishenauer schlug um sich und kämpfte wild. Er konnte nicht atmen. Es war, als ob er ertrank.

Seine Knie schlugen hart gegen das Armaturenbrett und das Lenkrad. Lautes, animalisches Knurren von beiden Männern erfüllte die Nacht.

Fishenauer gelang es, die Beine auf den Beifahrersitz zu heben. Sein Arbeitsstiefel trat gegen die Decke des Bronco. Sein Rumpf drehte sich zur Seite, wie ausgehängt. Er röchelte und stieß ein seltsames Geräusch aus. Es klang wie brennendes Metall, wie ein Knacken auf dem Herd.

Fishenauers Kampf ließ nach und hörte schließlich auf, bis auf ein Zucken seiner Glieder.

Gary war frei. Genau wie er es von Anfang an gewußt hatte – Gary Soneji/Murphy war wieder auf freiem Fuß.

79. Kapitel

Jezzie Flanagan ging den Flur entlang zu Zimmer 427 im Marbury Hotel in Georgetown. Sie fühlte sich wieder unter Zwang. Getrieben. Sie war nicht glücklich über dieses Geheimtreffen und fragte sich, worum es gehe. Jezzie glaubte, sie wisse es, und hoffte, daß sie sich irrte. Sie irrte sich selten.

Jezzie klopfte an die Tür. Sie schaute sich um. Das war keine Paranoia. Sie wußte, daß halb Washington damit beschäftigt war, die andere Hälfte zu beobachten.

»Es ist offen. Komm rein«, hörte sie von drinnen.

Jezzie machte die Tür auf und sah ihn sich auf der Couch lümmeln. Er hatte eine Suite genommen, was ein schlechtes Zeichen war. Er wollte mit dem Geld um sich werfen.

»Eine Suite für meine Süße.« Mike Devine lächelte sie von der Couch an. Er sah die Redskins im Fernsehen. So cool, wie jemand nur sein konnte. In vielerlei Hinsicht erinnerte er Jezzie an ihren Vater. Vielleicht hatte sie deshalb etwas mit ihm angefangen. Die Perversität war ein Reiz gewesen.

»Michael, das ist im Augenblick sehr gefährlich.« Jezzie trat in das Hotelzimmer und machte die Tür zu. Verriegelte sie. Sie ließ ihre Stimme eher besorgt als verärgert klingen. Die süße, liebe Jezzie.

»Gefährlich oder nicht, wir müssen reden. Weißt du, dein Freund war neulich bei mir. Heute morgen hat er vor meinem Haus geparkt.«

»Er ist nicht mein Freund. Ich habe ihn angezapft, weil *wir* die Informationen brauchen.«

Mike Devine lächelte. »Du zapfst ihn an, er zapft dich an. Und alle sind glücklich? Ich bin's nicht.«

Jezzie setzte sich neben Devine auf die Couch. Er war eindeutig sexy und wußte es. Er sah wie Paul Newman aus, bloß ohne die unerträglich schönen blauen Augen. Außerdem mochte er Frauen, und das merkte man ihm an.
»Ich sollte nicht hier sein, Michael. Wir sollten jetzt nicht zusammensein.« Jezzie rieb ihren Kopf an seiner Schulter. Sie küßte ihn sanft auf die Wange, die Nase. Sie hatte im Augenblick nicht die geringste Lust, mit ihm zu schmusen. Aber sie konnte es, wenn sie mußte. Sie konnte alles, was nötig war.
»Doch, du solltest hier sein, Jezzie. Wozu ist denn das ganze Geld gut, wenn wir es nicht ausgeben und nicht zusammensein können.«
»Ich scheine mich an ein paar Tage am See zu erinnern, erst neulich. Habe ich mir das eingebildet?«
»Zum Teufel mit gestohlenen Augenblicken. Komm mit mir nach Florida.«
Jezzie küßte ihn auf die Kehle. Er war glattrasiert und roch immer gut. Sie knöpfte sein Hemd auf und fuhr mit der Hand darunter. Dann ließ sie die Finger über die Wölbung in seiner Hose streichen. Sie lief jetzt auf Autopilot. Alles, was nötig war.
»Vielleicht müssen wir Alex Cross loswerden. Ich meine es ernst«, flüsterte er. »Hörst du mich, Jezzie?«
Sie wußte, daß er sie auf die Probe stellte, auf eine Reaktion wartete. »Das ist eine ernste Sache. Laß mich ein bißchen daran arbeiten. Ich krieg' schon raus, was Alex weiß. Hab Geduld.«
»Du vögelst mit ihm, Jezzie. Deshalb hast du Geduld.«
»Nein, das stimmt nicht.«
Sie machte seinen Gürtel auf, war ein bißchen ungeschickt mit der linken Hand. Sie mußte ihn noch eine Weile bei der Stange halten.
»Woher soll ich wissen, daß du dich nicht in Alex Cross verknallt hast?« Er war hartnäckig.

»Weil ich in dich verliebt bin, Michael.« Sie schob sich näher an Devine heran und nahm ihn in die Arme. Er war leicht zu täuschen. Das waren sie alle. Jetzt mußte sie nur noch abwarten, bis das FBI aufgab, dann hatten sie es geschafft. Perfekt. Das Verbrechen des Jahrhunderts.

80. Kapitel

Ich schlief, als um vier Uhr morgens der Anruf kam. Ein am Boden zerstörter Wallace Hart war in der Leitung. Er rief aus Fallston an, wo er mit einem ernsten Problem konfrontiert war.

Eine Stunde später war ich im Gefängnis. Ich war einer von vier privilegierten Eingeweihten, die sich heimlich in Wallaces engem, überheiztem Büro trafen.

Die Presse hatte von dem sensationellen Ausbruch noch nichts erfahren. Sie mußte bald informiert werden – das war unumgänglich. Es würde ein Festtag für sie sein, wenn sie melden konnten, Soneji/Murphy sei wieder auf freiem Fuß.

Wallace Hart saß zusammengesackt an seinem mit Papieren überhäuften Schreibtisch, als hätte er einen Schuß abbekommen. Die anderen im Büro waren der Gefängnisdirektor und der Gefängnisanwalt.

»Was weißt du über den vermißten Wärter?« fragte ich Wallace bei der ersten Gelegenheit.

»Er heißt Fishenauer. Sechsunddreißig Jahre alt. Er ist seit elf Jahren im Gefängnis und hat eine gute Dienstakte«, sagte Hart. »Bis heute hat er seine Arbeit gemacht.«

»Was vermutest du? Ist dieser Wärter Garys neueste Geisel?« fragte ich Wallace.

»Das glaube ich nicht. Ich glaube, der Scheißkerl hat Soneji bei der Flucht geholfen.«

Am selben Morgen fing das FBI damit an, Michael Devine und Charles Chakely rund um die Uhr zu überwachen.

Eine Theorie lautete, Soneji/Murphy könne Jagd auf sie machen. Er wußte, daß sie seinen meisterhaften Plan verpfuscht hatten.

Die Leiche des Gefängniswärters Robert Fishenauer wurde in einer baufälligen Garage auf der verlassenen Farm in Crisfield, Maryland, gefunden. Ein Zwanzigdollarschein war ihm in den Mund gestopft worden. Der Schein hatte nicht zum Lösegeld gehört.

Die üblichen Gerüchte, Soneji/Murphy sei »gesehen« worden, gingen den ganzen Tag weiter. Nichts kam dabei heraus.

Soneji/Murphy war irgendwo da draußen, lachte uns aus, heulte vermutlich in einem dunklen Keller. Er war wieder auf den Titelseiten aller Zeitungen im Land. Genau wie Gary es mochte. Der böse Junge Nummer eins. Aller Zeiten.

An jenem Abend fuhr ich gegen sechs zu Jezzies Wohnung. Ich wollte nicht hin. Mir war gar nicht wohl im Magen. Mein Kopf war in einer noch schlechteren Verfassung. Ich mußte sie davor warnen, daß sie möglicherweise auf Soneji/Murphys Liste stand, vor allem dann, wenn er Jezzie mit Devine und Chakely in Verbindung gebracht hatte. Ich mußte Jezzie warnen, ohne ihr alles andere zu sagen, was ich wußte.

Als ich die vertraute rote Backsteintreppe zur Veranda hochstieg, hörte ich im Haus Rockmusik, die die Wände zum Beben brachte. Es war Bonnie Raitts Album *Taking My Time.* »I Gave My Love a Candle«, klagte Bonnie.

Jezzie und ich hatten dieses Band im Cottage am See immer wieder gespielt. Vielleicht dachte sie an jenem Abend an mich. Ich hatte in den letzten Tagen viel über Jezzie nachgedacht.

Ich klingelte, und Jezzie machte die Jalousientür auf. Sie

trug die übliche Aufmachung: ein zerknittertes T-Shirt, abgeschnittene Jeans, Sandalen. Sie lächelte und schien froh zu sein, daß ich da war. So ruhig, cool, gesammelt. Mein Magen war völlig verkrampft. Alles andere an mir war eiskalt. Ich wußte jetzt, was ich zu tun hatte. Jedenfalls glaubte ich es.

»Und noch was«, sagte ich, als hätten wir eben erst ein Gespräch beendet.

Jezzie lachte und hielt mir die Jalousientür auf. Ich ging nicht hinein. Ich blieb auf der Veranda stehen. Am Haus nebenan brachte der Wind ein Glockenspiel zum Klingen. Ich hielt Ausschau nach einer falschen Bewegung, nach irgend etwas, das mir zeigte, sie beherrsche ihre Rolle nicht vollkommen. Da war nichts.

»Wie wär's mit einer Fahrt aufs Land? Ich lade dich ein«, sagte ich zu Jezzie.

»Klingt gut, Alex. Ich zieh' mir bloß eine lange Hose an.«

Kurz darauf saßen wir auf dem Motorrad und rasten von ihrer Wohnung weg. Ich summte immer noch: »I Gave My Love a Candle«. Ich dachte außerdem ein letztes Mal über alles nach. Machte meinen Plan, überprüfte ihn zweimal. Ich mußte herausfinden, wer böse, wer gut war.

»Wir können beim Fahren reden.« Jezzie drehte den Kopf und rief in den Wind.

Ich hielt mich enger an ihrem Rücken und ihrer Brust fest. Dadurch fühlte ich mich noch schlechter. Ich rief in ihr Haar: »Ich habe mir Sorgen um dich gemacht, weil Soneji auf freiem Fuß ist.« Wenigstens das war wahr. Ich wollte Jezzie nicht ermordet finden. Mit abgeschnittenen Brüsten.

Sie wandte den Kopf. »Warum? Warum hast du dir Sorgen um mich gemacht? Meine Smith & Wesson ist bei mir zu Hause.«

Weil du dabei geholfen hast, sein perfektes Verbrechen zu ruinieren, und vielleicht weiß er das, hätte ich am liebsten zu ihr

gesagt. *Weil du das kleine Mädchen von der Farm weggebracht hast, Jezzie. Du hast Maggie Rose Dunne weggebracht, und dann mußtest du sie umbringen, nicht wahr?*
»Er weiß aus der Zeitung von uns«, sagte ich statt dessen zu Jezzie. »Vielleicht macht er Jagd auf alle, die etwas mit dem Fall zu tun hatten. Vor allem auf alle, die seiner Meinung nach seinen Plan verdorben haben.«
»Tickt er so, Alex? Du mußt es doch schließlich wissen. Du bist der Psychologe für Kriminelle.«
»Er will der Welt zeigen, wie überlegen er ist«, sagte ich. »Für ihn muß dieser Fall so groß und kompliziert sein wie damals die Lindbergh-Entführung. Ich glaube, deshalb ist er auf den Fall Lindbergh so versessen. Er will, daß sein Verbrechen das größte und beste ist. Das hat er noch nicht geschafft. Vermutlich glaubt er, er fängt einfach noch mal von vorn an.«
»Wer ist der Bruno Hauptmann in unserer Geschichte? Wen will Soneji ans Messer liefern?« rief Jezzie über den Wind hinweg.
Versuchte Jezzie, mir ihr Alibi zu verkaufen? War es möglich, daß Soneji ihr die Sache irgendwie in die Schuhe geschoben hatte? Das wäre der Gipfel gewesen... Aber wie? Und warum?
»Gary Murphy ist Bruno Hauptmann«, sagte ich, weil ich glaubte, die Antwort zu kennen. »Er ist derjenige, den Gary Soneji schlau ans Messer geliefert hat. Er ist verurteilt worden und ins Gefängnis gekommen, und er ist unschuldig.«
Wir redeten während der ersten halben Stunde der Fahrt. Dann wurde es ruhig, Kilometer um Kilometer auf der offenen Schnellstraße.
Wir waren beide in unseren Privatwelten. Ich hielt mich einfach an ihrem Rücken fest. Ich erinnerte mich an andere Dinge über uns. Ich fühlte mich innerlich so schlecht, wollte alle Gefühle ausschalten. Ich wußte, daß sie psychopa-

thisch war, genau wie Gary. Kein Gewissen. Ich glaubte, daß die Industrie, die Regierung, die Wall Street voller solcher Menschen war. Keine Reue. Erst dann, wenn sie erwischt wurden. Dann flossen die Krokodilstränen.

»Wollen wir wieder verreisen?« stellte ich Jezzie schließlich die Frage, die ich mir überlegt hatte. »Wieder auf die Virgin Islands fliegen? Ich brauche es.«

Ich war mir nicht sicher, ob sie mich gehört hatte. Dann sagte Jezzie: »In Ordnung. Ich möchte gern eine Weile in die Sonne. Auf zu den Inseln.«

Ich duckte mich hinter ihr auf dem schnellen Motorrad. Ich hatte es getan. Wir rasten durch die schöne Landschaft, aber von den ganzen verschwommen vorbeifliegenden Ansichten, von allem, was von jetzt an geschah, bekam ich Kopfschmerzen, die nicht weggingen.

81. Kapitel

Maggie Rose Dunne wollte vor allem leben. Das hatte sie jetzt begriffen.

Sie wollte, daß ihr Leben wieder so wurde wie früher. Sie sehnte sich nach ihren Eltern. Nach ihren Freunden, ihren Freunden in Washington und Los Angeles, aber vor allem nach Michael. Was war aus Shrimpie Goldberg geworden? Hatten sie ihn freigelassen? War für ihn Lösegeld bezahlt worden, aber aus irgendeinem Grund nicht für sie?

Maggie erntete jeden Tag Gemüse, und die Arbeit war schwer, aber vor allem war die Arbeit das Langweiligste, was sie sich vorstellen konnte. An den langen Tagen unter der brennenden Sonne mußte sie an etwas anderes denken. Sie mußte ihren Kopf einfach ablenken von dem, was sie tat, und von dem Ort, an dem sie war.

Fast anderthalb Jahre nach der Entführung floh Maggie Rose aus dem Versteck, in dem sie festgehalten wurde.

Sie hatte sich anerzogen, jeden Morgen ganz früh aufzuwachen, vor allen anderen. Sie tat das wochenlang, ehe sie einen Versuch unternahm. Es war draußen noch dunkel, aber sie wußte, daß in fast einer Stunde die Sonne aufging. Dann wurde es so furchtbar heiß.

Sie ging barfuß in die Küche, die Arbeitsschuhe in der Hand. Wenn sie jetzt ertappt wurde, konnte sie sagen, sie wolle nur aufs Klo. Ihre Blase war voll, eine Vorsichtsmaßnahme für den Fall, daß sie ertappt wurde.

Sie hatten ihr gesagt, sie könne niemals entkommen, nicht einmal, wenn sie aus dem Dorf herauskam. Es waren über hundertfünfzig Meilen zum nächsten Ort, ganz gleich, welche Richtung sie einschlug. Das hatten sie ihr gesagt.

Die Berge waren voller Schlangen und gefährlicher Katzen. Manchmal hörte sie die Katzen nachts fauchen. Sie würde es nie in ein anderes Dorf schaffen. Das sagten sie ihr.
Und wenn sie Maggie Rose erwischten, kam sie mindestens ein Jahr lang unter die Erde. Erinnerte sie sich daran, wie es war, begraben zu sein? Kein Licht mehr zu sehen?
Die Küchentür war abgeschlossen. Sie wußte, wo der Schlüssel aufbewahrt wurde, mit vielen anderen rostigen alten Schlüsseln in einem Werkzeugschrank. Maggie Rose nahm den Schlüssel und außerdem einen kleinen Hammer als Waffe. Sie steckte den Hammer unter den Gummibund ihrer Shorts.
Maggie steckte den Schlüssel in die Küchentür. Sie ging auf, und Maggie Rose war draußen. Zum ersten Mal seit langer Zeit war sie frei. Ihr Herz hob sich wie die Falken, die sie manchmal hoch in der Luft über dem Versteck sah.
Schon das Gehen, ganz allein, war so ein gutes Gefühl. Maggie Rose ging mehrere Kilometer. Sie hatte beschlossen, bergab zu gehen statt in die Berge hinauf – obwohl eines der Kinder behauptete, nicht weit in dieser Richtung sei eine Stadt.
Sie hatte zwei harte Brötchen aus der Küche mitgenommen und aß sie am frühen Morgen. Es wurde warm, als die Sonne aufging. Um zehn war es heiß. Sie war viele Kilometer einem Feldweg gefolgt, ging nicht auf dem Weg, aber in der Nähe. Sie verlor den Weg nie aus den Augen.
Sie ging den ganzen langen Nachmittag weiter, staunte darüber, daß sie in der Hitze durchhielt. Vielleicht zahlte sich die schwere Arbeit auf den Feldern aus. Sie war jetzt kräftiger, als sie es je gewesen war. Sie hatte überall Muskeln.
Am späten Nachmittag konnte Maggie Rose vom Abhang aus die Stadt sehen. Sie war größer und moderner als der Ort, an dem sie so viele Monate lang festgehalten worden war.
Maggie Rose rannte das letzte Stück bergab. Der Feldweg

kreuzte sich schließlich mit einem asphaltierten Weg. Einer richtigen Straße. Maggie folgte der Straße ein kurzes Stück, und dann kam sie an eine Tankstelle. Eine ganz gewöhnliche Tankstelle. *Shell* stand auf dem Schild. Sie hatte noch nie im Leben etwas Schöneres gesehen.
Maggie Rose schaute auf, und der Mann war da.
Er fragte sie, ob alles in Ordnung sei. Er nannte sie immer Bobbi, und sie wußte, daß er sie ein bißchen mochte. Maggie sagte ihm, ihr gehe es gut. Sie habe bloß ein bißchen geträumt.
Maggie Rose sagte ihm nicht, daß sie wieder Geschichten erfunden hatte, herrliche Phantasien, die ihr halfen, ihrem Schmerz zu entkommen.

82. Kapitel

Soneji/Murphy hatte zweifellos immer noch seinen meisterhaften Plan. Jetzt hatte ich auch einen. Die Frage war: Wie gut konnte ich meinen zu Ende bringen? Wie stark war meine Entschlossenheit, daß er gelang, ganz gleich, um welchen Preis? Wie weit wollte ich gehen? Bis zum äußersten?

Die Reise nach Virgin Gorda fing an einem tristen, regnerischen Morgen in Washington, D. C., an. Die Temperatur betrug um die zehn Grad. Unter normalen Umständen hätte ich gar nicht schnell genug wegkommen können.

Wir mußten im sonnenversengten Puerto Rico in eine dreimotorige Trislander umsteigen. Um halb drei Uhr nachmittags glitten Jezzie und ich auf einen weißen Sandstrand zu, auf einen schmalen Landestreifen, den große, in der Meeresbrise schwankende Palmen säumten.

»Da ist es«, sagte sie auf dem Sitz neben mir. »Das ist unser Platz an der Sonne, Alex. Ich könnte mindestens einen Monat lang hier bleiben.«

»Es sieht nach dem aus, was uns der Arzt verordnet hat«, mußte ich beipflichten. Wir würden das bald herausfinden. Wir würden herausfinden, wie lange wir beide miteinander allein sein wollten.

»Diese müde Reisende möchte in dem Wasser da unten sein. Nicht bloß darauf hinunterschauen«, sagte Jezzie. »Von Fisch und Obst leben. Schwimmen, bis wir umfallen.«

»Deshalb sind wir doch hergekommen, oder? Spaß in der Sonne? Damit alle üblen Gestalten verschwinden?«

»Alles ist gut, Alex. So kann es sein. Laß dich nur ein bißchen darauf ein.« Jezzie klang immer so aufrichtig. Am liebsten hätte ich ihr geglaubt.

Als die Tür der Trislander aufging, wehte der Duft der Karibik herein. Warme Luft überflutete uns neun Leute in dem kleinen Flugzeug.
Alle trugen Sonnenbrillen und bunte T-Shirts. Fast alle Gesichter lächelten. Ich zwang mich auch zum Lächeln.
Jezzie nahm meine Hand. Jezzie war bei mir – und war es doch nicht. Alles kam mir vor wie im Traum. Was jetzt geschah . . . konnte gar nicht geschehen.
Schwarze Männer und Frauen mit britischem Akzent schleusten uns durch eine Art von entspanntem Minizoll. Weder Jezzies Gepäck noch meines wurden durchsucht. Das war mit der Hilfe des amerikanischen Außenministeriums arrangiert worden. In meiner Reisetasche war ein Kleinkaliberrevolver – geladen und schußbereit.
»Alex, ich finde es hier immer noch wunderschön«, sagte Jezzie zu mir, als wir uns der winzigen Taxischlange näherten. Bei den Taxis standen mehrere Motorroller, Fahrräder und schmutzige Kleinbusse. Ich fragte mich, ob wir je wieder gemeinsam Motorrad fahren würden.
»Bleiben wir immer hier«, sagte sie. »Tun wir so, als müßten wir nie wieder weg. Keine Uhren, keine Radios, keine Nachrichten mehr.«
»Das gefällt mir«, sagte ich zu ihr. »Spielen wir eine Zeitlang ›als ob‹.«
»Ich bin dabei. Machen wir's.« Sie klatschte in die Hände wie ein kleines Kind.
Die Insel wirkte seit unserem letzten Besuch unverändert. So war das vermutlich, seit die Rockefellers in den fünfziger Jahren damit angefangen hatten, die Insel aufzukaufen.
Kreuzfahrtschiffe und Segelboote trieben auf dem funkelnden Meer. Wir fuhren an kleinen Restaurants und Läden mit Schnorchelausrüstungen vorbei. Die bunt gestrichenen einstöckigen Häuser verfügten alle über Fernsehantennen, die von den Dächern aufragten. *Unser Platz an der Sonne. Das Paradies.*

Jezzie und ich hatten im Hotel noch Zeit, schwimmen zu gehen. Wir gaben ein bißchen an. Wir streckten die Körper, schwammen schnell zu einem entfernten Riff hinaus und zurück. Ich dachte an unser erstes gemeinsames Schwimmen. Im Hotelpool in Miami Beach. Als sie angefangen hatte, ihre Rolle zu spielen.

Danach streckten wir uns am Strand aus. Wir beobachteten, wie die Sonne am Horizont sank, mit ihm verschmolz und dann verschwand.

»*Déjà vu*, Alex.« Jezzie lächelte. »Ganz wie damals. Oder habe ich das geträumt?«

»Jetzt ist es anders«, sagte ich und fügte dann schnell hinzu: *»Damals haben wir uns noch nicht so gut gekannt.«*

Was dachte Jezzie wirklich? Ich wußte, daß sie jetzt auch einen Plan haben mußte. Ich ging davon aus, sie wisse, daß ich hinter Devine und Chakely her war. Sie mußte wissen, was ich mit den beiden vorhatte.

Ein junger schwarzer Sexprotz, muskulös und stramm in weißer Badehose und gestärktem Hotel-T-Shirt, brachte uns Piña Coladas zu den Liegestühlen.

Besser als das hier konnte das ›Als ob‹-Spiel nicht werden.

»Sind das Ihre Flitterwochen?« Er war so locker und unbefangen, daß er mit uns scherzte.

»Unsere zweiten Flitterwochen«, sagte Jezzie zu ihm.

»Dann genießen Sie sie doppelt«, sagte der lächelnde Strandkellner.

Sofort ergriff uns das Zeitlupentempo der Insel. Wir aßen im Pavillonrestaurant des Hotels zu Abend. Für uns beide noch mehr gespenstisches Déjà-vu. Als ich dort in der vollkommen karibischen Umgebung saß, muß ich mir wie ein Doppelspieler vorgekommen sein und unwirklicher als je in meinem ganzen Leben.

Ich schaute zu, wie die gegrillten Fische und Schildkröten kamen und gingen. Ich hörte, wie sich die Reggae-Band einstimmte. Und ständig dachte ich daran, daß die schöne

Frau neben mir Michael Goldberg hatte sterben lassen. Ich war mir außerdem sicher, daß sie Maggie Rose Dunne ermordet hatte oder mindestens eine Komplizin dabei gewesen war. Sie hatte nie einen Funken Reue gezeigt. Irgendwo in den Staaten war ihr Anteil an den zehn Millionen Dollar Lösegeld. Aber Jezzie war so schlau, die Reisekosten mit mir zu teilen. »Halbe halbe, Alex. Ich will nichts umsonst, okay?«

Sie aß Inselhummer und einen Vorspeisenteller mit Haifischfleisch. Sie trank beim Essen zwei Bier. Jezzie war so glatt und clever. In gewisser Hinsicht war sie furchterregender als Gary Soneji/Murphy.

Was redet man bei einem perfekten Abendessen und bei Cocktails mit einer Mörderin? Ich wollte so vieles wissen, aber ich konnte keine der Fragen stellen, die in meinem Kopf hämmerten. Statt dessen sprachen wir über die kommenden Urlaubstage, über einen »Plan« für das Hier und Jetzt auf den Inseln.

Ich schaute Jezzie über den Eßtisch an und dachte, sie habe noch nie hinreißender ausgesehen. Sie schob sich ständig das blonde Haar hinter das Ohr. Dieser nervöse Tick war so eine vertraute, intime Geste. Weshalb war Jezzie nervös, worüber machte sie sich Sorgen? Wieviel wußte sie?

»In Ordnung, Alex«, sagte sie schließlich. »Willst du mir sagen, was wir wirklich auf Virgin Gorda verloren haben? Hast du für hier auch einen Terminplan gemacht?«

Ich hatte mich auf die Frage vorbereitet, aber sie kam trotzdem überraschend. Sie hatte den Zeitpunkt glänzend gewählt. Ich war bereit zu lügen. Ich konnte begründen, was ich tun mußte. Ich brachte bloß nicht fertig, mich besonders wohl dabei zu fühlen.

»Ich wollte, daß wir reden können, richtig miteinander reden können. Vielleicht zum ersten Mal, Jezzie.«

In Jezzies Augenwinkel traten Tränen. Sie liefen ihr langsam die Wangen entlang. Glitzernde Rinnsale im Kerzenlicht.

»Ich liebe dich, Alex«, flüsterte Jezzie. »Es ist bloß so – es wird immer so schwer für uns beide sein. Es ist bis jetzt schwer gewesen.«
»Willst du damit sagen, die Welt ist noch nicht reif für uns?« fragte ich sie. »Oder sind wir nicht reif für die Welt?«
»Ich weiß nicht, was davon stimmt. Spielt es eine Rolle, daß es einfach so schwer ist?«
Wir gingen nach dem Essen am Strand entlang, auf eine gestrandete Galeone zu. Das malerische Wrack lag etwa vierhundert Meter vom Pavillon und vom Restaurant entfernt. Der Strand schien leer zu sein.
Es gab etwas Mondschein, aber es wurde dunkler, als wir uns dem gestrandeten Schiff näherten. Wolkenfetzen zogen über den Himmel. Schließlich war Jezzie nur noch ein dunkler Umriß neben mir. Alles an diesem Augenblick war mir unbehaglich. Ich hatte den Revolver im Zimmer gelassen.
»Alex.« Jezzie war stehengeblieben. Anfangs glaubte ich, sie habe etwas gehört, und ich schaute über meine Schulter. Ich wußte, daß Soneji/Murphy nicht hier sein konnte. War es möglich, daß ich mich irrte?
»Ich hab mich was gefragt«, sagte Jezzie, »über was aus der Ermittlung nachgedacht, und das will ich eigentlich nicht. Nicht hier.«
»Was beunruhigt dich?« fragte ich.
»Du sprichst nicht mehr mit mir über die Ermittlung. Was ist aus deinem Verdacht gegen Chakely und Devine geworden?«
»Wenn du das Thema schon zur Sprache bringst«, sagte ich zu ihr, »will ich's dir erzählen. Was die beiden anlangt, hattest du von Anfang an recht. Wieder eine Sackgasse. So. Jetzt machen wir richtig Urlaub. Das haben wir beide verdient.«

83. Kapitel

Gary Soneji/Murphy beobachtete, und seine Gedanken schweiften. Sie wanderten zurück zu der perfekten Lindbergh-Entführung.

Er sah Lucky Lindy immer noch vor sich. Die bezaubernde Anne Morrow Lindbergh. Charles junior in seinem Bettchen im ersten Stock, im Kinderzimmer des Farmhauses in Hopewell, New Jersey. Freunde, das war die große Zeit. Die allerbesten Tage der Phantasie.

Beobachtete er tatsächlich im banalen Hier und Jetzt?

Da waren erstens die Idioten vom FBI in einem schwarzen Buick Skylark. Genau gesagt, ein bescheuerter Mann und eine bescheuerte Frau, die Überwachungsdienst hatten. Die waren auf alle Fälle harmlos. Kein Problem für ihn. Überhaupt keine Herausforderung.

Zweitens war da das moderne Hochhaus in Washington, in dem Agent Mike Devine immer noch wohnte. Es wurde das Hawthorne genannt. Nach Nathaniel, dem grüblerischen Schriftsteller? Ein Pool auf dem Dach, eine Sonnenterrasse, Tiefgarage, Hausmeisterservice rund um die Uhr. Eine nette Bude für den ehemaligen Agenten. Und die Idioten vom FBI beobachteten das Gebäude, als könnte es Flügel bekommen und wegfliegen.

Kurz nach zehn an jenem Morgen betrat ein Eilbote vom Federal Express das Chichi-Gebäude.

Kurz darauf drückte Gary Soneji in der Uniform des Federal Express und mit zwei echten Paketen für Mieter im Hawthorne unter dem Arm auf die Klingel von 17J. *Post von Avon!*

Als Mike Devine die Tür aufmachte, besprühte ihn Soneji

mit dem starken Chloroform, das er bei Michael Goldberg und Maggie Rose Dunne benutzt hatte. Soviel zur Fairneß.
Genau wie die beiden Kinder sackte Devine auf dem Spannteppich in seinem Flur zusammen. In der Wohnung lief Rockmusik. Die unnachahmliche Bonnie Raitt. »Let's Give Them Something to Talk About.«
Nach mehreren Minuten kam Agent Devine zu sich. Er war benommen und sah doppelt. Alle Kleider waren ihm ausgezogen worden. Er war völlig verwirrt und desorientiert.
Er saß in der Badewanne, die halb mit kaltem Wasser gefüllt war. Seine Knöchel waren mit Beinschellen an die Wasserhähne gefesselt.
»Was, zum Scheiß, ist das?« Seine ersten Worte kamen verschliffen und schlampig heraus. Er fühlte sich, als hätte er ein Dutzend Whisky Soda intus.
»Das hier ist ein besonders scharfes Messer.« Gary Soneji/Murphy beugte sich über die Wanne und gab mit seinem Jagdmesser an. »Schauen Sie sich diese Demonstration an. Konzentrieren Sie jetzt die verschwommenen blauen Augen. Konzentrieren Sie sich, Michael.«
Gary Soneji/Murphy ritzte den Oberarm des ehemaligen Agenten nur ganz leicht mit dem Messer. Devine schrie auf. Sofort zeigte sich eine gefährlich aussehende fünf Zentimeter lange Schnittwunde. Blut floß in das kalte, aufgewühlte Badewasser.
»Keinen Pieps mehr«, warnte Soneji. Er schwenkte das Messer, drohte Devine mit einem weiteren Schnitt. »Das ist nicht gerade die Sensorklinge von Gillette. Wenn man sich damit schneidet, blutet man. Seien Sie also bitte vorsichtig.«
»Wer sind Sie?« Devine versuchte wieder zu sprechen. Es klang immer noch stark verschliffen. *Wersindse?* sagte er.
»Gestatten Sie mir, mich vorzustellen, ich bin ein berühmter, reicher Mann«, sagte Soneji. Schon gut, ja, der Erfolg

machte ihn ein bißchen beschwipst. Die Aussichten für seine Zukunft waren wieder so glänzend.

Devine war jetzt noch verwirrter.

»Das ist aus ›Sympathy for the Devil‹. Von den Stones. Ich bin Gary Soneji/Murphy. Entschuldigen Sie die geschmacklose Lieferantenuniform, die etwas einfallslose Verkleidung. Aber wissen Sie, ich bin etwas in Eile. Es ist ein Jammer, weil ich Sie schon seit Monaten kennenlernen wollte. Sie Schurke, Sie.«

»Was, zum Teufel, wollen Sie?« Devine versuchte, etwas von seiner Autorität heraufzubeschwören, trotz der riskanten Umstände.

»Bis auf den Knochen aufgeschnitten, hmm. Okay, gut. Denn ich habe es wirklich eilig. So. Sie haben zwei ganz einfache Möglichkeiten. ERSTENS – ich muß Ihnen den Penis abschneiden, ihn als praktischen Knebel in Ihren Mund stecken und Sie dann mit ein paar kleinen Schnitten foltern, mit Hunderten von Schnitten, angefangen im Gesicht und am Hals, bis Sie mir sagen, was ich wissen muß. Haben Sie mich bis jetzt verstanden? Drücke ich mich deutlich aus? Ich wiederhole – Möglichkeit Nummer eins: qualvolle Folter, die unausweichlich zum Verbluten führt.«

Devine wich unfreiwillig vor dem über ihn gebeugten Wahnsinnigen zurück. Unglücklicherweise sah er jetzt klarer. Genau gesagt, seine Augen standen weit offen. Gary Soneji/Murphy? In seiner Wohnung? Mit einem Jagdmesser?

»ZWEITE MÖGLICHKEIT«, schrie ihm der Wahnsinnige weiter ins Gesicht. »Ich erfahre die Wahrheit sofort von Ihnen. Dann kriege ich mein Geld, ganz egal, wo Sie es versteckt haben. Dann komme ich zurück und bringe Sie um, aber auf nette Weise – keine Mätzchen. Wer weiß, vielleicht können Sie sogar fliehen, solange ich weg bin. Das ist zweifelhaft, aber die Hoffnung währt ewig. Ich muß Ihnen schon sagen, Michael, das ist die Möglichkeit, für die ich mich entscheiden würde.«

Michael Devine hatte einen so klaren Kopf, daß er sich ebenfalls für die bessere Möglichkeit entschied. Er sagte Soneji/Murphy, wo sein Lösegeldanteil war. Er war hier in Washington.
Gary Soneji/Murphy glaubte ihm, aber wer konnte in solchen Dingen schon sicher sein. Schließlich hatte er es mit einem Polizisten zu tun.
Auf dem Weg hinaus blieb Gary an der Wohnungstür stehen. Mit seiner besten Arnold-Schwarzenegger-Terminator-Stimme sagte er: »Ich komme wieder!«
Heute fühlte er sich tatsächlich außergewöhnlich gut. Er klärte den gottverfluchten Kidnappingfall selbst auf. Er spielte Polizist, und das machte auch Spaß. Der Plan würde funktionieren. Genau wie er das immer gewußt hatte.
Einfach toll.

84. Kapitel

Ich schlief unruhig, wachte fast jede Stunde auf. Kein Klavier auf der Veranda, auf dem ich herumhämmern konnte. Keine Jannie, kein Damon, die ich wecken mußte. Nur die Mörderin, die friedlich neben mir schlief.

Nur der Plan, den ich hier durchführen wollte.

Als die Sonne schließlich aufging, machte uns die Hotelküche ein Mittagessen zum Mitnehmen zurecht. Sie packten einen Korb mit edlen Weinen, französischem Mineralwasser, teuren Feinschmeckerleckereien. Außerdem Schnorchelausrüstung, flauschige Handtücher und ein gelb und weiß gestreifter Sonnenschirm.

Alles war schon in ein Schnellboot verladen, als wir kurz nach acht an die Anlegestelle kamen. Das Boot brauchte etwa eine halbe Stunde zu unserer Insel – ein schöner, abgelegener Ort. Das wiedergefundene Paradies.

Wir würden den ganzen Tag lang allein dort draußen sein. Andere Paare aus dem Hotel besuchten andere Privatinseln. Ein Korallenriff umringte unseren Strand, erstreckte sich vom Ufer aus etwa siebzig bis hundert Meter.

Das Wasser war ganz klar und flaschengrün. Wenn ich nach unten schaute, sah ich die Rippelmarken des Sandes auf dem Grund. Ich hätte die Sandkörner zählen können. Engelhaie flitzten in kleinen, lebhaften Schwärmen um meine Beine. Ein lächelndes, einen halben Meter langes Barracudapaar war dem Boot fast bis zum Ufer gefolgt und hatte dann das Interesse verloren.

»Wann soll ich wiederkommen?« fragte der Bootfahrer. »Sie haben die Wahl.«

Er war ein muskulöser Fischer – ein Seemann in den Vierzigern. Als fröhlicher Typ hatte er uns auf der Überfahrt von Riesenfischen erzählt und anderes Insellatein. Er schien sich nichts dabei zu denken, daß Jezzie und ich zusammen waren.

»Oh, ich glaube, um zwei oder drei?« Ich schaute Jezzie an. »Wann soll Mr. Richards uns abholen?«

Sie war damit beschäftigt, Strandbadetücher auszulegen und unsere exotische Ausrüstung aufzubauen. »Ich glaube, drei ist gut. Klingt großartig, Mr. Richards.«

»In Ordnung. Ich wünsche Ihnen viel Spaß.« Er lächelte. »Sie sind ganz allein. Ich sehe, daß meine Dienste nicht länger erforderlich sind.«

Er salutierte und sprang dann ins Boot. Er ließ den Motor an und war bald außer Sicht.

Wir waren ganz allein auf unserer Privatinsel. Sei sorglos, sei glücklich.

Es hat etwas Seltsames und Unwirkliches, wenn man neben einer Kidnapperin und Mörderin auf einem Strandbadetuch liegt. Ich ging immer wieder alle meine Gefühle durch, meine Pläne, die Dinge, von denen ich wußte: ich mußte sie tun.

Ich versuchte, meine Verwirrung und meine Wut in den Griff zu bekommen. Ich hatte diese Frau geliebt, die mir jetzt so fremd war. Ich schloß die Augen und ließ mir von der Sonne die Muskeln entspannen. Ich mußte mich entkrampfen, sonst klappte das hier nicht.

Wie konntest du das kleine Mädchen ermorden, Jezzie? Wie konntest du das tun? Wie konntest du allen so viele Lügen erzählen?

Aus dem Nichts kam Gary Soneji angeflogen! Er kam plötzlich, ohne Vorwarnung.

Er hatte ein langes Jagdmesser wie das, das er bei den Gettomorden in D. C. benutzt hatte. Er schwebte über mir. Sein Schatten bedeckte mich ganz.

Es war ausgeschlossen, daß er auf die Insel gekommen war. Völlig ausgeschlossen.

»*Alex. Alex*, du hast geträumt«, sagte Jezzie. Sie legte mir eine kühle Hand auf die Schulter. Sie berührte sanft mit den Fingerspitzen meine Wange.
Die lange, fast schlaflose Nacht... Die warme Sonne, die kühlende Meeresbrise... Ich war am Strand eingeschlafen.
Ich schaute zu Jezzie auf. Sie war der Schatten auf meinem Körper gewesen, nicht Soneji. Mein Herz klopfte laut. Für unser Nervensystem sind Träume so stark wie die reale Welt.
»Wie lange war ich weg?« fragte ich.
»Nur ein paar Augenblicke, Baby«, sagte sie. »Alex, ich möchte dich umarmen.«
Jezzie rutschte auf dem Strandbadetuch auf mich zu. Ihre Brüste streiften meine Brust. Sie hatte das Bikinioberteil ausgezogen, während ich schlief. Ihre glatte Haut schimmerte vom Sonnenöl. Auf ihrer Oberlippe bildeten sich dünne Schweißperlen. Sie konnte nicht anders, sie sah einfach gut aus.
Ich setzte mich auf und rückte von Jezzie auf dem Badetuch weg. Ich zeigte auf einen Garten aus Bougainvillea, fast direkt am Wasser.
»Gehen wir am Strand entlang. Okay? Machen wir einen Spaziergang. Ich möchte mit dir über ein paar Dinge sprechen.«
»Über was für Dinge?« fragte Jezzie. Sie war deutlich enttäuscht, weil ich sie zurückgewiesen hatte, wenn es auch nur ein Augenblick gewesen war. Sie wollte Sex am Strand. Ich wollte nicht.
»Komm schon. Gehen wir und unterhalten uns«, sagte ich. »Die Sonne fühlt sich so gut an.«
Ich zog Jezzie hoch, und sie kam etwas widerstrebend mit. Sie machte sich nicht die Mühe, das Oberteil wieder anzuziehen.
Wir gingen am Ufer entlang, die Füße im klaren, unbeweg-

ten Wasser. Wir berührten uns jetzt nicht, waren aber nur Zentimeter voneinander entfernt. Es war so sonderbar und unwirklich. Es war einer der schlimmsten Augenblicke in meinem Leben, wenn nicht der schlimmste.

»Du bist so ernst, Alex. Wir wollten uns doch amüsieren, weißt du noch? Wo bleibt bis jetzt das Vergnügen?«

»Ich weiß, was du getan hast, Jezzie. Es hat eine Weile gedauert, aber schließlich habe ich mir alles zusammengereimt«, sagte ich zu ihr. »Ich weiß, daß du Maggie Rose Dunne weggebracht hast. Ich weiß, daß du sie umgebracht hast.«

85. Kapitel

»Ich will über das alles reden. Ich trage keine Wanze, Jezzie, wie du siehst.«
Daraufhin lächelte sie leicht. Immer die perfekte Schauspielerin. »Ja, das sehe ich.«
Mein Herz hämmerte ungeheuer schnell. »Sag mir, was passiert ist. Sag mir, warum, Jezzie. Sag mir, was ich fast zwei Jahre lang herauszufinden versucht habe und du die ganze Zeit gewußt hast. Erzähl mir die Sache von deiner Seite.«
Jezzies Maske, die immer in ihrem perfekten, schönen Lächeln bestand, war inzwischen verschwunden. Sie klang resigniert.
»Gut, Alex. Ich sage dir, was du wissen willst, was du einfach nicht ruhen lassen wolltest.«
Wir gingen weiter, und Jezzie sagte mir endlich die Wahrheit.
»Wie es passiert ist? Am Anfang haben wir einfach unseren Job gemacht. Ich schwöre, das ist wahr. Wir paßten auf die Familie des Ministers auf. Jerry Goldberg war nicht an Drohungen gewöhnt. Die Kolumbianer haben ihm gedroht. Er hat sich wie ein typischer Zivilist verhalten. Er hat überreagiert. Er hat Personenschutz vom Secret Service für seine ganze Familie verlangt. So hat alles angefangen. Mit einem Überwachungsauftrag, den keiner von uns für nötig hielt.«
»Also hast du zwei mittelmäßige Agenten darauf angesetzt.«
»Zwei Freunde. Überhaupt nicht mittelmäßig. Wir meinten, der Einsatz sei Zeitverschwendung. Dann fiel Mike

Devine auf, daß ein Lehrer, der Mathelehrer namens Gary Soneji, das Haus der Goldbergs beobachtete. Anfangs glaubten wir, er sei verknallt in den Jungen. Devine und Chakely dachten, er sei vielleicht ein Päderast. Nicht viel mehr als das. Wir mußten ihn sowieso überprüfen. In den Originalberichten von Devine und Chakely stand das drin.«

»Einer der beiden ist Gary Soneji gefolgt?«

»Ein paarmal, ja. Zu verschiedenen Orten. Wir waren zu diesem Zeitpunkt nicht eigentlich besorgt, aber wir gingen der Sache nach. Einmal ist Charlie Chakely ihm nachts in den Südosten nachgefahren. Wir brachten Soneji mit den Morden dort nicht in Verbindung, vor allem deshalb, weil die Story von den Zeitungen nicht groß herausgebracht wurde. Bloß wieder ein paar Morde im Getto, du weißt schon.«

»Ja. Ich weiß. Wann ist euch ein anderer Verdacht gegen Gary Soneji gekommen?«

»Auf eine Entführung sind wir erst gekommen, als er die beiden Kinder aus der Schule weggebracht hat. Zwei Tage vorher war ihm Charlie Chakely zu der Farm in Maryland gefolgt. Charlie hatte damals keinen Verdacht wegen einer Entführung. Kein Grund dazu. Aber er wußte jetzt, wo die Farm war. Mike Devine rief mich von der Schule aus an, als das Chaos losbrach. Sie wollten Soneji sofort nachfahren. Da fiel mir ein, wir könnten das Lösegeld selbst kassieren. Ich weiß es nicht genau. Vielleicht hatte ich früher schon mal an so was gedacht. Es war so einfach, Alex. Drei, vier Tage, und alles wäre vorbei. Niemandem würde etwas passieren. Nicht mehr, als sowieso schon passiert war. Und wir hätten das Lösegeld. Millionen.«

Es war zum Fürchten, wie beiläufig Jezzie über die Entführung sprach. Sie spielte es herunter, aber es war ihre Idee gewesen. Nicht die Idee von Devine oder Chakely, die von Jezzie. Sie war der Kopf des Trios. »Und die Kinder?« fragte ich. »Was war mit Maggie Rose und Michael?«

»Gekidnappt waren sie schon. Wir konnten nichts an dem ändern, was schon passiert war. Wir überwachten die Farm in Maryland. Wir waren überzeugt davon, daß den Kindern nichts zustoßen konnte. Er war Mathelehrer. Wir glaubten nicht, daß er ihnen etwas tun würde. Wir glaubten, er sei bloß ein Amateur. Wir hatten alles im Griff.«

»Er hat sie in einem Kasten vergraben, Jezzie. Und Michael Goldberg starb.«

Jezzie schaute aufs Meer hinaus. Sie nickte langsam. »Ja, der kleine Junge starb. Das hat alles geändert, Alex. Für immer. Ich weiß nicht, ob wir es hätten verhindern können. Daraufhin griffen wir ein und brachten Maggie Rose weg. Wir stellten eigene Lösegeldforderungen. Der ganze Plan änderte sich.«

Wir gingen weiter am Rand des schimmernden Wassers entlang. Wenn uns jemand gesehen hätte, hätte er vermutlich geglaubt, wir seien ein Liebespaar, führten ein ernstes Gespräch über unsere Beziehung. Wenigstens die zweite Hälfte stimmte.

Schließlich schaute Jezzie mich an. »Ich möchte dir sagen, wie das zwischen uns war, Alex. Von meiner Seite aus. Es war nicht, wie du denkst.«

Ich hatte keine Worte für sie. Ich fühlte mich wieder wie auf der dunklen Seite des Mondes und kurz vor dem Explodieren. In meinem Kopf schrie es. Ich ließ Jezzie weitersprechen, ließ sie reden. Im Grunde spielte das jetzt auch keine Rolle mehr.

»Als es anfing, in Florida, mußte ich wissen, was du herausfinden konntest. Ich brauchte eine Verbindung zur Polizei von D. C. Du hast als guter Cop gegolten. Außerdem hast du eine eigene Meinung.«

»Du hast mich also benutzt, um euch abzusichern. *Du* hast mich als Lösegeldüberbringer ausgesucht. Du konntest dem FBI nicht trauen. Immer der Profi, Jezzie.«

»Ich wußte, du würdest nichts tun, was das kleine Mädchen

in Gefahr gebracht hätte. Ich wußte, daß du das Lösegeld übergeben würdest. Die Komplikationen fingen an, als wir aus Miami zurückkamen. Ich weiß nicht genau, wann. Ich schwöre, das ist die Wahrheit.«

Ich fühlte mich betäubt und innerlich hohl, während ich ihr zuhörte. Ich triefte vor Schweiß, und nicht wegen der starken Sonne.

Ich fragte mich, ob Jezzie eine Schußwaffe auf die Insel mitgebracht hatte. *Immer der Profi*, rief ich mir ins Gedächtnis.

»Was das jetzt auch wert sein mag, ich habe mich in dich verliebt, Alex. Wirklich. An dir war so vieles, wonach ich die Suche schon aufgegeben hatte. Wärme und Anstand. Du warst liebevoll. Verständnisvoll. Damon und Janelle haben mich gerührt. Bei dir fühlte ich mich wieder ganz.«

Mir war leicht schwindlig und übel. Genauso hatte ich mich nach Marias Tod etwa ein Jahr lang gefühlt. »Was das auch wert sein mag, ich habe mich auch in dich verliebt, Jezzie. Ich wollte es nicht, aber ich habe mich verliebt. Ich hätte mir einfach nicht vorstellen können, daß mich jemand so anlügt, wie du mich belogen hast. Belogen und getäuscht. Ich kann diese ganzen Lügen immer noch nicht fassen. Was ist mit Mike Devine?« fragte ich.

Jezzie zuckte die Achseln. Das war ihre einzige Antwort.

»Du hast das vollkommene Verbrechen begangen. Ein Meisterwerk«, sagte ich zu ihr. »Dir ist das meisterhafte Verbrechen gelungen, das Gary Soneji immer begehen wollte.«

Jezzie schaute mir in die Augen, aber sie schien durch mich hindurchzusehen. Jetzt gab es nur noch ein Puzzlestück – das letzte, was ich wissen mußte.

Ein undenkbares Detail.

»Was ist tatsächlich mit dem kleinen Mädchen passiert? Was hast du oder was haben Devine und Chakely mit Maggie Rose gemacht?«

Jezzie schüttelte den Kopf. »Nein, Alex. Das kann ich dir nicht sagen. Du weißt, daß ich das nicht kann.«

Sie hatte die Arme vor der Brust gefaltet, als sie damit anfing, die Wahrheit zu sagen. Sie hielt die Arme immer noch verschränkt.

»Wie konntest du ein kleines Mädchen töten? Wie konntest du das tun, Jezzie? Wie konntest du Maggie Rose Dunne töten?«

Jezzie wich plötzlich vor mir zurück. Es war zuviel, sogar für sie. Sie wollte zurück zum Sonnenschirm und den Handtüchern. Mit einem schnellen Schritt holte ich sie ein und packte ihre Ellbogenbeuge.

»Hände weg!« schrie sie. Ihr Gesicht verzerrte sich.

»Vielleicht kannst du einen Handel mit der Information über Maggie Rose machen«, schrie ich zurück. »Vielleicht können wir einen Handel machen, Jezzie!«

Sie drehte sich um. »Die lassen nicht zu, daß du diesen Fall wieder aufrollst. Mach dir nichts vor, Alex. Die können mir überhaupt nichts beweisen. Du auch nicht. Ich denke nicht daran, einen Handel mit dir zu machen.«

»Doch. Doch, das wirst du«, sagte ich. Meine Stimme war nicht mehr laut, fast nur noch ein Flüstern. »Doch, das wirst du, Jezzie. Du wirst einen Handel machen ... Und ob du das wirst.«

Ich zeigte auf die Klippen und die Palmen, die dichter wurden, wenn man sich weiter vom Sandstrand entfernte.

Sampson stand von seinem Versteck im Inseldickicht auf. Er schwenkte etwas, was wie ein Silberstab aussah. In Wahrheit war es ein Langstreckenmikrophon.

Auch zwei FBI-Agenten standen auf und winkten. Sie waren bei Sampson. Alle drei waren seit sieben Uhr morgens hier draußen im Dickicht gewesen. Die Agenten waren im Gesicht und an den Armen rot wie Hummer. Sampson hatte vermutlich auch die Bräune seines Lebens bekommen.

»Dort oben ist mein Freund Sampson. Er hat alles aufgenommen, was du gesagt hast.«

Jezzie schloß kurz die Augen. Sie hatte nicht damit gerechnet, daß ich so weit ging. Das hatte sie mir nicht zugetraut.

»Jetzt sagst du uns, wie du Maggie Rose ermordet hast«, forderte ich.

Ihre Augen gingen auf und sahen klein und schwarz aus.

»Du kapierst es nicht. Du kapierst es einfach nicht, nicht wahr?« sagte sie.

»Was kapiere ich nicht, Jezzie? Sag mir, was ich nicht kapiere.«

»Du suchst immer nach dem Guten im Menschen. Aber es ist nicht da! Dein Fall wird platzen. Du wirst am Ende als Trottel dastehen, als Trottel und Vollidiot. Alle werden wieder auf dich losgehen.«

»Vielleicht hast du recht«, sagte ich, »aber wenigstens habe ich diesen Augenblick.«

Jezzie wollte mich schlagen, aber ich blockte ihre Faust mit dem Unterarm ab. Ihr Körper verdrehte sich, und sie ging zu Boden. Der unsanfte Sturz war viel weniger, als sie verdient hatte. Jezzies Gesicht war eine brüchige Maske der Überraschung.

»Das ist ein Anfang«, sagte sie vom Sand aus. »Du wirst auch ein Scheißkerl. Gratuliere.«

»Nein«, sagte ich zu Jezzie. »Mit mir ist alles in Ordnung. Mir fehlt nichts.«

Ich überließ es den FBI-Agenten und Sampson, Jezzie Flanagan offiziell festzunehmen. Dann ließ ich mich von einem Boot ins Hotel zurückfahren. Ich packte und war eine Stunde später auf dem Rückweg nach Washington.

86. Kapitel

Zwei Tage nach unserer Rückkehr nach D. C. waren Sampson und ich wieder unterwegs. Wir wollten nach Uyuni in Bolivien. Wir hatten Grund zu hoffen und zu glauben, Maggie Rose Dunne endlich gefunden zu haben.

Jezzie hatte geredet und geredet. Jezzie hatte einen Handel gegen Information gemacht. Sie hatte sich jedoch geweigert, mit dem FBI zu sprechen. Sie hatte den Handel mit mir gemacht.

Uyuni liegt in den Anden, dreihundertfünf Kilometer südlich von Oruro. Man kommt dorthin, indem man mit einem kleinen Flugzeug in Rio Mulatos landet und dann per Jeep oder Kleinbus nach Uyuni fährt.

Auf der letzten Etappe der schwierigen Reise saßen wir zu acht in einem Ford Explorer. Ich war mit Sampson, zwei Agenten vom Secret Service, dem amerikanischen Botschafter in Bolivien, unserem Fahrer und Thomas und Katherine Rose Dunne in dem Kleinbus.

Charles Chakely und Jezzie waren beide in den letzten, zermürbenden sechsunddreißig Stunden bereit gewesen, auf einen Informationshandel über Maggie Rose einzugehen. Die verstümmelte Leiche von Mike Devine war in seiner Wohnung in Washington gefunden worden. Die Fahndung nach Gary Soneji wurde nach dem Fund der Leiche verstärkt. Aber bis jetzt war nichts dabei herausgekommen.

Gary schaute sich bestimmt den Bericht über unsere Reise nach Bolivien im Fernsehen an. Gary schaute *seine* Story an.

Chakely und Jezzie erzählten im großen und ganzen dieselbe Geschichte über die Entführung. Sie hatten die Gelegenheit gehabt, die zehn Millionen Dollar Lösegeld zu kassieren und ungeschoren davonzukommen. Sie konnten das Mädchen nicht freilassen. Sie mußten uns im Glauben lassen, Soneji/Murphy sei der Kidnapper gewesen. Das Mädchen konnte das bestreiten. Sie waren jedoch davor zurückgeschreckt, Maggie Rose umzubringen. Jedenfalls hatten sie das in Washington gesagt.

Sampson und ich schwiegen auf den letzten Kilometern der Fahrt durch die Anden. Alle anderen schwiegen auch.

Ich beobachtete die Dunnes, als wir uns Uyuni näherten. Sie saßen ruhig nebeneinander, etwas distanziert. Wie Katherine Rose mir gesagt hatte, wäre am Verlust von Maggie Rose fast ihre Ehe zerbrochen. Ich erinnerte mich daran, wie sehr ich die beiden am Anfang gemocht hatte. Katherine Rose mochte ich immer noch. Wir hatten auf der Reise eine Weile miteinander gesprochen. Sie hatte mir mit echtem Gefühl gedankt, und ich würde das nie vergessen.

Ich hoffte, daß am Ende dieser langen, grauenhaften Qual ihr kleines Mädchen in Sicherheit auf sie wartete ... Ich dachte an Maggie Rose Dunne – ein kleines Mädchen, dem ich nie begegnet war und das ich bald kennenlernen sollte. Ich dachte an alle die Gebete, die für sie gesprochen worden waren, an die Transparente vor dem Gericht in D. C., an die Kerzen, die in so vielen Fenstern brannten.

Sampson stieß mich an, als wir durch das Dorf fuhren. »Schau dort hinauf, Alex. Ich will nicht behaupten, das sei alles wert gewesen. Aber vielleicht kommt's dem nahe.«

Der Kleinbus fuhr einen steilen Abhang im Dorf Uyuni hinauf. Blech- und Holzhütten säumten beide Seiten des Wegs, der ursprünglich ein in die Felsen gehauener Durchgang gewesen war. Aus etlichen Blechdächern stieg Rauch. Der schmale Weg schien direkt hinauf in die Anden zu führen.

Auf halber Höhe wartete Maggie Rose auf uns.

Das elfjährige Mädchen stand vor einer der fast identischen

Hütten. Bei ihr waren die Mitglieder einer Familie namens Patino. Sie war seit fast zwei Jahren bei dieser Familie. Es sah so aus, als hätte die Familie ein Dutzend Kinder.
Aus hundert Meter Entfernung konnten wir alle Maggie Rose deutlich sehen, während der Bus mühsam den zerfurchten Weg hinauffuhr.
Maggie Rose trug wie die Kinder der Patinos ein weites Hemd, Baumwollshorts und Sandalen, aber das blonde Haar hob sie heraus. Sie war braun; sie wirkte gesund. Sie sah genauso aus wie ihre schöne Mutter.
Die Patinos hatten keine Ahnung, wer sie wirklich war. In Uyuni hatten die Leute noch nie etwas von Maggie Rose Dunne gehört. Auch nicht im nahen Pulacayo oder im achtzehn Kilometer entfernten Ubini in den hohen, gewaltigen Anden. Das wußten wir von den bolivianischen Behörden und von der Polizei.
Die Patinos hatten Geld dafür bekommen, das Mädchen im Dorf festzuhalten, in Sicherheit, aber sie dort festhalten. Mike Devine hatte zu Maggie gesagt, sie könne nirgendshin fliehen. Falls sie es versuche, werde sie gefaßt und gefoltert. Sie werde eine lange, lange Zeit unter dem Boden verbringen.
Ich konnte jetzt den Blick nicht von ihr wenden. Von diesem kleinen Mädchen, das vielen Menschen so viel bedeutete. Ich dachte an die zahllosen Bilder und Plakate und konnte nicht fassen, daß sie wirklich hier stand. Nach so langer Zeit.
Maggie Rose lächelte nicht, reagierte nicht, während sie dem Kleinbus der amerikanischen Botschaft entgegensah.
Sie wirkte nicht glücklich darüber, daß endlich jemand zu ihr kam, daß sie gerettet wurde.
Sie wirkte verwirrt, verletzt, verängstigt. Sie trat einen Schritt vor, einen Schritt zurück, dann schaute sie wieder ihre »Familie« an.

Ich fragte mich, ob Maggie Rose wisse, was geschah. Sie hatte ein schweres Trauma erlitten. Ich fragte mich, ob sie überhaupt etwas empfinden konnte. Ich war froh, hier zu sein und helfen zu können.

Ich dachte wieder an Jezzie und schüttelte unwillkürlich den Kopf. Der Sturm darin wollte sich nicht legen. Wie hatte sie dem kleinen Mädchen so etwas antun können? Für ein paar Millionen Dollar? Für alles Geld im bekannten Universum?

Katherine Rose stieg als erste aus. Im selben Augenblick breitete Maggie Rose die Arme aus. »Mommy!« rief sie. Dann zögerte sie nur einen Sekundenbruchteil, ehe sie einen Satz machte. Maggie Rose lief auf ihre Mutter zu. Sie liefen einander in die Arme.

In den nächsten Augenblicken sah ich nicht viel durch die Tränen hindurch. Ich schaute Sampson an und sah eine Träne unter der Sonnenbrille herunterlaufen.

»Zwei knallharte Detectives«, sagte er und grinste mich an. Es war das Lächeln des einsamen Spürwolfs, das ich so liebe.

»Ja, wir sind eindeutig die Elite der Polizei von Washington, D. C.«, sagte ich.

Maggie Rose kehrte endlich nach Hause zurück. Ihr Name klang in meinem Kopf wie ein Lied – Maggie Rose, Maggie Rose. Das war alles wert gewesen, das Miterleben dieses Augenblicks.

»Ende«, erklärte Sampson.

Sechster Teil

Das Haus Cross

87. Kapitel

Das Haus von Cross war direkt gegenüber. Da war es, in all seiner bescheidenen Herrlichkeit.
Die glitzernden, orangegelben Lichter im Haus hypnotisierten den bösen Jungen. Sein Blick streifte von Fenster zu Fenster. Zweimal erhaschte er einen Blick auf eine Schwarze, die an einem Fenster im Erdgeschoß vorbeischlurfte. Zweifellos die Großmutter von Alex Cross.
Er kannte ihren Namen, Nana Mama. Er wußte, daß Alex sie als Junge so getauft hatte. In den letzten Wochen hatte er alles in sich aufgenommen, was es über die Familie Cross zu erfahren gab. Jetzt hatte er einen Plan für sie. Eine hübsche kleine Phantasie.
Manchmal gefiel es dem Jungen, Angst zu haben wie jetzt. Angst um sich, Angst um die Leute im Haus. Er genoß dieses Gefühl, solange er es kontrollieren und nach Belieben ein- und ausschalten konnte.
Schließlich zwang er sich, sein Versteck zu verlassen und noch näher an das Haus von Cross heranzugehen. Damit die Angst stärker wurde.
Seine Sinne waren viel schärfer, wenn er Angst hatte. Er konnte sich über lange Zeiträume hinweg konzentrieren. Als er die 5th Street überquerte, war nichts anderes in seinem Bewußtsein als das Haus und die Leute darin.
Der Junge verschwand in den Büschen an der Vorderseite des Hauses. Sein Herz schlug jetzt heftig. Er atmete schnell und flach.
Er holte tief Luft, atmete dann durch den Mund aus. Ganz ruhig, genieß es, dachte er.
Er drehte dem Haus den Rücken zu. Er spürte Wärme von

der Wand. Er beobachtete durch die Zweige die Straße. Im Südosten war es immer dunkler. Straßenlampen wurden nie ersetzt.

Er war vorsichtig. Er ließ sich Zeit. Er beobachtete die Straße mindestens zehn Minuten. Niemand hatte ihn gesehen. Dieses Mal spionierte ihm niemand nach.

»Noch ein Schlag, und dann auf zu besseren und größeren Taten.«

Er dachte die Worte oder sprach sie ganz leise. Manchmal konnte er das nicht voneinander unterscheiden. Vieles kam jetzt zusammen, wurde eins: seine Gedanken, seine Worte, seine Taten, die Geschichten, die er sich erzählte.

Vor dieser Nacht hatte er jede Einzelheit Hunderte von Malen durchdacht. Sobald sie alle tief schliefen, vermutlich zwischen zwei und drei Uhr morgens, würde er die beiden Kinder entführen, Damon und Janelle.

Er würde sie betäuben, in ihrem Schlafzimmer im ersten Stock. Doktor/Detective Alex Cross würde er schlafen lassen.

Das mußte er tun. Es war jetzt nötig, daß der berühmte Dr. Cross einen schweren Schlag erlitt. Cross mußte an der neuen Fahndungsaktion beteiligt sein. So mußte es ein. Das war die einzige Lösung. Er würde der Sieger sein.

Cross brauchte zwar keine zusätzliche Motivation, aber er sollte sie trotzdem bekommen. Erst würde der Junge die alte Frau ermorden, Cross' Großmutter. Dann würde er in das Schlafzimmer der Kinder gehen.

Das würde natürlich nie aufgeklärt werden. Cross' Kinder würden nie gefunden werden. Für sie würde kein Lösegeld verlangt werden. Dann konnte er sich endlich anderen Dingen zuwenden.

Er würde Detective Cross vergessen. Aber Alex Cross würde ihn nie, niemals vergessen. Oder seine beiden vermißten Kinder.

Gary Soneji/Murphy wandte sich dem Haus zu.

88. Kapitel

»Alex, es ist jemand im Haus. Alex, hier ist jemand«, flüsterte Nana dicht an meinem Ohr.

Ich war aus dem Bett, ehe sie zu Ende gesprochen hatte. Jahre auf den Straßen Washingtons hatten mich Schnelligkeit gelehrt.

Ich hörte irgendwo ein leises Knacken. Ja, es war eindeutig jemand im Haus. Das Geräusch stammte nicht von unserem alten Heizsystem.

»Nana, du bleibst hier. Komm erst raus, wenn ich dich rufe«, flüsterte ich meiner Großmutter zu. »Ich schreie, wenn es in Ordnung ist.«

»Ich rufe die Polizei, Alex.«

»Nein, du bleibst hier. Ich bin die Polizei. Bleib hier.«

»Die Kinder, Alex.«

»Ich hole sie. Du bleibst hier. Ich bringe die Kinder. Bitte, gehorch mir dieses eine Mal. *Bitte, gehorch mir.*«

Auf dem dunklen Flur im ersten Stock war niemand. Jedenfalls niemand, den ich sehen konnte. Mein Herz raste unkontrolliert, als ich zum Kinderzimmer stürzte.

Ich horchte nach einem weiteren Geräusch. Jetzt war es zu still. Ich dachte an die grauenhafte Verletzung: *Jemand ist in unserem Haus.* Ich verscheuchte den Gedanken.

Ich mußte mich auf *ihn* konzentrieren. Ich wußte, wer es war. Ich war Wochen, nachdem Sampson und ich mit Maggie Rose zurückgekehrt waren, auf der Hut gewesen. Schließlich war ich etwas weniger vorsichtig geworden. Und er war gekommen.

Ich stürzte zum Kinderzimmer. Ich rannte den oberen Flur entlang.

Ich machte die knarrende Tür auf. Damon und Janelle lagen schlafend im Bett. Ich würde sie schnell wecken und dann beide zu Nana tragen. Wegen der Kinder bewahrte ich die Waffe nie oben auf. Sie war unten im Wohnzimmer.
Ich schaltete die Nachttischlampe ein. Nichts! Das Licht ging nicht an.
Ich dachte an die Morde an den Sanders' und den Turners. Soneji liebte die Dunkelheit. Die Dunkelheit war seine Visitenkarte, sein Markenzeichen. Er hatte immer den Strom abgestellt. Das Ding war hier.
Plötzlich wurde ich brutal geschlagen, mit furchterregender Kraft.
Etwas hatte mich getroffen wie ein rasender Lastwagen. Ich wußte, daß es Soneji war. Er hatte mich angefallen! Er hätte mich mit dem einen Hieb fast bewußtlos geschlagen.
Er war ungeheuer stark. Er hatte seinen Körper, seine Muskeln sein Leben lang trainiert. Er machte isometrische Übungen, seit er im Keller im Haus seines Vaters eingesperrt worden war. Er hatte sich fast dreißig Jahre lang angestachelt, hatte geplant, es der Welt heimzuzahlen, den Ruhm zu ernten, den er verdiente.
Ich will jemand sein!
Er fiel mich wieder an. Wir gingen mit einem lauten Krachen zu Boden. Mir wurde die Luft aus dem Magen gepreßt.
Meine Schläfe prallte gegen die scharfe Kante der Kommode der Kinder. Mein Blick trübte sich. Es klingelte mir in den Ohren. Überall sah ich helle, tanzende Sterne.
»Dr. Cross! Sind Sie das? Haben Sie vergessen, wessen Show das ist?«
Ich konnte Gary Sonejis Gesicht kaum sehen, als er meinen Namen schrie. Er versuchte, mich mit dem ohrenzerfetzenden Geschrei körperlich zu verletzen, mit der reinen Kraft seiner Stimme.
»Sie können mich nicht anrühren!« schrie er wieder. »Sie

können mich nicht anrühren, Doktor! Kapieren Sie das? Haben Sie es jetzt kapiert? Ich bin der Star. Nicht Sie!«
Seine Hände und Arme waren blutverschmiert. Überall war Blut. Ich konnte es jetzt sehen. Wen hatte er verletzt? Was hatte er in unserem Haus getan?
Ich sah Umrisse in der Dunkelheit des Kinderzimmers. Er hielt ein Messer in einer Hand, auf mich gerichtet.
»Ich bin hier der Star! Ich bin Soneji! Murphy! Wer ich sein will!«
Ich begriff, wessen Blut auf seinen Händen und Armen war. Mein Blut. Er hatte mich gestochen, als er mich das erste Mal angegriffen hatte.
Er hob das Messer, um ein zweites Mal zuzustechen, und knurrte wie ein Tier. Die Kinder waren jetzt wach. Damon schrie: »Daddy!«, und Jannie fing zu weinen an.
»Raus hier, Kinder!« rief ich. Aber sie waren zu verängstigt, die Betten zu verlassen.
Er täuschte einmal mit dem Messer, dann traf mich die Klinge wieder. Ich bewegte mich, und das Messer streifte meine Schulter.
Dieses Mal spürte ich den Schmerz, und ich wußte genau, was es war. Sonejis Messer war mir in die Schulter gefahren.
Ich brüllte Soneji/Murphy an. Die Kinder weinten. Ich wollte ihn jetzt töten. Mein Kopf explodierte. In mir war nur noch Wut auf das Ungeheuer in meinem Haus.
Soneji/Murphy hob wieder das Messer. Die tödliche Klinge war lang und so scharf, daß ich den ersten Schnitt nicht einmal gespürt hatte. Er war glatt durchgegangen.
Ich hörte noch einen Schrei – einen wilden Aufschrei. Soneji stand einen Sekundenbruchteil erstarrt da.
Dann fuhr er knurrend herum.
Eine Gestalt kam von der Schwelle her auf ihn zu. Nana Mama hatte ihn abgelenkt.
»Das ist unser Haus!« rief sie mit ihrem ganzen Zorn. »Raus aus unserem Haus!«

Ein Glitzern auf der Kommode stach mir ins Auge. Ich streckte die Hand aus und packte die Schere auf Jannies Heft mit Ausschneidepuppen. Eine von Nanas Gartenscheren.
Soneji/Murphy fuchtelte wieder mit dem Messer. Dasselbe Messer, das er bei den Morden in den Sozialsiedlungen benutzt hatte? Dasselbe Messer wie bei Vivian Kim?
Ich schwang die Schere nach ihm und spürte, wie Fleisch riß. Die Schneiden der Gartenschere schlitzten seine Wangen auf. Sein Schrei hallte im Zimmer wider: »Arschloch!«
»Ein Andenken an mich«, verhöhnte ich ihn. »Wer blutet denn jetzt? Soneji oder Murphy?«
Er schrie etwas, was ich nicht verstand. Dann stürzte er sich wieder auf mich.
Die Schere traf ihn irgendwo am Hals. Er sprang zurück und riß mir die Schere aus der Hand.
»Komm schon, du Schwein!« brüllte ich.
Plötzlich drehte er sich um und wankte aus dem Kinderzimmer. Er versuchte nicht, auf Nana einzustechen, die Mutterfigur. Vielleicht war er zu schwer verletzt, um zurückzuschlagen.
Er hielt das Gesicht in beiden Händen. Als er hinauslief, stieg seine Stimme zu einem hohen, durchdringenden Geschrei an. Konnte er wieder einen Schub haben? Hatte er sich in einer seiner Phantasien verirrt?
Ich war auf ein Knie gesunken und wollte so bleiben. Der Lärm dröhnte in meinem Kopf. Ich schaffte es aufzustehen. Überall Blut.

89. Kapitel

Ich rannte ins Wohnzimmer und packte meinen Revolver. Ich wußte, daß Soneji einen Plan hatte – für den Fall, daß er fliehen mußte. Bestimmt hatte er jeden Schritt hundertmal durchdacht. Er lebte in seinen Phantasien, nicht in der realen Welt.

Ich glaubte, er werde vermutlich unser Haus verlassen. Fliehen, damit er wieder zuschlagen konnte. Dachte ich allmählich wie er? Mir kam es so vor. Zum Fürchten.

Die Haustür stand weit offen. Ich war ihm auf der Spur. Bis jetzt. Blut war auf dem Teppich verschmiert. Hatte er eine Fährte für mich hinterlassen?

Wohin würde Soneji/Murphy gehen, falls in unserem Haus etwas dazwischenkam? Er hatte sicher einen Plan für den Notfall. Wo war der perfekte Ort? Wie sah der absolut unerwartete Schachzug aus? Mir fiel das Denken schwer, während mir das Blut aus Hüfte und linker Schulter tropfte.

Ich wankte hinaus, in die frühmorgendliche Dunkelheit und schneidende Kälte. Unsere Straße war so ruhig, wie sie nur sein kann. Es war vier Uhr morgens. Ich hatte nur einen Anhaltspunkt dafür, wohin er gegangen sein könnte.

Ich fragte mich, ob er glaubte, ich versuchte, ihm zu folgen. Wartete er schon auf mich? War mir Soneji/Murphy wieder zwei Schritte voraus? Bisher war es immer so gewesen. Dieses Mal mußte ich ihm zuvorkommen.

Eine Kreuzung von unserem Haus entfernt verlief die U-Bahn in der 5th Street. Der Tunnel war noch im Bau, aber Kinder aus der Nachbarschaft kletterten hinunter und gingen die vier Kreuzungen zum Capitol Hill entlang – *unter der Erde*.

Halb humpelnd, halb laufend erreichte ich den U-Bahn-Eingang. Ich hatte Schmerzen, aber das war mir gleich. *Er war in mein Haus gekommen. Er hatte es auf meine Kinder abgesehen gehabt.*
Ich stieg den Tunnel hinunter. Ich zog den Revolver aus der Schulterhalfter, die ich über das Hemd geschlungen hatte.
Bei jedem Schritt hatte ich Seitenstechen. Mühsam ging ich in gebückter Schießhaltung den Tunnel entlang.
Es war möglich, daß er mich beobachtete. Hatte er damit gerechnet, daß ich hierherkam? Ich ging weiter durch den Tunnel. Es konnte eine Falle sein. Hier gab es jede Menge Verstecke für ihn.
Ich ging bis zum Ende des Tunnels. Nirgends Blutspuren. Soneji/Murphy war nicht im U-Bahn-Schacht. Er war auf andere Weise entkommen. Er war wieder geflohen.
Als der Adrenalinstoß nachließ, fühlte ich mich schwach, erschöpft und desorientiert. Ich stieg die Steintreppe aus dem Tunnel hinauf.
Nachtmenschen kamen und gingen, zum Zeitungskiosk an der U-Bahn-Station, zur die ganze Nacht geöffneten Schnellgaststätte. Ich muß ein schlimmer Anblick gewesen sein, völlig mit Blut verschmiert. Trotzdem blieb niemand stehen. Kein einziger Mensch. Sie alle hatten in der Hauptstadt der Nation schon zuviel Grauen gesehen.
Schließlich stellte ich mich vor einen Lastwagenfahrer, der ein Bündel *Washington Posts* ablud. Ich sagte ihm, ich sei Polizist. Der Blutverlust machte mich jetzt leicht schwindlig.
»Ich hab' nichts Unrechtes getan«, sagte er zu mir.
»Du hast also nicht auf mich geschossen, du Arsch?«
»Nein, Sir. Was ist denn los mit Ihnen, spinnen Sie? Sind Sie wirklich ein Cop?«
Ich brachte ihn dazu, mich im Zeitungslieferwagen nach Hause zu bringen. Auf der ganzen Fahrt über sechs Kreu-

zungen weg schwor der Mann, er werde die Stadt verklagen.
»Verklagen Sie Bürgermeister Monroe«, sagte ich zu ihm. »Hängen Sie Monroe ein Scheißverfahren an.«
»Sind Sie wirklich ein Cop?« fragte er mich wieder. »Sie sind doch kein Cop!«
»Doch, ich bin ein Cop.«
Streifenwagen und Ambulanzen standen schon vor meinem Haus. Das war mein wiederkehrender Alptraum – genau diese Szene. Nie zuvor waren die Polizei und die Sanitäter zu meinem Haus gekommen.
Sampson war schon da. Er trug eine schwarze Lederjacke über einem lumpigen alten T-Shirt der Baltimore Orioles. Er hatte eine Mütze von der Tournee der Hoodoo Gurus auf.
Er schaute mich an, als ob ich den Verstand verloren hätte. Hinter ihm kreisten blutrote und blaue Notfallichter. »Was ist denn los? Du siehst nicht gerade phantastisch aus. Bist du in Ordnung, Mann?«
»Bin zweimal mit einem Jagdmesser gestochen worden. Nicht so schlimm wie damals, als wir in Garfield angeschossen wurden.«
»So, so. Muß schlimmer aussehen, als es ist. Leg dich bloß auf den Rasen. Leg dich jetzt hin, Alex.«
Ich nickte und ging von Sampson weg. Ich mußte das hier zu Ende bringen. Irgendwie mußte das aus der Welt.
Die Sanitäter wollten mich auf den Rasen legen. Auf unseren winzigen Rasen. Oder auf die Bahre.
Mir fiel etwas anderes ein. *Die Haustür hatte weit offengestanden. Er hatte die Haustür offengelassen. Warum?*
»Bin gleich wieder da«, sagte ich zu den Sanitätern, als ich an ihnen vorbeiging. »Laßt die Bahre hier.«
Leute brüllten mich an, aber ich schob mich an ihnen vorbei.
Ich ging leise und zielstrebig durch das Wohnzimmer in die

Küche. Ich machte die Tür über Eck zu unserer Hintertür auf und rannte hinunter.
Im Keller sah ich nichts. Keine Bewegung. Nichts Ungewöhnliches. Der Keller war meine letzte gute Idee.
Ich ging zu einer Tonne neben dem Ofen, in die Nana die ganze schmutzige Wäsche für die nächste Waschmaschinenladung wirft. Das ist von der Treppe aus der äußerste Kellerwinkel. Im dunklen Keller war kein Soneji/Murphy.
Sampson kam die Kellertreppe heruntergerannt. »Er ist nicht hier! Jemand hat ihn in der Innenstadt gesehen. Er ist am Dupont Circle.«
»Er will noch einen großen Auftritt«, murmelte ich. »Der Scheißkerl.« *Lindberghs Sohn.*
Sampson versuchte nicht, mich davon abzuhalten, daß ich mitfuhr. Er sah in meinem Blick, daß er das sowieso nicht geschafft hätte. Wir rannten zu seinem Auto. Ich ging davon aus, ich sei in Ordnung. Falls ich es nicht war, würde ich einfach umfallen.
Ein junger Lümmel aus der Nachbarschaft schaute sich das klebrige Blut auf meiner Hemdbrust an. »Stirbst du, Cross? Wär endlich mal 'ne gute Nachricht.« Er hielt meinen Nachruf.
Wir brauchten etwa zehn Minuten, bis wir zum Dupont Circle kamen. Überall waren Streifenwagen geparkt – gespenstisch blitzende rote und blaue Lichter in der Morgendämmerung.
Für die meisten dieser Jungs war es spät in der Nachtschicht. Niemand konnte in der Innenstadt von Washington einen Irren auf freiem Fuß brauchen.
Noch ein großer Auftritt.
Ich will jemand sein.
Während der nächsten Stunde passierte gar nichts – bis darauf, daß es hell wurde. Fußgänger tauchten auf. Der Verkehr nahm zu, während Washington zum Leben erwachte.

Die Frühaufsteher waren neugierig und blieben stehen, um den Polizisten Fragen zu stellen. Keiner von uns sagte ihnen etwas, außer »bitte, gehen Sie weiter. Gehen Sie einfach weiter. Hier gibt es nichts zu sehen.« Gott sei Dank.

Ein Notarzt behandelte meine Wunden. Mehr Blut als richtige Verletzungen. Er wollte natürlich, daß ich sofort ins Krankenhaus ging. Das konnte warten. *Noch ein großer Auftritt. Dupont Circle?*

In der Innenstadt von Washington, D. C.? Gary Soneji/Murphy trat liebend gern in der Hauptstadt auf.

Ich sagte dem Notarzt, er solle zurücktreten, und er tat es. Ich schnorrte zwei Percodan bei ihm. Für den Augenblick brachten sie mich über die Runden.

Sampson stand neben mir und zog an einer Zigarette. »Gleich kippst du um«, sagte er zu mir. »Du brichst einfach zusammen. Wie ein großer afrikanischer Elefant, der einen Herzinfarkt bekommt.«

Ich genoß den Auftrieb, den das Percodan mir gab. »War kein Herzinfarkt«, sagte ich zu Sampson. »Der große afrikanische Elefant ist ein paarmal mit einem Messer gestochen worden. Übrigens war es auch kein Elefant. Es war eine afrikanische Antilope. Anmutig, schön, ein starkes Tier.«

Schließlich ging ich auf Sampsons Auto zu.

»Hast du eine Idee?« rief er hinter mir her. »Alex?«

»Ja. Fahren wir. Es hat keinen Zweck, hier am Dupont Circle herumzustehen. Vor dem Stoßverkehr fängt er nichts an.«

»Bist du dir da sicher, Alex?«

»Ich bin mir sicher.«

Wir fuhren bis kurz vor acht durch die Innenstadt von Washington. Es wurde hoffnungslos. Im Auto wurde ich richtig schläfrig.

Die große afrikanische Antilope war kurz vor dem Umkippen. Schweißperlen liefen mir über die Augenbrauen, tropften mir von der Nase. Ich versuchte, wie Gary Soneji/Murphy zu denken. War er jetzt in der Innenstadt? Oder war er schon aus Washington entkommen?

Um 7.58 Uhr kam ein Anruf über Funk.

»Verdächtiger ist auf der Pennsylvania Avenue gesehen worden, in der Nähe vom LaFayette-Park. Verdächtiger hat automatische Waffe. Verdächtiger nähert sich Weißem Haus. Alle Wagen dorthin!«

Noch ein großer Auftritt. Wenigstens hatte ich ihn richtig eingeschätzt. Er war nur noch zwei Kreuzungen von Pennsylvania Avenue 1600 entfernt, als sie ihn entdeckten. Zwei Kreuzungen vom Weißen Haus entfernt.

Ich will jemand sein.

Sie hatten ihn zwischen einer Schusterwerkstatt und einem braunen Backsteingebäude voller Anwaltskanzleien festgenagelt. Er benutzte einen geparkten Jeep Cherokee als Dekkung.

Es gab noch eine Komplikation. Er hatte Geiseln. Er hatte früh am Morgen zwei Kinder auf dem Schulweg entführt. Die Kinder sahen aus wie elf oder zwölf, etwa in dem Alter, in dem Garys Stiefmutter damit angefangen hatte, ihn einzusperren. Ein Junge und ein Mädchen. Eine Erinnerung an Maggie Rose und Michael Goldberg vor fast zwei Jahren.

»Ich bin Abteilungsleiter Cross«, sagte ich und kam durch die Polizeisperre, die auf der Pennsylvania Avenue schon aufgebaut wurde.

Das Weiße Haus war ein Stück weiter deutlich sichtbar. Ich fragte mich, ob uns der Präsident am Fernseher zuschaute. Mindestens ein Übertragungswagen von CNN war schon am Schauplatz.

Über uns schwebten Hubschrauber von Fernsehsendern. In der Nähe des Weißen Hauses herrscht Flugverbot, also konnten sie nicht zu nahe heran. Jemand sagte, Bürgermeister Monroe sei unterwegs hierher. Gary hatte eine größere Beute im Sinn. Er hatte verlangt, mit dem Präsidenten zu sprechen. Sonst würde er die beiden Kinder töten.

Soweit ich sehen konnte, war der Verkehr auf der Pennsylvania Avenue und den Querstraßen schon zum Stocken gekommen. Fahrer und Beifahrer ließen ihre Fahrzeuge auf der Straße stehen. Sie blieben scharenweise da, um das Spektakel zu beobachten. Millionen schauten jetzt vor dem Fernseher zu.

»Meinst du, er will ins Weiße Haus?« fragte Sampson.

»Ich kenne ein paar Minister, die er vermutlich dazu bringen könnte, ihm zu applaudieren«, antwortete ich.

Ich sprach hinter der Sperre mit dem Einsatzleiter der Polizei. Ich sagte ihm, ich sei der Meinung, Gary Soneji/Murphy sei bereit, in Flammen aufzugehen. Er erbot sich, das Streichholz anzuzünden.

Ein Unterhändler war schon eingetroffen. Er war gern bereit, mir die Ehre zu überlassen. Ich sollte eine Einigung mit Soneji/Murphy aushandeln.

»Wenn wir die Chance kriegen«, Sampson packte mich und sprach ganz unverblümt, »knallen wir ihn ab. Keine Tricks, Alex.«

»Sag' ihm das«, sagte ich zu Sampson. »Aber wenn ihr die Chance kriegt, trefft ihn. Macht ihn fertig.«

Ich wischte mir mehrmals das Gesicht am Ärmel ab. Ich schwitzte fürchterlich. Außerdem war mir schlecht und schwindlig. Ich hatte ein Megaphon und schaltete es ein.

Ich war am Drücker. *Ich will auch jemand sein.* War das wahr? War es inzwischen so weit gekommen?

»Hier ist Alex Cross«, rief ich. Ein paar Klugscheißer in der Menge jubelten. Ansonsten war es auf der Straße in der Innenstadt von Washington sehr still geworden.

Eine wilde Gewehrsalve explodierte plötzlich auf der anderen Straßenseite. Ein Riesenlärm. Auf der ganzen Pennsylvania Avenue gingen Autofenster zu Bruch. Er richtete in

ein paar Sekunden einen erstaunlichen Schaden an. Soweit ich sehen konnte, war niemand verletzt. Den beiden Kindern war nichts passiert. Hallo, Gary, auch da?
Dann eine Stimme auf der anderen Straßenseite. Garys Stimme.
Er rief mir zu. Es ging nur um uns beide. War es das, was er wollte? Sein privates *Zwölf Uhr mittags* mitten in der Hauptstadt. Live-Berichterstattung im ganzen Land.
»Ich will Sie sehen, Dr. Cross. Kommen Sie heraus, Alex. Zeigen Sie allen Ihr hübsches Gesicht.«
»Warum sollte ich das tun?« Ich sprach über das Megaphon mit Soneji.
»Denk nicht mal dran«, flüsterte Sampson hinter mir. »Wenn du das machst, erschieße ich dich selbst.«
Über die Avenue kam eine weitere Gewehrsalve. Sie dauerte noch länger als die erste. In Washington sah es aus wie in der Innenstadt von Beirut. Überall surrten und klickten Kameras.
Ich stand plötzlich auf und kam hinter einem Polizeiauto hervor. Nicht zu weit, bloß so weit, daß ich erschossen hätte werden können. Weitere Arschlöcher unter den Zuschauern jubelten mir zu.
»Die Fernsehsender sind hier, Gary«, rief ich. »Sie filmen uns jetzt. Sie filmen mich, während ich hier stehe. Ich werde doch noch der große Star. Schwacher Anfang, aber ein tolles Finish für mich.«
Soneji/Murphy fing an zu lachen. Er lachte eine Weile. War er manisch? Depressiv?
»Haben Sie schließlich rausgekriegt, wer ich bin?« rief er mir zu. »Ja? Wissen Sie jetzt, wer ich bin? Wissen Sie, was ich will?«
»Ich bezweifle es. Ich weiß, daß Sie verletzt sind. Und, daß Sie glauben, Sie müssen sterben. Sonst« – ich machte eine Pause, damit das so dramatisch wie möglich klang – »sonst hätten Sie nicht zugelassen, daß wir Sie wieder fassen.«

Direkt gegenüber auf der anderen Seite der Pennsylvania Avenue stand Soneji/Murphy hinter dem knallroten Jeep auf. Beide Kinder lagen neben ihm auf dem Gehweg. Bis jetzt schien noch niemand verletzt zu sein.
Gary verneigte sich theatralisch in meine Richtung. Er sah wie der typische amerikanische Junge aus, genau wie vor Gericht.
Ich ging jetzt auf ihn zu. Kam immer näher.
»Netter Einfall«, rief er mir zu. »Gut gesagt. Aber der Star bin ich.« Plötzlich zielte er mit dem Gewehr in meine Richtung.
Hinter mir hörte ich einen Schuß.
Gary Soneji/Murphy flog rückwärts auf die Schusterwerkstatt zu. Er landete auf dem Gehweg und rollte herum. Die beiden kleinen Geiseln schrien. Sie rappelten sich hoch und liefen weg. Ich sprintete so schnell wie möglich über die Pennsylvania Avenue. »Nicht schießen!« rief ich.
Ich drehte mich um und sah Sampson dort stehen. Sein Dienstrevolver war immer noch auf Gary Murphy gerichtet. Er drehte den Lauf nach oben. Sein Blick galt mir. Er hatte es für uns beide zu Ende gebracht.
Gary lag zusammengesackt auf dem Gehweg. Ein Blutstrom ergoß sich aus seinem Kopf und Mund. Er rührte sich nicht. Seine Hand umklammerte immer noch das automatische Gewehr.
Als erstes nahm ich ihm das Gewehr weg. Ich hörte hinter uns Kameras klicken. Ich berührte ihn an der Schulter. »Gary?«
Ich drehte ihn ganz vorsichtig um. Immer noch keine Bewegung. Kein Lebenszeichen. Er sah wieder wie der typische amerikanische Junge aus. Auf diese Party war er als er selbst gekommen, als Gary Murphy.
Während ich nach unten schaute, gingen Garys Augen plötzlich auf und verdrehten sich nach hinten. Er sah zu mir auf. Seine Lippen teilten sich langsam.

»Helfen Sie mir«, flüsterte er schließlich mit leiser, erstickter Stimme. »Helfen Sie mir, Dr. Cross. Bitte, helfen Sie mir.«

Ich kniete mich neben ihn. »Wer sind Sie?« fragte ich ihn.

»Ich bin Gary . . . Gary Murphy«, sagte er.

Schachmatt.

Epilog

Die Grenzen der Gerechtigkeit

1994

91. Kapitel

Als der schicksalhafte Tag schließlich kam, konnte ich nicht schlafen, nicht einmal ein paar Stunden. Ich konnte nicht auf der Veranda Klavier spielen. Ich wollte niemanden sehen, mit niemandem über das sprechen, was in ein paar Stunden geschehen würde. Ich schlüpfte in ihr Zimmer und gab Damon und Jannie im Schlaf einen Kuß. Dann verließ ich gegen zwei Uhr morgens das Haus.

Ich kam um drei am Bundesgefängnis Lorton an. Die Demonstranten waren wieder da, trugen unter einem mondbeschienenen Himmel die selbstgemachten Transparente. Manche sangen Protestsongs aus den sechziger Jahren. Viele beteten. Mehrere Nonnen, Priester, Pfarrer waren da. Die Mehrheit der Demonstranten waren Frauen, fiel mir auf.

Die Hinrichtungskammer in Lorton war ein kleiner Raum mit drei Fenstern. Ein Fenster war für die Presse reserviert. Eins für die offiziellen staatlichen Beobachter. Das dritte Fenster war reserviert für Freunde und Angehörige des Häftlings.

Vor allen drei Fenstern hingen dunkelblaue Vorhänge. Um halb vier Uhr morgens zog ein Gefängnisbeamter sie der Reihe nach auf. Der Häftling war schließlich zu sehen, auf eine Krankenhausbahre geschnallt. Die Bahre hatte eine behelfsmäßige Stütze für den linken Arm.

Jezzie hatte an die Decke der Kammer gestarrt, aber sie wurde wach und schien sich zu verkrampfen, als zwei Techniker an die Bahre traten. Einer trug auf einem Krankenhaustablett aus rostfreiem Stahl die Nadel. Das Einführen der Katheternadel war der einzige körperliche Schmerz, wenn die Hinrichtung durch eine Todesspritze korrekt durchgeführt wurde.

Ich war mehrere Monate lang nach Lorton gekommen, um Jezzie und Gary Murphy zu besuchen. Ich war von der Polizei von Washington, D. C., beurlaubt, und obwohl ich dieses Buch schrieb, hatte ich genug Zeit für Besuche.

Gary schien sich aufzulösen. Es stand in allen Berichten über ihn. Er verbrachte die meisten Tage in seiner komplizierten Phantasiewelt. Es wurde immer schwieriger, ihn in die Wirklichkeit zurückzulocken.

Jedenfalls hatte es den Anschein. Und das ersparte ihm einen weiteren Prozeß, ersparte ihm die Hinrichtungskammer. Ich war mir sicher, daß er Spielchen trieb, aber niemand wollte auf mich hören. Ich war mir sicher, daß er einen neuen Plan machte.

Jezzie war einverstanden gewesen, mit mir zu sprechen. Wir hatten immer miteinander reden können. Es überraschte nicht, daß sie und Charles Chakely zum Tode verurteilt worden waren. Sie war schließlich für den Tod des Sohns des Finanzministers verantwortlich. Sie und die Agenten vom Secret Service hatten Maggie Rose Dunne gekidnappt. Sie waren verantwortlich für den Tod von Michael Goldberg und den von Vivian Kim. Jezzie und Devine hatten den Piloten in Florida ermordet, Joseph Denyeau.

Jezzie sagte mir, sie empfinde Reue, habe von Anfang an Reue empfunden. »Aber nicht soviel, daß es mich daran gehindert hätte. Im Lauf der Zeit muß in mir etwas zerbrochen sein. Ich würde es heute vermutlich wieder tun. Ich würde für zehn Millionen Dollar dieses Risiko eingehen. Eine Menge Leute würden das tun, Alex. Es ist das Zeitalter der Gier. Wenn auch nicht für dich.«

»Woher weißt du das?« fragte ich.

»Irgendwie weiß ich es. Du bist der schwarze Ritter.«

Sie sagte mir, ich dürfe mich nicht schlecht fühlen, wenn es vorbei sei. Sie sagte, sie sei wütend auf die Demonstranten.

»Wenn ihr Kind gestorben wäre, würden sich die meisten von ihnen ganz anders verhalten.«

Ich fühlte mich schlecht. Ich wußte nicht, wieviel ich Jezzie glaubte, aber ich fühlte mich schlecht. Ich wollte in Lorton nicht dabei sein, aber Jezzie hatte mich gebeten zu kommen.

Sonst stand niemand für Jezzie am Fenster. Kein einziger Mensch. Jezzies Mutter war kurz nach ihrer Verhaftung gestorben. Sechs Wochen zuvor war der ehemalige Secret-Service-Agent Charles Chakely im Beisein seiner Familie hingerichtet worden. Das hatte Jezzies Schicksal besiegelt.

Lange Plastikschläuche verbanden die Nadel in Jezzies linkem Arm mit mehreren intravenösen Tropfs. Der erste Tropf, der schon lief, enthielt eine harmlose Salzlösung.

Auf ein Zeichen des Gefängnisdirektors würde intravenös Natriumthiopental zugeführt werden. Das war ein als Anästhetikum benütztes Barbiturat, das Patienten sanft einschläferte. Danach kam eine starke Dosis Pavulon. Sie hätte in etwa zehn Minuten zum Tod geführt. Um den Prozeß zu beschleunigen, wurde eine gleich starke Dosis Kaliumchlorid verabreicht. Diese Droge entspannt das Herz und bringt es zum Stillstand. Sie würde innerhalb von etwa zehn Sekunden zum Tod führen.

Jezzie entdeckte mein Gesicht im Fenster für ihre »Freunde«. Sie winkte leicht mit den Fingerspitzen, und sie versuchte sogar zu lächeln. Sie hatte sich die Mühe gemacht, sich das Haar zu kämmen, das jetzt kurz geschnitten, aber immer noch schön war. Ich dachte an Maria, daran, daß wir uns vor ihrem Tod nicht voneinander hatten verabschieden können. Ich glaubte, das hier könne etwas schlimmer sein. Ich wollte unbedingt heraus aus dem Gefängnis, aber ich blieb. Ich hatte Jezzie versprochen, daß ich bleiben würde. Ich halte meine Versprechen immer.

Tatsächlich gab es nicht viel zu sehen. Jezzie schloß schließlich die Augen. Ich fragte mich, ob ihr die tödlichen Drogen schon gegeben worden waren, aber ich konnte es nicht wissen.

Sie holte tief Luft, und dann sah ich, wie ihre Zunge in ihrem Mund zurückfiel. Das war bei der modernen Hinrichtung eines Menschen alles. Das war das Ende des Lebens von Jezzie Flanagan.

Ich verließ das Gefängnis und eilte zu meinem Auto. Ich war Psychologe und Detective, sagte ich mir. Ich konnte das verkraften. Ich konnte alles verkraften. Ich war zäher als alle anderen. War es immer gewesen.

Meine Hände steckten tief in den Manteltaschen. Mit der rechten umklammerte ich, so fest, daß es weh tat, den Silberkamm, den mir Jezzie vor langer Zeit geschenkt hatte.

Als ich zu meinem Auto kam, steckte ein gewöhnlicher weißer Umschlag unter dem Scheibenwischer auf der Fahrerseite. Ich stopfte ihn in die Manteltasche und machte ihn erst auf dem Rückweg nach Washington auf. Ich glaubte zu wissen, was es war, und ich hatte recht. Das Ding hatte mir eine Nachricht geschickt. Ganz persönlich. Ein Schlag ins Gesicht.

Alex,
hat sie geschluchzt, gewinselt und um Vergebung gebettelt, ehe sie sie gestochen haben? Haben Sie eine Träne vergossen?
Grüßen Sie Ihre Familie von mir. Ich will in Erinnerung bleiben.
Stets der Ihre
Lindberghs Sohn

Er spielte immer noch seine schrecklichen Gedankenspiele. Ich hatte das allen gesagt, die zuhören wollten. Ich hatte einen diagnostischen Bericht für die Fachpresse geschrieben. Gary Soneji/Murphy war für seine Taten verantwortlich. Ich hatte das Gefühl, er müsse wegen der Morde, die er im Südosten begangen hatte, vor Gericht gestellt werden. Auch die Familien seiner schwarzen Opfer hatten Anspruch auf Gerechtigkeit und Vergeltung. Wenn jemand die Todeszelle verdient hatte, dann Soneji/Murphy.

Der Brief sagte mir, daß es ihm gelungen war, einen Wärter zu beschwatzen. Er hatte jemanden in Lorton herumgekriegt. Er hatte wieder einen Plan. Wieder einen Zehn- oder Zwanzigjahresplan? Weitere Phantasien und Gedankenspiele.

Als ich Richtung D. C. fuhr, fragte ich mich, wer im Manipulieren geschickter gewesen war, Gary oder Jezzie? Ich wußte, daß beide Psychopathen waren. Dieses Land bringt mehr von ihnen hervor als jeder andere Ort auf dem Planeten. Es gibt sie in allen Formen und Größen, in allen Rassen und Glaubensbekenntnissen, in beiden Geschlechtern. Das ist das Furchterregendste überhaupt.

Als ich an jenem Morgen nach Hause kam, spielte ich auf der Veranda die »Rhapsody In Blue«. Ich spielte Bonnie Raitts »Let's Give Them Something to Talk About«. Janelle und Damon kamen heraus und lauschten ihrem Lieblingspianisten. Das heißt, nach Ray Charles. Sie saßen neben mir auf der Klavierbank. Wir waren alle drei zufrieden, der Musik zu lauschen und ein paar Augenblicke lang unsere Körper zu spüren.

Später fuhr ich zur Gemeinde St. Anthony. Mittagessen und so. Der Erdnußbuttermann lebt.